YO-EDN-817

《山海封神榜》 第一部 下卷

Tales of Terra Ocean Divine Weapons of Terra Ocean

芦苇草 著

新时代古典奇幻文学 有著作权 侵害必究

未经授权不许翻印全文或部分

及翻译为其它语言或文字

Copyright © 2014 Kenneth Lu

All rights reserved.

Manufactured in United States

Permission required for reproduction,

or translation in whole or part.

Contact: rikuwatashi@hotmail.com

ISBN: 1495459489
ISBN-13: 978-1495459481

LONGWOOD PUBLIC LIBRARY

序

原初之始，天地混沌黑暗，自盘古开天辟地以来，地绕黄道每六万六千六百六十六年必有一次大劫，那横灾会使万里方圆的地域发生海啸山崩。一旦大劫来临，不仅池枯地裂，气温骤降，甚至还会洪灾横流，岛屿陆沉，生灵更是遭受沉湮之灾。

四位仙人走遍天下，在极地偏僻之处发现了天地相辅、山海相循的天机奥秘。

靠着吸收天地山海的日月精气，和火风水土的酝酿，所淬炼出的幻化灵珠，可以扭转人类荣枯兴衰的契机。这几颗四象灵珠被打铸在兵器内，代代相传，被后世百姓称为「万古神器」。

这本小说，藉由一个平凡少年的今古奇遇，万古神器和四象灵珠召唤术的时空幻景，带您进入前所未有的古典奇幻新纪元，敬请期待 。

原始的な天と地がどんよりとした暗闇であった。盤古の天地ができて以来、地球から見ると太陽は黄道上を回り、毎6万6千6百66年に一度、必ず大きな災難が起きる。その災難は広い地域で津波、山崩れを引き起こす。大災難が起きると、池が乾き、地が避けるだけではなく、さらには気温も低くなり、洪水も起きて、島と陸地が沈没し、生霊でさえも絶滅に至る。

四人の仙人は、世界を歩き回り、非常に辺鄙なところに、天と地がお互いを助けあうかのように寄り添い合っていた。山と海との相性が合うという奥秘を発見した。

天地山海の精気と火風水土の栄養を吸収することによって、幻の霊珠を作れて、人類が衰えるのを防ぐことが出来るという代物を見つけた。このいくつかの四象霊珠を兵器にはめ込んだ。代々伝わり、後世の百姓には「万世神器」と呼ばれている。

この小説は平凡な少年の今古奇遇、万古神器と四象霊珠の呼びかけ術について書いており、読者方様をかつてにはなかった古典ファンタジーの新紀元へとお連れ致します。どうぞご期待ください。

《目錄》
～山海封神榜 第一部 下卷～

第九章 龟灵山

隔天中午，犬犽、香奈、梧桐和风羌准备好行囊，起程离开天山国。四人举目观看，一望无际尽是茫茫的白雾，天空飘下雪花，荡在悬楼殿的山顶，冷冷清清。

风羌走在前方领路，指着山边一条万里石阶：「你们看，那个叫做龙脉长城，在战争时代，是用来抵御侵犯四国边境的异族人。」犬犽问：「你是指狩猎者吗？」风羌点头：「嗯！」

四人放眼瞻望，龙脉长城沿着山峰上下起伏，峰顶筑建了许多石垒，峻峭的屏障地势险恶，浩瀚渺茫。犬犽又问：「对了！风羌大人，你能告诉我们更多关于四国联盟战役的事情吗？我想了解更多。」风羌诧异道：「那场战争是没几年前所发生的，怎么可能你不晓得？」犬犽解释：「我从小一直住在海边，对境内的事根本一无所知。」

「原来如此！」风羌沉思半晌，继续又说：「三年以前，一群自称为狩猎者的族群，侵犯了四国。当时的四国郡主，也就是婵大人、雷烈大人、昆仑大人和白云大人结联合盟，创立了组织，抵抗外敌。没想到战争结束，天下没有太平多久，暗行御史就叛变了。当初提议除灭这个组织的是白云大人，最初四国联盟的御史是以幽为首，后来他在战争中丧命，在群龙无首的情况下，阇接替了幽的位置。」

犬犽听他描述完，心中仍有疑团：「风羌大人，那个海棠曾做过什么事，为什么她要背叛婵郡主？」风羌听同伴问起，脑海突然浮出一个记忆：

天山悬楼殿外忽刮起一阵大风，殿内安静，走廊传来婵的叫声，喊道：「来人啊！」风羌快步飞赶，循着路径推门进房：「婵大人！发生什么事情？」

士兵队伍的人数极多，陆续涌进殿堂：「殿内有动静！保护婵大人！」婵回头望众人一眼，脸上不快乐道：「立刻召告翠云国、蓬莱国和郁树国，海棠盗窃了地灵兽白尾麋，叛离天山。从今天起，她不再是天山悬楼殿的棠右使，遇者斩杀！」讲完，转身先向外走，飘然出门，头也不回的往大殿离去。

事出突然，风羌听闻这话，心里感觉冰冰凉凉，站在原地呆着不动：「什…什么…海棠她…」众人听了命令不敢违抗，背后有许多侍卫分作四队，涌入殿堂：「婵大人有令！把悬楼殿看守住，海棠那个叛徒应该还没跑远，快搜出她的行踪！」几个守卫又持枪赶来，喊：「保护婵大人！大家快捉住叛逆者！」风羌跪倒在地，垂头叹气：「怎…怎么会这样？」

想到这边，脑海中的记忆又变一团模糊，风羌沉默半晌，回答：「这还用说吗？当然是她贪图地灵兽白尾麋鹿的力量，想要盗走万古神器，否则怎么会背叛婵大人，加入暗行御史。」

梧桐说：「我曾听我爹讲过，海棠姐姐是婵郡主身边最受信任的人，难道她真的只是纯粹想要获得四象兽，就背弃了最亲近的主人和自己的国家吗？」风羌苦笑：「宫殿内的国事可是很复杂的，或许等你们长大一点，逐渐就会明白吧！」犬犽和梧桐点头：「嗯！」

抬头眺望，那附近高山环绕，好几百里的方圆寸草不生，风羌指向遥山远处：「你们看！无论狩猎者或是暗行御史，那些都是战争所留下的疤痕。」

犬犽和梧桐仔细审视，见龙脉长城附近的烽火台已经坍塌，城墙脱落，露出内层黄土。环山峻垣的石砖历经了几年寒霜，如今冷风飕飕，凿痕垒垒。香奈二话不说，踏步便行：「继续走吧！有时间讲话还不如走快一点，否则永

远都到不了那个龟灵山。」犬犽问：「香！妳不想多听，多了解吗？」香奈回答：「哼！我对过去的事情毫无兴趣，我只要找出杀人凶手，然后报仇！」

四人继续向南移动，虽然冰雪愈少，耳边仍旧风声不绝，他们套了貂皮靴，并列踩着泥雪向前行进，在旷野中踏出两行长长的脚印。

南边的地势逐渐缓平，参山树林开始变得茂密，迭岩的峡谷雾气朦胧，仿佛置身在仙宫一般。只可惜地上的黄土和白雪混杂一团，污秽不堪，否则土壤表面覆盖着茫茫白雪，光线可把这地方耀照得隐隐生辉。

跋山涉水连走几天，风羌带着三人来到一个繁荣小镇。那镇上山明水秀，附近的房屋均是悬挂花灯，水香楼阁卷上珠帘，隐约传来笙乐之声，风羌对三人介绍：「这地方叫做杏花镇，我们四人沿着长街走到底，向右转个弯，经过拱桥一直走，就会抵达码头了。你们若有什么东西需要购买，趁着还没上船赶紧去办，否则到时候可不停船的。」

犬犽右顾左盼，旁边几户寓馆桨声灯影，大街餐馆端出了各色肴馔，客人传杯送碟，欢乐饮酒，把餐馆挤得脚不踮地。香奈经过酒楼，见旁边几个醉客东倒西歪，慵懒懒的躺在门口大睡，柳眉一皱，暗想：「暗行御史企图利用四象兽的力量引发战争，怎么这些人还醉生梦死，那么幽闲？」

四人沿着长街一直走，码头附近都是宅堂酒楼，岸边停泊了番鼓游船，船上有人唱曲扮戏。朱漆栏杆的锦绣花窗悬着帘布，争渡的客人拥至码头，观赏十里繁华内的杏花风景。

这小镇上有艺妓唱着时曲，吹着洞箫，顿开香喉道个万福，在楼台上敲响了厮琅鼓儿，唱几只小曲。河楼下花炮

横飞，犬犽从未见过遍处繁华的画舫街景，看得他目瞪口呆，新奇味趣。

几个花媚小姐走出酒楼，胁肩谄笑的经过身边，花姑娘低笑浅顰，挥了挥手帕对着犬犽和风羌娇媚微笑。她们穿着紧身霓裙，浓妆艳抹，一见犬犽和同伴是两男两女结伴，议论起来，有女子格格笑：「哎哟！小公子！咱们杏花渡口这里可是烟雨花台，小两口若是要欣赏美景，这个时节最好不过哩！」犬犽搔搔脑袋：「妳们误会了，我们四个可不是出来游玩的。」

另外一名女子扮个羡慕模样：「那真凑巧！小公子若不是游玩，怎么就来了呢？难不成是偶然入镇？」风羌横眉一竖：「几位姑娘真是不知羞耻！」

犬犽与那些花媚娘素不相识，想要解释，又听女子扮作风骚：「哎哟！杏花灯节将近，两位公子出来赏游，带的可是谁家的女子啊？」一群花姑娘不识体统，笑得出乖露丑，东倒西歪。香奈听了这话，柳眉倒竖，扯着梧桐掉头就走：「哼！梧桐妹妹！我们别理她们，以免有失观瞻。」

犬犽一时被阻拦，忙从口袋掏出几个铜钱，施舍那群花姑娘说：「众位大姐逗留在这，恐怕有失观瞻。来！这些银子送给妳们，别在这里沿门讨饭了，免得待会儿天黑，被人误认是大花鬼脸，那可更失体面哩！」说着，抛下铜钱，拉着风羌追赶香奈和梧桐往长街去。

几个花姑娘仇记在心，冷嘲热讽，站在街边大呼小叫：「哎哟！小公子气得口干舌燥，想去讨杯茶吃，解些烦渴喽！」、「哎呀！臭叫化子，你才是沿门讨饭，谁几时说过要你的臭铜钱啦？」、「何干混帐？把这点银子塞在这里，是什么意思？想哄我们讨个姑娘好吗？去你个三世奴家！」

风羌和犬犽离开长街，经过转角追到了桥端。香奈拉着梧桐走上拱桥，突然停步，依着栏杆低头发呆。犬犽喊：「香！等等我们！」梧桐关切唤：「香奈姐，妳怎么了？妳没事吧？」香奈遮手擦拭眼眶的泪水，勉强挤出笑容：「嗯…没事！」犬犽喘气吁吁：「干什么突然跑那么快啊？」香奈冷冷说：「继续走吧！」

众人摸不着脑袋究竟发生什么事情，突然一辆香车宝马沿路赶来，精神抖搜的驶上桥端，经过身畔，往码头行去。风羌对三个同伴说：「快走吧，码头就在不远处了。」正要下桥，突然背后有个男子骑马冲来，从四人身畔呼飕而过。风羌身手敏捷，纵身一扑，拉着三个同伴退到桥栏，暗骂：「骑马就不用看路吗？」

那男子目光都骤聚在前方的香车宝马，对这四人毫没留心，犬犽见那人面貌熟悉，仔细一看，竟是曾经结伴同行的朋友，惊呼：「月祭！」

月祭专心催马，似乎没听见有人在背后叫唤自己，饱吸口气扯着缰绳，如擎电一般冲下桥端，犬犽四人瞬间被抛弃在后，不见踪影。

香奈狐疑问：「他在这里做什么？」犬犽摇头：「我也不晓得！」梧桐问：「犬犽哥、香奈姐，那人是你们朋友吗？」犬犽心想风羌在场也不好实话实说，吱吱唔唔道：「这个…也不能完全算是啦！」香奈直言：「那家伙当初跟着我们不安好心，他想盗取万古神器。」风羌警戒：「什么？」

犬犽急忙辩护：「其实月祭本来也不是打算要偷万古神器的，是阴错阳差才不慎被他窃走，但是我们已经追回来了。」风羌点了点头：「嗯！从现在开始，我会更加谨慎的。婵大人吩咐我要保护好你们，我风羌势必坚守到底，若是玄冥龟再被人窃走，那就麻烦，肯定会天下大乱。」犬犽道：「放心！放心！我会谨慎的！」

四人走下石阶离开了桥端，沿途的栏杆灯笼满挂，遥远看见码头民众聚集，岸边停泊了许多船只，数十个掌船的梢公整理缆绳，准备出海。犬犽左看右看，心想：「月祭究竟去了哪里呢？怎么一下就不见踪影？」梧桐问：「犬犽哥，你怎么了？」犬犽一愣：「啊？没…没事！」

许多隶工从码头搬运货物上船，将货品抬进船仓贮存，几个巡逻兵在旁护卫，一个督监的长官催促：「抬快点！抬快点！货物全都要搬上船去！听见没有？」犬犽一直在想为何月祭会出现在此，梧桐见他发呆，忍不住问：「犬犽哥，你真的没事吗？」

犬犽想起月祭曾经为了窃取如意风火轮，用药迷昏白云斋．香奈和自己，叹口气说：「我只是在想，为什么大家都那么想要获得四象兽，为了那力量，难道就可以不顾他人死活了吗？」

风羌问：「如果换做是你获得了万古神器，你会打算怎么做呢？」犬犽思索半晌：「其实我也不晓得…」风羌点头：「其实婵大人和其它三位郡主也不晓得，没想到暗行御史这个组织会叛变四国。若是当初四国被狩猎者攻陷，残害的可是数百万计的灾民，在这情况下，婵大人他们又该怎么执择呢？唯有耗费大量的时间和财力，训练出一批精锐组织，才有办法抵挡狩猎者的侵袭，但是这样也免不了要使用到四象兽的力量了。」

还在谈话，几个巡逻护卫从码头跑过来问：「喂！你们在这里做什么？」犬犽回答：「我们要搭船。」护卫驱赶：「咱家老爷的货物刚刚运到码头，大家都在搬运上船，你们在此碍手碍脚，还不离开？」风羌瞪一眼：「我们是天山国，婵大人差派出来办事的，你敢拦阻我们？」护卫难以委决，踌躇不定：「可是…可是…」香奈脸色一沉：「你们家老爷是谁？当心我一状告到衙门，把你们全拉去牢里蹲监！」

几个护卫吓得一身冷汗，捱肩倒退几步：「前面别推！别挤！别挤！」犬犸急忙劝阻：「香！我们刚来码头，人生地不熟的，可别随便生事，否则惹上麻烦可就不好。」香奈全然不听，推挤护卫喝叫：「你们几个再不走啊！我把你们拖翻在地，重责二十大板，到时候打得皮开肉血溅，你们可别怪我！」

双方正在僵持，两个马夫驾着香车宝马驶来，停在众人面前，从帘内探出一个富翁看了看，疑惑问：「你们几个不好好巡逻，在这闹什么？」护卫满脸无辜，恭敬揖手：「大老爷！有四个闲杂人在此胡闹，我们没法驱赶。」

老富翁挺身下车，翻转脸问：「有这等事？」护卫口称冤枉：「回老爷的话，这是真情无疑！」老富翁吃惊：「谁敢跟我们胡闹？就是这四个人吗？」护卫愈加愤怒，指着四人告发：「就是他们！」

犬犸和同伴见这老富翁打扮得净面粉头，左戴翡翠右戴宝石，身上穿一件紫红袍的细麻衣，显然贵气十足。老富翁打量四人，对护卫吩咐：「我知道了！你们几个先去巡逻，免得有人来偷我的宝物。」几个护卫强忍怒气，恨不得把犬犸四人沿街谣传，愤气冲冲的巡逻离开。

老富翁一眼就看出犬犸四人样貌特异，奇装打扮显然不是来自本地的，攀言笑语道：「四位朋友，我叫金富贵，老家是这个杏花镇，祖先是水帘村附近一带的大户。四位可是初次来到杏花镇游赏？」风羌说：「我们四人翻山越岭，千里跋涉，从天山悬楼殿来，准备搭船出海，没空与你闲谈。」金富贵听了也没生气，温言相问：「这么说来，四位是特地来杏花镇搭船的？」香奈脸色一沉：「怎么？你不相信我们所讲得话？」

金富贵是个生意卖贩的商贾，见风羌四人脸带几分侠气，因此有心结识，叙礼：「义士实诚相告，我金富贵先前就

11

是真的怀疑，现在也都相信了。」香奈问：「我们打算出海，你的保镖却拦阻我们，你打算怎么办？」金富贵说：「四国盟军对抗外患，自从几年前战争结束之后，境内镇守的驻卫就一直兵力衰减，杏花镇的治安每况愈下，动荡不安。我的保镖在这道上经历了许多坏事，所以才会变得疑神疑鬼的，还请四位原谅。」

梧桐好奇问：「金老爷，您为什么要把宝物运往海外？」金富贵解释：「自从几年前四国发生了战争，许多驻兵都被调派到边疆的龙脉长城去镇守了，现在杏花镇的驻兵不够，我怕自己的财产被坏人窃走，因此想渡运远洋，送到外海去保藏。」风羌见他一片诚恳，便说：「我们只是要搭船，吩咐你的保镖别为难我们就好。」金富贵说：「四位也是要渡洋出海的吗？」风羌点头：「我们是奉着天山国、婵大人之命而来，有重要事情要办，因此不能耽搁。」

金富贵听他四人背景特殊，更加有心结识，陪着笑脸说：「婵大人？可是天山悬楼殿的婵大人吗？四位既打算出海，不如这样吧！我有许多船只，可以借一艘给你们使用！」犬犽惊喜：「真的吗？」金富贵点头：「既然四位时间不多，先去挑船，请四位跟随我来。」

五人沿着岸边行走，河面漂浮了许多渔船、酒船、贡船和沙船，随着波浪起伏不定。犬犽从小在海边长大，见到堤畔停泊了许多艘大船舫，临近的小船不计其数，船只一挂风帆来往繁频，忍不住开心喊：「这地方好棒啊！」金富贵和蔼可亲，眯着眼笑：「怎么样？有看见适合的船吗？」风羌仔细打量，看中一艘双桅八橹的水船，长约十五丈，两张帆布扬在空中，驶进码头，伸手指问：「那艘船也是您的吗？」

金富贵呵呵笑：「那艘船曾经是我替军队建造的，四国发生战争的时候，哨兵为了要取淡水，经常靠岸停泊，那艘船的体积和吨位不大，吃水不深，因此速度也比一般渔船

加快许多。只是现在战争结束，这艘水船也没啥用处了，我准备找人把它凿沉，免得碍在码头，挺占位置的。」风羌点头：「就这艘吧！」香奈忍不住插嘴，指着远方一艘体积庞大的楼船问：「这艘破破烂烂的，看起来随时会沉，为什么不选那艘？」犬犽和梧桐顺目望去，惊呼：「哎哟！那根本就是一艘水上堡垒嘛！」、「好大的楼船啊！」

金富贵洋洋得意，解释：「那艘是我的私人宝船，我有许多珍珠玛瑙，都是要用那艘大船运去远洋存放的。」风羌看一眼道：「我们是有重要任务在身，不是去玩，凡事不要太过招摇，这艘小船就好。」金富贵高举右手，向着双桅八橹的水船招呼：「快点过来！」

两个梢公缆绳驶舵，拢船靠近。其中一人跳下水中，把船绳拉到码头：「船绳绑住！轻轻再靠过来一点！」小船顺水顺风驶进码头，金富贵引领风羌一行人走上甲板：「这艘船借你们用，有什么事情，只要吩咐梢公一声就可以了。」

一个瘦梢公和胖梢公赶来问：「金大老爷，请问您打算要使用这艘船了吗？」金富贵吩咐：「从现在起，四位客人就是船的主人啦！他们需要出海办事，你们两个好好听他们的话，明白没有？」瘦梢公和胖梢公不敢违背，点头称是：「明白！」金富贵走下甲板：「好啦！时辰差不多，我的私人宝船也该准备出航了，你们四位自己保重啊！」

风羌、犬犽、香奈和梧桐，扶着栏杆挥手道别，两个梢夫畅开喉音哼着曲调，解缆拔锚，驶出码头。两个梢夫撑船引路，咿哑咿哑的摇桨拢船，香奈和梧桐扶着栏杆低头一看，见水岸下深及数尺，清透澈明。

风羌闲着没事，躺在船舱的屋檐下遮荫蔽暑，犬犽则是跃上船杆，在半空中扑向双桅，双手把麻绳用力一扯，两张帆布鼓荡展开：「哈哈！出海去啦！」香奈和梧桐看得清

楚，蓬帆接风，水船逆着波浪快速行驶，犬犽站在高高的栏杆，双手一张，衣袖平垂，两边袖子如饱风一般鼓涨开，对着远方的天空大叫：「龟灵山！我们来了！」

梧桐忽开口喊：「犬犽哥！香奈姐！你们快看！」回头一瞥，日坠西山，水面泓波碧影，被夕阳照得耀眼生辉。众人看得啧啧称奇，几艘大船在岸边往来频繁，杏花镇的风景尽观眼底。犬犽见岸边的街道车水马龙，赶做买卖的摊贩拥挤不开，街坊店铺琳琅满目，市集通自长桥，延伸到大街，排列有序。

另外一端，许多民众聚集岸边不晓得在干啥，有三教九流做生意的，拆字替人评话算命的，卖药膏医病和打擂台的，群众纷纷围观在码头凑热闹。突然间管弦和萧声传遍了城镇，原本在楼馆吃酒喝茶的民众听见乐音，也都挺肩擦背的挤出来看。

岸边人群拥挤不开，犬犽、香奈和梧桐在船上看得新奇，原来是金富贵的私人宝船准备出海，缓缓移动，从几艘眾船旁边擦身掠过。

那艘楼船巍峨高耸，威慑八方，船上筑有三层楼房，旗帜高升飘扬在天空，有守卫吹统号角，发出低沉的呜呜声。楼船后面拖着花啦啦的水流，惊涛骇浪，简直就是一座庞大的水上堡垒，非常壮观。

香奈指着叫：「看！是刚才那艘大楼船！」梧桐扶着栏杆：「好威风啊！」犬犽道：「那艘可是金老爷的私人宝船吧？」香奈点头：「是啊！他刚才说过要用那船乘载珠宝呢！」

楼船缓缓驶来，可惜它虽然船体庞大，却是速度甚慢，根本无法追上轻巧的水船。当天夜晚，月光朦胧，一团和煦暖风迎面吹来，也不晓得究竟有多少浮云从头顶飘过，沙船荡在汪洋大海，风平浪静，非常安稳。风羌歇息片刻，

离开了船舱，远隔相望南方的海洋，香奈和梧桐依栏而卧，犬犽打个呵欠，伸了懒腰躺在甲板。

也不晓得过了多久，突然有人拍了肩膀，犬犽迷迷糊糊睁开双眼，天空下阳光耀目，含糊问：「咦…到了吗？」香奈对着耳边大叫：「太阳晒屁股啦！还不快起来？」犬犽揉一揉眼，挣起身：「好！好！我起来了！」

风羌站在甲板对望着海洋，两个胖瘦梢公操舵控桨，问：「大人，我们真的要再继续向南边驶吗？这边已经进入危险禁地了！」风羌冷冷一句：「金老爷不是说过，要你们两个乖乖听我吩咐？」两个胖瘦梢公不敢违逆，撑着橹竿边摇边说：「四位不能再向南走啊！这片海洋被咒诅了，凡是闯进这都没好下场的！」香奈好奇问：「这是哪里？」胖梢夫回答：「是被妖怪咒诅的海洋。」

香奈问：「什么妖怪咒诅的海洋？」风羌解释：「我们已经接近龟灵山了。」香奈道：「所以呢？」风羌回答：「据说这附近有一只海怪，那妖怪生了八只脚，一旦从海中冒出就会把船卷下海底，力大惊人。」

犬犽想起自己父母曾经发生船难失踪，从此音讯全无，虽然事隔多年，回忆起来仍气愤不平，对那两个梢公说：「你们只管安心驶船吧！若是遇上什么状况，风羌大人和我会想办法处理的。」

两个梢夫撑着橹杆，正要加速，突然水面无风自涌，一波浪涛迎面打来，船身被震得摇晃，几乎翻颠。梧桐立足不稳，跌倒在地：「哎哟！」香奈关切问：「梧桐妹妹！妳没事吧？」犬犽惊呼：「发生什么事情？」胖梢夫跑了过来，狼狈的往后舱甲板逃：「哎哟！海里有妖怪啊！」众人惊讶：「什么！是海怪出现了吗？」犬犽诧异问：「咦！是那只传说中的八脚海怪吗？」

瘦梢夫吓得胆颤心惊，连滚带爬，让过一边：「吃人啊！海里有吃人的妖怪冒出来了，救命！」风羌手提金鵰弓，背着箭壶冲到甲板，对三人吩咐：「大家准备应战！」香奈吃惊问：「那妖怪是什么？怎么会无缘无故从海中冒出来？」犬犽道：「别问我啊！我怎么会晓得？」梧桐唤：「香奈姐！犬犽哥！我们该怎么办？」

甲板又湿又滑，船身左摇右晃，香奈一连摔了几跤，狼狈又爬起身：「犬犽！」才刚喊完，旁边又是哗啦啦的巨浪飞来，打得船身剧烈摇动，犬犽叫：「香！妳保护梧桐妹妹！」香奈惊慌的扶着船杆：「那东西究竟是什么妖怪？」

突然两根触角冒出海面，向下一劈，撞得甲板倾斜，海水像是洪灾泛滥似的涌进船舱，香奈和梧桐伏在地上，被那水花淋个满身湿透。两个胖瘦梢夫吓得屁尿滚流，紧紧抱住船杆，不敢松手：「救命啊！海怪要吃掉我们啦！」香奈骂：「你们两个别喧嚷！若是海怪听见，第一个就吃你们！」

风羌举起金鵰弓，从筒中抽出羽箭准备射击：「犬犽兄，你时常在海上捕鱼，认得这什么海怪吗？」犬犽仔细一看，见那两根触角贴着甲板左蠕右动，底下有许多圆状吸盘，惊呼：「好像是一只大章鱼啊！」

香奈和梧桐见船栏的周围到处都是激荡浪涛，随即又一只触角冒出海面，吸盘将胖梢夫卷上天空：「救命啊！」瘦梢夫见同伴被卷入海浪，胆惊受怕，顾不得收拾行李，冲向后舱：「啊！海怪吃人了！」犬犽喊：「喂！别乱跑啊！会惊动大章鱼的！」瘦梢夫早吓得岁寿有损，卷起衣袖，抱头鼠窜的跳下水去。

香奈嗔怒喊：「喂！等等！别走啊！你逃去哪里？撇下我们四个不管了吗？」犬犽道：「香！别说了！我们也快想办法赶走这只海怪！」香奈抄出飞镖，掷向触角：「可

恶！去死吧！」那飞镖旋转五圈刺到触角，陷在肉里拔不出来，章鱼把另外两根触角左右一甩，打向香奈，犬犽飞身扑去：「香！小心！」

二人搂抱一团滚倒在地，巨大的触角从头顶飕过，吸盘竟把梧桐卷上天空。梧桐吓得挣扎叫：「犬犽哥！」犬犽回头一看，惊呼：「糟糕！梧桐妹妹被抓走了！」风羌把羽箭瞄准，手臂一松，射出：「放开她！」

那根羽箭飞向触角，把吸盘穿透个窟窿，飞向天边不见踪影，梧桐则被触角一甩，抛向海洋：「啊！」犬犽快步追赶，噗通一声，跳入海中：「梧桐妹妹！别害怕，我来救妳！」香奈也想帮忙，无奈船身剧烈摇晃，震得她跌倒在地：「这究竟是什么怪章鱼？那么大只！」风羌喊：「小心右边！」

一根触角从右边扫来，栏杆断裂，风羌抽出羽箭射过去，那根触角撞在船舱，缩下海中。当下情况未知如何，远方忽有艘大船从后方驶来，香奈仔细一看，惊讶：「咦！怎么会是那艘宝船？」风羌问：「什么事情？」香奈慌张说：「后面有船跟来了！是金老爷的楼船！」风羌疑惑道：「怎么可能？」香奈问：「难不成金老爷派人跟踪我们？」

风羌急问：「先别管那个，他们两个怎么样了？」香奈想起同伴跳下水中还没上来，冲到栏杆边叫：「犬犽！你们在哪？」

犬犽抱住梧桐，饱吸口气，鼓着双颊窜出水面：「咳…咳咳…快拉我们上来！」风羌见同伴有难，抓起铁锚向外一抛，垂落水中：「快上来！」犬犽和梧桐的半身浸在水中，被海浪冲得浮浮沉沉，扯住绳索爬上甲板：「好…好险！差点儿就溺死了！」

香奈跑过去看，一把将同伴拉到船上：「她的情况怎么样？」犬犾猛摇梧桐的肩膀，狂唤：「梧桐妹妹！妳听我说话啊！快醒过来！」梧桐不识水性，披头散发躺在甲板，迷迷糊糊睁眼醒来：「犬…犬犾哥…香奈姐…咳…咳…」香奈见她衣衫单薄，冻得直打哆嗦，连忙冲到船舱抓了毛毯：「快点披上！免得着凉。」

船身被章鱼的触角撞得东摇西晃，风羌捡起木条当火炬，用火折点燃了，举向空中。几根触角感觉热气袭来，向后一撤，缩下海底。犬犾抬起头看，见远方的楼船逐渐驶近，惊呼：「咦！你们看！」香奈和风羌均是点头，异口同声道：「我们刚才已经看见了。」犬犾诧异问：「那不是金老爷的宝船吗？怎么会出现在这儿？」风羌吩咐：「虽然还不晓得情况为何，但我们得先离开这边，若是再被海怪缠住，可就不妙！」

香奈急问：「怎么船不动了？」犬犾一看便知，冲到栏杆旁边，使劲的拉上铁锚：「这样就可以了！」远处那艘楼船又驶了近，夹着滔滔滚水冲来，楼船上有几个掌舵的抛丢缆绳，遥声高喊：「有水贼啊！船上有水贼啊！」犬犾豁然一怔：「金老爷的宝船怎么了？怎么会有水贼？」风羌推测：「恐怕是被海盗盯上了，你们快跟我来！没空理那艘楼船了！海怪还在船下，我们需要把船转向，直接冲到龟灵岛！」

几根浮木飘在水面，甲板破个大窟窿，全被大章鱼搞得一塌糊涂。断木在海面漂浮不定，波浪冲个遥远，恰巧那艘高大的楼船顺风驶近，哗啦啦的海浪联绵不绝，海面上漂浮的碎木被高大楼船撞向左右，浮浮沉沉。

香奈不懂得如何操控帆舵，站着呆看，又见远方楼船缓缓驶近，隐约可见有人吓得魂不附体，抱头鼠窜的拥出楼层，挟着包袱跳进水中，却没见什么水贼挥刀乱砍。正觉奇怪，突然海面又冒出五只章鱼触角，前后贴伏，紧紧包住那艘大楼船。香奈指着喊：「你们快看！」

犬狺和风羌顺目望去，忽见大章鱼已经游到远方，用触角贴住猎物，试图把楼船压到水底。犬狺惊呼：「啊！金老爷的宝船被海怪攻击了！」风羌灵机一动：「快！趁那海怪没有追来，我们快走！」犬狺连忙扯上锚碇，张开风篷：「好！转了转了！」风羌在后面操舵：「再加点劲！」

且看远方的楼船虽然防御坚固，体积庞大又吃水极深，毕竟速度太慢，被八脚章鱼纠缠住根本就无法动弹。大章鱼抬起三根触角用力一拍，狂浪掀天，船上的楼阁圆柱纷纷断裂，甲板凿出破洞，楼船下沉，海面上直冒气泡。犬狺的小船扬起帆蓬，不到转眼，就将那艘楼船抛得老远，乘风西去。

过不多久，一只大鹰从头顶呼飕过，四人仰头瞭望，远处一道明光从云海中透射下，乾坤照满的煞是刺眼。犬狺和同伴死里逃生，均是喘口气，索性有楼船转移了海怪注意，四人才得逃脱，否则八脚章鱼胡缠起来，小船肯定沉入汪洋大海。

梧桐先前溺在海中，口鼻皆是海水，犬狺扶起她问：「梧桐妹妹！妳怎么样？」梧桐瞇一瞇眼，两道娇红映在脸颊：「我…咳咳…我感觉好多了…」香奈指着南方，兴奋叫：「你们大家！快过来看！」

犬狺扶起梧桐，走到甲板远隔相望，一座岛屿有明光缭绕。天空几只野鸟飞过，漫天云彩，不禁让人赞叹风景物造之奇，自然之妙。

风羌背着箭筒，手拿金鵰弓冲出舱外：「现在情况如何？」犬狺笑着说：「我们看见龟灵岛了！」风羌点头：「好！准备上岸！」犬狺精神抖擞，操拢竹篙摇向岛屿，小船一帆顺风的飘向岸边，香奈问：「这地方有人居住吗？」风羌回答：「这是一座荒岛。」犬狺一个飞身跳下

19

水中，把船绳拉到礁岩附近，爬上岸叫：「这附近够浅，你们可以涉水过来了！」

船停在海面，被浪涛打得东摇西晃，水中阳光倒影，有海风咻咻吹来。风羌非常谨慎，怕那岛屿有什么野兽埋伏，率先跃下水船，对香奈和梧桐吩咐：「二位跟紧我背后走。」犬犽在岸上招手：「这地方好漂亮啊！你们快来！」

风羌手提金鵰弓，护送香奈和梧桐走到岸边，四人一路往丛林深处走，穿越了泥沼泽和石窟，香奈和梧桐互相携手，喘着娇气问：「风羌大人，我们还需要再走多久？」风羌背着箭筒，催促：「过了山岭，岛屿的另外一端有座神庙，婵大人把神器埋在那边！」梧桐面露疲惫之态：「犬犽哥，我跑不动啦！」犬犽一个健步跑到身边，将她负在背上：「犬犽哥背着妳跑！」

梧桐把双手依偎着肩膀，安安稳稳的伏在背上。香奈见了有些不是滋味，只是众目睽睽之下也不好多说什么。阳光底下，可听见海岸附近有潮水击打礁岩的声音，四人不敢耽搁，沿着蜿蜒山路顺坡攀上，经过荒丛，前方尽是坦荡荡的高原。

风羌指着遥远山峰：「捆仙绳就埋在那边！」犬犽背着梧桐问：「你们且猜，金老爷的那艘宝船后来怎么样了？」香奈回答：「这还用问？当然是沉到海中了！」

梧桐伏在背上问：「金老爷的宝船？」犬犽解释：「刚才妳昏倒了，所以没看见，金老爷的宝船跟踪我们，结果被海怪缠上了。」梧桐惊讶：「他为什么要跟踪我们？」香奈回答：「还用问吗？肯定也是想偷四象兽嘛！」犬犽道：「但是我们从没跟他提起过，他怎么会晓得我们要来找神器呢？」香奈同样也想不通：「这个…你问我，我问谁？」

风羌衡量情势，减缓脚步：「已经走得够远了，大家都累了吗？不如我们先暂歇一会儿？」众人才刚跟海怪缠斗，从船上逃来这里均是疲惫不支，眼前天色渐暗，到处都是岩峰奇石，碍阻道路。丛林的沼泽冒着烟雾，四人在山上找到一座岩洞休息。过不多久，日落西归，一阵海风扑面吹来，香奈安静的坐在岩洞旁，梧桐见她脸色疲倦，不敢打扰。犬犽走到附近见到处长满了椰树，捡些木柴回来聚火，风羌则是埋伏几个陷阱，以应万全，免得被野兽袭击。

到了夜晚，风羌提着肉獐和野果归来，众人把那食物烤得熟透，野獐被火烧得香溢，肉汁滴落了溅在火堆。犬犽用尖石切开肉块递给同伴，梧桐触手生温，心里感觉暖哄哄的，望他一眼道：「犬犽哥，趁这肉还热着，你自己也快吃吧！」

犬犽见对方肤色晶莹，但想虽不如意遇上大海怪，毕竟还有同伴一起共历患难，在这荒岛反而也不觉得如何害怕，笑道：「梧桐妹妹，我还不饿，妳先吃吧！」香奈一股气闷在心里十分难受，见他二人仿佛温柔眷恋兜上心似的，看了不太舒服，动手抓起肉块就吃。

犬犽撕下两块肉片，恭恭敬敬递到面前：「香！妳那块太大了，嚼得动吗？」香奈一手撇开：「你干什么？」犬犽愣了愣，想：「她为什么生气？」香奈瞪两眼：「我要吃什么自己拿就好，你别多管闲事！」犬犽不敢逆忤：「妳怎么了？」香奈回答：「这不干你的事！」

犬犽虽然胸襟豁达，只是被她搞得一头雾水，也不得不气：「香！妳这是干什么？莫名其妙？」香奈不加修饰，竟将肉块甩在地上：「是啊！我就是莫名其妙！」

风羌在火堆对面盘膝而坐，摇头使个眼色，示意停住。犬犽看了极为愤怒：「喂！妳不吃可以留给我啊！干什么蹧蹋食物？」

梧桐晓得香奈性子，知她是不肯在言语上吃半点亏的人，若不劝阻恐怕吵得没完没了，急劝：「香奈姐，妳身体不舒服吗？是不是海风吹着生病了？」香奈冷冷说：「没有，只是我没要他拿肉给我，他偏偏爱管闲事。」犬犽哇哇大叫：「真是奇怪，妳无缘无故，闹什么脾气啊？」风羌说：「小姑娘！别跟这食物过不去，快将肉块吃了，明天才有气力赶路。」犬犽挥手：「算了，她爱吃不吃就随她吧！我们养足精神，明天还得急着赶路呢！」

香奈不愿再听，满脸通红掉头就走，梧桐唤：「香奈姐！」香奈心中一股莫名酸楚，却不晓得该如何发泄。但想每曾逢遭患难，索性都有犬犽出手相救，这时一股情深眷恋兜上心来，顿时无法释怀。

众人都觉奇怪，犬犽看得疑惑，略皱双眉：「真不明白她的脑袋里在想什么？」风羌叮咛：「今天晚上大家早点休息，明天就能抵达山神庙了。」犬犽问：「捆仙绳是摆在山神庙里？」风羌点头：「自从四国的战争结束，婵大人就差派了我，带领一批军队搭船来这，把捆仙绳埋在神庙。」犬犽说：「那好！我们明天就早点出发吧！」

星空下枝影摇曳，犬犽把肉块吃掉只觉得精神焕发，遮着右手垫坐头枕，侧身一翻，躺卧在火堆旁道：「梧桐妹妹，夜晚外面的天气寒冻，若是妳感觉到冷，可以去洞里歇息，免得着凉。」梧桐摇一摇头：「这座岛屿很温暖，我不会感觉到冷。」犬犽打个呵欠，四肢伸展懒腰：「随便妳吧！反正若是感觉到冷，多找一些树叶遮住身体就行了，妳自己可要保重，免得生病。我先睡了，有什么事明天再谈吧！」梧桐猜想他非常疲惫，也没啰唆，微笑：「犬犽哥晚安！」

风羌把箭筒背在肩膀，站起身：「好了！我出去守夜。」梧桐问：「风羌大人，您不必睡觉的吗？」风羌说：「我的职责是保护你们，对我来说，大家能够安全抵达神庙，

拿到捆仙绳才是最重要的事。」梧桐微笑：「风羌大人，谢谢您，您真伟大。」风羌满脸通红：「不必谢我，快去睡吧！明天还要起个大早。」

犬犳恍恍惚惚躺在地上，几乎合眼，梧桐悄悄经过身边，鼓着腮子，把一根食指贴在嘴唇：「嘘！别吵醒犬犳哥了。」风羌追问：「丛林中很危险，妳要去哪？」梧桐回答：「风羌大人请放心，我不会跑远的，我只是想去找香奈姐，很快就回来。」风羌吩咐：「别跑太远。」梧桐微微一笑：「嗯！」

月光下繁星闪烁，香奈躺在粗树干上，翻来覆去无法入睡：「奇怪！我到底是怎么样？为什么刚才会乱发脾气？」正在思索，旁边突然有人轻唤：「香奈姐！」香奈吓得坐起：「是谁？」梧桐费力的爬上树干：「香奈姐！」香奈诧异：「咦！梧桐妹妹！妳怎么跑出来了？」梧桐从口袋掏出野梅，递给对方：「这些给妳！」香奈捧过野果：「咦！怎么了呢？」梧桐道：「嗯…其实我是想来谢谢妳。」香奈好奇问：「谢我什么？」香奈解释：「谢谢香奈姐和犬犳哥在船上救了我一命，若不是因为你们两个，我恐怕早就没命啦！」

香奈不言不语，脑海想起犬犳与自己的情谊，隔了半晌，只摇摇头：「梧桐妹妹妳别谢我，大家都是同伴，既然有难，就应该要互相帮助。况且你爹是郡主，为了治理四国，不晓得曾经救过多少百姓的性命，如今我所做得可算不上是什么大事。」

梧桐听她提起昆仑，又难过低头：「不晓得我爹现在的情况怎么样了？」香奈见她神色凄然，忍不住在旁安慰：「妳别担心，既有风羌大人和犬犳在身边保护，我们很快就可以拿到捆仙绳了，到时候召唤四象兽对付那些暗行御史，平平安安将妳爹给救出来！」梧桐仰望着天空，叹一口气：「但愿老天爷保佑爹他平安无事。」

香奈转个话题，又问：「对了！救出妳爹之后，你们两个有什么打算吗？」梧桐回答：「听说杏花镇附近有个水帘洞，别有洞天，若有机会，我想带我爹去那边游赏风景。」香奈不识地形：「水帘洞？」梧桐点头：「嗯！那地方好像是在杏花镇的西北方。」香奈思索片刻：「那好！明天一大清早，风羌大人、犬犽和我会负责找出神器，再想办法救出妳爹。」

梧桐指向星空：「香奈姐，妳瞧！」香奈抬起头看：「什么？」梧桐问：「妳看这繁星闪烁，你说它美不美呢？」香奈顺目望去，黑夜中寂静安宁，草丛附近几只蟋蟀窸窸叫，星辰像一条云河映在天空，向那无限广阔的天际伸展开，非常绚丽。

二人相视一笑，梧桐喜孜孜问：「香奈姐，刚才妳是不是有什么事藏在心底？若跟我说，能办到的，我一定想办法替妳解决！」香奈脸颊潮红，隔了半天说不出话，踌躇摇头：「没…没什么…我想睡了，天气冷了，妳也赶紧回去山洞吧，免得着凉！」

梧桐原先只盼对方能够道出真情，瞧她微笑不语，究竟有什么事藏在心里也看不出端睨，一时无法猜透，有点失望：「香奈姐姐…」

夜光下星云烁闪，海风吹来，枯叶飘向了天空往下落坠，淹没在一波波的海浪之中。隔日清晨，四人起个大早，放眼张望，岛屿的翠林中有丛鸟啼鸣。这树林占地甚广，奇花异草，琼瑶如茵，仿佛一张绿油油的绒布罩在大地。

龟灵山的峰顶清晨起雾，犬犽一行人向山坡下走，仿佛行在云端。风羌背着箭筒，走在前方引路：「山神庙就在前方不远了，我们走快一点！」沿途杂草丛生，崎岖偏僻的山路长满荆棘，犬犽低头一看，山坡下隐约可见一座神庙。

背后的树林沙沙声响，梧桐回过头看：「咦？」六个黑影忽撞出草丛，口吐白沫，叫：「杀！杀！」香奈和梧桐吓得花容失色：「啊！怎么回事？」、「犬犽哥！」犬犽细看清敌人面貌，立刻分辨：「是金老爷船上的人！」风羌反应敏捷，从竹筒抽出羽箭，挡在三个同伴前：「退后！」六个舵夫双眼翻白，喊：「杀！杀！」

犬犽愈看愈奇，见那几个舵夫似乎想攻击自己：「香！快带梧桐妹妹退后！这里让风羌大人和我应付！」六个舵夫飞扑来咬：「杀！杀！」香奈呼应：「犬犽！」风羌举起长弓，速如擎电的出羽箭：「大家后退！」

那疾箭掠身飞过，咻咻射倒四个舵夫，其余两人飞扑来，张口想咬犬犽：「杀！」风羌抢占优势，射倒四人立刻又抛弓进攻，双手扯住两个舵夫，旋圈一转：「跪下！」

两个舵夫肘臂脱臼，哀嚎几声仍喊：「杀！杀！」犬犽吓得不知所措：「风羌大人！」风羌毫不理睬，见两个舵夫张口想咬自己的手腕，迅速从腰带抽出两柄短刀，照向咽喉戳下：「躺着！」

两个敌人血染全身，躺卧在地就此不动。犬犽见那六个舵夫双眼翻白，模样简直和殭尸没啥两样，吓得瞪大眼看：「这几个人怎么会这样？他们怎了？」风羌收起短刀：「难道是尸变？」犬犽惊讶：「尸变？怎么可能！」香奈喊：「你看清楚！他们的样子根本不像活人！简直就是丧尸啊！」犬犽不可思议：「这世上怎么会有殭尸？」梧桐问：「犬犽哥，难道是昨天金老爷的宝船沉没，这些人在海里溺死，引起尸变？」犬犽满脸疑惑：「怎么会？这实在太可怕了！」

香奈问：「犬犽！你记不记得，当我们带着如意风火轮，去蓬莱岛找白云郡主的时候，也遇过类似的情况？」犬犽经由提醒，记忆中似乎很有印象：「嗯！我想起来了！好像是有这么回事！」风羌打断对话：「闲话先不多讲！我

们还有更重要的事情要办，三位赶紧跟着我来！」犬犽点头：「好！风羌大人请带路吧！」

风羌引领三人穿越树林，来到山神庙门口，门坎上有块大匾额刻着「天地山海」四个大字。桌坛上摆置一只石龟雕像，香奈站在庙外问：「就是这地方了吗？」风羌点头：「捆仙绳就埋在桌坛底下的石砖。」

犬犽卷起袖子：「我来和你一起搬吗？」风羌点头：「好！」二人双手一沉，小心翼翼的搬移坛桌：「我的妈啊！这张桌子怎么那么重？是铁铸的吗？」风羌饱吸口气，涨红脸颊解释：「因为桌上的石龟很重！」

他们把坛桌移开，风羌左观右顾搜检几回，掏出铁椎敲打地板，石砖龟裂，露出一个小洞。梧桐和香奈围观问：「是埋在这吗？」风羌小心翼翼的揭开地砖，挖出一包牛皮袋说：「这就是捆仙绳了！」犬犽道：「那我们赶紧去找婵郡主吧！」

神庙门口忽有个青年迎面走来，诧异叫：「咦！怎么会是你们？」四人转身一看，见那青年目秀眉清，相貌斯文，正是好久没见的月祭，犬犽和香奈惊呼：「啊！月祭？」、「是那个赏金猎人！」

风羌谨慎防备：「他就是你们说的那个窃贼？」犬犽不晓得该如何答：「扼…」香奈直言：「没错！就是他！当初他想偷窃神器！」月祭也不生气，冷笑：「原来你们一直在背后说我坏话？」香奈反驳：「胡说八道！我们可没诬赖过你，这是事实，你分明就是想偷东西！」

月祭曾遇上宫本武藏，防身用的折迭铁扇被草薙刀砍成两截已经坏损，这时又换一柄新的，掏出来道：「要打吗？看来又是没法避免的一战了。哈！」风羌将牛皮袋、金鵰弓和箭筒放置在地上，赤手空拳，准备迎敌：「三位请后退！」

犬犽一个幌眼，忽跳到同伴面前：「风羌大人！我有个请求，这人让我来应付吧？」风羌豁一怔：「咦？」犬犽解释：「这人曾是我的旅伴，况且我还有事想要问他。」风羌退后几步，站在旁边审视：「那好！我暂不插手，但若三位有危险，我会立即阻止他。」

犬犽的心中满是疑惑：「月祭，你为什么会出现在杏花镇？」月祭笑：「这还用问吗？我可是赏金猎人呢！有宝物的地方，就会有我。」香奈惊呼：「啊！犬犽！那艘楼船！船上满载着珍珠和玛瑙！」犬犽恍然大悟：「金老爷的私人宝船，是被你挟持的？你就是那个水贼？」月祭哈哈一笑：「水贼？虽然我是赏金猎人，在四国各处搜寻昂贵值钱的东西，但我可不像强盗，放火杀人的勾当我没兴趣。」犬犽问：「既然你没有挟持楼船，为什么船上纷纷有人跳海，跳海时还一边喊着水贼打劫？」

月祭回顾记忆，描述：「当时我悄悄上船，溜进了宝库准备要收集宝物，谁晓得那船上似乎还有其它内贼。许多隶工被砍成重伤，到处都是血迹，我躲在仓库观察情势，却不慎被反锁宝库。这艘楼船原本是要往东海去的，后来不晓得为什么突然转舵，往这岛屿的方向驶来。」

众人听得一团迷雾，均想：「难道水贼也晓得龟灵山这地方？」香奈忍不住插嘴：「胡说！你说谎！你肯定是在跟踪我们！若你只是纯粹寻宝，怎么会恰巧寻到这座岛屿上来？」月祭叙述：「当时我被反锁在宝库，听见墙外有人呼喊水贼杀人，突然地板一震，整个船体断成两截，一只海怪把楼船卷下海底。我被水流冲上海面，索性抓着浮木，才逃到这座岛屿。」

香奈叫：「这事情也太奇怪了，我才不信！」月祭说：「妳信也好，不信也罢，总之我都已经实话实说了。」风羌和梧桐也是半信半疑，均想：「水贼若是要抢珠宝，挟持楼船驶回贼窟就好，为什么要跑到这边？」

犬犽听他供辞肯定，毅然点头：「月祭，我相信你所说的，但那个水贼究竟是谁？你逃出楼船之后，有没有看个清楚？」月祭看了地上的牛皮袋一眼，反问：「那包东西也是万古神器吧？」香奈道：「犬犽在问你话！」月祭摇头：「我可不是罪犯，你们没资格审问我任何问题。」犬犽说：「我不是在审问你，我们只是想了解真相。」月祭道：「你既然那么想知道真相，不如我们来打个赌吧！」犬犽愣：「什么赌？」月祭说：「我们两个来比划，若是你赢了，我就把真相告诉你听，若是我赢，那个牛皮袋就归我的，如何？」

风羌瞪大圆眼，阻止：「绝不可能！我绝不允许有人拿四国的和平来当赌注，捆仙绳万万不可交给这人！」犬犽说：「风羌大人，你别担心，我也是懂得衡量轻重的人。」月祭笑：「哈！看来这交易是没得谈了？」犬犽道：「月祭，你把实情告诉我们，我就拜托风羌大人别为难你，让你和我们一起上船，离开岛屿。」月祭说：「楼船沉没的时候，有许多救命竹筏被浪涛冲上岸边，我只需要靠着那些救命竹筏，就可以离开这岛了，何必低声下气拜托你们？」

风羌一个健步，挡在神庙门口：「既然如此，那只好要你留下来了！」月祭冷笑：「嘿！以众欺寡吗？」犬犽吩咐同伴不要出手：「风羌大人，为了公平起见，他让我来对付就好！」月祭点头：「你还算得上是个明理之人。」

犬犽凝气提神：「你出招吧！」月祭一个快步，手持铁扇扑向前：「叫你见识看看我的厉害！」犬犽向后倒退：「我和你无怨无仇，没必要闹得那么僵！」月祭挥舞铁扇，想砍敌人的脚踝，不料犬犽突然变招，双膝一紧，夹住自己的手腕。

月祭抬不起右腕，伸出左手接住铁扇想砍敌人：「可恶！」犬犽一个翻滚向后跃开，月祭挥扇砍空，犬犽见他

劲煞不住，忽从腰带抽出鱼网转旋一圈，卷着铁扇，牢牢绑缚。

那鱼网缚着铁扇，二人僵持不下，谁都不肯退让。虽然月祭的武艺不输对方，可惜犬犽依赖打鱼为生，因此力气较大，被猛烈一扯拉飞过去。月祭抬起双腿，在对方的胸脯连踢数脚，犬犽被踢得热血上涌，向后倒退，手中的鱼网一撕为二，断成两截。当下难以招架，向后连退几步，喘息：「痛死人了！」

月祭一个健步，跃上木梁：「我奉劝你一句！别多管我月祭的闲事，免得捱揍。」犬犽看准敌人方位，飞快绕着圆柱旋转几圈，也爬上梁柱：「我可还没认输呢！」月祭飞跃木梁，在栏杆一踏一踩，犬犽追在背后喊：「别想逃掉！」月祭察觉不妙，反手回击，二人拳脚相交，一股热流冲得气血乱涌，双方往相反方向弹开，坠下一楼。

神庙内听得碰撞声响，二楼的屋檐被撞出窟窿，犬犽和月祭摔在地下，均是受了伤半句无言，抱着脑袋只叫头疼。香奈和梧桐喊道：「犬犽！」、「犬犽哥！」犬犽抚着额头：「妳们别过来，我能应付！」月祭跌在桌坛前，灰头土脸的站起身：「好家伙，要开始认真了吗？」犬犽把衣服扎在裤带：「那当然！」

月祭左看右看，从桌坛旁边折断一根桌脚，护住胸膛：「好！那就来吧！」犬犽向前飞扑：「小心了！」月祭挥舞木棒：「嘿！看你怎么逞强？」那根桌脚打在对方的膝盖立刻断裂，犬犽强忍疼痛，回旋一踢踹中敌人的脸颊，月祭被踢得向后翻飞，背脊撞断了神庙桌坛，痛得几乎晕去。

犬犽膝盖受伤，痛得跪在地上站不起身，月祭则是撞翻桌坛，弄得木削满堂纷飞。梧桐和香奈抢前叫：「犬犽哥！你怎么样？」、「犬犽！压住他，别让他逃！」犬犽踏出两步，膝盖疼痛又跪着站立不起：「可恶！痛死我了！」

风羌飞身一跃跳到面前，忽伸出右手捏住敌人的脖颈，质问：「说！那个水贼究竟是谁？」月祭的脉门被人扣住，喘不过气：「我…我不知道…」风羌认定他在说谎，手指掐得更紧：「那个水贼长什么样子？」月祭脸颊涨红：「咳咳…我说我不知道！」

正想拷问，神庙外忽有个年轻女子迅速跑来，抄出八枚铁椎，掷向风羌的后脑：「嘿！去死吧！」犬犽、香奈和梧桐惊叫：「小心！」风羌回头一瞥，见那暗器射得势急，急忙放松月祭，袖臂一卷全数挡下：「什么人？」月祭一屁股跌倒在地，抬起头看，迎面有个女子跃进门坎。那位姑娘鸭蛋脸儿，身穿一件黑色飞鱼服，黑裤搭配长靴，正是暗行御史的多萝萝。

众人见到女子，均吓得退后两步，犬犽惊讶：「是暗行御史！」多萝萝道：「可惜啊！真可惜！那暗器没打中你的脑袋吗？」犬犽喊：「风羌大人！你的手臂！」风羌回答：「一点小伤，不碍事的！」

八枚铁椎刺进右臂，显然受伤不轻，风羌的袖袍血迹斑斑，忍痛戒备：「妳先前竟敢在悬楼殿捣乱？」多萝萝道：「你们这些家伙在天山逼我使用引爆符，那威力把悬楼殿炸成废墟，害我和貊走散了，刚才又杀掉我的侦查傀儡，是存心与我作对吗？」犬犽反应不过，思索：「咦？什么侦查傀儡？」香奈截断话道：「杀人凶手！你是怎么找到我们的？」多萝萝解释：「告诉妳也无妨吧！我用引爆符逃出悬楼殿，原本受了点伤，想躲在森林暂时修养，好死不死又撞见你们，因此沿途跟踪你们来到这里。」

风羌抚着右臂，警戒问：「原来如此，妳就是那个水贼？」犬犽、香奈和梧桐均是恍然大悟：「原来是妳？」多萝萝哈哈一笑：「我见岸边停泊许多船只，挟持隶工跟踪你们，若有不从的，我就一刀杀掉。」犬犽问：「妳挟持了金老爷的宝船，所以才会一直跟在我们后面？」多萝

萝回答：「金老爷是谁我不认识，不过我的确是挟持了一艘宝船。那楼船中看不中用，什么好处都没有，只有一堆会发亮的石头，我真后悔没选小船。它除了船体坚固，速度简直跟乌龟没啥差别，被海妖纠缠住，想逃都逃不掉。」

原来，当初多萝萝挟持了楼船，一旦有不从者，就杀头警示。后来楼船体积庞大，转移了章鱼海怪的注意力竟被攻击，犬犸和同伴才侥幸逃脱。许多隶工趁乱跳海，免得被多萝萝一刀杀掉，因此才听见有人喊说船上有贼。

月祭听到这边，忍不住想笑：「妳也是抓着浮木逃上岛屿的吧？还是妳搭着救命竹筏逃走的？」多萝萝瞪一眼：「少啰嗦！等我杀了他们，再解决你！」月祭急忙撇清：「寻宝是我的职责，我跟这四人毫无关系，妳要找万古神器找他们就好，我没打算跟妳抢夺。」香奈骂：「见风转舵，你这小偷真是卑鄙又胆小！」

多萝萝又从口袋抄出铁椎：「刚才是侥幸，这次看你们还躲不躲得掉我的暗器？若不想死，就乖乖把捆仙绳交出来。」犬犸道：「妳别想了！捆仙绳是要带回去给婵郡主的，绝不可能交给妳！」多萝萝闷了声：「哼！你们害我损失一件桃红战袍，损失侦查傀儡，又被海水淋得湿透，打算怎么赔偿？」

风羌对犬犸、香奈和梧桐吩咐：「这个暗行御史让我应付，你们保护好婵大人的万古神器！」犬犸道：「风羌大人！我来帮你！」风羌摇头：「婵大人吩咐过我，我的职责是保护你们，你们千万别出手！」多萝萝仰头一笑：「这次难得大家都聚集在此？哈哈！真是螳螂捕蝉，黄雀在后啊！那我就将你们全都解决吧！」风羌怒道：「哼！那也得看谁才是黄雀！」多萝萝低攥妆饰，格格一笑：「废话少说，你先来攻击我吧！」

风羌双足一蹬，扑去：「好！」多萝萝飞身一跳就有两呎，连窜带纵的跃上梁柱：「快来追我！」风羌追赶在后：「别只会逃！」多萝萝放缓脚步，沿着木梁穿梭：「先追到我再说！」风羌的手臂受了伤无法射箭，况且挤在窄庙也不能使用金鵰弓，挺起左手防御护胸：「咦！这人在跟我拖延时间吗？」多萝萝嘻皮笑脸，忽抄出五枚铁椎射向背后：「哈！你还挺不赖的嘛！」

暗器迎面飞来，风羌大吃一惊：「糟糕！」将身伏低，空转个雀地之势，五枚铁椎平身飞掠，钉在木梁。多萝萝趁乱跳下屋檐，滚翻几圈化开了落坠之势，风羌依样画个葫芦往下跳，谁知视线突然变得模糊，脚没站稳，跌倒在地。

犬犽、香奈和梧桐甚为诧异，睁着圆眼：「什么？」多萝萝一见敌人摔倒，哈哈大笑：「你不会走路的吗？」风羌口干舌燥，咽一口唾液，吞下肚腹：「怎…怎么回事？」多萝萝假意不解问：「怎么了？你身体没有力气吗？」

风羌半身酥麻，双眼视线变得朦胧：「卑…卑鄙…妳…」多萝萝乐津津笑：「是了！你怎么晓得我的铁椎上没有毒呢？」风羌擦拭额汗，脸颊弄得全是血迹：「妳…妳果然在暗器上涂了毒？」多萝萝微微含笑：「你们这伙人是从天山悬楼殿来的，婵郡主在四国境内近远驰名，可不好惹，我还是让你们离去为妙，你说是不是呢？」风羌向前一扑，挥打敌人：「可…可恶！」

多萝萝从身畔掠过，探出两指点在他右臂的天池穴，风羌吃痛怪叫，多萝萝又戳他腹下冲门穴，风羌膝盖一软，跪倒在地。犬犽急追来叫：「快放开他！」可惜动作太迟，多萝萝回旋一踢，风羌向后飞出，撞断梁柱，口吐白沫的倒在地下。

犬犽卯足拳力攻击，多萝萝用力一跳飞上屋檐，躲避：「哈！我劝你还是省省力气吧！那个毒药发作之后，药效

32

就会扩散到四周经脉。用药毒死你的同伴倒好，省得我费手费脚。等解决了他，再把你们三个杀了性命，吊在树上。」

犬犴按住风羌的肩膀，扶他后退：「风羌大人！你撑着点！我替你抢回解药！」风羌受了伤站不稳，脸白如霜道：「保…保护好捆仙绳…」月祭趁乱想走，梧桐惊喊：「啊！香奈姐！他要逃了！」香奈非常警觉，抄出飞镖抵住脖颈：「想去那里？」

三枚飞镖架在项上，月祭不敢乱动：「你们的朋友受了重伤，你们不去关心他的伤势吗？」香奈把他扯倒，手肘弯曲压在地下：「少啰嗦！你别想耍花样！」眼前毫无善策，犬犴彷惶喊：「喂！妳涂什么毒药在暗器上？快拿解药！」多萝萝站在屋梁上，捧腹大笑：「怎么？昏睡无力，没法解开了吗？」犬犴又叫：「别那么卑鄙！妳把解药给我！」多萝萝反问：「你觉得我会那么笨吗？」

风羌被暗器射中受伤，双眼惺忪，嗔怒道：「这人…这人心狠手辣，恐怕还有什么诡计没摊出来，你们三个千万不可再上她的当！」多萝萝听得一清二楚，不把那话放在心上，扮个嘴脸笑：「我们来做个交易如何？交出捆仙绳，我就给他解药。」风羌双脚酥软，险些跌倒：「千…千万不可以把捆仙绳交给她！」多萝萝微笑：「那也好啊！今天若能不费气力就把你这个心腹之患除掉，那也挺好的，这样日后再没有人敢与我纠缠了。」

犬犴毅然站起：「好！我们来个交易，我们两个公平斗一场，若是妳赢，我就把捆仙绳交给妳。若是我赢，妳把解药交出来，如何？」风羌阻止：「这柄万古神器关系到四国和平，还有千万百姓的性命，你绝对不能交给她！」犬犴眼神坚定的说：「连朋友都救不了的人，还空谈什么维护和平呢？放心吧！风羌大人，请相信我，我会打赢的！」

风羌的心中百感交集，嘴唇瘫痪，也不晓得该如何答复才好。多萝萝一个飞身跳下地板，点头：「一言为定！」犬犽说：「就算妳能从我这边夺走神器，也没有用，为了维护四国和平，婵大人他们迟早还是会找上妳的。」

多萝萝满不在乎道：「随便你怎么说吧！总之！你们四个已经是走投无路。」犬犽盘算：「这个暗行御史武功颇高，但我不会射飞镖，近距离斗她终究不是办法。况且那毒药正在风羌大人体内发作，再过不久，恐怕就会毒发了，该怎么办好？」

多萝萝见他发呆，双手一弯抄进袋：「暗器来了！看着！」五指挟起四枚铁椎，投掷过去。梧桐喊叫：「犬犽哥！小心！」犬犽立刻回神，转个半圈躲避开：「好险！」多萝萝又抄出两枚铁椎：「真敏捷啊！」

犬犽滑向右边，抬起脚把桌坛踢个翻飞：「她射暗器我却近身搏命，这种打法，迟早我先累倒的。」多萝萝又掷铁椎，犬犽为救同伴，再把板凳踢个翻飞，桌椅和暗器相撞，捣成木屑，裂断两半。木凳满堂飞舞，多萝萝左闪右躲，看不清楚前方视线：「哈！是障眼法吗？」犬犽为拿解药，一招旋乾转坤，击向敌人的肩膀：「有本事别躲！」

多萝萝看不清拳路：「这什么功夫？」犬犽道：「八极螺旋！」多萝萝杏眼圆睁：「什么鬼东西？」举起双臂挡架，一股强势压向胸口，多萝萝被震得向后滑行，背脊撞在墙壁，头昏脑胀：「好家伙！力气真大！」犬犽靠一股蛮劲将她震飞，飞快又追上：「得赶紧结束才行！」

多萝萝身手矫健，在圆柱间东穿西梭，犬犽怕她又掷暗器，一时倒也不敢贸然冲动，谨慎的追在背后：「站住！」多萝萝双手做爪，往肩胁抓下：「捆仙绳非我莫属了！」犬犽一个扫腿，踢开手腕：「交出解药！」多萝萝向后撤退：「哈！那也得看你的本事！」风羌视线模糊，

有气无力的喊：「这…这人太狡猾，给她逃走可难追回！快！你们别管我，保…保护好捆仙绳，带回去给婵大人！」

犬犽谨慎提防道：「风羌大人请相信我，我说过我绝不会输的！」多萝萝抄出暗器，先射四枚铁椎势缓，再射三枚铁椎势急：「接我这招！」犬犽双手着地一撑，在半空翻滚三圈，跳上木梁：「我该怎么对付她好？」一眼觑定，瞥见神庙的屋顶被凿出两个大洞，显然是风羌和多萝萝先前对招所破坏的，灵机一动：「不如就引她到这吧！」

多萝萝一个健步跳上木梁，抄出铁椎防备：「喂！还不出来吗？不担心你的朋友？」犬犽站在木梁中央，挺胸道：「我在这！」多萝萝脚下移步，双手握着铁椎向前砍去，照向咽喉刺穿：「嘿！」

犬犽矮身一低回避开，可惜动作太迟，肩膀还是被那利器划破。多萝萝腰顺风转，回旋又砍：「嘿！再躲啊！」犬犽抬起脚踢向她的手腕，那铁椎抛飞了开，掉落底下。

多萝萝又从腰袋抽出铁椎，向前直劈：「可恶！我就不信砍不中你！」犬犽抓她手腕，化个半圈向旁撇开，多萝萝三脚两步踹向肚腹：「可恶！去死吧！」犬犽忍痛受了一脚，忽向后仰，屋顶破洞的阳光透射进来，多萝萝好生诧异，眼前忽变得照耀通明：「啊！」犬犽趁隙反击，卯起蛮劲打她的肚腹：「这是替风羌大人还的！」多萝萝只顾闪躲阳光，忘记防备敌人，出其不意竟给击中，天旋地转的向后跌倒：「哟！」犬犽扯她肩膀滚出木梁：「下去！」

多萝萝一时不慎未曾提防，谁知对方站在阳光底下，等自己接近，阳光透过屋檐破洞从天空射下，立刻变得视线难济。当下没料此着，竟被打个措手不及，哪里还有机会可闪？情急中竟被犬犽扯出木梁，坠往楼下。

二人在半空中缠成一团，多萝萝四脚朝天的摔到楼下，背脊撞裂了几块地砖，痛得爬不起身：「哟…」梧桐和香奈惊呼：「啊！」犬犽狼狈爬起，立刻掐住敌人的咽喉，灰头土脸说：「妳输了！还不快点交出解药？」多萝萝动弹不得，躺在地上呻吟：「哎哟！你真卑鄙！你用陷阱欺骗我！」

犬犽反驳：「你把毒药涂在暗器上就不卑鄙吗？」多萝萝冷笑：「你又晓得那是什么毒药了？」犬犽骂：「我怎么晓得？反正你快点把解药交出来！」多萝萝道：「你不放开我，我怎么给他解毒？」犬犽向后退开：「快替风芫大人解毒！」多萝萝向后一撤，身捷如猿的逃脱开，香奈惊喊：「犬犽！她想逃！」犬犽追赶：「糟糕！」

多萝萝抄出铁椎：「嘿！你这人还真是蠢啊！」犬犽躲得稍慢，长袖给铁椎划出痕迹：「可恶！妳说话不算话！」多萝萝挥舞铁椎：「胡说八道！看我劈开你的脑袋！」梧桐惊叫：「犬犽哥！小心危险！」犬犽叫：「别过来！」说时迟那时快，肩膀忽感觉剧痛，低头看竟是铁椎插在肩膀。犬犽又惊又怒：「妳真卑鄙！」

多萝萝先前受了敌人陷阱的羞辱，怀恨在心，刺他一刀后，逃出门坎：「嘿！抓不到我了吧？」犬犽气愤不平：「妳这骗子，说话不算话！」多萝萝笑：「我不叫骗子，我名叫『多萝萝』，你好好记住啦！等你脑袋变聪明点，再来找我！」犬犽怒道：「妳快交出解药！」多萝萝张嘴大笑：「哈哈！解药？什么解药？我根本就没有解药。」犬犽惊呼：「什么？」

多萝萝骄傲睥睨，佯着不瞧一眼：「哼！虽然人家都说我心狠手辣，起码还算不上是卑鄙无耻之徒。好歹我也曾是狩猎族一流的傀儡师，不需要靠卑鄙手段打赢你们。放心吧！那药是一般的迷魂药，只会让人昏睡，两个时辰后自然苏醒。」犬犽半信半疑：「真的不是毒药？」多萝萝瞇着眼笑：「这次算你侥幸赢了，我们走着瞧吧！」犬犽冲

出两步，企图拦阻：「等等！」多萝萝矮身一低，衣裤连半点灰尘都没沾染，窜出神庙：「再会！」

犬犽仓促跑去问：「风羌大人他怎么样？」梧桐立刻蹲下替伤者把脉，探出食指搭住风羌的脖子，在第六颈椎穴按几下：「他好像真的没有中毒，只是在昏睡。」犬犽问：「妳懂医术？」梧桐解释：「爹结识了几位大夫朋友，曾教过我一点医术。」

犬犽听说风羌暂时无碍，放下心中大石：「可惜我没捉到那个暗行御史。」梧桐道：「犬犽哥！你帮我一下忙！」犬犽点头：「好！」二人合力把风羌翻面朝上，月祭在旁闲看野景，长吁短叹：「你们的同伴睡得可熟，不打算叫他起床吗？」香奈用飞镖抵住脖子：「你闭上嘴！这不关你的事！别乱动！」

犬犽分析情势：「这地方太危险了，我们得赶紧离开龟灵山，去彩云峡找婵郡主，否则那些暗行御史又追上来，可就麻烦！」梧桐点头称是：「嗯！犬犽哥说得对！」香奈问：「这个家伙该怎么办？」犬犽回答：「我们不能把月祭独自一人抛在岛上！」香奈脸色难为道：「你要把这个小偷带上船？那不是引狼入室？」

「别管那么多了！我们先离开这再说吧！」犬犽催促同伴，抓起金鹏弓和箭筒，又把捆仙绳绑在腰带，引领梧桐扶着风羌离开神庙。香奈挟持月祭尾随在后，五人在树林兜个大圈，走下山坡，来到了礁岩海岸。梧桐问：「现在怎么办呢？」犬犽跳到水中，扯住绳索拉向岸边：「先上船！」

五人登上甲板，犬犽拼命划桨转舵，梧桐怔怔望着龟灵山看，见那岛屿山势险峻，心想：「在这汪洋大海若没一艘船，恐怕逃不出这座荒岛了。」香奈挟持月祭站定甲板，向栏杆低头一看，海中浪花冲刷上岸，远处的浪涛滚打礁

岩，激起怒流。犬犽边拢船边叫：「大家站稳，我们要离开龟灵山了！」

海风吹来，云雾均被驱散，水船从岸边荡开，海风吹着众人，心旷神怡。梧桐坐在旁边观察伤势，见风羌睡得死沉沉的，终于能放松心情，当下梳凌云髻把发辫弄开，貌色显得清新脱俗。

犬犽跑到船首，放眼瞻看，一望无际的碧绿海洋极为辽阔，便觉兴奋叫：「你们看！好漂亮啊！」香奈双眉微蹙，担忧：「你别高兴太早！这船上还有个贼盗，随时都会对我们构成威胁。」月祭凑过耳边，在旁闲说：「现在被人威胁性命的，好像是我吧？」香奈用飞镖抵住脖子：「你住嘴！少啰嗦！」

月祭看她这般强硬脾气，如敬畏天神一般不敢触犯，梧桐转个话题问：「风羌大人还在昏迷，如果我们又遇上海怪，该怎么办？」犬犽道：「别担心！有我在，我会保护你们大家的！」

烈日当空，海面被耀照得清澈可见，轻船顺着波浪起伏，犬犽闲来无事，躺在甲板发呆。水船东摇西晃，几片浮木荡在海中，梧桐诧异唤：「犬犽哥！」犬犽问：「怎么了？」梧桐指着海面：「你们快看！」

犬犽、香奈和月祭仔细一看，忽见到处都是船骸与尸体浮在水面。那些尸体在水中浸泡一晚，肿如囊袱，还有浮尸呈现紫色，似乎是在水中溺毙而死。

突然一阵浪花打来，残船的木板和浮尸荡在海面，随着潮水上下浮动。许多海鸥在空中盘旋，一见尸体，立刻飞下啄食。梧桐站在船上目瞪口呆，见了这光景叫声不绝，犬犽也跑到栏杆旁围观，一时不晓得该如何是好，月祭首先开口道：「是那只大海怪干得好事吧？」香奈见那些尸体

双眸紧闭，吓得肢体冰凉，似乎连心脏都要怦出来：「犬犿！我们快点离开！」

犬犿恍然回神，急忙冲到船桅，扬起帆蓬：「糟糕！这片海域是禁地，我们又闯入大章鱼的地盘了！」正想把船移开，忽听耳边一声海浪，离甲板百丈距离有个庞然大物载浮载沉，香奈吓得呼喊：「犬犿！快走！是那只大海妖！」犬犿察觉不妙，暗叫糟糕：「哎哟！完了！快点张篷！快转向！」

大章鱼突现原形，伸出触角向上一抬，用力拍打海面。波涛汹涌，许多漂荡的浮木都遭摧毁，海鸥闹噪起来，尸体也不敢再啄了，成群结队的飞向天空逃难。

犬犿猛转舵位，反向划开：「梧桐妹妹！麻烦妳照顾风羌大人！」香奈见大章鱼逐渐游近，脸色惊慌：「犬犿！牠追上来了！」浪花掀翻甲板，船边突然涌起一股水流，泼得众人淋淋漓漓。月祭挣身坐起：「要对付牠，你们需要我的协助！」香奈用飞镖抵住胸口：「你别乱动！」月祭道：「这艘船若是翻覆，那大家就全都完了。」

犬犿叫：「香奈！他说得对！这个时候没办法再争论了，我们需要他的协助！」香奈无可奈何，撤开飞镖：「哼！你别给我打什么坏主意！」月祭摩拳擦掌：「嘿！畜牲！看我怎么把你这章鱼翻在海里，用水浸肚皮！」梧桐惊喊：「犬犿哥！小心！」

大海怪的触角向水面一拍，滚滚浪涛把帆船冲得左摇右摆，犬犿被那劲势弹出栏杆，急忙在空中扯住缆绳，旋转半圈，踏在甲板：「好险！」木桅裂断，风帆落坠，把船舱砸破一个大窟窿。

月祭和香奈都被震得跌倒，绳索飞脱，扯向海中，犬犿健步如飞的向前一滚，站立起身：「梧桐妹妹！快扶风羌大人进舱！」梧桐搭着风羌的肩膀，吃力搀扶：「我…我知

道了！」月祭喊：「喂！这船上有没有刀？」香奈骂：「真是蠢蛋！又不是海盗船，怎么会有刀？」月祭莫名其妙被骂，反问：「那要怎么杀海怪？」香奈回答：「拿橹和桨攻击牠吧！」

月祭无可奈何，举起木桨想攻击章鱼的触角：「来吧！大畜牲！看我怎么剖开你的肚腹！」浮木在小船周围荡来荡去，突然一阵海浪迎面扑打，众人被那浪涛打得湿漉，甲板又破一个洞，香奈伸手去抄暗袋：「糟糕！我的飞镖都丢完了！」

大章鱼在海上捣乱，五人被攻个出其不意，月祭拿桨去打，不慎被一根触角扫中，倒在地下，爬不起身：「可恶！真敢打我？」梧桐扶着风羌走向船舱，滑一跤跌个四脚朝天，两根触角恰巧扫到，用吸盘将二人卷上天空。香奈惊喊：「犬犷！快救他们！」

这船上除了置备的鱼网就只剩下木桨，犬犷焦急也掏不出什么武器，灵机一动，忽想起腰带上的捆仙绳，用力扯落牛皮袋，抽一鞭喊：「四象兽！出来吧！」

一阵海浪迎面拍打，两只海鸥从高空飞过，却不见有什么巨兽出现。犬犷怪眼圆睁，把捆仙绳甩一甩叫：「欺哄人的吧？哪里有什么四象兽啊？」香奈急叫：「喂！他们两个要被海怪吞吃了，你还在干嘛？」

犬犷睁大眼看着神器，见握柄处镶了一颗鹅蛋大小的灵石，天蓝如水，稀薄透光，似乎也没什么特异之处：「这是一根普通的绳子啊！我没办法召唤什么四象兽！」香奈喊：「用心召唤牠啊！还记得白云郡主怎么跟我们讲过的吗？」

犬犷仔细回想，忆起白云斋曾对自己说过的话：「这很简单，你只要把神器握在手中，心里想着召唤四象兽，牠的实体就会出现。」这下仿佛当头棒喝，饱吸口气，用力再

把捆仙绳旋圈三转，用力一抽鞭，喊叫：「四象兽！出来吧！」

海中突然涌起一团白雾，巨浪翻滚，洪水涛天。一只乌龟体形大得骇人，甲壳如高山冒出海面，直达岛屿峰顶。顷刻间狂风骤起，水浪汹涌，大章鱼被无数的波浪冲到远方。犬犽、月祭和香奈均是看呆，见那只巨龟连头带尾搅动海面，旋出许多涡圈，巨浪排打，残船的断木和浮尸都被拒出百里之外。

月祭见那巨龟躯体庞大，惊讶叫：「这只海兽绿壳烁闪，难不成竟是传说中海龙王的金鳖龟奴？」香奈破口骂：「胡说八道！你才是金鳖龟奴！他们都快没命了，你还有心情顽笑？」

众人的小船被龟壳顶在高空，颠簸不平。低头俯瞰，可见龟灵山峦峰起伏，犬犽见大章鱼在海中左飘右荡，心中盘算：「梧桐妹妹和风羌大人有危险，我得救他们才行！」想到这边，转头吩咐：「香！妳和月祭在船上等候，我马上回来！」香奈惊问：「你打算怎么做？」犬犽答：「我去救他们！」香奈拦阻：「你疯了吗？从这么高摔到海里，不死也半条命了！」

「放心！我会把他们救回来的！」犬犽见龟壳光溜溜的也不顾危险，跳出栏杆，往大章鱼的方向奔去。他顺着龟壳愈滑愈快，天空中的浮云向后倒退，抬起头看，忽见前方阳光耀眼，犬犽在空中翻滚三圈，往龟甲一踏，向上跳起：「梧桐妹妹！风羌大人！我来救你们！」突然眼前明亮，脚下尽是浩瀚汪洋，犬犽身在半空被高压逼得无法喘气，把捆仙绳疾风一抽，甩向章鱼的触角：「来对决吧！你这只殃祸人间的大海怪！」

绳索往触角旋缠两圈，犬犽奋不顾身的扑向章鱼，暗叫：「糟糕！」双手死抓着绳子不放，迎面撞向了触壁：「梧桐妹妹！快抓住我！」梧桐被黏在吸盘动弹不得，身旁是

昏迷的风羌，惊觉：「犬犽哥！我们被黏住了！」低头看两眼，脚下波光倒影汇成一涟，几粒沙石落坠万丈，沉没海中。

犬犽抓着捆仙绳一荡，跳向二人：「别担心！我来救你们！」风羌迷糊苏醒，眼前一只偌大巨龟：「什…什么！是玄冥龟？怎么会？」犬犽衣袖填风，惊喜叫：「风羌大人！你醒来了吗？真是太好了！」

风羌挣扎想动，无奈肩膀和大腿黏在吸盘，硬是拉扯只会疼痛难当：「咦！怎么会动不了？」犬犽满头大汗，紧迫也顾不得危险，张口往章鱼的肉咬下：「可恶！」

章鱼的吸盘被咬得满是鲜血，犬犽毫无惧色，只管张嘴咬住不放：「快放开他们两个！你这家伙！」那触角像是失去吸力一般，风羌和梧桐毫无防备，倾向前往下坠落。犬犽暗叫不妙，急伸出手：「梧桐妹妹！」梧桐五指一抓，对方手腕立刻皮破血流，犬犽疼痛难当，咬紧牙根：「绝…绝不放手…」梧桐惊魂未定，抓着手腕不敢松脱：「犬犽哥！」

风羌摔下半空，索性应变机灵，立刻抱住触壁的吸盘：「你们没事吧？」梧桐吓得花容失色，狼狈又把手腕抓得更紧：「犬犽哥！」忽听喀喇几声，犬犽的长袖撕裂，竟被同伴抓出五条血痕，忍着痛喊：「快！梧桐妹妹！抓住绳子！」梧桐抓着同伴不敢放松，侥幸碰触到捆仙绳：「我抓到了！」

二人抓着捆仙绳吊在半空，像蜘蛛网高高悬挂，好似荡秋千一般。梧桐吓得说不出话，差点儿就摔到海里：「我…我好害怕…」犬犽叫：「风羌大人！我们现在该怎么办？」风羌回答：「快吩咐玄冥龟，送我们回牠的背上！」犬犽怪眼圆睁：「怎么做啊？」风羌道：「当你手中握着万古神器，你的心灵就会和四象兽联结一体，你心里怎么想，牠就会怎么做！」犬犽半信半疑：「真的

吗？」风羌叫：「若在患难之日胆怯，你的力量就微小，但你因有指望，就必稳固，也必四围巡查，坦然安息！」犬犽信心满满，大声喊：「好！玄冥神龟！旋涡水柱！」

玄冥龟抬起前脚，一个拨浪姿势往下拍打，海浪排荡如山的迎面涌来，吓得风羌、梧桐和犬犽扭身躲避：「抓紧！快抓绳子！」

海面上浪花激荡，从头顶淹没，犬犽、风羌和梧桐被淋得一身湿透，模样看来好不狼狈。天空一阵冷风瑟瑟吹过，三人悲歌泪弹，沧海一生不平事，尽在无言中。

犬犽满脸湿淋，喊道：「风羌大人！你刚才到底说什么啊？我听不懂！」风羌解释：「要知道学武之人最忌讳心浮气躁，掌控四象兽的唤召师更是如此！先闭上眼，安静你的心，然后再试试看！」

犬犽闭上双眼，在这生死关头精神专注，脑海忽又浮现风羌告诫自己的那段话：「若在患难之日胆怯，你的力量就微小，但你因有指望，就必稳固，也必四围巡查，坦然安息！」脑袋忽变得明亮清晰，大叫：「水象通灵！玄冥神龟！旋涡水柱！」

海平面波光如涟，三道水柱升高百丈，洪波涌起，卷向天空。犬犽对同伴喊：「快跳上去！」风羌往那漩圈跳，水柱急滚翻飞，将他冲上十余丈高。轰声顿止，水柱突然往下一落，仿佛喷珠洒雪的散开，风羌做个翻身鹞子，安安稳稳的落在龟壳上。

梧桐见玄冥龟的形体大得骇人，又见旋涡水柱升高百丈，吓得脸色苍白：「犬犽哥！我好害怕！」犬犽拉住她手，向前一跃：「走！」二人同时往漩圈内跳，可惜加在一起身体负重，水柱急滚翻飞，在半空中溅散开。

两人几乎要摔下海中，犬犴暗叫不妙，连忙又集中精神喊：「水象通灵术！旋涡水柱！」海中波浪急速搅动，激成大急漩往中心汇流，梧桐和犬犴被那逆水冲上天空，云起雾腾的掉在龟甲。梧桐饱受惊吓，差点儿一跤跌倒，犬犴将她扶住：「妳没事吧？」梧桐双颊晕红，摇头：「嗯…」

香奈和月祭奔出小船，踏在龟甲追赶来：「犬犴！」、「喂！现在情况如何？」风羌吩咐：「快！趁现在快点解决，给牠致命一击！」犬犴把捆仙绳转旋两圈，抽一鞭：「好！玄冥神龟！大力锤头功！」

众人满脸疑惑：「那什么招术？」抬头一望，玄冥龟抬起脚掌猛向下踏，大章鱼的头壳受不住巨力震撼，泰山压顶的脑浆迸裂，口中咕嘟嘟直冒黑气，沉到海底，再看不见。

香奈欢喜叫：「我们打败牠了！」梧桐喊：「犬犴哥你好厉害！」月祭心里暗诧：「玄冥龟的威力真大。」犬犴喘一口气：「终于可以离开这了！」风羌吩咐：「大家快回船上！我们赶紧去彩云峡和婵大人会合。」

话说犬犴长期依海为生，对于海洋非常熟悉，想必是因为这个原因，所以驾驭海灵兽也特别得心应手。他们乘船回到了杏花镇，犬犴撑着橹桨，把行船移到旁边，停靠码头附近。岸边游人如织，沿途的街铺满挂了灯笼，楼阁筑立，私家码头仍旧停泊了许多船只。月祭的双手被麻绳绑缚，狼狈问：「喂！你们打算押我去哪里？」

香奈见他仓惶之态，幸灾乐祸说：「你这样一个贼人若要活命，就只有送到地牢去住，照着常人佣工干活一辈子，方可饶命！」月祭道：「天山悬楼殿的婵郡主一向光明磊落，驰名天下，难道她的手下会白白折磨死我这样一个落魄之人吗？如此行径，在四国境内传开了，只怕不太好听。」

香奈怒骂：「我们和你有什么情谊？你想从我们这边偷走神器，你以为我不晓得吗？」月祭说：「像妳这样霸道的女人，我还是第一次遇见。」香奈又骂：「你这贼盗既没良心又没廉耻，这样不达时务，我非要叫衙门先把你杖刑一番！」月祭含笑不语：「嘿！」香奈问：「你笑！笑什么笑？有什么好笑？」

犬犽道：「月祭，当初你偷走如意风火轮的事，我们已经不跟你追究了，你若担心四国安危，就应该与我们一起协力合作。」月祭说：「寻宝是我的兴趣，跟你们一起合作，只会对我碍手碍脚。」香奈怒气填胸，大骂：「你这家伙，偷窃人家东西，竟然还说得头头是道？」犬犽连忙劝阻：「香！妳冷静一点！别冲动！这家伙杀他不得！否则连妳也要受到牵累！我们去衙门陈情告状，自有官司会审批他！万万不可意气用事！」

月祭故意激她：「妳不打我了吗？」香奈骂：「贼盗！你若再喧嚷，我把嘴巴割下，叫你变成哑巴！」犬犽强压同伴：「香！」月祭故意又笑：「若是要断我性命，须得砍了手脚，妳只把我嘴巴割下，有何用处？」香奈被激怒叫：「好！既然如此，那我便如你所愿！」

月祭向旁一滚，忽把双手伸进怀中，摸出药弹：「嘿！我们后会有期啦！」犬犽和风羌均诧：「糟糕！」月祭把药弹掷在地上：「哈哈哈！真是可惜！」

风羌追上前想捉人，不料药弹坠在甲板，爆出许多烟雾。眼前朦胧一团，混乱之中听见香奈喊：「可恶！那贼逃跑了！」、「咳咳…犬犽哥！你们在哪？」、「糟糕！看紧捆仙绳，别让小偷抢走！」雾里传来噗通一声，月祭已经跳到海中，潜水躲避。

那烟雾把视线全都遮蔽，月祭利用烟雾弹逃跑，便如生了翅膀，在云端消失不见。待得烟消雾散，月祭早就已经不

45

见踪影，香奈气得捶胸，对着天空叫：「可恶！那贼好狡猾，居然用无耻的招数逃跑了！」梧桐问：「风羌大人！我们要不要去追他？」风羌摇头：「来不及了！我们还有更重要的事情需要完成，等解决了暗行御史，再搜那贼。」

香奈咬牙切齿道：「那贼阴险狡猾，若是躲起来，日后可说是后患无穷。」犬犽安慰：「算了吧！香！我们虽是遭他计弄一场，如今也算学个经验，日后再遇上月祭，也懂得如何应对了。」香奈道：「岂有此理！那贼用计脱走，日后上街害人，你还有心说这番太平话吗？」

犬犽安静闭嘴，也不再与她争辩。风羌吩咐：「三位！时间紧迫，我们赶紧启程去彩云峡，与婵大人和雷少主会合吧！」犬犽和梧桐异口同声：「好！」

第十章 海棠的动机

四人登岸，风羌引领犬犽、香奈和梧桐穿越了市集，离开杏花镇。屈指计算，此时相隔去到龟灵山的时间，大约经过了二十几日。这天黄昏，树梢上翠影摇曳，几只野鸟振翅惊慌，往树外飞逃。溪涧的山路崎岖，风羌用金鹏弓拨开草丛，犬犽、香奈和梧桐尾随在后。

天空朦胧，土湿泥滑，南北两边皆有峡谷。「彩云峡就快到了！」风羌停下脚步，指向前方一座铁锁桥又问：「有人累了吗？要不坐下歇息？」犬犽、香奈和梧桐均摇头：「不累。」香奈喊：「咦？你们看！」

山崖对面残留两行脚印，疑是有人经过，风羌沉思：「是婵大人和翠云少主吗？难道他们已经来了？」犬犽兴奋不已，一个健步跑到铁锁桥的彼端，高声唤：「大家快过来！」香奈边走边说：「别跑太快，当心摔下山谷！」梧桐问：「犬犽哥！你看见婵郡主没有？」犬犽回答：「你们大家快跟上啊！」

举目观望，铁锁桥上横铺着木板，纹理粗糙，八寸厚度的吊桥高高悬挂。香奈率先走去，梧桐有点畏惧，扶着锁链不敢放松。犬犽感觉新奇，一路在铁锁桥蹦蹦跳跳：「后面快走！快点过来！」香奈撒开嗓门骂：「找死吗？别摇这桥！」犬犽未曾提防，一脚踢破木板：「哎哟！」风羌和梧桐异声喊：「小心！」、「啊！犬犽哥！」

犬犽低头俯瞰，见悬崖下云雾飘渺，屁股打颤：「哟！」这下死里逃生，安分守己的紧握住铁锁，漫步过桥。四人穿越了铁锁桥，又走半晌，风羌用金鹏弓指向北边：「你们看！那边就是彩云峡了！」

犬犽、香奈和梧桐举目眺望，北方山峰被雾遮蔽，朦胧的霾云之中隐约可见四个大字透在雾里，均想：「咦？那是什么？」

刻痕入石三分，云消雾散，字迹忽变得清晰。犬犽仰头一看，左边山峰刻着「天地」，右边山峰刻着「山海」。四个字浑然雄劲，仿佛一幅巨匾悬在高峰，风羌解释：「那四个字是祖先遗留下来的。」犬犽问：「这地方有什么特异之处吗？」

风羌解释：「三年以前，四国和狩猎族的战争还没结束，彩云峡曾是天山国、翠云国、蓬莱国和郁树国的中心交界处，只要敌人占领这个地方，就能控制整个战争局势。因此婵大人和其它三位郡主分别都曾差派大批军队，镇守在此。」犬犽道：「真是厉害！」风羌又说：「彩云峡的岩石坚固，山路险阻，即使是敌人千军万马也不易攻陷。可是若一旦失守，通往四国的大门就会立刻敞开，因此兵役的统制在这防守格外谨慎。」香奈转身对三人叫：「你们快看！前方那人是谁？婵郡主吗？」犬犽圆眼一睁：「咦！那什么人？」

云雾朦胧，隐约可见两个男子头戴斗笠，身穿篷衣，木柴堆聚围个小圈坐在地上。营火堆前烈焰腾腾，怎知忽有风吹来，其中一人被黑烟熏得满头灰土，捂着嘴巴咳嗽：「咳…咳咳…咳…可…可恶…」

另个同伴把唇齿凑去，幸灾乐祸的笑：「忍者！你真是笨，怎么坐在顺风的位置？风吹来了都不晓得哩！」男子咳嗽，勉强睁眼：「谁…谁晓得风会往我这边吹？」

迎面又是一阵大风把烟卷飞，二人直呛着咳嗽：「咳咳…浪人！你还不是？」、「可…可恶！怎么突然转了风向？咳…咳咳…」两个男子被熏得难以目视，对那烟雾磕头道歉，炭粉吸入鼻孔，灰头土脸的只想流泪。香奈睁着杏

眼，站在远处惊呼：「哎呀！犬犽！是那两个奇怪的家伙！」

两个篷衣男子坐在路边歇息，一见风羌四人走来，瞪大怪眼看着犬犽和香奈：「咦？你们…」宫本武藏满腹疑心，叫：「你是那个打鱼的？」犬犽谨慎防备：「你们有什么事情吗？」宫本武藏摩拳擦掌：「嘿嘿！忍者，我们有朋友来拜访了！」猿飞佐助相视一笑：「是啊！怪不得这么眼熟？」宫本武藏笑呵呵问：「打鱼的，你来找我们两个练功吗？」犬犽退后一步：「不是啊！你们两个怎么会在这边？」

宫本武藏解释：「听人说彩云峡是因为山灵水秀而闻名，时常有侠士高人聚集在此。忍者与我为了要成为天下第一的武行者，因此来这修行。怎么？你们几个也是来练功的？」香奈听他口出狂言，冷笑：「胡说八道！就凭你们两个垃圾，也想成为天下第一？」

宫本武藏和猿飞佐助顿时变脸：「忍者！我没听错吧？她骂我们是垃圾？」、「可恶！小鬼！妳说什么？」犬犽急忙替同伴打个圆场：「她是说出色，你们两个武艺出色！」宫本武藏想要揍人：「你说谎！我明明听见她说垃圾！」犬犽一时也没主意，胡言乱语的争辩：「是出色！武艺出色！」

猿飞佐助两道电眼如鹰一扫，冷森森说：「你们四个好大胆子，快点投降，否则通通各砍一只脚！」宫本武藏掌声如雷，笑呵呵说：「忍者，你别吓唬他们吧！这些小鬼无将无兵的，如今再受你一番羞辱，怪可怜的！」

香奈骂：「你们两个怎么动不动就是砍刀杀人？简直就是野兽畜牲！」宫本武藏和猿飞佐助呆望几眼，面面相觑：「忍者！我又没听错吧？她骂我们是畜牲？」、「可恶！小鬼！妳骂我们是什么？畜牲？」犬犽大惊失色，再替同

伴打圆场：「她是问你们何年何月出生！是出生！不是畜牲！」

猿飞佐助啰哩啰叱骂：「浪人！那个臭丫头一番言语把我们两个都给骂尽了，你觉得要不要剥她衣服凌辱一番，然后杀掉？」宫本武藏回答：「忍者！区区一个臭丫头，没必要与她计较，打烂嘴巴就好。」

猿飞佐助说：「这个臭丫头顽强固执，我手好痒啊！若是不砍掉她一块肉，难消我怒气！」宫本武藏安抚：「忍者！咱们来到四国境内，动不动就会遇上这等恼人气事，你争我骂总免不了。我们既要当天下第一，就要学会忍气吞声。」猿飞佐助阴森森笑：「浪人！不如用绳索绑缚起来，卖了这丫头去，从旁赚获一笔银子也讨便宜，岂不美好？」

「那好！正巧缺钱花用！」宫本武藏怒发冲冠，展开双臂往敌人扑去：「可恶！小鬼！敢骂我们是畜牲和垃圾？捉了妳可要剥皮剔骨！」风羌飞身一跃，拦在面前：「三位请让开！我来应付！」

猿飞佐助抄出隐雾飞镖：「浪人！这个家伙让我搞定！」手腕一翻，四枚飞镖挟着劲风射去，风羌踏个斜万势闪避，宫本武藏抽出草薙刀想砍脑袋：「别想逃走！」风羌捡起石块，叮叮当当的把刀挡开：「你们两个究竟什么人？」宫本武藏回答：「你们若不快投降，瞧我把你折磨不成人样！」香奈在旁观战：「你出生的时候，就长得不成人样！」宫本武藏愣愣一怔，气愤骂：「大胆狂徒！小鬼敢在嘴上讨我便宜？」双手挥舞着草薙刀砍得更猛，试图把敌人砍个脑浆爆裂：「赶快领死吧！」

风羌冤枉被当成出气袋，倒霉做了香奈的替死鬼，被那二刀流千人斩的剑气笼罩，无法脱困。猿飞佐助抽出甲贺万力锁，对准脚踝投掷：「看你还能逃多久？」风羌左闪右避，侧翻滚开：「三位！躲远一点！」

犬犾见同伴有难，一个扫膛腿如电闪出：「喂！你的对手是我！」宫本武藏不晓得这是虚招，踪身跃起：「可恶！你敢攻击天下第一的武行者？」犬犾忽把扫膛腿转变回旋之势向上一踢，对方正在讲话，竟被攻个出奇不意，胸膛中脚，向后摔倒。

索性宫本武藏穿有贴身铠甲，犬犾一脚踹去，仿佛踢到铁板，强忍住痛：「哎哟！怎么那么硬？」猿飞佐助灵机应变，抢来追击：「浪人！我们合攻小鬼！」宫本武藏的刀法一变，使出二刀流千人斩的必杀技封锁左右，满地飘花落叶被风卷起，沙尘乱舞：「嘿！小鬼！你逃不掉了！」

犬犾脚尖蓄力，一个鲤鱼打滚跃上树干。他侥幸潜避，忙打滚四五圈，翻个筋斗化解重力。宫本武藏和猿飞佐助竭尽生平之力，均亮出刀想砍敌人的肩窝，谁晓得二人距离太靠近，照面撞个满怀，跌倒在地。

二人撞到额头痳痹，灰头土脸的爬起身骂：「可恶！敢耍我们？非把你们宰了不可！」、「浪人！你怎么样？」、「废话！这还用说？痛死人了！」风羌看两人跌倒在地，当然是趁胜追击，把指尖蓄力，朝他们的天灵盖抓去：「纳命来！」宫本武藏和猿飞佐助搂抱一团，怪叫：「好汉饶命！」

飞沙逆拂，犬犾连窜带纵跳过来，举起手腕挡架：「风羌大人！千万不可！」风羌铁青着脸：「这两人发觉了我们行踪，今日若不杀人，日后他们被暗行御史捉住，肯定会严刑逼问，泄露口风。」犬犾将对方的手臂扳开，忍着痛说：「风羌大人！你冷静一点，他们两个只是无辜百姓！」

宫本武藏和猿飞佐助吓得两腿发软，跪地求饶：「求英雄饶命！」香奈呵呵笑：「怎么几个月没见，你们两个的武功一点长进也没有？」宫本武藏和猿飞佐助连磕响头：

51

「四位大英雄饶命！」香奈笑说：「你们别谢我，风羌大人可还没说愿意放人。」

二人听了这话，胸口如受重击似的，如癫如狂再磕几个响头：「大英雄饶命！四位大英雄饶命啊！」犬犸挡着风羌：「你们快走吧！我们不为难你们。」

宫本武藏和猿飞佐助千恩拜谢想要走人，背后忽有声音唤叫：「且慢！」风羌表情凝重，又说：「那些暗行御史正在四国境内搜寻得紧，若找不到我们，肯定到处拷打盘问。你们两个若被细查，不会泄露我们的行迹？」

宫本武藏和猿飞佐助吓得磕头：「四位英雄饶命啊！」犬犸问：「风羌大人！我请问你一件事情！」风羌道：「什么？」犬犸问：「失去一个重要的人，那种感受，你可曾否体会过？」风羌说：「为什么突然问这个？」犬犸解释：「他们两个也是有血有肉的，也有非常在乎他们的人，对那些人来说，他们两个都很重要。无论是谁受伤害，那可都是终身恨事啊…」风羌黯然愧疚，点头：「你们走吧！」

宫本武藏和猿飞佐助见犬犸极力阻止，劝服同伴手下留情，一时之间愣在原处：「这打鱼的救了我们？」香奈骂：「你们两个还不快滚？」宫本武藏喊：「喂！小鬼！你为什么要救我们？」犬犸摇了摇头：「我只是不想看见有人受伤。」

树林突然传来一个女孩声音，笑嘻嘻说：「你还真是伟大啊？」风羌急忙抓起金鹏弓，抽出羽箭：「糟糕！难不成中了埋伏？」

一时之间白刃耀眼，有个黑影从高处落下，多萝萝的手中拿着铁椎，身穿桃红征袍道：「多亏你们天山悬楼殿那场战役，害我用掉几千张引爆符烧了红袍，如今好不容易，终于又弄到了一件新的长袍。」

犬犴、香奈和梧桐均喊：「风羌大人！是暗行御史！」多萝萝揪着发辫，唧唧哝哝的嘟着嘴嚷：「我说过我还会再回来的吧？」风羌垫脚换个双人字步，拦截去路：「三位，快逃！」犬犴一把扯住香奈和梧桐的手，向后退避：「香！梧桐妹妹！我们快离开这！」多萝萝踏出脚步追赶：「嘿！想往哪逃？」风羌做个伏虎鹤行，冲到面前：「妳的对手是我！」多萝萝向左闪避，格格一笑：「就这么一点招术？」风羌抽了羽箭，用金鵰弓瞄准目标：「别动！」

多萝萝一个飞身窜上树干，那羽箭从肩膀掠过，差点中箭：「好险！」风羌跟着跃上树干：「糟糕！不能让她逃走！」多萝萝回头惊看：「这家伙速度好快！」风羌持起金鵰弓向前一挥，对准敌人的膝盖横扫去：「给我下来！」

多萝萝在半空中换翻姿势，横越树干：「哈！」风羌挂在树干左摇右晃：「可恶！没办法靠近她！」忽觉脑后生风，两枚飞刀投掷来，立刻松指，坠下树干：「咦！糟糕！难道还有同伴？」鯀站在大树荫下，阴沉沉笑：「嘿嘿嘿！那两枚飞刀值个一千两钱，免费送给你还不要？真不识货！」风羌心想：「不晓得附近还有几个埋伏？」落坠在地一滚，捡起碎石塞在腰袋：「这可以当作武器。」

鯀抄出飞刀，唤：「多萝萝，妳挡住他的后路！我从正面攻击！」才刚讲完，突然树林中又冒出一个女子：「鯀！小心陷阱！」犬犴、香奈和梧桐看见女子，心中均诧：「是那个笙！」鯀一愣：「什么陷阱？」风羌举起金鵰弓，照面挥来：「鯀烈士！我们好久不见！」

鯀手持飞刀，双臂交叉向前一挡：「嘿！风羌！那么久没见到你，脑袋变得不机灵了吗？弓可不是这样使用的！」风羌把金鵰弓挡住飞刀，另一只手掏出碎石迎面砸去：「这个我当然晓得！」

鯑自恃武艺高强，平素与人过招多半万无一失，没料得风羌故意放个破绽。石块热辣辣的击在脸颊，毫无防备，竟被砸中鼻梁，痛得他跌倒。多萝萝拨撩发丝，哈哈大笑：「真是愚蠢！」鯑抚着鼻梁：「可恶！这个晦气狗头！」

笙一见同伴受伤，立刻也追上：「多萝萝！合力从左右包抄！快！」多萝萝回答：「我们不是同一列队的，为什么我非得听妳不可？」笙狠狠一瞪：「哼！真是不懂得互相合作！」风羌趁机跳出围困，冲向犬犽三人：「快走！」犬犽掏出捆仙绳，喊叫：「风羌大人！我来帮你！」

风羌一个飞身，落在面前，扯住手腕阻止：「不行！在这地方不能唤出玄冥龟！地势太窄，我们都会摔下悬崖的！」犬犽立时醒悟，点头：「我明白了！」风羌指着山上：「彩云峡的高峰有个平坦高地，把他们引到那边！」笙杏眼圆睁：「是捆仙绳！快追！」

多萝萝和鯑眼睛一亮，各抄出铁椎和飞刀快步追赶，想从左右两边绕树围攻：「嘿！这次捆仙绳是我的了！」、「小鬼，貊怎么没有跟妳在一起？你们两个又吵架了，是不是？」

犬犽拉住香奈和梧桐的手，沿着山坡向上奔驰：「快跑啊！他们追过来了！」风羌拿着金鵰弓，抽出羽箭射向背后：「我掩护你们！快走！」宫本武藏和猿飞佐助也吓得追在背后，战战竞竞叫：「等…等等我们！」、「浪人！为什么连我们两个都要逃跑？」

森林中树林茂密，三个黑影左穿右梭的愈靠愈近，梧桐香汗淋漓，喘不过气：「犬…犬犽哥…我跑不动！」犬犽抬头眺望，远方一列飞鸟在高空盘旋，山峰被云雾遮蔽，隐约可看见高原：「快！到了山顶，我们就安全了！」

宫本武藏怪眼圆睁，鼻孔淌着清涕叫：「喂！我们要逃去哪里？」猿飞佐助见多萝萝从背后疾追上，吓得拉扯同伴的肩膀：「浪人！」宫本武藏被勒住脖颈，喘气不过：「混帐！你皮痒吗？快放手！」

风羌抽出羽箭飕飕射去，多萝萝速度敏捷，掷出铁椎：「嘿！看是谁准！」铁椎被羽箭弹出树林，落坠山谷，鯀从旁追上，又补三枚飞刀：「这次躲不掉了吧？」宫本武藏喊叫：「忍者！快点！暗器暗器！」猿飞佐助手忙脚乱的抓出隐雾飞镖，乱掷一通：「浪人别吵！我丢了！我丢了！」

笙踏着岩石跃上大树：「你们两个左右包抄，我从空中攻击！」鯀笑道：「妳总是喜欢单独行动。」

风羌把金鵰弓瞄准树干中央，松开两指：「下去！」飕一声树干断裂，笙的脚下没处可踩，右脚在断木上用力一蹬，连翻三圈，落在地下。宫本武藏忍不住竖起拇指，啧啧称赞：「好箭法！」

多萝萝和鯀从背后追上，宫本武藏和猿飞佐助怪眼圆睁，吓得转身就逃：「快走！快走！」风羌抽出羽箭想再射笙，无奈鯀把手中的飞刀掷过来，只好闪避：「糟糕！被追上了！」

多萝萝的手中光影闪动，抄出铁椎刺向肩膀：「哼！还想射箭？废了你的双手！」风羌飞身翻滚，从多萝萝的腹下滑过，抬起脚向上一踹，把她踢进灌木丛：「妳的动作太迟钝了！」

鯀和笙静观其变，肩并肩靠拢着把敌人挡住，封闭去路：「风羌！那么久没见，你的武艺又进步了。」风羌抽出羽箭，拉弓撑开准备攻击：「你们的心也被闇给迷惑了吗？想当初大家是为了什么理由，齐心努力保护着万古神器，

共同抵抗狩猎者的？」笙冷道：「风羌，我们的目标只有捆仙绳，把它交出来！」

风羌说：「若是闇得到了万古神器，会有什么后果你们可晓得？笙！妳哥哥呢？难道妳对自己亲人的安危都不关心了吗？」笙沉默不语，鲧压低声说：「笙，别听他的，这人是在利用感情迷惑妳。」

风羌见她稍有犹豫，举起金鵰弓攻击，不料两枚铁椎从灌木丛射出，刺在手臂，痛得他抛下羽箭：「糟糕！太大意了！」多萝萝踏着快步，飞出灌木丛：「嘿！那一椎是还给你的！」

风羌被纠缠住，与其它同伴距离越远，犬犽回头一看，急忙撇开香奈和梧桐，对二人催促：「别停下来！继续向山上跑！」香奈惊呼：「犬犽！你要去哪？」犬犽回头叫：「别管我！快上山去！」猿飞佐助不敢停步，转头问：「浪人！打鱼的小鬼要去哪里？」宫本武藏回答：「忍者！别管那么多，逃命要紧！」梧桐喊：「犬犽哥！」

犬犽奔下斜坡，腰势一低从灌木丛穿过，飞脚踢向敌人的背脊：「风羌大人！」鲧把视线全放在风羌身上，左右不防竟没避开，身子向前倾飞，撞在草丛。

风羌原本被三个暗行御史围攻，势落下风只能抵挡，这时同伴来助，情势逆转。多萝萝记恨在心，气愤愤骂：「嘿！哪里冒出来的狗东西？」犬犽搀扶着同伴的手臂：「风羌大人！你怎么样？」风羌忍着痛说：「你…你为什么回来？快逃去山上！你手中拿着通往四国和平的钥匙，千万不能落在他们手中！」

犬犽正气凛然道：「连朋友都弃置不顾的人，还谈什么维护和平？」鲧抚着肩膀，走出草丛：「现在是什么情况？」多萝萝说：「你真倒霉啊！他谁不踢，偏偏踢你。」鲧咬紧牙根，矫正颚骨：「我会偿还给他的！」

犬犽扶着风羌站在中央，凝神望着笙看，眼前这女子双眼明澈，直言便问：「妳就是雷昊大哥的妹妹吗？」笙吩咐：「把捆仙绳交出来。」风羌拦阻：「千万不能交给她！」犬犽把捆仙绳拿在手中，高高举起：「妳想要这个？」

鲧和多萝萝围绕半圈，迎面冲去：「快抢！」、「这小子想唤出灵兽，快阻止他！」犬犽把捆仙绳旋圈一转，大叫：「水象通灵！玄冥神龟！」

彩云峡底下的急流浪涛翻滚，半山涌起一团白雾，突然有巨大龟壳冒出森林，千奇百怪的飞鸟扑振翅膀，远远逃去。

那只玄冥龟躯体庞大，方圆半里的土石全都像浪中雪崩，纷纷坍塌，山坡地也似波涛起伏，震裂下沉。风羌惊呼：「斜坡的土石承受不住海灵兽重量，全都会坠落山谷的！」

声如轰雷，千丈尘沙卷上天空，玄冥龟一声厉啸，连着龟壳向山坡滑下。鲧和多萝萝见周围峭壁侧立，下临深潭，害怕一个不慎摔落谷底，均是踏着快步，向上奔驰：「快逃！这山崖要崩裂了！」、「在这种地方召唤四象兽，简直就是蠢蛋！」

玄冥龟体形大得骇人，压倒千百亩树林，一边摆动着长尾一边滑向悬崖。顷刻间地震山移，笙不顾危险，往犬犽和风羌追去：「把捆仙绳交出来！」犬犽晓得若给敌人追上，后果不堪设想，扯住同伴向山上逃：「风羌大人！你先走，我掩护你！」

风羌担心他寡不敌众，提起金鹍弓，连窜带纵的跳上岩石：「接我一箭！」鲧和多萝萝势落下风，不敢接近：

「小鬼头！小心那家伙的羽箭！」、「废话！这我当然知道！」

千百斤重的岩石从头顶坠落，犬犽唯恐压成肉泥，双脚在落石用力一蹬，直冲天空：「糟糕！整座山都迸裂了！」鲧和多萝萝左闪右躲，纷纷避开落陷坍塌的石块，抬头一看，两支乱箭迎面射来，多萝萝抄出铁椎还敬，叮叮当当的挡开羽箭：「可恶！那家伙真不怕死！」

鲧腾在半空，双脚往岩石一踏，抄出飞刀：「我来对付羌左使！」笙喊：「鲧！别理风羌，先抢神器！」鲧不敢抗违，改变心意把三枚飞刀往犬犽掷去：「知道！」可惜算计不准，风羌的三羽流星箭射来，将飞刀弹出悬崖：「快带着捆仙绳走！」

犬犽跃上落石，差点儿跌下山谷，撇头一看，见笙、鲧和多萝萝穷追不放，风羌则试图帮自己解围，随着危岩坠落峡谷：「风羌大人！」

悬崖边的树木挡不住岩石下坠之势，从中折断，多萝萝踩在落石打滚三圈，一个飞身又往高处跳：「这地方太混乱了，我先离开啦！」鲧和笙左右包抄，往犬犽追去：「可恶！笙！多萝萝又临阵脱逃了！」、「别管她，先追那小子！」

危岩禁不住巨力重击，玄冥龟拖着几亩树林塌陷下去，激起灰尘满空飞洒，无数的黑影直往彩云峡谷落坠。眼看悬崖被庞大巨兽平压下，只怕没几千万斤也有几百万斤重。犬犽见风羌随着危岩掉落，把捆仙绳抛空一抽，卷住断裂的树干，追向谷底：「风羌大人！」

砂石横飞，幸亏鲧和笙的武艺不差，在空中比飞鸟还要灵活，脚下发劲，如鬼魅一般踩着落石东穿西梭，看准落脚处往斜坡一蹬，抓住藤萝：「笙！妳怎么样？」、「别管我，海灵兽和捆仙绳摔下去了！」

鯀抓着树藤悬吊半空，两颊的黑鬃顺风飞舞：「放心吧！玄冥龟死不了的！顶多是灵力耗尽，迟几天才能再次召唤，待那小鬼摔个粉碎，我们再去溪流打捞捆仙绳。」才刚讲完，突然有块危岩从头顶落坠，笙抬起头看：「咦！又是落石！」拉着树藤向外一荡，借风阻力侧过身躯，踩在落岩向山崖跳了回去。

鯀来不及躲，把十根指头往岩壁一抓，插入三寸，整个腰身如壁虎盘踞，紧贴峭壁：「嘿！真是危险！」碎石从背后平身滑过，向下落坠，二人低头俯瞰，巨大的玄冥龟摔出危崖，随着无数黑点落在半空，瞬间消失无踪。

岗峦环绕，山下是巍然壁立的峡谷，峰顶则是碧绿如茵的高原，长满野参花果。放眼眺望，坦荡荡的杂草顺风摇摆，如浪起伏，还有涟漪的环湖和磅礴的飞瀑衬托气势，隔世于外。

宫本武藏、猿飞佐助、香奈和梧桐不敢停顿，踏着快步逃上山顶。沿途颠簸陡峭，四人在那崎岖山路兜绕几圈，抬头眺望，远方的高山被云海遮蔽，映照着岩湖和飞瀑，简直就像琼瑶仙境。

梧桐娇声喘息，边跑边回头看：「犬…犬犽哥他…」香奈抄出飞镖：「快找个屏障掩护，恐怕埋伏就要追上来了！」宫本武藏喊：「忍者！你那双飞檐走壁鞋呢？快拿出来啊！我们用鞋子飞下山去！」猿飞佐助问：「浪人，什么飞檐走壁鞋啊？」宫本武藏道：「你以前赌博输了，穷苦潦倒又缺银子，要我花钱跟你买一双飞檐走壁鞋，筹钱还债。当时我不肯，你说那是一双绝世宝贝，有了那双鞋，想去哪里就去哪，怎么你不记得？」

猿飞佐助道：「哪里有什么飞檐走壁鞋啊？有这种东西，我现在还会在这里修行吗？早就发迹去做富豪了！」宫本

武藏焦急起来，嗓门特高：「什么？吹牛皮子！忍者！原来你以前欺骗我？」

猿飞佐助愤愤不平的说：「浪人，我之所以会有今天，还不都是你害的？」宫本武藏叫骂：「忍者！你别胡乱诬赖，我害你什么？」猿飞佐助回答：「当初大家来四国一块儿打天下，现在你当老大可威风啦！我却还是贫穷潦倒，不怪你我怪谁？」宫本武藏怒气冲冲道：「臭小子！你这小杂碎竟然不尊重老大，敢叛变我？」猿飞佐助回答：「浪人！你不知道凡我尊敬的，就是不尊敬，不尊敬的，才是真尊敬的吗？」

宫本武藏脸色一沉，伸手去掐脖子：「你这只老甲鱼！平时闻屁清香，一见老大态度就变得谦虚恭敬，现在没有好处，对我说话这么恶劣？」猿飞佐助被掐得莫名其妙，扑向前抓住对方的肩膀：「你打我做啥？可恶啊你！」宫本武藏脸涨通红，叽哩咕噜与他对骂：「你不知我浪人原则，我打你就是没打你，没打你才是真打你！」梧桐劝：「二位大叔！拜托住手！」香奈也忍不住骂：「喂！这般吵吵闹闹的，你俩究竟在干什么？」

宫本武藏掐着同伴脖子，尴尬解释：「扼…这个…我在试他脖子多粗…」猿飞佐助心恨得痒痒，骂：「浪人！你这个粪便人！你这个屎尿人！」宫本武藏沉下脸色：「哪呢！你骂我什么？」香奈破口大骂：「吵死了！大家都在担心四国安危，你们两个却还在争闹什么发财的事？你们真的应该都去吃些肥料狗屎，清洁良心！」宫本武藏和猿飞佐助听了有些羞惭，把脸一红，无言可咎，梧桐焦急说：「糟糕！再不跑快一点，那些人就要追上来了！」

「妳说谁要追上来啦？」多萝萝满脸土灰，一个飞身挡在面前：「你们四个想去哪里啊？」香奈抄出飞镖防备：「是妳！」多萝萝冷笑：「唉呀呀！人啊！真是天真，干了点好事，总是想让鬼神知道，干了点坏事，总以为鬼神不知，妳说是不是呢？」

「妳胡说什么?」香奈两个健步奔向前,抄出飞镖:「去死!妳这个杀人凶手!」多萝萝向后一仰,两枚飞镖平胸掠过,一脚踹在宫本武藏的牙齿:「嘿!想偷袭我?」

宫本武藏不及反应,半颗牙齿莫名其妙给打飞,不觉惊呆,捂着嘴唇猛抬头看:「妳!妳做什么打我?」猿飞佐助抽出伊贺秘刀,往她砍去:「可恶的小鬼!打了浪人便想一走了之?」多萝萝甩出红袍长袖,旋圈一转,牢牢勒住敌人的项上。猿飞佐助脖颈受缚,挣扎:「啊哟!浪人!救命!」宫本武藏伸出毛茸茸的大手,抓道:「可恶的小鬼!我宰了妳!」

多萝萝一脚踹中对方的胸膛,宫本武藏热血上涌,向后一滚竟和猿飞佐助撞个满怀。二人纠缠一团,跌倒在地:「哎哟!痛死人了!」、「浪人!你屁股压到我的脸颊了!」

梧桐吓得倒退几步,指向悬崖边喊:「香奈姐!妳看!」香奈撇头一瞄,忽见鯮和笙身法诡异,迅速奔近:「留下这四个活口,若是那小鬼还活着,可以拿他们去交换捆仙绳!」多萝萝嘻皮笑脸道:「算你们四个走运!」

鯮左观右望:「这四个家伙还有没有其它同伴?」多萝萝格格笑:「就刚才那两个,可惜已经跌落彩云峡,摔得粉身碎骨了。」香奈和梧桐均是诧异:「什么?」笙冷道:「若是你们的同伴当初肯乖乖合作,这种悲剧就不会发生。」

香奈抄出飞镖,掷向敌人:「你们这些杀人凶手!」鯮的双手画圆,化开劲势,把那暗器抄在掌心:「咦?妳不错啊!居然还懂得射暗器?」多萝萝笑:「嘿!省省吧!这种鹏虫小技,在鯮的面前是不管用的!」鯮问:「笙,这四个人该怎么解决?」笙沉吟半晌,冷道:「先带回去!」

鲧正眼不瞧，疾指探出，戳向敌人手臂的关元穴：「明白！」香奈的穴道被点，双臂痲痹的动弹不得，软软垂下：「你做什么？可恶！快解开我！」话才讲完，悬崖边忽有一道水柱升高百丈，震耳欲聋，冲上云霄。香奈和梧桐抬起头看，喜出望外喊：「犬犽！」、「犬犽哥！」

那道水柱激成急漩，乘载着千百斤重的玄冥龟，犬犽和风羌站在鳞甲壳纹，衣裤被风吹得柔活，俯瞰底下：「快放开他们！」多萝萝看得惊奇，也忍不住喝彩：「啊！真是有趣啊！」筀吩咐：「鲧！先拿下那个男孩！」

鲧在岩石上一踩，扑向玄冥龟：「明白！」风羌举起金鵰弓，从背筒抽出羽箭，瞄准目标：「下去！」眼看鲧就要被利箭射穿胸膛，突然右手一抄，从腰带抽出落魂鞭，把那羽箭劈开两截：「水象通灵术！蟒麟蛇出来！」

彩云峡峰顶的寒湖原本宁静无寂，突然间浪涛汹涌，一条巨大蟒蛇窜出水面。风羌谨慎戒备：「小心那只蟒麟蛇！牠也是水性灵兽！」犬犽点头：「我知道了！」

蟒麟蛇连头带尾搅动湖面，哗啦啦的掀起无数波浪，旋出一圈好大水涡。宫本武藏、猿飞佐助、香奈和梧桐衣衫尽湿，吓得掉头就跑。多萝萝追奔在后，抄出铁椎：「站住！你们这四个懦夫！」香奈对同伴喊：「喂！你们两个！我的双手痲痹了，没办法战斗，你们快掩护我，把那杀人凶手击退，我们三人一起合作，肯定能成功的！」

宫本武藏喊：「忍者！我牙齿断了，你去对付她！」猿飞佐助叫：「浪人！我的手也不慎扭到，还是你去吧！」二人狼狈逃命，只恨不得爹娘少把自己多生几只脚，香奈见他两人吓破胆子，气愤愤骂：「一个和尚挑水喝，两个和尚扛水喝，三个和尚没水喝，人多有啥屁用？不要露出那种没出息的表情！你们两个真是没用！」梧桐惊呼：「啊！大家！小心！」

蟒麟蛇突然冲出寒湖，露出两根尖锐獠牙，往自己四人扑来。犬犴见同伴有危险，旋起捆仙绳挥舞：「海灵兽！快拦住大蛇！」大水柱升高百丈，把玄冥龟卷向寒湖，蟒麟蛇见敌人扑到，咬向甲壳。风羌急喊：「牠过来了！」犬犴微笑：「哈！我就在等这个时机！」

才刚讲完，悬崖边忽又冲起四道水柱，急滚翻飞，往蟒麟蛇的头顶压下。蟒麟蛇张口想咬，竟被水柱压得眼花撩乱，喘不过气。鲧愤怒道：「可恶！中计？」吆喝一声，把落魂鞭旋转半圈：「水御水牢术！」寒湖的水面翻滚搅动，形成一道巨大水墙，激起无数波浪。

四道水柱震耳欲聋，狂浪翻滚，高涌如山。风羌高声喊叫：「快！把我送到高处！」犬犴点头：「好！」一道旋圈水柱从旁升起，风羌纵身跃近，瞬间冲上十余丈高，抽出羽箭瞄准鲧的额头：「这次不会再让你逃掉了！」二指松开，那支羽箭流星擎电的射向底下，笙抬起头看，急抄出掌心雷掷向天空：「糟糕！」

掌心雷打在羽箭尖端，爆出火花，鲧抬着头哈哈笑：「嘿！笙！多谢妳了！」笙毫不理睬：「风羌！我的目标只有捆仙绳，你们将它留下，我就饶了你们众人性命！」说着，再度抄出三粒掌心雷，又掷向天空。

风羌暗惊：「糟糕！」掌心雷在半空中爆炸，水柱像是喷珠洒雪似的如沫散开。风羌身子一沉，向下落坠，四脚朝天的跌在龟壳。犬犴回过头看，惊呼：「风羌大人！」鲧笑：「笙，终于要使用必杀秘技了吗？」笙看他一眼：「你忘记了吗？我的必杀秘技可不是掌心雷，而是轰天雷。」鲧笑：「无论哪个，都是威力十足。」

风羌的双手向下一撑，做个翻身鹞子跳起来：「小心笙的掌心雷，那是一种火药爆弹，对付她必须要用你的海灵兽才行。」犬犴问：「该怎么做，才能打赢她？」风羌说：

「你只要想办法让她全身淋湿，火药发挥不了作用就行了！」

笙跳上岩石高处，从暗袋抄出两粒掌心雷：「小子，我所使用的掌心雷和轰天雷，在四国境内远近驰名，一旦爆开，那威力会炸得你粉身碎骨。鲧的飞刀也很厉害，他是个暗器投掷的好手，没有什么目标是瞄不准，你们迎不上几招的。若是把捆仙绳交给我，我担保你们二人不会出事，只是你若逞强，别怪我们不再留情！」风羌对同伴吩咐：「绝对不能将海灵兽交给他们！」犬犽眼神坚定，点头：「放心吧！风羌大人，我不会的！」

笙把长发一甩，往顶上四转结成云髻圈状，用银钗固定：「鲧！我们上！」鲧举起落魂鞭用力一抽，叫道：「蟒麟蛇！海啸攻击！」

大蟒蛇的尾巴疾风一扫，遮天般的骇浪排打上岸，那海啸波涛汹涌，把寒湖搅得逆行翻滚。犬犽站在龟壳上，急思策略：「糟糕！该怎么挡？」灵机一动，对巨龟喊：「用旋涡吸收它！快！」

玄冥龟巨口张开，水柱齐往中心点汇流，激成一个大急漩。巨浪海啸迎面压到，被那水涡漩了进去，潜流逆行翻滚，鼓成大球。鲧和笙见了这景象，满脸惊诧：「什么？」犬犽喊：「海灵兽！水柱旋螺冲！」

巨龟脖颈一震，那颗大水球像冲霄火炮，比箭还疾的射出。尽管蟒麟蛇百万斤重，几乎也受不住巨力震撼，整个身躯翻滚，荡起无数浪花。

笙怕全身被水浸个湿透，一个健步向山岩高处逃，喊叫：「鲧！擒贼擒王，先攻击那小子，把他打下来！」鲧咬牙切齿，从袋中抄出飞刀：「好家伙！耍小聪明？」敌人的暗器飕飕旋转来，风羌羽箭一射，弹开飞刀：「快！趁胜追击！」犬犽点头示意，喊：「海灵兽！冲过去！」

寒湖中的水浪急漩搅动，惊天动地的狂涌而上，浪涛乘载着玄冥龟卷向巨蛇，犬犸呼叫：「大力锤头功！」玄冥龟张口厉啸，正要抬起脚掌猛向下踏，不料地表突然裂缝成纹，坍塌陷落，巨龟整个翻滚，挣扎在地，爬不起来。

犬犸和风羌审细观看，地底好似波浪起伏，震脉崩裂，一只巨大麋鹿破穴而出。众人看了怪眼圆睁，风羌心中诧异：「咦！怎么会有土系灵兽？」笙恍然醒悟：「海棠来了！」鲹微笑：「兵来将挡水来土淹，那太妙了！土兽来得正是时机！」落魂鞭用力一抽，喊道：「蟒麟蛇！水牢缠裹术！」

大蟒蛇蠕动着身躯滑行到近处，转个几圈将玄冥龟连壳捆绑，阔口开张，露出两根尖锐獠牙。风羌见势危急，抽出羽箭瞄准目标，射向左边一株大树：「海棠！快住手！」

那支疾箭飞向敌人，周围青草葱郁，原本广阔的高原忽激起绿叶，满空飞洒。枝上满缀繁花，成排的古木全都像春笋似的冒出新芽。茂林密树遮蔽了峻岭，羽箭刺在一根树干，抽拔不出。丈许方圆的阔地瞬间变得繁花如荫，藤萝瑶草，铺满全地，草木舒展开，顿成奇观。

海棠脸色苍白，柔细发丝垂落在肩膀，道：「风羌，我们好久不见了。」

「妳…妳…」风羌咽几口气，触景生情，脑海又浮出旧日记忆：

天山悬楼殿内传来婵的叫声，喊道：「来人啊！」风羌快步飞赶，循着路径推门进房：「婵大人！发生什么事情？」

士兵队伍人数极多，陆续涌进殿堂：「殿内有动静！保护婵大人！」婵回望众人一眼：「立刻召告翠云国、蓬莱国

和郁树国，海棠盗窃了地灵兽白尾麋，叛离天山。从今天起，她不再是天山悬楼殿的棠右使，遇者斩杀！」讲完，转身先向外走，飘然出门，头也不回的往大殿离去。

事出突然，风羌听闻这话，心里感觉冰冰凉凉，站在原地呆着不动：「什…什么…海棠她…」

众人听了命令不敢违抗，许多兵丁分作四队，涌入殿堂：「婵大人有令！把悬楼殿看守住，海棠那个叛徒应该还没跑远，快搜出她的行踪！」几个守卫又持枪赶来，喊：「保护婵大人！大家快捉住叛逆者！」风羌跪倒在地：「怎…怎么会这样？」

想到这边，脑海记忆又变一团模糊。风羌勉强镇定，咬牙切齿道：「可恶！是十御盾术？」犬犷惊讶看着，暗想：「啊！是那个叫海棠的女子？就是她背叛了婵郡主，盗窃地灵兽，并且加入了暗行御史？」

多萝萝、宫本武藏、猿飞佐助、香奈和梧桐仇人相遇，原本是在草原前后追逐，互相搏命的。谁晓得周围突然变得琼花瑶草，幽鸟翠岚？众人还疑自己置身梦境，几处藤萝缠住手脚，绕不出那座茂密森林。

风羌见彩云峡的高原瞬间冒出许多草木，谨慎戒备，对同伴吩咐：「小心！土兽能克你的玄冥龟，若不小心失手，很快就会被他们打败的。」犬犷无心思索，一双黑漆眼珠盯着海棠看，不晓得为何，脑海里突然浮现一个画面：

当时的海棠，曾向自己和同伴询问：「你们为什么不肯乖乖的将四象兽交出来呢？」香奈骂：「废话！这还用说？如果把四象兽交给你们，整个四国就沦陷了吧？」

海棠描述：「在很久以前，四国遭受了空前浩大的劫难，冰洋极海的积雪被烈焰融化，形成无数大小的流川，洪水为灾。那时，有四位仙人费尽了千辛万苦走遍天下，收集

四象灵珠铸造成神器，希望能用力量解救天下苍生，并且化灾难为祥和，树立了万世典范。可惜后来有人逆势而行，四国的秩序被万古神器所取代，凡是四象兽所经之处，净地都变成了人间炼狱。此类后事因果循环，谁也不能因此而置身事外。告诉我吧！假如这些神器是交在你们手中，你们真的也能保证以此大业为任，为四国百姓树立万世的典范吗？」

犬犷问：「这就是妳抢夺万古神器的理由？妳信得过自己的本领，想另创规条，开拓一片属于自己的万里之地？」海棠叹一口气：「当人面对与自己不同的生物，真能互相理解，互相接纳吗？在认识彼此差异，真的可以和平共存吗？」犬犷斥责：「如果你们真的能接纳四国百姓，并理解和平的真谛，你们就不会打算抢夺万古神器，引发战争了！」海棠微笑：「人都只是依赖自己的感官而活，确信眼睛所看见的才是事实，但我们所能见的究竟有多宽广呢？人都只是被局限在自己的思想之中，你们不这样认为吗？」犬犷满脸疑惑：「什么？」

海棠道：「小伙子，我有个问题想问你，如果你能给我一个满意的答案，我就不杀掉你们，如何？」香奈骂：「犬犷！别听她的！她想套出万古神器的消息！」犬犷冷静点头：「妳说！」

海棠问：「在野火战乱的年代中挣扎生存，无论走到哪里都是一团黑暗，奸盗者将抢来的妇女剥了衣裙，任其辱受奸淫荼毒，恶霸劫夺良人产业，烧杀掳掠。就算云端上有阳光，但云底下的会是什么呢？」

念到此处，那昔日旧忆又是模糊一团，耳边听有个声音催促：「小兄弟！你怎么样？」犬犷苏醒：「咦！什么？」风羌谨慎防备，重复一句吩咐：「别不专心！要小心！土兽能克你的玄冥龟，若是不慎失手，很快就会被击垮！」犬犷点头：「嗯！我知道了！」

鯢全神贯注：「嘿！蟒麟蛇！让这海龟见识你的厉害！」
大蟒蛇阔口张开，露出锋利的獠牙往颈项咬下，玄冥龟喷
沫如云，连皮带肉扯掉了半块，一声怒啸，尾巴扫向树
木。犬犽晓得情况不妙，集中精神控制水流，寒湖激起一
阵波浪，旋涡水柱急滚翻飞，撞向蟒麟蛇的身躯。

鯢见机可趁，掷出两柄飞刀：「小鬼还挣扎？赏你暗
器！」飞刀旋空一转，不料土壤忽冒出茂密的盘根，围裹
一团，竟将飞刀吞在藤萝的荫僻处。鯢怪眼圆睁，对着远
处疑问：「咦！海棠！妳做什么？」

海棠站在一株大树高处，红袍飘荡，说：「鯢，就像笙所
讲的，我们共同的目标是捆仙绳，并非那些人。」笙冷
笑：「嘿！海棠！妳为了自己脱罪，把我也扯进来吗？」
海棠的手中握着铁桦杀威棒，高举道：「白尾麋！把牠们
分开！」

白尾麋鹿的前蹄向地上蹬，后腿一个打直，整个身躯立起
来。地表好似波浪起伏，危岩塌陷，激起满天飞扬的烟
雾。寒湖中的水浪狂涌翻滚，漩起几个大圈往岩石裂开的
缝隙中央汇流，瞬间抽干。

犬犽狐疑不定，疑问：「风羌大人！那个海棠想做什
么？」风羌回答：「土灵兽能够克水，若是要打赢她，只
有召唤天灵兽才行了。」

白尾麋鹿仰起牝角，四蹄一蹬，冲到两只海灵兽的近处。
海棠喊道：「土缚术！」百亩方圆的土地忽伸展出遮天蔽
地的大树，藤萝破土而出，缠绕住蟒麟蛇和玄冥龟的身
躯，牢牢捆缚，将牠们硬生拉开。

鯢一个飞身跳上树干，手持落魂鞭道：「晦气狗头！海
棠！妳也想来跟我抢功劳吗？」

蟒麟蛇见白尾麋鹿想抢自己的猎物，张开阔口，露出獠牙咬向巨鹿的臀部。白尾麋将后蹄往蟒麟蛇的身躯一踹，踢得牠鳞片纷飞，撼震天地，整座彩云峡谷都在摇动。

高大的危岩塌陷下去，激起灰尘，白尾麋一身闪亮的鬃毛，映着日光。玄冥龟和蟒麟蛇瘫在地上，躯体湿淋，口中咕嘟嘟冒着气泡。鲦和笙见那情势，看准海棠站立之处，飞驰去：「晦气狗头！不顾蟒麟蛇死活，连自己人都打？」、「海棠！玄冥龟倒下了，快趁现在解决敌人！」

二人几个健步飞上树干，忽然之间天空传来巨鸟啼鸣，翅翼展开，一阵飓风天旋地转，把地上的沙石卷入云端。白尾麋鹿仰头一看，顶上有只巨鸟翱翔于碧海青天之间，周身缭绕着祥光幻彩，俯瞰整座彩云峡谷。

海棠、鲦和笙均没料到，诧异：「咦！天灵兽！是赤鹫？」风羌见巨鸟的白羽长尾，惊喜喊：「婵大人！」犬犽笑：「是婵郡主来支持我们了吗？太好了！」

赤鹫瞪着一双奇光幻眼，两翼开展，向下俯冲扑往猎物。白尾麋左穿右梭，飞快的躲进茂密树林。赤鹫又振翅一拍，藤萝和树木被飓风连根拔起，灰沙和林木全都吸上天空。白尾麋鹿毫无着力之处，随着断木旋转在空中，海棠黯叹口气，把铁桦杀威棒收入腰袋，对鲦和笙说：「撤退吧！」

白尾麋被飓风卷着旋转，鸣叫一声，身躯忽化为尘土，烟消云散。海棠跃下高树，风羌提着金鹛弓追赶来，呼喊：「海棠！妳等等！」海棠望他一眼：「替我向婵大人问好。」讲完，形如鬼魅的奔到悬崖边，双腿一蹬，跳下山去。

风羌意图追赶，转头一望，鲦和笙纷纷抄出落魂鞭和掌心雷：「风羌，你可幸运，有人来救援了吗？」、「鲦！别跟他多说废话，趁现在抢了捆仙绳走人！」风羌怒视耽

耽，抽出羽箭：「你们这些暗行御史必须及早剪除，日子一久，恐怕殃祸诛身。」

鲧道：「我的蟒麟蛇可还没有灵力耗尽！你想一个打我们两个？岂不自寻死路？」笙吩咐：「鲧！风羌不擅长近身攻击，我们必须速战速决！」犬犽跳下龟壳，疾奔来喊：「风羌大人！」风羌叮咛：「小心笙的掌心雷和鲧的飞刀！这两个人不易对付！」笙说：「既然晓得，就乖乖把捆仙绳交出来！」

「犬犽小兄弟！羌左使！」一个男子披挂着盔甲，空翻三圈落在众人身前：「你们两位没事吧？」犬犽和风羌均喊：「雷昊大哥！」、「翠云少主！」

笙杏眼圆睁：「咦！」雷昊浓眉一扫，打量两个暗行御史：「笙！」鲧笑：「嘿！是妳哥来了吧？」

笙看见兄长，凝神思索，脑海里唤起一个记忆：

「笙！别做傻事！」雷昊伸出双手拦阻：「不能去！」笙揩抹了泪眼，挣扎叫：「放开我！我要去找那个叛徒！把来龙去脉搞清楚！」雷昊费尽气力，阻止：「不能去！他会杀掉妳的！」笙愈发愤恨，喊道：「当初若不是你偷走如意风火轮，爹也不会去找你，他就不会死！这全都是你的错！」雷昊甚为愧疚，松开双手：「是我的错，对不起…」

「别拦阻我！」笙撒开对方的手，奔向斜坡，一路穿越惨松树林，经过楼台，消失在远处。

「雷少主！」许多侍卫见笙仓惶离开，填门塞户的一拥而来：「雷少主！二公主她…」雷昊出神无语，摇头：「让她走吧…」士将道：「雷少主！狩猎族的战争才刚结束，翠云国的百姓需被安抚，现在这时刻可禁不起任何内讧，

大家都曾受过雷烈大人栽培恩待的，若是雷少主和二公主
有什么不可调解之纷争，大家都很愿意帮忙！」

雷昊心中纳闷，虽然一时无法理解妹妹的抉择，怨恨之心
终究勉强竭住：「这一切都是我不好，是我对不起了她，
也对不起父亲大人！若非我当初没听劝告，擅自把如意风
火轮窃去使用，父亲大人也不会赔上性命。」士将劝慰：
「雷少主，大家都晓得您是一片好心，境内被狩猎族袭
击，雷少主是为了保护四国安危，情非得已才会出此策
略，谁都没有责怪您的意思！」

雷昊灰心沮丧：「已经发生的事情可再无法挽回，父亲大
人已经送掉了性命，我能体会笙心中所受的伤痛。」侍卫
也明白人死不得复生，虽觉鼻酸，也只能把悲伤难过都往
心里埋：「大家听说雷烈大人逝世的消息，都很难过，但
谁人保得世常无事呢？雷少主千万不可把这责任全数揽在
自己身上。」

雷昊和笙骨肉同长，亲情切深很是心伤，半晌不语，转身
离开：「谢谢大家一股热忱，我想自己静一静。」当下心
中满是感慨，孤伶伶的背影往山下走。

念起往昔旧事，如梦初醒，回忆到此，笙的心中也都酥痲
半边，脸色一沉，对同伴吩咐：「鲧！把落魂鞭收起来，
我不愿见他，撤退！」鲧问：「不打算抢捆仙绳了吗？」
笙奔向悬崖：「走！」

鲧于对方的心思原也可猜得七八分，明白她心底深处有个
伤痕无法沫灭，应道：「笙！你先离开，我掩护妳，随后
就走！我们五天后在平瑶镇会合，把这消息告知闇大
人！」笙点头：「嗯！」一个飞身跳下峡谷，不见踪影。

鲧凝定策略，微笑：「小子！今天算你走了好运，我没时
间和你纠缠。」犬犽举眼频视：「你别想轻易离开，快把
昆仑郡主的落魂鞭归还我们！」鲧问：「你可知道闇大人

为什么要收集万古神器吗？」犬犽说：「你们抢夺万古神器，不就是为了要引发战争？」鲧反问：「你认为只要万古神器留在婵、昆仑和白云斋的手中，四国就会永远和平了吗？」

犬犽从没想过这个问题，一时无法回答，吱吱唔唔：「他…他们既是一国之尊，就能治理国家，带给天下百姓和平的生活。」鲧冷笑：「人类的历史，本来就是战争的历史，从古到今一直都是如此。只要有人的地方，就有纷争，没有谁比谁清高，也没有谁比谁卑贱这种标准。所谓的规范，都是人自己制定出来的。一个人的死和一百个人死，最大的差别，就在于当你一个至亲至爱的人逝世时，你会为他哀悼悲伤，但是一百个不认识的人死去时，那对于你来说只是一个数字，这就是一和一百的最大差别。」犬犽无从辩驳：「我不晓得你为什么告诉我这些，但我绝对不能让你抢走神器！」鲧摇头：「唉！小子，你犯了人生之中最大的错误了。」犬犽满脸茫然：「什么？」鲧说：「我们后会有期！」犬犽想再追问：「等等！」

风羌抽出羽箭，瞄准目标：「糟糕！他想逃走！」雷昊前后追赶，鲧试图摆脱纠缠，喊道：「蟒麟蛇！洪流水遁！」

巨蛇阔嘴张开，汹涌的骇浪冲出口中，雷昊急向后退：「糟糕！大家快闪…」还来不及讲完，浪涛已经淹至口鼻。那水势非常急促，众人眼前一花，全身旋在水里转圈，尽管风羌和雷昊的武功再高，溺在水中也毫无用处，给那激流冲出数十丈远，犬犽识得水性，闭住呼吸逆向前游，只是那涌急的暗流挤住胸膛，难以喘气。

赤鹭盘旋在空中，看准蟒麟蛇的咽喉，振开翅膀俯冲而下。鲧抬头见天上阳光耀眼，把落魂鞭旋圈一转，贴在腰间：「哼！晦气鸟头也想吃蛇肉？」

天灵兽正要扑下，蟒麟蛇的身躯却仿佛水气蒸发，散成气泡。雷昊和风羌的耳边嗡嗡响，狼狈的呕出腹中积水：「咳咳…大家怎么样？」、「糟…糟糕！他逃走了！」犬犽半身浸渍水中，湿淋淋的站起身：「可恶！都怪我太大意了！」

鲧、笙和海棠作鸟兽散，分别先后撤退，多萝萝满脸土灰抬头一看，见赤鹭展开羽翼盘旋在天空，吓得惊呼：「喂！你们三个真不够义气，天灵兽出现了也不警告我？可恶！等等！」退到悬崖边，隔岸观看，忽见峡谷下那条铁锁桥有成群侍卫蜂拥来，喧声四起，追兵陆续渡桥：「在山上！快！快保护婵大人！」多萝萝吓得惊呆：「天啊！捉我一个，需要动用那么多人力吗？」香奈喊：「喂！杀人凶手！妳站住！」多萝萝回头看：「这次算你们走了狗运，我不跟妳斗，再见！」跳下悬崖，一个溜烟不见踪影。

犬犽、风羌和雷昊追到悬崖，可惜太迟，敌人早就逃之夭夭。侍卫喊声震天，拥挤一团的冲上山顶，队伍严整，场面浩大。群众飘扬旌旗，高声喊：「天山国！婵大人驾到！」有人跟着叫：「天山国！婵大人驾到！」

一个女子莲步轻移走出人群，赤鹭振翅一拍，冲向云端消失不见。风羌奔来，立刻下跪：「启禀婵大人！彩云峡这一带树木茂盛，四面临山，又有岩洞可作隐身之处。这地势易容藏身，那些暗行御史应该躲在附近，我们必须趁胜追击，才能将他们一网打尽！」

婵点了点头并没讲话，峰顶高原静荡荡的，群众不敢出声，就连细蚊飞过都能听见嗡嗡振翅。宫本武藏和猿飞佐助仔细打量，见那女子相貌端庄，均想：「咦！这人是盟主吗？」雷昊走来鞠躬，叙过一礼：「婵郡主！多亏您及时赶到。」

婵问：「翠云少主，你已经调派潜伏军队去蓬莱国和郁树国了吗？」雷昊点头：「潜伏军都已经准备好了，一旦收到消息，就会立刻回报。」

婵望着天空，黯叹口气：「四国近年来的军力，已经不如往昔。自从大家和狩猎一族发动战争之后，四国均是消耗了大半战力，现在又有暗行御史这个组织撅起，实在令人惬心。为了天下苍生与万民着想，所有人必须同心协力的联合作战，才有胜算。」

香奈拉着梧桐奔来：「犬犽！」宫本武藏和猿飞佐助紧跟在后，也唤：「喂！打鱼的，你们没事吧？」犬犽看见同伴安然无恙，满脸欢喜：「香！太好了！你们大家都平安了！」

婵问：「风羌，你们乘船去岛屿寻找海灵兽，一切都还顺利吗？」风羌恭敬抱拳，行礼下跪：「启禀婵大人！大家在海上遇见一只海怪，多亏了犬犽兄召出海灵兽，我们才得以安全脱困。」犬犽把捆仙绳递送面前：「婵郡主，这根捆仙绳现在交还给您了！」婵眯着双眼，微笑：「为什么你召唤玄冥龟的时候，如此得心应手？你懂得驾驭四象兽？」殊不晓得对方长期依海为生，对于海洋生物异常熟悉，因此也容易驾驭。

犬犽一脸茫然，摇头：「没…没有啊！」婵又问：「那你们是怎么打败海怪的呢？」犬犽解释：「是风羌大人教我的。」

婵望了风羌一眼：「是你教他如何使用海灵之力？」风羌摇头：「婵大人，那是犬犽兄的天赋，我并没有教导过他。」婵惊讶：「噢？刚才雷昊与我在彩云峡附近，看见有旋涡水柱冲上天空，可是犬犽小公子自己释放出来的？」

风羌点头：「启禀婵大人，那确实是犬犽兄自己释放出来的！」雷昊沉思半晌，询问：「婵郡主，我有个请求想拜托您。」婵点头：「你说吧！」雷昊道：「若是婵郡主允许，请将捆仙绳托付给犬犽小兄弟，让他保管。」众人听这话均是诧异，犬犽惊呼：「雷昊大哥！你不会是开玩笑吧？」

婵问：「翠云少主，能否请您解释其中原因？」雷昊道：「婵郡主！犬犽小兄弟心地仁厚，从他的性格我可以看见一股坚韧和执着，我相信若是把海灵兽交托保管，他肯定能胜任这项任务的。」婵思索：「这么重大的事，可是关系到四国未来，你觉得他真的能灵活驾驭玄冥龟，对付暗行御史吗？」

风羌在旁听了，跟着下跪：「婵大人！这项决定，风羌也愿意用自己的性命来担保！」众人听了又是一惊：「什么？」风羌解释：「婵大人！在狩猎一族的年代，当初为了战争需要，您曾把海灵兽暂时交托给属下保管。虽然风羌练习如何驾驭玄冥龟已经有五年时间，始终没有太大进展。自古以来，我们天山国虽有海灵兽守护，但真正能驾驭玄冥龟的人少之又少，犬犽兄却有这个天赋。」

雷昊继续又说：「婵郡主您请放心！，我的眼光绝不会看错，犬犽小兄弟会是一个值得托付的人。」婵松口气笑：「这或许都是都是天意吧？我们千辛万苦，牺牲家园之乐来到这边，乃是为了要拯救苍生万民，不图富贵也不求名望，唯有互相信任，才能齐心造福天下百姓。况且驾驭灵兽，乃是为了要救人性命，消减世间灾祸，既然你们都已经那么说了，如果我再这么铁石心肠，岂不就是太不通情理了吗？」转过头去，对犬犽说：「那么，就请你收下这柄捆仙绳吧！」

犬犽满脸惊讶：「啊！婵郡主！我…」雷昊豪爽适意，拍两下肩膀：「你别扭扭捏捏，还不快点收下捆仙绳，向婵郡主道谢？」风羌压低声嘱：「快谢谢婵大人！」犬犽闲

话不谈，把那捆仙绳揣在怀中，点了点头：「婵郡主，那就多谢您了！」婵道：「不必谢我，但愿你能好好运用玄冥龟的力量，维护四国和平，造福天下。」

一个报讯的迎面冲来，飞捷唤报：「启禀婵大人！彩云峡南方有动静！好像是两只四象兽在缠斗！」婵和雷昊惊讶：「什么？」报讯的躬身下跪：「看那情况可能是海灵兽和山灵兽，森林全都着火了。」

风羌推开人群，飞快追赶：「婵大人！属下先去查看！」香奈对犬犽和梧桐说：「我们也快去看！」宫本武藏和猿飞佐助追随在后：「等等我们！」、「浪人！他们刚才说什么？」、「别管那么多，跟着走就对！」

众人来到南边悬崖，向下俯瞰，突然成群飞鸟冲出丛林，果见一只巨蛇掀起涛天狂浪，风羌看了惊呼：「咦！是蟒麟蛇？」雷昊随后跟来：「是鲧！他还没有逃远！」

再看另外一端，有只山灵兽盘踞森林，火势燃起，周围弥漫着呛鼻的浓烟。宫本武藏和猿飞佐助异口同声，大叫：「啊！是那只大火龙！」雷昊道：「那是�龙。」犬犽、香奈和梧桐惊叫：「是白云郡主！」

天空浮云红遍半边天，�龙的嘴巴一旦张动，便喷出十余丈火焰，蟒麟蛇无法靠近，喷出水柱防御。火焰吞噬了整座森林，成群飞鸟振翅逃难，巨树倾垮，天坍地塌似的陷在火海。雷昊脸色严肃，暗想：「白云郡主和鲧撞上面了吗？」

烈焰窜上天空，红烟直冒，好似阴天起个霹雳，竟连附近的野花野草都焚烧殆尽。风羌跨开脚步，追奔下山：「你们保护婵大人，我先去看看！」两个护卫左右跟随，婵走来问：「是白云斋和那个叫鲧的暗行御史？」雷昊点头：「双方都召出四象兽了。」

婵对护卫吩咐：「传令下去，现在森林的火势太大，无法靠近。以那两只灵兽为中心点，分派四队守住东西南北，勘察情势，千万不得擅自离守，一旦有何动静，即刻回报！」、「是！」报知军情的护卫抱拳应声，加快脚步，仓促离开。

待得捷报退下，婵回过头望众人看：「看来暗行御史已经毫无顾忌的展开行动了，你们大家都准备好了吗？」雷昊说：「羌左使已经往南移动，我也必须赶去调查！」犬犸说：「雷昊大哥！我跟你去！」雷昊点头：「好！尽管海兽能克火，但是鲧才刚和你战斗过，蟒麟蛇的灵力肯定已经消耗尽，撑不了多久的。按照道理，应该是无法和白云郡主互相抗衡了。」香奈道：「喂！你们忘记还有我吗？」

宫本武藏和猿飞佐助同时开口：「忍者和我也一起去！」、「浪人！说得好！我也要加入！」犬犸怪眼圆睁：「你们两个也要跟来？」宫本武藏解释：「打鱼的！忍者与我来到四国境内修行，为了就是要变得更强，我们两个会成为天下第一，称霸四国！」猿飞佐助拍手喝彩：「浪人！说得好！我们会成为天下第一！四国第一！」

「我也要去！」梧桐抢一句话：「犬犸哥！香奈姐！我也要跟你们一起去！」犬犸脸色为难：「梧桐妹妹，那太危险了！」婵态度严谨，当场回绝：「妳是昆仑郡主的女儿，我们不能让妳受到任何伤害，为了避免危险，妳留在我的身边比较安全，我会差派士兵保护妳。」梧桐一张雪素脸蛋，为难的摇了摇头：「可是…可是我…」

犬犸信心满满，拍胸脯道：「梧桐妹妹！妳别担心，我们会把昆仑郡主平安救回来的，妳请放心！」梧桐悲伤难过，仿佛荡去三魂七魄似的，满腹心事：「犬犸哥…我…」

犬犽见她眼眶含泪，疑惑不解问：「咦！梧桐妹妹，妳…妳怎么了？」梧桐语言失措，默然低头：「我… 我是担心犬犽哥…」犬犽睁开大眼：「担心我？」梧桐以袖遮脸，匆匆跑开：「没…没有…」犬犽暗想：「她怎么了？」

香奈看在眼中，胸口压得疼了痛了却没心思去疑虑别的，冷静唤：「犬犽！时间不多，我们赶紧去追那些杀人凶手吧！」犬犽点头：「嗯！」婵招手辞别：「请各位小心保重！」

雷昊抄出火爆弹，率先飞奔下山：「保重！」犬犽跟在背后：「雷昊大哥！我也来了！」香奈、宫本武藏和猿飞佐助纷纷追赶去：「等等我们！」

五人脚步轻快，一个溜烟冲下山坡，身边的树丛和花草迅速倒退，脚下竟是愈奔愈快。雷昊纵身一跃跳出灌木，抬头眺望，隐约可见魟龙和蟒麟蛇正在远处激烈的搏斗着。森林的大火冲上云霄，阳光底下焰气冲天，蟒麟蛇张开阔口，用水柱冲向几亩树林，火势立即扑灭。

雷昊吩咐：「犬犽小兄弟！这边火势太大，看不清楚，我们分头去追！」犬犽点头：「好！」雷昊再次叮咛：「切记！你才刚召唤过玄冥龟，因此灵力有损，不到紧要关头，千万别再把牠召唤出来！」犬犽回答：「我知道了！」说着，矮身一低，踏着快步跃入火丛。

第十一章 笙和闇的秘密协议

彩云峡附近的森林被风势煽着，烟气熏天，却没看见白云斋和鲧。树木坍塌，几株大树陷在火海中愈烧愈旺，猿飞佐助指着叫：「浪人！那边着火了！」宫本武藏斜看一眼：「忍者！没空闲了，继续向前冲！」猿飞佐助惊慌喊：「浪人！你的衣服着火了！」宫本武藏怪眼圆睁：「什么？」急伸手扑打火苗，不料却助长火势愈烧愈旺，整条长袖燃烧起来。

猿飞佐助吓得向后一跌，狼狈爬开：「糟糕！浪人烧起来了！」宫本武藏焦急道：「忍者，快来帮我！」猿飞佐助恨不得脱身逃走：「啊！浪人！快趴下！」宫本武藏飞扑来，夹领揪着同伴喧嚷：「忍者！再不帮忙，我也把你烧成烤猪，听见没有？」猿飞佐助被他拉扯，吓得挣扎：「哎哟！浪人！快放开我！」

香奈喊叫：「犬狩！」犬狩回头见两人身上被火燃烧，一把将他们按翻在地：「快点趴着！」浓烟弥漫着树林，四人卧倒在地，香奈捂着口鼻急叫：「咳咳…犬狩！我好难受…」

犬狩从长袖撕了块布捂在同伴的口鼻，将她扶起：「忍着点儿！我马上带你们出去！」抬起头看，四周围被火海吞诬，木柴乃易燃之物，被火燃烧之后祸患极大，宫本武藏和猿飞佐助呛着浓烟，倒在地上爬不起来。

眼见那火势极为猛烈，犬狩焦急叫：「糟糕，这烟太大，这样下去不是办法，我得赶紧先扑灭火！」正要使用捆仙绳召唤玄冥龟，突然天空一阵狂风大作，蟒麟蛇和魆龙化成烟雾，霎时之间风消云散，满天变得晴空万里。

众人倒卧在地，均困惑：「咦！怎么火突然都不见了呢？是幻觉吗？」香奈爬起身惊呼：「哎哟！你们快看！」宫

本武藏、猿飞佐助和犬犽狼狈起身，日阳艳晒，前方是连绵不绝的焦树延续二十里。猿飞佐助搓揉双眼：「怎么火突然都不见了，我刚才没看错吧？」宫本武藏抚着手臂：「笨蛋！当然是真的，我的手到现在都还在痛！」

酷日当空，四人愣愣站着呆看，犬犽先回过神：「山灵兽魃龙和海灵兽蟒麟蛇被驱走了，快！我们先去找白云郡主和雷昊大哥！」宫本武藏和猿飞佐助解开胸前衣扣，想消炎驱热，被香奈骂：「你们两个笨蛋！这地方偏山僻野，可没有村坊酒店给你们歇脚，快去找人！」二人满面愁容：「是！」

犬犽指向树林南边，对同伴三人道：「那好！我们从那边去搜！」香奈说：「你来带路！」犬犽自信满满道：「放心吧！跟着我走，准不会错！」香奈叮咛：「别太自大，还是小心谨慎好，若是再遇上暗行御史可就麻烦了！」

四人循着森林向南边走，犬犽把捆仙绳用力一抽，打断焦树：「大家小心点！」猿飞佐助战战竞竞的说：「浪人，那只火龙威力好大啊！树都焦掉了。」宫本武藏点了点头：「我一只手，也差点儿烧烂。」

远方传来脚步声响，有个人影跌手跌脚的冲撞来，两只手臂烧得焦黑，跪倒在地：「可…可恶…」香奈惊呼：「有人！」犬犽灵机应变，扯住同伴伏在草丛：「快躲起来！」向外张望，忽见鲩口干舌燥，心力交瘁的跌倒在地。宫本武藏和猿飞佐助吓得睁眼，纷纷抽出刀械防备：「又是那家伙！」鲩察觉有人，咬牙切齿的问：「是谁？」

香奈的心脏怦怦悸跳，非常害怕，草丛被风吹得簌簌声响，犬犽走出来说：「是我！」鲩的额头冷汗涔涔，撑着气力勉强站起：「晦气狗头，原来是你？」犬犽见他双手烧焦，诧异问：「你被白云郡主打伤了？」鲩冷笑：「什

么白云郡主？小子！我不是早就跟你说过了吗？你犯了一
生最大的错误！」

宫本武藏、猿飞佐助和香奈见敌人被火纹身，皮肉烧个红
肿，陆续跳出草丛：「嘿嘿！你终于受重伤了吗？」、
「浪人，我们该拿他怎么办？」、「犬犽！快一刀解决这
家伙吧！」
犬犽说：「你别乱来，我们就不伤害你！」香奈喊道：
「犬犽，跟他讲那么多做什么？先捉起来用绳子捆住！」
鲮勉强站定，两道浓眉电眼如鹰一扫，忽然把飞刀掷向四
人：「你们能拿得住我再说！」犬犽惊呼：「大家小
心！」

四枚飞刀凌空旋转，宫本武藏和猿飞佐助连滚带爬，跟跄
跌个大跤：「哎哟！」香奈向后一仰，将身避开：「好
险！」犬犽正想掏出捆仙绳去卷敌人的脚踝，不料背后突
然冲出一个女子。香奈脸上变色，喊叫：「犬犽！小
心！」犬犽回过头看，瞥见海棠从身畔呼飕掠过：「退
开！」

海棠伸出双掌，击向鲮的肩膀：「把落魂鞭交出来！」鲮
招架不住，被那拳掌击中肩膀，口吐白沫的横飞出去。犬
犽和香奈一时没搞清楚状况，怪眼圆睁：「什么？」

宫本武藏和猿飞佐助又见一个暗行御史出现，吓得想逃。
鲮的身上滚满泥沙，满脸尘垢，爬起身道：「可…可恶…
海棠，妳要背叛我们吗？」海棠不敢恋战，挥动长袖攻
击：「别逃！」鲮的双手烧成焦黑，无法抵挡攻势：「妳
放心吧！我绝对会把这事报告给闇大人知道的！」海棠无
欲争论，迅速栖近身边：「那你也得活着回去才行！」

鲮强忍着双手疼痛，扬起落魂鞭，用力一抽：「抓住妳了
吧？」海棠心惊：「糟糕！」没料得那软鞭虽握在手中，
蟒麟蛇却没被召唤出来。鲮咬牙切齿的骂：「可恶！果然
不能用了！都怪白云斋那个晦气狗头！」海棠冷然问：

「蟒麟蛇的灵力被尪龙消耗尽了吗？」掌心运气，五指往敌人的脖颈抓落：「那就留下性命吧！」

鯬吃惊失措，急把身子在地上打滚四圈，侥幸躲避。饶是如此，肩膀也被抓得鲜血淋漓：「可恶！」海棠见对方受了重伤，心想若是让他逃去告状，另生事端可就麻烦：「你走不掉了！」鯬没看清楚敌人来路，肩膀被指甲刺穿，哀叫一声，倒在地下：「啊！海⋯海⋯」海棠见他尚未毙命，掌心运气往后颈骨一抓，用力捏住，绞成裂碎。

犬犽和同伴见敌人瞬间被杀，虚惊受吓，均是诧异：「他们怎么自相残杀？」
海棠从鯬的右手抽出落魂鞭，揣入腰袋：「这只海灵兽我收下了。」犬犽张口结舌，惊讶：「喂！妳⋯妳等等！」
海棠转头一问：「这柄落魂鞭是我杀了鯬才获得的，你打算要跟我抢吗？」香奈喊：「犬犽！」宫本武藏和猿飞佐助也惊慌叫：「打⋯打⋯打鱼的！危险！」

海棠抓住鯬的后颈，五指贯穿经络，把脊骨捏碎抛掷开，重重的摔在地上：「我们后会有期！」犬犽顾不得凶险，向前追赶：「等等！妳且慢着！我有话想要问妳！」海棠用力一跳，跃上树干：「再见！」宫本武藏和猿飞佐助吓得冷汗直冒，吱吱唔唔说：「打鱼的！别追了吧？」

海棠飞跃树干，举起软鞭劈空一挥，捆着树干荡了开，在地上打滚四五圈，落在远方。犬犽追赶在后，跑下斜坡：「喂！等等！我有事情要问妳！」海棠不愿给人察觉，撤到树林后藏匿隐身，香奈喘着娇气喊：「犬犽！你等等我！」宫本武藏和猿飞佐助跑得全身是汗，体力透支，索性就慢下脚步：「浪⋯浪人！我跑不动了！」、「忍⋯忍者！喘死我了！」

众人穿越森林，香奈跑到满汗浃背，喘气：「犬⋯犬犽！她⋯她跑去哪里了？」犬犽喘息不定，看着地上脚印：「前方！」四人东寻西搜，霎时竟来到了一处乡镇。犬犽

左顾右盼：「糟…糟糕，她去了哪里？难不成是跟丢了吗？」猿飞佐助问：「若是追不到，不如就别追了吧？」宫本武藏拍他脑袋：「蠢才！这么胆小，你这样还像个武行者吗？」

将近两个时辰过去，四人似乎跟丢了海棠，香奈抬头眺望，见那乡镇有山环绕，一座宽阔的木屋筑立水畔。山泉涧瀑隐在雾中，犬犽谨慎走入镇上，向同伴吩咐：「大家小心，我猜那个暗行御史应该还在附近。」

那座小镇云烟弥漫，众人也不晓得究竟哪个地方才是去路，宫本武藏搔搔胡腮，疑问：「大家要分开行动吗？」香奈道：「你们两个去左边搜，犬犽和我往右边走。」宫本武藏和猿飞佐助点了点头，分别往雾中行去：「好！」

犬犽和香奈走到镇上，见东邻西舍大约七八十家，寻访片刻才晓得这个地方叫「平瑶镇」。市集有卖浆者搭了棚子在做生意，二人奔跑良久，渴得前胸贴后背，可惜囊底无银哪有钱买？犬犽沿着石阶奔下斜坡，香奈尾随在后。那道上有石牌跨路，经过一座牌坊，抬头观望，见石牌屹立中央，附近有四面弯转的巷道，宗宇祠堂，还有水磨砌成的青砖高墙，古色古香。

韵味浓厚的建筑物古意盎然，有种迷离之感，前庭后院呈阶梯状，房屋外匾额高挂，大红灯笼和雕花彩绘的木柱竖立在两边。犬犽抬起头看，墙高三层楼，一整排屋檐向外翘，阳光从高处透射下，池塘映照得波光潋滟，与先前所经过的杏花镇有天壤之差。香奈站在暗巷，两边皆为房檐遮蔽，抬头观看，天只长长一条隙线，忍不住问：「犬犽，这地方太容易躲藏了，我们该从何找起？」犬犽懊恼道：「跟丢她了，真是糟糕！」

脸颊边吹过一阵凉风，香奈见泉水顺着房屋的渠道流过，像条小溪冲走，心中平静想：「这地方真是宁静！」

道路旁有柳枝被风抚动，镇上的茂密树林，每一处都是依山傍水，曲径通幽。犬犾二人来到镇上，见那暗巷窄窄觉得有趣，因此便想拣一处清净场所休息，可惜来这是要搜寻海棠，因此也不敢耽搁。香奈不太耐烦，喃喃呓语道：「犬犾，我看我俩恐怕是跟丢了，不晓得那个浪人和忍者有没有发现什么？」

画面转到另外一端，宫本武藏和猿飞佐助穿越街道，沿途闲聊：「忍者，我跟你说，人和牲畜都是妈生的，有手有脚，都是一样。」、「不对啊！浪人，你听我说，虽然人和牲畜都是妈生的，毕竟人是人妈生的，牲畜是牲畜牠妈生的，两种当然不同！」

宫本武藏反驳：「忍者，你怎么晓得牲畜肯定是牲畜牠妈生的呢？我偏偏就说小鸡小鸭不是妈生的！」猿飞佐助按奈不住，反问：「小鸡和小鸭不是鸡妈鸭妈生的，那是谁妈生的？」宫本武藏回答：「我偏偏就说小鸡和小鸭是蛋生的！」猿飞佐助怪眼圆睁：「浪人！可是小鸡和小鸭的蛋，也是从鸡妈鸭妈来得啊！」

二人鸡同鸭讲，讨论半天没个结果，不知不觉走到一座梨花树林，那地方有飞瀑垂落，哗啦啦的白茫一片。四处可见花蜂飞舞，甚至还有彩蝶缭绕，宫本武藏诧异问：「忍者！这什么地方？」猿飞佐助观看：「浪人！我也不晓得耶！」

山坡上填满了雪白梨花，耀眼夺目，二人抬头望着天边痴想，似乎给这美景陶醉一般。梨花树馨香迎鼻，雪白皑皑的把四方都渲染洁白。那梨花遍满的树林吐蕾初绽，一条溪水潺潺流过，被阳光照得晶莹如玉。飞瀑泉涌直泻而下，氤氲飘渺，构成了壮观景致。宫本武藏和猿飞佐助走向前看，瀑布近处长几株梨花树，树荫下立了两座墓碑，一个男子站在石碑前，飞瀑浪花溅起，沾湿男子的身上。

男子穿着桃红征袍，几片梨花雪瓣飘荡下，掉在头顶，红百相映，远远看了倒似雪中红梅。此时正值初春，那飞瀑一柱擎天的直泻而下，在这梨花树林更显孤寂。宫本武藏和猿飞佐助走到近处，呆看男子，心里均想：「咦？怎么有人？」

万树梨花和槮花荫木被暮光照耀，交织出迷人风景。男子凝神望着两座石碑，冰凉泉水溅上脸颊，花瓣掉在头顶，沾得发辫到处都是。宫本武藏满脸诧异：「忍者！你看他的衣袍！」猿飞佐助疑曾相识：「浪人，是那些家伙？」二人面面相觑，异口同声叫：「暗行御史！」

男子身材魁伟，头顶蓄了一绺长辫，转过身来，一双邪眼看着两人：「你们是谁？为什么到这来？」宫本武藏搓了搓胡须，微笑：「踏破铁鞋无觅处，得来全不费功夫！忍者！看来我们找到那个女的同党了。」猿飞佐助相视一笑：「浪人，若我们捉住他，应该就能在四国境内扬名天下了吧？」宫本武藏问：「嘿！小子！你也是那个什么御史的吗？你叫什么名字？」

男子沉默寡言，仿佛还有许多事埋藏心底，冷冷一句：「你们两个是专程来找我的？」宫本武藏摩拳擦掌：「小子，在问别人问题之前，最好先报上自己姓名，你懂吗？这可是江湖规矩。」猿飞佐助道：「是啊！是啊！想要闯荡天下，扬眉吐气，可得依照规矩来行。」

男子的手中捧着两壶磁坛，将它埋入土中，翻倒泥土覆盖住：「我叫闇。」宫本武藏和猿飞佐助心中纳闷，均想：「没听过这人名字，是新加入的吗？」闇走了过来，面无表情说：「我可以问你们一个问题吗？」宫本武藏和猿飞佐助一脸茫然：「什么问题？」

闇看着墓碑，似乎有点割舍不下，转头又睨二人一眼：「我在安静独处，你们来打扰我，不怕被杀掉吗？」猿飞佐助一股热血涌上胸腔，抽出伊贺秘刀：「浪人！这家伙

太狂妄了，我的手又开始痒，咱们把他切成两半，一人一半！」宫本武藏卷起长袖，露出毛茸茸的大手，笑得合不拢嘴：「忍者！我们把这人皮给剥了，杀得他尸骨无存，到时候肯定扬名四国！」

闇也没留意二人举动，喃喃问：「天下薄情之人不少，有的人却甘愿把大好青春都给耽搁了，一生凄苦，无辜折杀了几年光阴，只为了让百姓能够安居生活。人家总说世间最痛最苦之事，莫过于生死离别，但我却觉得天下最苦痛之人，莫过于受尽委屈和断肠之痛，反被当成笑柄看待，你们两个觉得如何呢？」

宫本武藏和猿飞佐助没有听懂，搔腮弄胡，各是满腹疑团的互看一眼：「忍者！他刚刚说了什么？」、「浪人，我也听不太懂。」闇望着墓碑旁的梨花树，冷然道：「鸟雀凰凤皆有栖，唯独红颜多薄命，这个地方花草芬芳，时常又有青鸟从天外飞来，你们说…假如天下江山都能变成这样，草色青青，水泉潺潺，那有多么美好？是不是呢？」

宫本武藏素来惯走江湖，野性不改，直言问：「喂！小子！你啰哩八嗦在讲什么？忍者与我一句都听不懂！」闇叹了口气，仰头望天：「我总觉得…人的一生似乎都在等待，孩童等待长大，中年等待老迈，衰老等待死亡。每天一睁眼苏醒，就只有等待，早上等待日出，黄昏等待日落，今天等待开始，明天等待结束，你们两个觉得是不是呢？」

这个暗行御史言行诡异，宫本武藏和猿飞佐助不晓得他葫芦里卖什么药，一时也摸不清对方来历，不敢随便出手。闇见他两人站着发呆，又问：「怎么不来攻击我呢？你们两个全没骨气，只会吃饭放屁吗？」二人听了相顾失色，面面互觑：「什么！？」宫本武藏放开粗嗓叫：「你骂我们吃饭放屁？」

闇应变奇速，一手扯住对方的手腕向后倒退，脚下踏个斜万势，将敌人甩向右边。宫本武藏闪避不及，背脊撞在梨花树干，痛得怪叫：「忍者！快来帮我！」猿飞佐助举起双掌，击向敌人的心窝：「可恶！看我怎么暗杀你！」

闇见招拆招，双手画弧转个天地向，不偏不倚的把招式化开，扯住敌人的衣襟：「暗杀我？多么有趣？」猿飞佐助吓得脸如白纸，双脚荡在半空一踢，挣扎怪叫：「放…放我下来！」闇顺手一抛，宫本武藏和猿飞佐助撞个满怀：「哎哟！」

宫本武藏怒火更盛，恨不得把对方痛揍一顿，狼狈爬起，中气充沛的喊：「忍者！你攻击他左边！我攻击他右边！」闇并未追击，站在原地静观奇变，桃红征袍荡在风中，形如鬼魅：「你们想杀掉我吗？」猿飞佐助掏出伊贺秘刀：「浪人，我现在手又开始痒了，非要砍这家伙一只脚不可！」

宫本武藏抽出两柄草薙刀，怒骂：「留一只手给我砍！」闇飞身一闪，迎面来击：「想砍我手脚？真有趣。」宫本武藏挥刀斩下，闇突然鲤鱼打滚从旁闪过，猿飞佐助紧接追上，手持伊贺秘刀砍向膝盖：「杀！」

闇的脚尖用力一踏，踩住秘刀，单手扣住对方的手腕，痛得猿飞佐助哎哟呻吟。宫本武藏举起草薙刀，一股开山裂碑的劲力劈头砍来：「放开忍者！」气汇掌心，闇把长袖一卷，牢牢抓住对方的手腕：「你们两个只有这点本事？」宫本武藏和猿飞佐助的手腕被扯，均是无法挣脱：「忍者！」、「浪人！」

闇把二人的手腕向下一扳，折他肩膀关节，痛得两人哇哇大叫：「好…好汉饶命！」闇一出手就攻个出奇不意，将二人向内一扯，蓄力的拳头照面迎击，宫本武藏和猿飞佐助喷射一柱鼻血，仰后摔倒，头昏脑胀的爬不起身：「痛…痛…」、「血…流鼻血了！」

闇转个回旋之势，脚尖蓄力踢向胸膛，宫本武藏往后滑行，撞在瀑布，全身尽湿：「忍者…痛…痛死我了…」猿飞佐助抄进袋去掏雾隐飞镖，喊叫：「浪人…你撑着点…」

闇早料到对方想掷暗器，一脚踩住手腕，五指往肩胁抓下：「你们两个想砍我手脚，需再回去修练五十年。」猿飞佐助痛得哇哇叫：「好…好汉饶我！我…我再回去修练五十年…」闇听他讲话语无伦次，硬是踩着肩骨：「你们两个闹动了我，还奢望逃跑？」

猿飞佐助的肩膀受伤，鲜血把遍身染得半边殷红，叫苦连天：「浪…浪人和我是来找人的…我们没打算要暗杀你…」闇左观右顾，好奇问：「是谁差派你们来杀我呢？」宫本武藏和猿飞佐助双膝一软，吓得跪倒，背贴冷汗叫：「好汉饶命！」

峰顶的瀑布轰隆声响，化成无数条水帘分散开，如同云雾落到碧草地上。突然之间，阳光下有个人影追至，细看清楚，那人冲来挡在宫本武藏和猿飞佐助的面前，闇微微一怔，见犬狝喘着气对自己说：「你！你住手！」闇面无表情：「你是谁？」

犬狝道：「你也是暗行御史吗？你们计划抢夺四象兽，给四国带来战争和灾难？」闇冷问：「你要杀我？」犬狝道：「你把万古神器归还，这些都是属于四国郡主的东西！」闇问：「那我的东西呢？谁能偿还给我？」犬狝怔愣：「什么？」

闇不等讲完，疾速冲来，一把揪住对方的腰部，提起叫：「我所失去的，谁能还我？」犬狝被人抛向半空，几乎就要跌个四脚朝天，突然五枚飞镖投掷来，闇瞥目一看，跳向左边躲避：「谁？」

那飞镖虽然射得出奇不意，毕竟方位偏差，失了准头没有打中，犬犽空旋一转跌倒在地，狼狈爬起：「香！小心！这家伙速度好快！」香奈的双手抄进袋，又摸飞镖：「犬犽！你怎么样？」闇问：「你们是谁差派来的？」香奈回答：「没人差派我们，是我们自己来的！快放弃吧！你们的阴谋不会得逞的！」闇微笑：「你们胆识不小，不如这样吧！若是跟从我，可以有财宝赏赐，我也不杀你们性命，如何？」

犬犽眼神坚定：「你们暗行御史利用灵兽，想把四国搞得百姓沦亡吗？我们万万不能替你做这恶事！」闇收敛笑容：「你们两个真是天真，我若不抢夺灵兽，总有一天，必定也会有其它人抢夺走的，假使我真的要在四国境内引发战争，你们有办法阻止我吗？」

香奈不等对方讲完，先冲过去：「即使没办法阻止，也要尝试！」犬犽惊呼：「香！」闇甩出长袖，转旋一卷，竟把香奈的右臂绑缚住：「妳是没办法拦阻我的！」香奈左挣右扎：「犬犽！」

犬犽追在背后，急忙挥拳攻击：「快放开她！」闇横眉冷对，忽把香奈向右一甩，抛空飞开：「你也来搅和吗？」犬犽连肩带胛的向前一推，击向敌人：「放她走！」

闇矮身一低，踏个斜万势避开，把双手着地一撑，翻滚半圈抬起脚向上一踹，踢中对方的胸膛。犬犽的胸口中招，气血翻涌的向后跌倒，仿佛五脏六腑都要倒转，吐口鲜血，摔倒在地：「啊！可…可恶…」香奈摔在泉池，弄得满身淋漓：「犬犽！」闇冷笑：「嘿！假仁假义，不懂识趣的，学人家逞什么英雄？」身形一闪，三脚两步飞快窜来。

犬犽急忙滚开，躲避杀机：「好险！」闇笑：「你还躲得过吗？」再冲过来，挥拳迎击：「小子，你叫犬犽？」犬

犽缩身护胸，双臂平挑压住对方的手腕，闇一双快脚飒腿如风，抬起脚一踢：「挺机灵的！」

犬犽忙做翻身鹞子，双手着地一撑，后翻三圈：「香！快逃！这家伙太难应付了！」闇突然跃起，飞风扑下：「你们几个逃不掉的！」犬犽闪避不及，头顶上突然有个黑影落坠，竟被对方击中肩胛，按翻在地：「我都已经说了，你是逃不掉的！」犬犽被一拳重击下巴，打得鼻塌眼歪：「香…快逃！」闇冷笑两声，忽伸出手捏住脖子：「说！是谁差派你们来杀我的？」犬犽的脉门被人扣住，喘不过气：「咳咳！没…没有！」

闇的手指掐得更紧：「你是自己想来杀我的？」犬犽脸颊涨红，吃力辩解：「我没打算杀你！」半空中有三枚飞镖掷向自己，闇见那暗器射得飞快，急忙松手，躲避攻击：「嘿！妳也不肯放弃吗？」香奈秀发湿淋，喘着娇气叫：「放开犬犽！」

犬犽跌坐在地，忽见梨花丛又走出一个女子，唤道：「闇！」众人视线望去，那女子容娇俏丽，长发黑亮如漆，正是先前曾在彩云峡出现过的笙。

犬犽和香奈均是吃惊：「啊！是雷昊大哥的妹妹？」、「糟糕！又来了一个麻烦的！」笙看见宫本武藏、猿飞佐助、犬犽和香奈，同样也是满腹疑惑：「咦！是你们？闇！这些人怎么会在这？」犬犽和香奈听这话，心惊：「原来这家伙就是闇？」

闇问：「怎么样？笙，妳从昆仑那逼问出了什么消息吗？」笙摇头：「昆仑很顽强，他不肯轻易透露口风。」闇点了点头：「妳别担心，我迟早会用咒术从他口中套出第九柄神器的下落，只不过要先等候月蚀之象接近。」笙问：「月蚀之象什么时候会出现？」

闇微微一笑，撇开话题：「就快到了！呵呵…对了！妳是来报告鲧那边的消息吗？他抢到神器没有？」笙淡淡说：「鲧已经死了。」闇有些诧异，问：「是谁干的？」笙摇头：「还不晓得，据说鲧生前曾经遇见了白云斋。」闇冷笑：「哈！原来又是白云郡主吗？」笙说：「看来你还是对四国恋恋不舍吧？为什么还称呼他是郡主呢？」

闇瞪大邪眼，咬牙切齿道：「我对四国恋恋不舍？怎么？连妳也怀疑我是想要利用灵兽，篡位为王，支配四国吗？」笙摇头：「我相信你不是这样的人，所以才会改变主意来追随你。如果你真的要那么做，当初四国境外有个狩猎一族，你早就先让他们和四国联盟来个鹬蚌相争，渔翁得利，等狩猎一族与我爹他们闹得两败俱伤，随时都可以坐收巨利，但是当时你并没有。」

闇笑道：「当初你们几个愿意跟随我加入暗行御史，都有你们自己各人的想法，那么…我倒想听听，如今的妳，是怎么看待我这个人的呢？」笙说：「抢夺四象兽既是劳重事业，就有我跟随你的理由存在，一点工资酬劳我看不上，不过…你如此大费周章抢夺神器，做出了这般闹动天下的行径，目前的我还无法对你做出合理评判。」

闇仰头一笑：「随便妳怎么说吧！反正自从三年前战争结束后，我就已经死了。」笙冷冷说：「闇，不要再故作玄虚了。无论四国百姓也好，郡主也好，我全都不在乎，我只要你说出真相。」闇道：「我不是曾告诉过妳了吗？一旦所有的万古神器收集到手，妳的杀父仇人就会出现。」笙道：「三年过去，我已经等得够久了。」

闇问：「妳应该要衡量自己的光景，妳已经背叛了翠云国，背叛了蓬莱国、背叛了天山国和郁树国，若是妳再无视我的吩咐，日后还有谁可以投靠呢？」笙反问：「都已经三年了，你从未对我提起我父亲的事，而我答应你的事情也都全数做到，你还打算再欺骗我多久？」闇笑：「我曾答应了妳的条件，将如意风火轮暂时归还给妳，但妳却

没保管好，竟不慎让妳哥给抢走。」笙沉默不语，闇继续又说：「如果我现在就告诉妳害死妳父亲的人是谁，妳会立刻脱离暗行御史，离开我吗？」

犬犽和香奈把他二人对话听得满头雾水，在旁静观势态，笙沉默不语，看了众人一眼：「闇，你想要得到玄冥龟吗？捆仙绳就在这些人的身上。」犬犽暗惊：「糟糕！」闇立刻转头，瞪视着犬犽和香奈：「交出来！」犬犽心意已决，摇头：「我不能交给你！」闇冷问：「你想寻死吗？」

笙突然奔来，拦在二人中间：「闇！在你对他们出手之前，我还有个问题想要问你。」闇点头：「妳说。」笙问：「究竟是不是你杀了我爹？」闇叹口气：「事到如今，妳还不相信我吗？我曾经怎么告诉过妳的呢？」

笙经由对方提醒，追忆往事，脑海里依稀有个模糊的画面浮现眼前：

「启禀婵大人！是雷烈大人！我们发现雷烈大人了！」前方有数列剑戟排开，一个哨兵飞快赶来报信，那执事折迭双膝，下跪又说：「报告婵大人！雷烈大人已经毫无生命迹象了，看那惨样，恐怕是被山灵兽所杀的。」

婵和风羌半晌无语，踌躇想寻思几句安慰的好话，雷昊得悉父亲逝世的消息，站着发呆：「什么！爹…爹他…」笙焦急喊：「爹！」婵吩咐：「拦住他们，在这战争的关键时刻，千万要冷静才行！」身旁的哨兵看得慌张，一团围住：「翠云少主！请您冷静！」

雷昊左右挣扎，打翻身边几个哨兵，怒吼：「放开我！爹他在哪里？笙！等等我！」笙快步奔跑，一股恼儿撞在人群：「爹！爹他究竟怎么了？你们快告诉我！」风羌吩咐：「二位请冷静！现今这般情势，大家应该团结起来，才能突围，与狩猎族做拼死一战！」

雷昊推开人群，见父亲的尸体倒在地上，火焰把那躯体烧得焦气冲天，早就辨认不清。笙把雷烈的遗体拥抱怀中，双眼流泪，哭得更加难过：「爹！爹！」雷昊背脊冰凉，低着头瘫坐在地，咬牙切齿道：「是那个叛徒！他从我这边抢走了如意风火轮，是他召出山灵兽把爹杀死！肯定是！可恶！我必须要去找他！」

笙抱着父亲哭成泪人儿：「哥！你为什么要违逆爹的话？你为什么要擅自带走如意风火轮？如果你没把它带走，爹就不会去追你，也不会被杀死了！你说话啊！你说话啊！」

雷昊听了这话非常懊悔，婵和风羌无可奈何，沉默不语的站在一边。这个时候，忽见远方旌旗挥舞，有执事飞来捷报喊：「好消息！启禀婵大人！有好消息！白云大人和昆仑大人攻陷冰兽了！」风羌惊喜：「太好了！白云大人和昆仑大人打赢胜仗了吗？」

白云斋和昆仑率领军队，飞赶来问：「现在情况如何？」笙抱着父亲，满眼流泪喊：「爹！爹！」昆仑满脸土灰：「发生什么事情？」婵暗叹一声：「雷烈死了。」昆仑铁青着脸问：「什么？」

白云斋见那尸体烧得焦黑，一望而知：「是被魃龙所杀。」笙禁不住潸然泪下，喊叫：「是他！他从我哥手中抢走了如意风火轮！他杀了我爹！」雷昊心中悲恸，也跟着垂泪下跪：「爹！孩儿一定会替您报仇血恨，让您安享九泉！」

白云斋见他兄妹二人誓言哀恸，谅体其心，在旁安慰：「翠云公主，人死无法复生，雷烈大人被我那个叛徒所杀，我们无论如何，都会派出大队兵马捉他回来，并且严刑拷问。」

笙的心中难过，紧紧搂住父亲尸体，失声泣涕：「爹！爹！你怎么能抛下女儿不顾？」雷昊擦拭两行泪痕，站起身道：「白云大人，这件事情不必麻烦你们劳师动众，即使叫我雷昊与草木同腐，我也会负责把他捉拿归案的！」白云斋回答：「翠云少主，这件事情你也晓得，我那个叛徒练就了一身奇门遁甲，靠着孤身之力，可不需任何帮助就能对付百名高手。你若是要追杀他，很容易就会被置于死地，你必须小心谨慎才行。」雷昊道：「笙，妳等着看！我会带着那个叛徒的人头，平安归来的！」

脑海中的记忆迅速闪过，笙凝过神，忽又听闇继续问自己：「怎么样？妳想起了什么没有？后来我们两个在古庙相遇的时候，那时我身受重伤，是怎么告诉妳的，妳还记得吗？」笙经他提醒，脑海画面忽又抽离现实，回到过去：

「叛徒！你从我哥的手中抢走如意风火轮，又杀了我爹，今天我要你用命来血偿！」笙跳进门坎，抽出长剑叫：「这次你逃不掉了！」闇手酥脚软的靠在墙壁，抬头一望：「是妳？」笙脸色疑惑：「咦！你受了伤？」闇回答：「不干妳的事。」笙指着怒骂：「无论如何，你杀了我爹，我要报仇！纳命来吧！」闇哼一声：「是谁跟妳这样说的？」

「少啰嗦！替我爹偿命！」笙的双脚垫个人字步，向前攻击：「看招！」闇向后稍退，背贴着墙壁立站起身，将手臂护住胸前：「妳是打不过我的。」笙出剑揪他肩膀，不料闇做个翻身鹞子从头顶飞跃，应变奇速的落在背后。笙心中一惊，扭腰攻击：「想往哪里逃！」

闇的双掌交叉用力一推，空拳折断了剑刃，翻起手腕把她的手臂扭到背后：「给我安静！」笙杏眼圆睁，痛得弯腰：「放…放开我！」闇冷一声：「妳想杀我？是谁差派妳来的？说！」

笙动弹不得，忍气吞声道：「你这叛徒背叛了四国，你杀了我爹，又从我哥手中抢走如意风火轮，你迟早会被砍头的！」闇冷冷说：「我没有杀妳爹。」笙忍着泪眼：「骗人！大家亲眼看见了！我爹的尸体被火烧焦，你从我哥的手中抢走了如意风火轮，你这个杀人凶手！」

闇道：「别拦着我，我还有重要事情要办，现在得离开这了。」笙咬牙切齿：「别做梦！你杀了我爹，我绝对不会放过你！」闇向后退步，松开手腕：「我现在并不打算伤害妳，但妳最好别碍着我，一旦证据确凿，我就会揭开真相。」笙一愣：「什么真相？」闇回答：「杀妳父亲的凶手。」笙脸色诧异：「你说什么？」闇道：「妳晓得为什么我要从妳哥的手中抢走如意风火轮吗？」笙问：「为什么？」闇抚着胸膛：「那是为了要对付杀了妳父亲的凶手。」

笙半信半疑，伸手想抓衣袖：「等等！」闇把脚一蹬，顺着风势跃上屋梁，冲向天窗：「我们后会有期！」笙抬头一看，敌人的黑影跃上横木，急抄出掌心雷，向上掷去：「慢着！」

闇回过头看，脱去半截上衣绑缚手腕，旋圈一转，卷开掌心雷的攻击：「再会！」笙见敌人身影极快，如鬼如魅的窜出天窗，瞬间跳下屋檐，不见踪影：「叛徒！还我爹一命！」

想到这边，脑海记忆又变成一团模糊，笙触景生情，眼眶突然湿了大半，凝过神摇了摇头：「闇！别废话了，当初你什么都没告诉过我！」闇面无表情的问：「妳不是想寻找真相吗？」笙冷道：「战争结束，都已经三年过去，你到底还想隐瞒什么？」闇道：「我就是真相。」笙问：「你还打算糊弄我多久？」闇叹口气，继续又说：「倘若我死了，应该就没有人可以告诉妳真相了吧？」

犬狺和香奈听得满头雾水，不敢插手，均想：「笙背叛了雷昊大哥，加入暗行御史，是为了要查出谁杀她爹？」笙思索良久，沉住气道：「闇！你的目标只有神器对吧？那就别再跟我啰嗦了，先杀了那个叫犬狺的人，夺他的捆仙绳。」

四方万籁俱寂，气氛凝重，闇转过头瞪着犬狺：「你到底交不交出来？」犬狺专心防备，不敢冲突：「你的阴谋绝不会得逞的！」宫本武藏重伤倒地，喘着气说：「打…打鱼的…快走！别跟他斗！」猿飞佐助满脸是血，咽口气：「浪人…我们…我们现在该怎么办？难…难道就死在这边？我原本还指望称霸四国，成为天下第一的武行者…」

犬狺见宫本武藏和猿飞佐助重伤倒地，将右手揣入腰袋去掏捆仙绳，对同伴吩咐：「香！答应我一件事！」香奈见同伴举止有异，猜测不透的问：「犬狺！你打算怎么做？」犬狺回答：「妳负责替我带他们两个走，这边让我来应付，我会掩护你们三个逃脱的。」香奈剜一眼：「别说笑了！我怎么可能抛下你不顾？」

犬狺说：「妳若不走，我们四个都要死在这边！」闇感慨万千，冷笑：「小子！你和你的伙伴倒是血性好汉，只可惜虎落平阳被犬欺，愈是好人善人，愈受苦痛，不如早点死了比较好吧？」犬狺说：「闇！你到底有什么阴谋？为什么千方百计的要抢夺神器，殃及百姓？」

闇倨傲之态，冷冷一笑：「天生万物养人，人无一德报天，贪官污吏杀！外邦异族杀！出卖兄弟杀！我只杀贪官，不杀顺民，逆我者死，顺我者活，你们要死还是要活？」犬狺套句话问：「听你口气，似乎很憎恨人？」闇哈哈笑几声：「既然如此，你觉得我最恨四国里的谁呢？」

犬狺谨慎防备：「真是可惜！我没本事测透人心，可不晓得你心里恨谁？」闇描述：「三年前，曾经有个人被按立

为镇国御史，他负责在四国境内通联，报知战争情势。那人建立了四国联盟的首批联合军，后来党政暗斗，那人被嫁了祸，不仅被冤枉，连身边的好友都被残杀。你说这等是非不分的朝政，该灭不该？」

犬犽诧异问：「你说什么？」闇冷笑：「什么捍卫国土？什么体恤水火？怀忠抱节的人，最后往往落得殒亡于自家百姓，为什么要尽心侍民，肺腑生死呢？」犬犽迟疑：「你就是当年那个负责通联各国的盟友？」闇道：「我可不是什么攀权附势之人，既要亲自行动，就要轰动四国，闹得天下名垂万册！」

笙插一句话：「闇，你讲这话都是真的？若是你为了大局着想，为什么不肯亲自劝敛四位郡主，非得要闹动天下不可？」闇冷笑：「笙，为什么我要劝敛他们？难道四国就只有那四位郡主，才有一段辉煌成就吗？只有他们才值得被人尊敬吗？」

犬犽说：「你曾经遭遇过什么，我并不晓得，但是我已经答应了雷昊大哥、婵郡主和风羌大人，决意要帮大家一起捍卫四国，就绝对要和你抗战到底，我不会把捆仙绳交出来的！」闇微笑：「若是四国的郡主真的能够团结一致，就不至于让我把四象兽抢到手了。」犬犽抽出捆仙绳喊：「香！趁现在！快带他们两个走！」

泉池浪花翻滚，瀑布涌起一团白雾，玄冥龟庞大的躯壳突然冒出地面，千百亩梨花树被压个扁平。闇瞪大邪眼，命令：「笙！替我保护好两壶磁坛！」笙奔到墓碑前，翻倒泥土挖出磁坛，揣在怀中：「拿到了！」闇吩咐：「千万顾好！」

笙唯恐自己被灵兽的巨脚压成肉泥，饱吸口气，把两壶磁坛塞入袋中，跳上岩壁：「闇！小心那只玄冥龟的水柱！」闇冷笑：「有趣！」身形一闪，飞快冲向敌人：

「那我们两个就来玩一玩！」犬犽举起捆仙绳防备：「水象通灵术！旋涡水柱！」

一道水柱冲出池潭，旋转几圈，往敌人卷了过去。闇的长袍飘拂如风，一跃一纵避开水柱的攻击，穿梭在岩石之间：「交出来！」犬犽见他速度极快，不由大惊，甩起捆仙绳去卷敌人的手腕：「这家伙速度好快！」

不料面前忽闪出几道霹雳光环，原来竟是闇右手一扬，抄出锯齿飞轮挡架：「小子，你挺有潜力的。」捆仙绳击在霹雳光环，瞬间缠缚，二人向后一扯，僵持不下。犬犽倚长攻短却占不上风，闇瞪大邪眼，冷笑：「是海灵兽吗？今日就叫你见识看看混天乾坤圈的威力吧！」霹雳光环烧成一团蓝火，突然间焰气冲天，周围旋起蓝云。

犬犽见这景象哪敢大意？抬起头看，一只庞大的蛟兽冒着浓烟，身躯盘踞在梨树丛林，暗诧：「这是什么？」闇喊：「蟠蛟！别在此战斗，把他们赶出墓园！」

蟠蛟露出獠牙，嘴一张喷出十余丈的蓝色火焰，犬犽惊喊：「糟糕！水墙防御！」泉池的水流掀起波浪，像一堵墙挡住蓝焰，顿时惊鸟四散，逃飞方圆百里躲灾避难。蓝色火焰爆散开，如陨星坠雨，梨花树皆化灰烬，焦灼之痕清晰可见。

犬犽见水流断断续续，似乎水源不足，心想：「糟糕！我需要更多的水，若是这一带的溪流全被火焰煮沸，村庄附近决无幸免。」心中盘算，喊道：「水象水牢术！洪流攻击！」

突然一波万丈洪涛由顶透下，闇抬起头看，那道水流激成急漩，在半空中将蟠蛟身躯笼罩住，形成一道巨大的水钟：「嘿！想捆住我的山灵兽？」犬犽集中精神喊：「玄冥龟！封住牠！」大水圈突然急速搅动，从顶罩下，蟠蛟

想喷蓝焰，可惜水钟迎头压到，激成急漩往中央汇流，蟠蛟被水涡漩进去，逆行翻滚，鼓成大水球。

周围震耳欲聋，闇见山灵兽蟠蛟无法施展，持起混天乾坤圈冲向敌人：「好个招术！」犬犽晓得对方想要冲来厮杀，立刻卷起捆仙绳戒备：「来吧！」

闇试图攻个措手不及，身形一闪，栖到身边：「你的召唤术是够灵活，可惜手脚速度还不够快！」犬犽正想甩出捆仙绳捆绑他，谁知对方已经冲到身边，不由大惊：「这家伙实在太快了！」闇右手一扬，锯齿飞轮劈面砸下，那霹雳光环势走偏锋，利轮下压：「我留一条活路给你们走，你却还顽固不冥？」犬犽向后滑开，滚到玄冥龟的巨脚底下：「可恶！你们还要继续胡歹非为，涂炭万灵吗？」闇脸色一沉，目露凶光：「对于过去的战争，你懂得多少？」

犬犽展开脚步逃窜，可惜对方快如电闪，瞬间奔近：「把捆仙绳交出来！」香奈搋肩搭背，扶起宫本武藏和猿飞佐助喊叫：「犬犽！」笙见势有异，跃下岩壁：「闇！那三个家伙想逃！」闇回答：「阻止他们！」霹雳光环顺势一挥，从敌人的耳边掠过，犬犽感觉锐刃生风，侥幸避开：「香奈！快走！」

笙从袋中抄出两粒掌心雷，准备掷向香奈，犬犽见状，急忙惊喊：「水柱攻击！」原本罩住蟠蛟的水牢球突然分裂，冲出一道水柱往笙喷去。笙见这景象，满脸惊诧：「什么？」犬犽喊：「冲开她！」水柱比箭还疾，笙的身体承受不住水压震撼，滚翻倒地，红袍被水浸个湿透，掌心雷再也引爆不了。

闇瞪大邪眼：「笙！我的磁坛怎么样？」笙仿佛受辱一般，恨不得赶紧爬起身找犬犽算帐：「磁坛没事！」闇趁隙追击：「找死！」手中的霹雳光环连肩劈下，犬犽躲避不开，手臂被环刃扫中，鲜血淋漓：「哎哟！」霹雳光环

冒出蓝烟，焰气逼人，犬犸抚着手臂，心惊胆颤的向旁一瞄，看不清楚同伴情况：「香！你们怎么样？」

香奈扶着宫本武藏和猿飞佐助，回过头喊：「这两个家伙身体好重，我抬不动！」犬犸盘算计策，心想：「现在该怎么办？那水牢捆不了敌人多久，很快就会被冲开的。」闇挡在面前：「快把捆仙绳交出来，我就饶你一命，否则待我再次出手，你可再没活命机会！」犬犸晓得情势凶险，把心一横，喊叫：「香！快带着他们往左边逃！」笙狼狈爬起，抢先一步挡住：「想逃？」

罩住蛟兽的水牢球忽又分裂，一道水柱冲向左边，闇恍然醒悟：「笙！是陷阱！拦截右边！」笙见那水柱迎头压到，不敢拼命，躲避：「可恶！」三道水柱激成急漩，涌向宫本武藏、猿飞佐助和香奈，把他三人卷上高空，犬犸旋起捆仙绳喊：「海灵兽！水象水牢术！」

水柱升高百丈，竟把宫本武藏、猿飞佐助和香奈卷在空中。那旋涡急滚翻飞，三人溺在水中，闇和笙看这景象，无法理解：「他想溺死自己的同伴？」宫本武藏溺在水牢，咕嘟嘟喊：「打…打鱼的！你…噜噜噜…你干嘛！噜噜…」猿飞佐助想要呼叫，忽然一股大水涨到口边，冲进嘴巴：「浪…浪人！咕嘟嘟嘟…」

香奈被困在水球中，无法挣脱：「犬…犬犸！咕噜咕噜咕…」犬犸集中精神，再喊：「你们忍着点！水象通灵！水涡炮！」

玄冥龟张开巨口，竟把三道水涡全数吸收，三颗水牢齐往中心汇流，激成一颗大球。宫本武藏、猿飞佐助和香奈漩进水涡，逆行滚翻的困在水牢里逃脱不掉。笙见这景象，满脸疑惑：「他干什么？」

闇恍然大悟，冲向犬犽：「别想逃！笙！快阻止玄冥龟发射水球！」犬犽放开喉咙，喊：「海灵兽！水柱旋螺冲！」

玄冥龟脖颈一震，大水球像火炮射去，瞬间把三个同伴冲出十里之外。地上的落花叶瓣旋风飞转，宫本武藏、猿飞佐助和香奈溺在水中，转眼就被冲击波射出森林，几只雀鸟振翅想逃，不巧却被水柱击中。太阳从云端透射下，把雀鸟羽毛照得耀闪，半空飘零，顺风荡落。

情势混乱也难以分辨，混天乾坤圈照面飞来，沿着犬犽的肩膀砍下，鲜血溅洒，削去好大块肉。犬犽血流如注，痛得几乎晕去：「啊！」闇命令：「我再警告一次，把捆仙绳交出来！」犬犽猛摇头：「绝不！」

闇的攻势如龙蛇变幻，潜运内劲，双方二掌相交，震得犬犽向后滑行撞在岩石，脑袋嗡嗡的响：「可…可恶！」闇的拳速如狂风暴雨，几乎把威力挥发得淋漓极致：「嘿！今日便叫你大开眼界！」

犬犽的手臂好似骨折似地使不出半点气力，忍着剧痛，集中精神喊：「水象通灵，水柱攻击！」忽觉背后有风逼近，闇回头一看，强大的水压冲向自己，惊觉：「什么！」水柱急速拥上，闇急把混天乾坤圈迎面一挡，水柱被蓝焰烧成蒸气：「哼！别再做无谓的反抗！」

水牢的水流分散，压力变小再也困不住巨大的蟠蛟。蛟兽吐出蓝色火焰，水势全被烧成蒸气。犬犽的眼前一花，蓝色火焰照面扑下，吓得他翻滚避开：「啊！好危险！」闇拿着霹雳光环，走来道：「顽固的小鬼，还不打算放弃吗？」

在这生死关头，犬犽的脑海突然浮现一个画面，回忆起当时在彩云峡的时候，雷昊正在追赶敌人，鲧试图摆脱纠缠，曾命令道：「蟒麟蛇！洪流水遁！」念及此处，依样

画葫芦也跟着喊：「水象通灵，玄冥龟！洪流水遁！」才刚讲完，原本有水坠落的瀑布突然断流成旱，不知怎么的瞬间抽干。

天空一阵东风吹来，闇凝神戒备：「想用水遁？」笙抬起头看，惊喊：「在山上！」果见头顶浊浪滔天，震天动地的激流顺势冲下。闇高举起混天乾坤圈，喊道：「火象通灵！焰御防火墙！」

蛟兽挣脱水牢，沿着山脉爬过来，遍山的梨树烟雾弥漫，全被蓝火焚烧。山溪的洪流湍急异常，两股强大势力撞在一块儿，水火湮灭。瀑布的大水冲上全身，笙被水花弄得长袍尽湿，脚下岩石突然崩裂，一个飞身跃上高处，躲避：「闇！我们从左右两边包围他！」

大水遇上了蓝焰瞬间蒸发，忽见玄冥龟的身躯化为气泡，消散空中。闇沉默不语，对同伴吩咐：「我的磁坛呢？」笙打开布袋，掏出磁坛：「没有弄坏。」

闇伸手接过两壶磁坛，冷冷说：「不必追，他已经逃掉了。」笙惊讶：「什么？」闇指着前方的敌人，冷然道：「妳看清楚，那只是一团水影而已。」笙仔细凝看，远处的犬犸透明无色，原来竟是水流所凝聚而成，不可思议的问：「那是什么？」

水凝结成的犬犸站着不动，若在远处不仔细看，还以为是个人形，闇仔细回想，解释：「刚才那小子施展洪流水遁，趁我们两个抬起头看，就已经利用水遁逃走了。嘿！狐假虎威，山上的洪水只是一个障眼布局，引开我们注意而已，其实附近的山溪几乎早就流光，根本没有足够的水源可以引发洪灾，那小子把剩余的水源全都聚集起来，制造出洪流的假象。」

笙听了不敢相信：「怎么可能？你是什么时候发现的？」闇分析：「海灵兽属于水象系，能克火象系的山灵兽，一

旦引发洪流，水势怎么可能会瞬间被大火烧干呢？除非是水源不足，才有这个机会。」

水影凝结的犬犽突然如沫散开，笙左环右顾，望见蓝火愈烧愈旺，问：「蟠蛟的蓝焰一直在烧，你打算毁了这个地方吗？」闇留心观看：「那小子毁了这座墓园，我不会饶过他的。」把霹雳钢环悬挂腰袋，蟠蛟冒起一团蓝雾，躯体消散，转眼之间不知去向。

笙问：「你不打算去追他们？」闇盘算：「我们已经把这地方闹得惊天动地，若是去追，立刻曝露行踪，肯定会被伏兵攻击。婵和雷昊都晓得这道理，绝对会利用此良机，集结力量突袭我们。此刻，多萝萝、貊和海棠都不在场，这场战役没有完全的胜算，不值得一试。」

笙问：「那几个人逃走了，我们现在该怎么办？」闇道：「现在时候不多了，若是日月和九道相交，日光为地所掩，月蚀之象很快就会出现。用飞鸽传信把多萝萝、貊和海棠叫回来，带着鵺凤凰和白尾麒到铸剑山庄来见我，我要先融合鵺凤凰、白尾麒、瑞麒麟和蟠蛟的灵能。」

笙问：「那剩余的该怎么办？」闇说：「我参遍了历法，才晓得日蚀和月蚀往往仅隔数日之差，剩余没有收集到的万古神器，我会等候日蚀之象出现，再次融合。」笙问：「这个意思就是说，你必须赶在日蚀之象出现前，抢到魖龙、蟒麟蛇、玄冥龟和赤鷩？」

闇点头：「嗯！」笙道：「白云斋的手中有魖龙，既然他已经杀了鲧，那肯定也把蟒麟蛇给拿走了，你不打算先夺回这两柄神器？」闇冷笑：「嘿！这个用不着妳来担心，白云郡主会亲自带着魖龙和蟒麟蛇来找我的。」笙问：「为什么？你怎么能够那么肯定？」闇沉默不语，笙心乱如麻，又追问：「那下一步你打算如何计划？」闇全没把话听进耳朵，沉默寡言，从身畔经过：「走吧！」

笙背对着闇，身体簌簌的颤抖，脑海里想起昔日旧忆，当初自己加入暗行御史的情形：

三年前战争结束后，闇曾对自己说：「妳终于又来找我了？」笙冷然道：「我只有一件事情要问你。」闇冷笑：「怎么样？现在的我打算成立一个反抗组织，目的是为了要对抗翠云国、蓬莱国、天山和郁树国，妳打算加入反抗组织，帮我收集万古神器吗？」笙愤怒：「我绝对不会放过你！更不可能加入什么组织！」闇回答：「我还是同样的话，若是妳想了解真相，随时欢迎来加入我。」笙道：「若是要我加入，那是做梦！要我替你收集万古神器，更不可能！除非你能给我一个说服我的理由。」闇摇了摇头：「事到如今，妳还不明白吗？」笙质问：「说！究竟是不是你杀了我爹？」闇的表情漠然：「妳特地造访，为得只是要问我这个？」笙厉声道；「我只要真相！」

闇面无表情道：「我就是真相，我已经跟妳讲过了，我没有杀害妳的父亲。」笙厉声问：「既然如此，为什么当初要从我哥手中抢走如意风火轮？」闇道：「那是为了要维持住这个虚伪的和平。」

笙情绪激动的问：「什么叫虚伪的和平？我凭什么听信你的话？」闇叹一口气：「妳不一定要信，但是…妳的杀父仇人似乎有个极大秘密不能让人知道，这秘密关系到四国百姓的生死存亡，一旦收集到所有的万古神器，妳的杀父仇人就会出现了，这就是为什么妳要帮我。」笙诧异：「你说什么？」闇点头：「妳可以不必相信我所说的一切。」

笙强忍怒气，冷静半晌，点头：「好！我姑且相信你，我也愿意加入你的行列，但我有个条件。」闇微笑：「妳说。」笙道：「如意风火轮不仅是翠云国的镇宝，更是我父亲的遗物，我要你归还给我，并且帮我找出杀我父亲的凶手。」闇答应：「这个容易，但我也有个条件。」

笙问：「什么？」闇说：「我暂时将如意风火轮归还给妳，但是时限一到，妳要借我使用。」笙微微一怔：「时限是什么时候？」闇道：「当妳杀父仇人出现的时候。」笙追问：「你真的晓得我的杀父仇人是谁？」闇点头：「晓得，但我要妳自己亲手找出来。」笙疑惑不解：「我怎么晓得我的杀父仇人是谁？若我晓得，还会来找你？」闇道：「我不是已经跟妳说过了吗？当我收集到所有的万古神器，妳的仇人就会出现，这也是为什么妳要加入我的行列。」笙咬牙切齿：「既然如此，你为什么不直接就告诉我？」

闇问：「如果我现在就告诉妳妳的杀父仇人是谁，妳还会愿意帮助我收集神器吗？」笙说：「如果某天我反悔了，要来杀你呢？」闇微笑：「妳应该要衡量自己光景，既然妳已经愿意来找我，就代表妳背叛翠云国了，背叛了妳哥，也背叛了三位郡主，若是妳杀掉我，日后还有谁可以投靠呢？」笙道：「如果你立刻告诉我杀我爹的人是谁，我就替你收集齐全所有神器，不计任何代价。」闇笑：「妳有这个能力吗？目前看来，靠我自己一人尚且无法达成，况且！如果我现在就告诉妳杀妳父亲的人是谁，妳应该会立刻跟我撇清关系吧？」

忆想到此，笙回过神，脑海中的画面又变成一团模糊，眼前朦胧竟是泪水涌入眼眶，两泪交流，忍不住从脸颊滑落下。

墓园附近的梨花树化成焦炭，烟雾弥漫，被蓝焰烧得好不凄惨。这时天空朔风凛凛，笙被吹得满头乱发，她咽泣一声，不发二语的捏紧拳头，咬牙切齿道：「我会找出真相的！」讲完，踏开脚步，尾随着闇走入树林。

第十二章 神秘的黑衣人

另外一端，宫本武藏、猿飞佐助和香奈的耳朵轰隆隆响，随着水炮向西奔泻，哗啦啦的冲到了一片旷野。三人不识水性，湿淋淋的趴倒在地，污浊泥沙灌入口鼻，衣裤尽湿。

香奈狼狈爬起，呕出腹中的积水：「咳咳…可…可恶…」宫本武藏半身湿淋，浸渍水中：「咳咳咳…」猿飞佐助咳嗽：「浪…浪人…」香奈被旋涡水炮冲得精疲力竭，脚底无劲，趴在岩石爬不起身：「你…咳咳…你们两个怎么样？」

猿飞佐助饱吸口气，使出全身本领想站起，不料眼前一黑，晕倒在地。宫本武藏竭尽气力，爬到同伴身边：「忍…忍者！」香奈气馁沮丧，抬头眺望远处那座梨树森林，蓝色的烟雾弥漫上升，隐约可见树木几乎全遭烈火焚烧灰烬，咳两声对同伴吩咐：「起…起来！我们得离开这！」宫本武藏扯着腰带，将同伴勉强扶起：「忍者！快醒醒！」猿飞佐助失血过多，迷糊呓语：「浪…浪人…」

沿途随处可见残枝落叶，显是被水涡炮卷断的，天空中几只飞鸟盘旋，三人见前方一座村庄搭筑了许多竹棚，车马轿驼，还有顽皮小童踢毽玩耍，宫本武藏惊呼：「看！」

他们见有许多老乡打扮的人穿着土黄布裤，认得是农民，香奈帮忙搀扶猿飞佐助：「快！先去村庄避难！」三人进到村庄，马房堆着干草，牛羊绑缚着麻绳，鸡鸭呱喳乱叫。农民听见声音，左右拥来围观，议论：「咦！有外客？」农民群聚，喧嚷几句谣言，见三个家伙衣衫褴褛的走进村庄，村民看得新奇，有人问：「三位打哪儿来啊？」

香奈一时挤不进村庄，颇为愤怒，对着周围怪叫：「大家快点让路！」农民像做了梦惊醒一般，喊叫：「有人受伤啦！」群众撤退两边，香奈和宫本武藏扶着猿飞佐助，仓仓促促的穿越人群：「快点让开！有人受伤！」

旁边几个农民合力帮忙，把猿飞佐助翻面朝上：「这位兄弟情况如何？」宫本武藏泪涕交流，哭得稀里哗啦：「救救忍者！拜托救他！」香奈粉脸透汗，喘息：「别吵！先想办法治疗伤口！」

猿飞佐助被闇打成重伤，肩膀流血，遍身染得半边殷红：「咳咳…浪人！我要死啦！你自己日后保重，等…等你哪天当上四国盟主，记…记得要替我立个墓碑…」宫本武藏听他讲话语无伦次，哭叫：「胡说八道！忍者你住嘴！不准睡着！起来啊！我不当什么天下第一了，咱们两个还要继续修行，你听见没有？快起来！」

务农的村民孤陋寡闻，听见人声吵杂，陆续跑来看热闹。香奈喧嚷：「麻烦借个位，大家稍微透出地方，让他呼吸清净空气！」农民一窝蜂争先后退：「快让兄弟透个空气！」猿飞佐助无处遮荫，瞇着双眼：「浪…浪人…怎么那么亮？难不成我在天宫？」香奈放开喉咙，大声问：「有没有人可以借个地方躺卧？」

事态急迫，村庄的家家户户都来帮忙，众人合力把猿飞佐助抬进屋安顿。转眼暮色黄昏，三人傍晚暂住，有村民借个铁锅，让他们煮汤炖药。香奈和宫本武藏铺榻垫枕，准备歇息，忽听门外脚步急促，有人急走进屋喊：「村庄外又有人受伤啦！大家快出来看！是个年轻小伙子！砍柴大叔在路上发现的，就把他扛回来了！」

香奈惊呼：「咦！难不成是犬犽吗？犬犽！」循声追去，果然见犬犽倒在广场，眼看同伴横躺在地，高兴便叫：「太好了！犬犽！」有村民阻止：「哎哟！碰他不得！年轻小伙子的肩膀流好多血！」香奈睁着圆眼，惊讶问：

「发生了什么事？」砍柴大叔解释：「我去城里买油灯，回程路上正巧遇见这个家伙，见他全身是血，就把他带回来了。」香奈惊讶：「什么！他受重伤了吗？」

宫本武藏也追出门：「喂！打鱼的他怎么了？」香奈抬起头叫：「是犬犽！他在这里！」宫本武藏急问：「他也受了重伤？」有村民看得满头雾水：「你们四位是什么人啊？为什么会受了重伤？」宫本武藏左观右顾：「糟糕！我们必须早点离开！」香奈疑问：「为什么？」宫本武藏分析：「依我多年修行的经验来看，敌人肯定会趁胜追击，这地方不安全，那几个红袍家伙很快就会追来的！」

「哈！说得不错！这个地方已经不安全了。」

香奈和宫本武藏同时抬头看，怪眼圆睁，惊呼：「什么？」

村庄外传来脚步声响，多萝萝的头顶戴着一顶笠帽，身披红袍缓缓走近：「总算找到你们几个了吗？哈哈！多亏你们几个蠢蛋召唤出一只大乌龟，我恰巧在附近游荡，又收到笙的飞鸽传信，把你们几个看得一清二楚，真是幸运啊！」

有村民喊：「喂！妳是谁？怎么这般没礼貌的？居然随随便便闯进村庄？」多萝萝摘下笠帽抛落在地，微笑：「你是谁啊？想找死吗？」村民瞪着怪眼，举高柴斧：「哎呀！我是这村子里的砍柴高手，妳竟敢骂我？」多萝萝仰起头，哈哈笑：「看来你真想找死？」村民脸涨通红，持斧砍去：「真没礼貌！杀啊！捉住那小鬼！」

「敢跟我斗？真是愚蠢！」多萝萝抄出飞镖，掷向那人，男子咆哮几声，倒在地上就此丧命。「啊！砍柴大叔被杀了！救命啊！」几百个村民一见女子动手杀人，吓得拔腿就逃：「杀人啊！救命啊！」

108

几个壮汉手持柴斧和渔戟，喊叫：「快捉住她！」多萝萝原本站着不动，待见几个壮汉奔来，吆喝一声又掷出飞镖。霎时之间灰影晃动，几个人被暗器刺穿大腿，痛叫几声跌倒在地，血流不止。村民看得清楚，一见亲友受伤，吓得后退逃跑。鸡鸭怕被脚踩到，闹哄哄也吓得飞跳，簸箕和竹篓被撞个散落满地，羽毛乱飘。

多萝萝骄傲睥睨，格格一笑：「哈！真是为难啊！应该先杀掉这村庄所有的人，抢夺捆仙绳回去交差呢？还是直接去跟阇和笙会合？怎么样？还有谁想找死吗？」抄出三枚飞镖，正要投掷，忽见两枚飞镖照面射来，事态危急，连忙把手一扬，双方的暗器在空中激撞，摩擦火花，全都弹飞了开。

多萝萝机灵得很，抄出三枚飞镖，骇然大惊：「咦！不错的暗器手法啊！」凝神观望，眼看发射暗器之人乃是女子，年纪与自己相仿，竟是香奈：「哈！又是妳？妳的身手不错啊！要跟我打吗？」香奈吁气喘息，怒视相瞪：「杀人凶手！离开他们，这些人都只是无辜村民！」多萝萝视旁若为无物，微笑：「妳若能够抵挡住我的攻击，我就不杀他们。」

香奈转头看了同伴一眼，见宫本武藏和犬犸满脸污秽，从头到脚狼狈不堪，显然受伤极重无法再战。当前自己又遇上了劲敌，不敢轻举妄动，盘算：「我该如何对付这人？」

附近村民不是敌手，无人胆敢上前攻击，待见亲友痛苦倒地，几个瘦瘪村童躲在人群背后，眼神无辜的吓得发抖。多萝萝和香奈僵持不下，一阵晚风吹来，弄得二人乱发松蓬。宫本武藏扶起犬犸，焦急唤：「小姑娘！打鱼的受伤好重啊！他肩膀一直流血。」香奈紧咬牙根：「你快背他进房止血！这边由我来应付！」

多萝萝把飞镖玩弄在掌心，月光透射，一时白银耀眼，散发寒气：「快点挟着尾巴逃跑吧！你们是打不过我的。」香奈怒视：「这些无辜村民都是有血有肉，也有父母朋友的。无论妳伤害到谁，那都是终身恨事，难道妳没良心的吗？」

多萝萝漫不经心，嘻皮笑脸说：「一两个人死，那是一场悲剧，但是这村庄若有那么多人死，那只是一个数字而已，怎么？这么简单的道理妳也不懂吗？」香奈怒骂：「胡说八道！简直就是谬论！」多萝萝冷笑：「这道理是鲶教我的！」身形一闪，抓向敌人的锁骨：「我来了！看招！」

香奈的双手画个天地向，挡开攻击，不料多萝萝反应机灵，连踢四脚：「嘿！再看招！」香奈一个筋斗向后空翻，滚避：「好！」

「妳速度太慢了！」多萝萝单手撑地的跳起来，从腰袋抄出飞镖：「哈！接我暗器！」香奈连忙掏出飞镖抵挡，暗器摩擦火花，痛得自己手臂发麻：「可恶！」多萝萝趁隙冲上，一把扣住对方右腕的会宗穴，喝叫：「去死！」

香奈的穴道被人拿住，脑袋昏旋，差点儿向后跌倒：「快放开我！」多萝萝扣住手腕，左掌斜劈来斩对方的肚腹，香奈气血翻涌的向后连退，跌倒在地。

「嘿！怎么样？我说过妳是打不赢我的。」多萝萝满脸得意，笑问：「还有什么遗言没交代清楚吗？」香奈极重面子，狼狈爬起，怒道：「我…我可还没认输！」多萝萝杏眼圆睁，三枚飞镖立即掷去：「死鸭子嘴硬！」香奈连忙也抄暗器抵挡：「不会让妳诡计得逞的！」

几枚飞镖在半空排列一线，叮叮当弹飞开，抛向远处。多萝萝见自己的暗器遭人挡掉，又惊又怒，双手再掷飞镖：

110

「找死！」那飞镖瞄准双手和胸，犹如无形铁网罩下，香奈再掏飞镖，双双弹飞：「我不会轻易认输的！」

多萝萝向后倒退，矮身一低，将飞镖贴着地面掷向脚踝：「再接我一招！」香奈纵身一跳躲避了攻击，抄出三枚飞镖，挟着劲风反击：「该妳了！」多萝萝大吃一惊，急忙闪避，暗器击在岩石爆裂开，凿出几个窟窿：「好险！」

香奈趁胜追击，又掷五枚飞镖：「中！」多萝萝急把袖袍左挥右舞，弹飞暗器，一个回旋之势又把手伸进袋抄出飞镖，先射六枚势缓，再射五枚势急：「少得意忘形！看妳接不接得住这招！」

香奈抄出暗器想抵挡，可惜对方的飞镖被月光映照得耀眼生辉，一时没看清楚，忽见那十一枚飞镖化做白绸射向自己：「这什么招术？糟糕！」双手抓着两枚飞镖抵挡，十一枚暗器落坠地面，劲风透到皮肤，一丝血痕从脸颊流下，滴落地面。

香奈双膝一弯，跪倒在地：「可…可恶！」多萝萝骄傲睥睨，得意大笑：「侥幸没伤到要害，下次可没那么走运。哈！看妳细皮白肉的，不小心给我飞镖射中，在脸颊留下疤痕，真是可惜！」香奈擦拭血痕：「在脸颊留下疤痕又怎么样？」

两人瞬间拆上四十几招，香奈的肩膀中镖，索性只受了皮肉伤并无大碍，但也已经无法久战。多萝萝趁胜追击，脚踏宫位冲来：「少废话了！去见阎王老爷吧！」

香奈脸如霜雪，双膝跪地也无法站立，忽然半空中闪出一个人影，雷昊从旁飞快窜来，朗声喊：「别杀孤穷之辈！」多萝萝吃惊诧异：「什么！」急忙一个鲤鱼打滚往旁边闪，不料对方的扫膛腿如电踢出，躲避不得，狼狈摔个四脚朝天。

雷昊的双脚踏着震位逼近，每招蕴藏极大后劲：「闇在哪里？快说！」多萝萝被逼得叫苦连天，左闪右躲，一个起伏腾上屋檐：「哼！早知道就先回去和笙他们会面了！可恶！我们后会有期！」

雷昊的劲掌扑个落空，击在墙壁，砖石给砸得四处乱飞，脚下一踏，追上屋檐：「别想逃！」多萝萝毫不理睬，踏在砖瓦，抄出飞镖向后掷：「去死！」雷昊严守门户，随手抓起砖瓦抵挡，封锁了暗器攻击：「妳逃不掉的！」多萝萝又抄飞镖，分别攻击敌人的胸膛和右腿：「中！」

可惜晚了一步，雷昊拼着身强力大向下飞扑，分筋错骨的捏住敌人的脖颈，施加压力：「下去！」多萝萝身子一沉，压垮屋顶向下陷落，碰声响亮，竟跌在干草堆中。仓库周围有鸡鸭牛羊均受惊吓，成群牛羊绑着麻绳哞咩乱叫，鸡飞鸭跳，四散逃跑。

多萝萝乃是暗行御史的其中一员，擅长火药引爆，此刻竟势弱下风。眼看自己栽在敌人手中，颜面尽失如何不气？这时摔得头昏脑胀爬不起身，对方一只毛茸茸的大手压住颈椎，有如千斤之重，气得怒喊：「混帐兔崽子！你活不耐烦？快放开我！」

雷昊硬是将她颈椎压得更低：「说！闇在哪里？」多萝萝的穴道被制，动弹不得，哇哇大叫：「快放开我！你这个不要命的小混蛋！」雷昊把手压更低：「我问妳！闇躲在哪？」

草房外一个黑影闪动，香奈蹒跚走来，扶着门坎：「我…我还没有认输！」雷昊转头问：「妳伤势如何？」多萝萝的身体被人压住，这时见敌人分心，忽从袋中抄出飞镖想刺胸膛：「去死！」雷昊急忙后退，避开杀招：「什么！身上还藏暗器？」可惜速度稍慢，衣袖被那利器割出一痕，变得袒胸露臂。

多萝萝掷出飞镖：「这样还杀不死你？」雷昊翻滚避开，飞镖牢牢的钉在木板，多萝萝打算攻击膝盖，叫他腿足重伤不能逃跑：「站住！」雷昊忽然转身，垫脚换个双人字步，移位栖近：「妳快住手！」

多萝萝招式奇快，飞镖代剑递走中宫：「接我一招！」雷昊应变机灵，扯住手腕向下一翻，分筋错骨的折迭关节：「妳还想耍诈吗？」多萝萝原本打算刺杀对方，可惜受人挟制，势到半途痛得抛下飞镖：「啊！啊！」雷昊对拆几招，早就摸出敌人拳路，回旋一个飞踢，踹向肩膀：「还不快住手？」

多萝萝被劲腿踢中，向后翻飞撞断了梁柱，痛得跌倒：「哎哟！」雷昊冲向门坎，扶住香奈：「妳怎么样？」香奈一双手臂软软的垂在腰间，顺势扑倒：「我…我…」雷昊搀扶住她：「别担心！我马上治疗妳！」

多萝萝被打得鼻青脸肿，咽不下这口恶气，披头散发站起身叫：「你们两个！跟我一起死吧！」雷昊背着香奈，睁眼一看：「什么？」多萝萝冷笑：「嘿！引爆符可是不好收集的，上次害我牺牲掉几千张，就算如此，剩余这些也够炸得你们两个归向西天了！」说着，旋圈一转脱下红袍，长袍内挂满几百张文帖，那帖上黏着火药粉，雷昊一闻到硫磺味，便觉不对劲：「糟糕！」多萝萝咬牙切齿，喊道：「狩猎秘术！引爆符！爆！」雷昊背着香奈，急奔出门坎外：「快走！」

草房突然散发万道红光，木板和稻草被引爆符炸得冲上天空，烟雾朦胧，弥漫了整座村庄。雷昊和香奈被那火焰符的威力震飞两丈，五脏六腑几乎颠转，二人抬起头看，梁柱裂断，瞬间倾垮。

这番变故来得突然，村民不明来历，焦急喊：「快提水救火啊！」烟雾迅速的将干草吞在火焰，楼房焚毁，头顶上红烟直冒，附近的野花野草也都沦陷火海之中。

树林中惊鸟四散，雷昊勉强爬起：「犬犽小兄弟他怎么样？」香奈回答：「他受重伤了！」雷昊点了点头，伸出手想扶同伴肩膀：「走！先带我去找他。」香奈杏眉怒视，把手撒开：「你别碰我！」雷昊微微一愣：「怎么？」香奈冷冷说：「别以为你救了我一命，我就会感谢你。即使你救了我，我也不会感激你的，你还欠村庄的人许多条性命！」

雷昊心想：「这个女孩失去了亲友，无家可归，我何必跟她多计较呢？」黯然愧疚，叹口气说：「这村庄起火了，我们的行迹已经完全曝露，趁着其余的暗行御史还没赶到，大家必须快点离开，迟则恐怕性命不保！」香奈吃力站起：「跟我来！」

长廊上传来一阵脚步声，二人冲进房间，猿飞佐助躺在床上，迷迷糊糊问：「浪人，谁来了啊？」宫本武藏惊喜叫：「是那位刀疤大侠！」雷昊见猿飞佐助和犬犽躺在榻上，身子缠缚许多绷带，显然伤势不轻：「快找担架，我们必须赶紧离开！」宫本武藏心里忧急：「现在外面情况如何？」雷昊伸出毛茸茸的大手揭开布帘，翻箱倒柜，扯出绷带：「别愣着发呆，大家快帮忙。」香奈一望而知：「好！我来协助你！」

猿飞佐助躺着不动，睁大眼问：「哎哟！浪人！我们要干什么？」宫本武藏回答：「要离开这里了！」香奈见犬犽仍旧昏迷，心中一股难过诉说不出：「拜托你醒过来！」

雷昊见犬犽昏沉沉的躺在榻上，问：「你们替他放血没有？」香奈满脸疑惑：「放血？」雷昊立刻蹲下，替犬犽把了心脉，探出食指搭住脖子，在第六颈椎穴上按了几下：「放心！他应该很快就会苏醒的，你们身上有定痛散或是白禄石花膏吗？」香奈摇头：「没有…」宫本武藏插嘴：「忍者身上有带一些金创药！」雷昊点头：「嗯！那也罢！全都给我吧！谁可以替我去收集树枝？」香奈自告

奋勇：「我去！」猿飞佐助睁着怪眼：「你要替他敷上金创药？」

雷昊长年在战场打仗，因此对医疗多少略懂一点，解释：「《经史证类备急本草》有写关于断筋折骨的疗伤法门，书上记载：『损伤早期，骨断筋离，脉络受损，气血受阻，淤血离经而致血瘀气滞，瘀积不散则肿胀疼痛，故宜用破法，治以活血化淤。』，我想先替犬犽小兄弟把淤血逼出来，再替他接骨疗伤。」

雷昊先替犬犽撕去半截袖子，反复推详，瞧他肩膀呈紫青色，抽出腰带小刀，用蜡烛烧得通红，浸水冷却，再在犬犽的手臂轻划一痕。宫本武藏和猿飞佐助争先围观，见同伴的手臂肿胀处流出紫血，色泽转青，再变红消淡。

宫本武藏惊喜：「忍者！快瞧，血变成红色啦！」猿飞佐助定睛一看：「刀疤大侠果然并非等闲之辈，医术真是厉害！」雷昊沉默半晌，思索：「先别高兴太早，这伤可还没医好。瞧这伤势，断骨最快也要十几天才能恢复，须等断骨连接，气血才能畅通。犬犽小兄弟的筋骨软弱，淤血尚未化尽，筋络也还没完全畅通，因此气血亏虚。」一边解释，一边把金创药敷在对方肩膀的伤口，以便止血。

香奈捧着树枝，喘气呼呼跑了回来：「我拿到树枝了！」雷昊忙把树枝列排，整齐固定在犬犽的手臂，又撕几块破布把枝条牢牢绑缚，打几个死结缠上：「穿盔甲的兄弟！我们两个合力将他们抬上担架，动作快！」宫本武藏脸色一沉，有些不悦：「刀疤大侠，请叫我浪人！」雷昊听了有点生气，瞪着眼说：「没空扯闲话，快帮我！」香奈吩咐：「浪人！快依他的话做！」尽管宫本武藏恃顽不服，在这紧要关头也只能强忍脾气，不甘愿应了一句：「噢！」雷昊把绷带塞入行囊，二人合力抬起担架：「走吧！」香奈推开后门，对同伴招呼：「往这边！」

天空中星云浩瀚，略有微光，他们几个离开房屋，靠着月影摸黑辨路。猿飞佐助依赖拐杖，香奈在旁搀扶，宫本武藏和雷昊则是抬着犬犽尾随在后。大伙儿不敢耽搁，一溜烟离开了村庄，耳边不时听见有村民喊：「房屋烧起来了！快救火！」、「水呢？水呢？水泼完了，再去提水！」草房被硝磺引爆，震天响亮，山遥远处烟火冲霄，在月光残影之下特别显眼。五人穿越杂草丛，周围静荡荡的毫无人影，猿飞佐助穿着一条破布裤，愁眉苦脸抱怨：「浪人，你不仅搞得自己无家可归，还害我跟着遭殃，弄到山穷水尽，真是没天理啊！」宫本武藏听他喧嚷，忍不住发脾气：「忍者！你一个大男人，别哭像个小娃娃似的！」雷昊抬着担架，劝解：「二位别再吵架，前面恐有埋伏，大家小心谨慎！」

杂草丛被风吹荡，几只鸦雀振翅飞去，众人向背后看，不远处的村庄烟冲云霄，把附近耀照如白昼一般。猿飞佐助扶着拐杖，回头闲看野景，长吁短叹说：「刚才真是好危险啊！大家差点就被烧死了。」宫本武藏抬着担架：「忍者！你少多嘴！」猿飞佐助有苦难言，暗想：「还不是你拖我下水？」

雷昊没空闲理二人，对香奈吩咐：「小姑娘，趁着暗行御史还没找到这边，待会儿你们先找个地方躲避，别出来乱走动，明白没有？」香奈急问：「犬犽受了重伤，你要抛下我们不顾？」雷昊低头见犬犽双颊消瘦，躺在担架又不醒人世，咬牙切齿说：「放心！我不会抛下你们不顾的，只是我必须去找阉，他是我的杀父仇人！」香奈闻之酸鼻，斥责：「你只顾你自己的事情吗？那杀我家人的凶手呢？我又该怎么办？」

雷昊仿佛当头棒喝，一时语塞不知该如何辩解，香奈强忍泪水，继续又说：「我了解失去亲友的痛苦，也曾想要报仇血恨，但是犬犽却对我说：『香！天下的人千千万万，你我能力有限，若是总要向伤害过自己的每个人报仇，那

我们现在已经不知道死过多少次了。』，现在他命在旦夕，也不晓得能否救活？」

雷昊沉思良久，温言慰藉，愧疚说：「是我不好，没想到翠云岭那场大火会烧掉几百条人命，我跟妳道歉。」宫本武藏问：「刀疤大侠！我们遇见那个红袍家伙了，他的武艺好厉害！你确定真的要单独去找他？」猿飞佐助应一句：「是啊！是啊！刀疤大侠！人要懂得见机行事，能安闲时且安闲，你此行一去，恐怕无法再回来啊！」雷昊略皱眉头，暗想：「你咒我死？」也没多回应，只潇洒道：「俗人说英雄气短，若是我真的要死，以前就已经死了。你们大家别担心，若是天地容得下我雷昊，就算是多大祸事我也能安然渡过。只不过闇企图收集万古神器，恐怕会在四国境内引起生灵浩劫，暂且撇开私事不谈，我去找他也不全然为了报仇血恨，而是为了要阻止他的野心。」

宫本武藏的心存三分疑惑，连忙劝解：「刀疤大侠，不是忍者与我咒你会死，只是你想单独去找那个红袍家伙，实在太过危险，希望你能等候大家伤好，再一起行动。」猿飞佐助急点头说：「是啊是啊！刀疤大侠！那家伙会召唤一只巨大蛟兽，浪人与我怕你独力难挡啊！」雷昊苦笑：「这个你们别担心，我自有解决办法。」猿飞佐助话语含糊，踌躇说：「但是…但是…」雷昊见他脸色难为，拍肩膀道：「兄弟！事到如今，四国的处境都已经走到这地步，也没有选择余地了，还是得要诚实面对！」宫本武藏说：「刀疤大侠！你…你自己保重！」

那杂草丛极为空旷，声息全无，想要寻个避觅之处也是不能。雷昊左右环顾几眼，再对四人分析：「你们趁早离开这边吧！等伤势痊愈，赶紧去找白云大人和婵大人寻求支持，若被暗行御史发觉可就不好了！」香奈换手接替，扶住担架说：「你要走就快点走，别啰哩八嗦的。」雷昊道歉：「小姑娘，等这一切解决后，我再回来向妳赔罪。」香奈咬牙切齿：「赔罪？翠云岭上几百条人命，你要怎么赔？」雷昊直言：「等我手刃筌之后，妳就把我给杀了

吧！」香奈诧异：「什么？」雷昊淡然道：「笙与我骨肉之情，既然错犯，我就有义务要纠正她。」

香奈知他心意，思绪混乱，沉思半晌才点头说：「算了！你走吧！我会用心照顾好犬犿的！」雷昊揖手鞠躬：「那么四位保重，我们大家后会有期！」飞开快步，转眼之间消失在杂草丛。

香奈见他如此坚持，也没拦阻，疑惑想：「不晓得婵郡主那边的情况怎么样了？」宫本武藏和猿飞佐助站在坦荡草原，呆呆的目送同伴离开，香奈在背后催促：「喂！你们两个发什么呆？」宫本武藏吱吱唔唔：「没…没有！忍者！你发什么呆？」猿飞佐助冤枉被骂，心想：「热油煎锅的狡猾人，你怪到我？」

雷昊才离开不久，忽又隐约感觉远方有人走来，香奈鼓着腮子，把一根食指贴在嘴唇：「嘘！你们听！」猿飞佐助微微一愣：「什么？」宫本武藏也把指头贴在嘴唇：「嘘！忍者你安静！」

那草丛罕见行人之迹，有个男子谨慎走来，察觉有异，警戒问：「咦！什么人？」香奈惊呼：「哎哟！大家快趴下！」立刻把担架放置在地，压低声吩咐：「别出声音！前方有人！」宫本武藏当机立断，伸手去按猿飞佐助的嘴巴，伏卧在地仔细一认，心想：「那人从哪里来，怎么会在这旷野游荡？」男子把眼睛四下张望，冷沉沉问：「阁下是什么人？偷偷摸摸的，何不现身？」

众人的心脏怦怦乱跳，香奈伏在担架旁，见犬犿脸色苍白，突然回忆起大家结伴去蓬莱仙岛，一起闯荡龟灵山的情况，忍不住心头一热，伏前爬向他身边，在耳边低声道：「别担心！犬犿！无论如何！我都会守护你的！」猿飞佐助斜剔一眼：「啊？妳说什么？」香奈杏眼圆睁：「少啰嗦！只管趴着别动！」那男子横眉一竖，又问：「几位阁下是何人？何不现身？」

香奈和同伴伏卧在地不敢出声，忽然杂丛风吹草动，那男子身形移动奔了过来，宫本武藏吓得急往右滚：「忍者！快躲！」男子忽从腰带抽剑出鞘，一柄长生剑幻化数道白光，戳向肩膀。猿飞佐助掏出伊贺秘刀抵挡，喊叫：「浪人！救命！」宫本武藏晓得势态危险，矮身从底下滚来：「放开忍者！」男子感觉侧耳生风，扭腰一转，戳向背后：「你们几个什么人？」

宫本武藏和猿飞佐助是个相昔相知的好朋友，分离半刻都觉难过，眼前担心同伴是否安恙，哪里晓得鲁莽一冲，脚足绊着岩石，跌个四脚朝天。

那男子飞风赶来，举起长剑抵住胸前，冷冷问：「阁下是谁？为何在此埋伏我？」猿飞佐助和香奈在旁观望，见到同伴受缚，均晓得若是轻举妄动，宫本武藏势必会有性命之忧，还在迟疑之间，却见那男子苍白发鬂，样貌不似恶俗之辈，仔细再看清楚，好似阴天里起个霹雳，香奈忽惊喜叫：「白云郡主！」

白云斋见这三人衣衫褴褛，蓬头垢面，立刻收剑入鞘：「咦！原来是阁下？」宫本武藏挫着腿坐卧在地，见对方的右臂遭斩，半条袖子荡在风中左摇右摆，诧异叫：「断臂前辈！」白云斋询问：「几位阁下怎么会出现在此？」香奈说：「白云郡主！我们在彩云峡遇上了暗行御史，婵郡主和风羌大人赶来救援，后来大家看见了魅龙和蟒麟蛇在远处对决，还道是您召唤出来，因此追进森林想要搜寻，可惜没找到人。后来我们不巧在城镇遇上了闇，犬犴为救我们，被他打成重伤，到现在都还没有脱离险境！」

白云斋点头：「你们若是要逃，就该趁早离开这才好，否则逗留在此，只是自取灭亡。」宫本武藏问：「前辈，你怎么会出现在这？」白云斋解释：「当时你们在彩云峡所看见的，那人的确是我。我在森林里走，遇见了暗行御史的鲹，他召唤出海灵兽想要杀我，但蟒麟蛇似乎已经灵力

耗尽，鲧被我打成重伤，水遁逃跑。后来我一直在追踪他，可惜却没找到。」香奈恍然大悟：「啊！难怪犬狺和我在森林中撞见那家伙的时候，他受了重伤？」白云斋问：「你们几个有遇见鲧？」宫本武藏得意洋洋：「前辈放心！那家伙已经被我们干掉了。」白云斋惊讶：「他死了？」猿飞佐助跟着吹嘘：「前辈，我们可是费了九牛二虎之力才解决那个家伙。」白云斋关切问：「那东西呢？」猿飞佐助一愣：「什么东西？」白云斋急问：「落魂鞭！」猿飞佐助吱吱唔唔：「这个…这个…你问浪人…」宫本武藏急忙改口：「前辈，不瞒您说，我们确实是解决掉了那家伙，但是落魂鞭又被另外一个红袍女子抢走了。」

白云斋听了之后不发一语，香奈辨貌鉴色，转个话题问：「白云郡主，您打算要去跟婵郡主会合，一起商议计策如何消灭那些暗行御史吗？」白云斋观察周围地势：「彩云峡一带的树林茂盛，若是闇打算在那作为隐身藏匿之处，可不容易搜出他，我们必须抢攻先机，在彩云峡布下伏兵才行！」转个头看，见犬狺昏迷不醒，便问：「他的情况如何？」香奈焦急说：「犬狺受了重伤，到现在都还没醒。」

白云斋从袋中掏出一瓶药丸，吩咐：「还好我有带几粒祛瘀镇心丹放在身上，快喂他服用。」香奈伸手接递那漆瓶：「好！」白云斋思考：「这地方极为偏僻，小伙子有伤在身，恐怕附近一带都走不得，必须找个城镇安顿才行。」宫本武藏问：「前辈，这药性是不是很有效？」白云斋点头：「有我这祛瘀镇心丹，小伙子的伤势多半会痊愈。」

眼下寻获这等珍贵药丸，香奈急着捣药，把药丸捣汁熬成膏子，再用石块磨成粉状，合成妙药渗水喂服犬狺喝下。忙了将近半个时辰，天空逐渐微亮，宫本武藏和猿飞佐助坐在池塘边歇息，抬头眺望，见天空浮云开始飘快，忍不住抱怨：「哎哟！苍天真是害人，不晓得我们造了什么

孽？竟然无故在这受苦？」、「浪人！难道这样喧嚷，老天爷就会听吗？」

香奈流落到这旷野，弄得精疲力惫，一发不语的坐在犬犽身边，不知道心里在想什么。又过片刻，天空无端刮起旋风，那旷野变得乌云密布，竟连炎热都灭没了。大雨滴滴吋吋的落在地上，宫本武藏眯着眼揭开袖子，遂尔惊醒：「咦？怎么？」猿飞佐助吃惊诧异，喊叫：「浪人！天空下雨了！」白云斋见识多广，对三人吩咐：「快装雨水！」猿飞佐助急脱外衣，用来装水：「浪人！快装水！」

宫本武藏懒得解衣，伏在地上挖几个小渠，雨水顺着沟坡流向低洼，稍过片刻，那洞穴积满雨水，澈如明镜。四人用手瓢起，衔接自饮，猿飞佐助笑呵呵说：「哎呀！至少还有水喝，现在总算是拨云见日了！」宫本武藏道：「忍者！你别唧唧哝哝的，管它什么拨云见日，有水喝便是好！快点喝水！免得渗到土里，那可蹧蹋！」

香奈捧着绢布盛装雨水，顾不得说话，把那绢布贴在嘴唇，咕嘟嘟的喝下肚腹。雨水打在脸颊，犬犽喃喃呓语，悠悠转醒：「我…我在哪里？」猿飞佐助惊叫：「啊！浪人！浪人！打鱼的醒来了！」宫本武藏也跟着喊：「醒来了吗？」白云斋急把他按住，吩咐：「小兄弟！你受了伤，先别坐起！」犬犽口干舌燥，只感觉肩膀一阵刺痛，有气无力的问：「这…这里究竟发生了什么事情？我在哪？」白云斋解释：「你受了重伤。」犬犽见到同伴，诧异：「香！你们没事吧？」

香奈见他满脸尘土，嘴唇干裂，唤一声问：「你口渴不渴？」犬犽急点头：「嗯！嗯！」香奈拿手绢去盛清水，递过去道：「这个给你！」犬犽咕嘟嘟的喝下肚腹：「口渴死了！」

宫本武藏笑呵呵：「打鱼的！你刚才昏迷不醒，害得香姑娘担心要死呢！」猿飞佐助也跟着笑：「是啊！是啊！」香奈听他二人冷热一句，红着脸皮强辩：「你们两个无赖！胡乱嚷嚷什么？」二人见她言笑不苟，急忙闭嘴，犬犽见香奈真情流露，显然极为关心自己：「香！谢谢妳救了我！」香奈蹙着柳眉，把头转开：「这个我当然晓得，你自不必多言！」白云斋端庄肃穆：「既然四位都平安无恙，不如趁早离开，免得惹祸上身。」犬犽道：「那些暗行御史不晓得害死了多少性命，我…我必须阻止他们才行！」白云斋分析：「小兄弟，你现在的情况无法战斗，得先好好静养才行。」

犬犽见手臂上绑着绷带，问：「香！这也是妳帮我包扎的吗？」香奈摇头：「是你那位雷昊大哥。」犬犽吃惊：「雷昊大哥？」香奈应：「嗯！」犬犽急问：「那他人呢？」香奈回答：「走了。」犬犽脸色诡异：「他去了哪里？」香奈说：「去追人了。」宫本武藏多管闲事，插嘴：「刀疤大侠去追那个打伤你的红袍人了。」犬犽惊呼：「闇？」香奈点头：「嗯！」犬犽焦急说：「不行让雷昊大哥独自去！那个闇太厉害了，雷昊大哥单独一人打不过他的！」

白云斋问：「四位了解闇这个人吗？」众人一愣：「什么？」白云斋说：「其实闇也是有弱点的。」犬犽追问：「他的弱点是什么？」白云斋解释：「闇曾是我的属下，四位可都晓得？」众人点头：「有听说过。」白云斋问：「那他为什么叛变，你们也曾听说过吗？」犬犽道：「还不是很清楚，可否请教白云郡主再向我们解释？」

白云斋点了点头：「他抢走如意风火轮，杀了翠云国郡主一事，你们也听说了吗？」犬犽道：「大略听过，但是还不太清楚。」白云斋解释：「闇曾是我的属下，负责往来四国之间传达讯息，召集兵力。后来企图叛变，其实是因为他的契友死了。」众人诡异：「契友死了？」白云斋解释：「他最至爱的两个契友被狩猎一族杀了，从此之后闇

的性情大变，他把契友逝世的事，归咎到四国联盟的战争。他说当初若是没有战争发生，他的契友也不会死，后来怀恨在心决意叛变，不仅杀了我的另外一名镇国护使，那人名叫魄狼，亦是闇的盟友。后来闇抢走了混天乾坤圈，还从翠云少主那边抢走了如意风火轮，又从昆仑那边抢走了铜镰刀，甚至还杀了雷烈，也就是翠云国的郡主。」香奈急着追问：「那你说他有弱点，他的弱点是什么？」白云斋道：「两壶磁坛。」宫本武藏、猿飞佐助和香奈脸色一愣：「磁坛？」白云斋点头：「对，两壶磁坛。」

犬犽全身一震，脑袋似乎想起什么，仔细追忆当初和闇对战的情形：

那个时候，犬犽抽出捆仙绳，旋圈一转叫：「香！趁现在！快带他们两个走！」泉池中浪花翻滚，瀑布涌起一团白雾，玄冥龟庞大的躯壳冒出地面，千百亩的梨花树被压个扁平。闇瞪大邪眼，命令：「笙！替我保护好两壶磁坛！」笙奔到墓碑前，翻倒泥土，挖出磁坛，揣在怀中：「拿到了！」闇吩咐：「千万顾好！」

左思右想，记忆突然又转到另个画面：

笙从袋中抄出两粒掌心雷，瞄准香奈的背后掷去，犬犽见状，急忙惊喊：「水柱攻击！」原本困住蟠蛟的水牢球突然分裂，冲出一道水柱喷向笙。笙见这景象，满脸惊诧：「什么？」犬犽喊：「冲开她！」

那水柱比箭还疾，笙的身体承受不住水压震撼，滚翻倒地，红袍被水浸个湿透，掌心雷再也无法引爆。闇瞪大邪眼，急问：「笙！我的磁坛怎么样？」笙仿佛受辱一般，恨不得赶紧找犬犽算帐：「磁坛没事！」

念到这边，犬犽回过神来，恍然大悟：「白云郡主！你说得那两壶磁坛，可是他契友的骨坛？」白云斋点头：「你

们只要有办法抢到磁坛，多半就能制伏住他。」犬犽急说：「我必须把这消息告诉雷昊大哥！」香奈按住同伴：「犬犽！你不衡量自己光景，现在的你有办法行走吗？」

犬犽逞强想爬起，鼻子闻到对方身上幽幽脂香，心神荡漾，又坐倒地：「哎哟！」香奈脸色严肃，正经问：「你干什么？」犬犽怕同伴太过关心，若自己坚持要走，肯定又是一番争论，冷静说：「香！我晓得这样做或许很愚蠢，但是那个闇收集神器，企图毁灭四国，若是没人拦阻他，境内不晓得会有多少百姓要殃灾受难。」香奈道：「要去可以，但是现在的你若不想手臂断掉，就得乖乖躺着。」

白云斋沉默半晌，开口道：「四位若不介意，不如由我亲自去通报一声会比较好。」犬犽面色疑惑：「为什么？」白云斋解释：「既然四位都有伤在身，我亲自去寻翠云少主，会比较安稳也比较妥当。在这之前，四位就先找个隐僻处休养，等伤好了再与我会合。」宫本武藏问：「前辈有啥打算？」白云斋解释：「我会去找翠云少主，然后与婵会合，再商讨策略。」猿飞佐助问：「前辈晓得那个婵郡主现在在哪吗？」白云斋摇头：「目前还不晓得，但总有办法打听到消息的。」犬犽说：「白云郡主，那你自己可要小心保重。」白云斋指着南方：「你们向前一直走，会抵达小镇，四位可在镇上暂时养伤。」香奈点头：「我们晓得了。」白云斋揖手：「那么四位自己保重了。」宫本武藏和猿飞佐助举手招呼：「前辈！后会有期！」

白云斋踏开脚步，渐离渐远，众人目送他离开，猿飞佐助忽转头问：「浪人，我们现在的计划是什么？」宫本武藏回答：「我也不晓得，问打鱼的。」香奈催促：「快走吧！谁来帮忙我抬担架？」宫本武藏扶起握柄，笑呵呵说：「这地方太危险了，不宜逗留！咱们走吧！」

四人离开旷野，心里觉得放宽许多，半天过去，索性沿途都没遇见危险的事。天空几只鸦雀盘旋，犬犽吓出冷汗，

躺在担架惊慌说：「哎哟！你们大家可得替我遮着啊！若鸟屎掉下来滴在我的脸颊上，我可是会生气骂人的！」宫本武藏笑哈哈：「打鱼的！你别担心！若有东西掉落下来，忍者和我会替你遮着。」犬犽愁眉苦脸：「我的伤口还在疼啊！」猿飞佐助安慰：「放心吧！待会儿你和浪人与我，咱们三人进去镇上吃香喝辣，手臂的伤就不会感觉疼了。」犬犽笑喷喷：「真的吗？那我就安心了！」

香奈脚步减缓，呼唤：「喂！等…等等！」宫本武藏回头问：「怎么？」香奈一手按着肚腹，羞涩涩说：「我…我想出恭。」宫本武藏豪爽笑：「原来是想去便溏啊？那妳早说不就成了？」香奈面红耳赤，恼羞成怒的骂：「什么便溏？你这无赖别说这么难听！」猿飞佐助幸灾乐祸：「浪人，你又被蛮妮子骂啦？」香奈伸手捏他脸颊，向左一扭：「蛮妮子！蛮妮子！你们这两个无赖一屁就叫人家蛮妮子！我可是有名有姓耶！」猿飞佐助的脸皮被扯，哇哇怪叫：「痛痛痛！」犬犽左摇右晃，也跟着喊：「喂！小心我的担架啊！」

四人闹成一团，似乎把先前危险全都遗忘，举目眺望昏暮天空，隐约可见远方市镇灯火辉煌，无限佳景通宵摆设，繁华璀璨。犬犽和同伴在彼岸听见笙歌舞起，均是开心，香奈举手招呼：「走吧！我们渡船过岸！」

河畔停泊着大小船只一字排开，船夫双手捧着荷叶包，抱了几粒热腾腾的馒头正在啃嚼，一见客人上门，立刻微笑解缆：「少爷姑娘，四位打算搭船渡岸吗？」香奈吩咐：「嗯！我们要搭船去对岸。」船夫急把馒头塞进嘴巴，精神倍爽说：「我每天要驶船载客，时常往来彼岸，所以经验丰富，四位客人赶快上船吧！」正要踏进甲板，宫本武藏突然一怔：「等等！」

猿飞佐助、犬犽和香奈均回头望：「干嘛？」宫本武藏按着肚腹：「我忽然也想去便溏了！」猿飞佐助并肩走去：「喂！浪人！等等我！咱俩一起吧！」犬犽躺在担架，笑

哈哈：「用得着这么大惊小怪吗？」香奈杏眼圆睁：「脏死人了！」

宫本武藏和猿飞佐助跑到一株大树下，躲在荫暗处解手，对那残沟抖两下裤袖，矫健利落的走回来：「啊！真舒服啊！」、「浪人！这就是男女大不同的地方，咱们两个随处便溏，都很方便啊！」香奈在船上叫：「喂！你们两个家伙叽叽咕咕在讲什么？好了没有？」宫本武藏二话不说，扎巾整裤，把两柄草薙刀绑缚在腰带上，喊：「好啦！好啦！」才刚讲完，忽见面前有个男子头戴黑罩，身穿黑衣黑裤站在近处。那人举止毫无半分轻率，如泰山一般屹立不动。

猿飞佐助看得疑惑，侧头问：「咦！浪人！那家伙是谁？」宫本武藏摇头：「谁晓得啊？我可不认识他！」黑衣男子二话不说，忽然奔来，往小船的方向冲去。猿飞佐助脸色一愣，疑问：「浪人，他干嘛？」宫本武藏稍有阅历，立刻警觉，把同伴夹领揪住，追赶：「糟了！香姑娘！小心有贼！」香奈呆站甲板，满头雾水问：「什么？」

黑衣人一个飞身跃上船边，踹出双脚，香奈无法闪避竟给踢中肩骨，四脚朝天的摔倒在地：「哎哟！」掌舵的船夫原本拿着篙竿，一见有人打架，吓得拔腿就逃，仓惶间也忘记要喊救命。香奈抚着肩膀倒在地上，见那黑衣人往犬犽奔去，心惊：「糟糕！」当下忍耐疼痛，伸手抓住敌人的脚踝，向旁拉扯：「可恶！你究竟是谁？」

黑衣人回头瞥看，没空纠缠，奋力一脚往头颅踏下，香奈吓得魂不附体，仓惶滚避：「啊！可恶！你要杀我吗？」甲板硬生裂破，犬犽躺在担架，惊喊：「香！」宫本武藏和猿飞佐助追上小船，纷纷抽出草薙刀与甲贺万力锁，破口大怒：「可恶！哪里来的死人山贼？」、「浪人！我们合力围他！」

那神秘男子穿着黑衣黑裤，蒙一张黑布罩住颜面，只露出乌溜溜的眼珠子，沉默不语。猿飞佐助抄出甲贺万力锁，对准敌人的脚踝掷去：「山贼！想抢银子？叫你尝尝我的必杀秘技！暗杀！」

黑衣人翻滚两圈跃上栏杆，栏杆被万力锁卷住，硬生扯断。宫本武藏飞身跳近，握住两柄草薙刀攻击：「山贼！别想逃走！」黑衣人向上飞跳，一个起伏跃上了船舱躲避，香奈惊喊：「他逃到屋顶上了！」猿飞佐助伤势未好，跑两步就喘气如牛，喊道：「浪人，我在底下掩护，你上去打！」宫本武藏把脚一蹬，跃上船舱：「好！」黑衣人踢中手腕，宫本武藏左手的草薙刀掉落甲板，惊怒：「死人山贼，竟敢踢我？」黑衣人身影奇快，又是一脚把对方右手的草薙刀踹飞，向后退撤。

宫本武藏气得抬起左脚，卯足全力去踢敌人的膝盖：「可恶！要比脚力？」不料那黑衣人右脚依样踹出，硬是挡个落空。宫本武藏见对方对方不愿出手，尽是用脚攻击，显然藐视自己，气得骂：「你这畜牲，看我把你打成一个活死人！」黑衣人全然充耳不闻，飞身一跃跳下船舱，猿飞佐助急从腰袋摸出一堆铁蒺藜，抛洒地上：「浪人！小心底下！」

黑衣人暗暗惊觉，踏准方位，腰扭半圈的向旁滚避，宫本武藏接着跳下，哇哇怪叫：「啊！」黑衣人抬起脚踢向对方的肚腹，宫本武藏被踹得伏倒在地，咆哮：「忍者！你这个蠢蛋！」犬狩惊问：「喂！你们怎么样？」宫本武藏被铁蒺藜刺在全身，气得胡须直竖，像块木头动弹不得：「痛死人了！」犬狩见他伤势不重，只是碍于自己无法起身，一时也不能过去查看，急对香奈吩咐：「香！捆仙绳绑在我的腰带上，妳快拿出来对付他！」

黑衣人听见这话，迅速回头，一双黑漆漆眼珠盯着犬狩的腰带看，香奈对舵夫急喊：「喂！快开船！快开船啊！」

那舵夫吓得手足无措，先是张口想叫救命，待听对方命令，向后一跌，摇竿掌舵的猛驶开船：「是！是！」

黑衣人凝神戒备，足下踏个斜万势冲向犬犸，伸出手抓。香奈见状，急忙迎面拦阻，抄出飞镖叫：「不准过来！」神秘男子套着黑罩，踏准方位，脚下忽移动寸步冲向前。香奈掷出飞镖，只可惜无论如何抛丢总给对方躲过，气得火冒三丈：「有本事就接我暗器，别躲躲闪闪！」

黑衣人不敢随意进退，斜身避开暗器攻击，正看准时机想反击，忽感觉背后生风，一条甲贺万力锁卷向自己的肩膀。黑衣人吃了惊，偏身回避，右手臂竟被万力锁给牢牢卷住，猿飞佐助欢喜叫：「我缠住他手腕了！」黑衣人应变急速，向左一偏，长袖竟被扯断半截，众人惊觉：「他是独臂？」

黑夜中看不清楚，那神秘男子一个起伏跃上了栏杆，扑向犬犸。猿飞佐助急忙掷出两枚雾隐飞镖：「杀杀杀！杀啊！」神秘男子腾在半空，腰转半圈避开攻击，不料身体过重，落坠下来，喇啦一声竟踩破甲板，右脚卡在窟窿动弹不得。

「冲啊！」宫本武藏忽然双手环抱，满脸蒺藜的迎面奔来，神秘男子抬头一看，吃惊：「什么？」二人撞个满怀，冲破了栏杆跌入水中，香奈和犬犸同声惊呼：「啊！」猿飞佐助喊叫：「浪人！」

月光把水面照得耀眼，仔细一审，宫本武藏左手抓着船边不放，满身湿淋叫：「忍⋯忍者！快拉我上来！」猿飞佐助边跑边喘，一个飞身扑在船边，伸手去勾，可惜差了半截没抓到，呼喊：「浪人！快抓我手啊！」香奈在旁见这情势，晓得同伴若是摔入水中，再无机会捞他上船，吆喝：「我来帮忙！」一个飞身向前，踩在猿飞佐助背脊上，喊叫：「快抓住我！」

宫本武藏抬起头看，急把手心朝上一抓，牢牢扣住手腕
叫：「快拉！快拉！」那艘船驶出河岸，猿飞佐助翻身朝
上，一把抱住香奈的右腿喊：「千万抓紧！别松开浪
人！」香奈杏眼圆睁，破口骂：「男女授授不亲，别碰
我！你这个蠢蛋！」宫本武藏不敢开口，心里暗骂：「蛮
妮子！我都快掉进水去，妳倒还只顾自己的腿？」

眼前势态非常紧迫，香奈抓着宫本武藏不敢松手，身体逐
渐被拖出船边，猿飞佐助拼命拉她右腿，犬狺躺在担架，
对船夫喊：「哎哟！你赶快过去帮忙他们啊！」船夫抛下
木桨，急点头：「是是是！」

猿飞佐助搂住香奈的大腿，脑袋浸在水中，把河面月影弄
得一团模糊，咕嘟嘟喊：「拉…拉他！噗噜噜噜…」宫本
武藏怪叫：「忍者！我要沉下去啦！快救我上来！」香奈
惊慌失措，卡在船边动弹不得：「你抓紧我！千万别松
手！」月光下细看分明，众人悬成一线荡在船尾，那艘小
船顺波逐流，宫本武藏全身湿淋浸渍水中，舵夫抛了木桨
赶快帮忙，及时拉住：「客人！撑着点啊！我来了！」

众人合力将宫本武藏拖上甲板，香奈和猿飞佐助仔细一
看，睁眼怪叫：「啊！是那个黑衣贼！」忽然一个黑脸罩
露出水面，果见那神秘男子的左手扯住宫本武藏的脚踝，
死不放松。香奈喊：「快想办法把他甩掉！」宫本武藏低
头看，见黑衣人紧抓自己脚踝不放，恨不得咬牙怒目：
「快放开我！你这家伙！」

香奈晓得情况危急，若再继续倔强对垒，一旦那人又爬上
船，同伴多半都会送掉性命：「笨蛋！你不会踢他吗？」
宫本武藏恨不得捶胸跌脚，破口骂：「下去！」忽抬起脚
往脑袋一踏，那黑衣人偏个身躯想躲避，可惜却来不及，
噗通声沉在水中，霎时之间被拒出四五丈外，愈离愈远，
终于再看不见。

众人侥幸脱逃性命，爬上甲板，喘气吁吁的躺在一团儿。宫本武藏骇然惊惧，满头冷汗喘：「好…好险！」猿飞佐助气得骂：「吁吁…浪人！这地方怎么会有山贼？」宫本武藏回答：「蠢蛋！我怎么晓得？」猿飞佐助又说：「你不是最先察觉他想抢东西的吗？」香奈放声叫：「你们两个别再吵了！你们口口声声叫他山贼，他有说过自己是山贼吗？」宫本武藏和猿飞佐助听了这话，面面相觑：「奇怪？那家伙不是来抢银子的吗？」、「看他样子，明明就像窃贼…」

犬犾思索片刻，忽有个想法兜上心头，迟疑说：「那个黑衣人…他好像是冲着我来的。」宫本武藏和猿飞佐助均是诧异：「啊？」香奈甚为迟疑，呆愣半晌：「为什么他要攻击你？」犬犾摇头：「我也还不能确定。」宫本武藏问：「打鱼的，你是不是积欠人家庞大债务？所以债主雇用了杀手，企图来个毁尸灭迹？」猿飞佐助应一句：「浪人，还是那债主搞错了人？杀手原本要去杀那个欠债的，偏偏阴错阳差找上咱们？如果真是这样，打鱼的真是倒霉之极。」香奈扎巾卷袖：「你们两个别再胡说八道！想捱揍吗？」

二人欠身不敢触犯，安静闭嘴，忽见横排的船楼漂在水上，石城砖墙筑在堤岸，舵夫站在船尾抛下锚绳：「四位客人！我们抵达岸边啦！」猿飞佐助欢喜叫：「太好了！浪人！船到岸了！」香奈吩咐：「快来帮我抬担架，大家先上岸吧！」四人登上沿岸，那地方有许多围观民众，猿飞佐助好奇心起，挤过身看：「什么事情？」

人群排拥，宫本武藏抬着担架，怪叫：「喂！挤什么挤？」

有个男子穿纱戴帽，抬头挺胸走了过来。那人背后护持随从，大队人马擎起剑戟，规模森严。月光把枪械映照得夺耀生光，百姓见了立刻侧路两旁，校报飞赶来，下跪道：「启秉大人！我派人去这附近探听了虚实，那人果然是躲

在附近！」穿纱戴帽的官臣点头：「好！继续追查！」香奈睁大杏眼，抬着犬犽挤过去问：「等等！你们是谁？这镇上发生了什么事情吗？」官臣一脸傲慢：「你们几个什么人？」香奈回答：「我们正在搜寻暗行御史，打算阻止他们侵略四国。」官臣满脸诧异：「就凭你们四个？」犬犽躺在担架上，解释：「大人！请问你们是天山国，还是蓬莱国派来支持的军队吗？我们是婵郡主和白云郡主的好朋友。」官臣捧着腹笑：「你们几个是婵大人和白云大人的好朋友？」香奈脸色一沉：「有什么好笑？」官臣见四人衣衫破烂，鄙视问：「你们有军队吗？」

宫本武藏、猿飞佐助、香奈和犬犽面面相觑，忽然旁边又有探子飞驰报捷赶来，跪地恭谕：「大人圣上无疆！随行的弓兵力士都快抵达镇上了，其余的全都安顿妥当，均在等候消息，只等着大人发号施令。」官臣双手插腰，洋洋得意：「咱们要捉得可是一条大鱼，传令叫大家忍耐等候，点齐了兵马，过几天等到时机成熟，再把那个家伙团团包围。」探子阿谀尊奉：「圣上大人真是精明，懂得行军打仗的策略，推几个力士弓兵去包围敌人，既省事又省力。」官臣吩咐：「切记！无论擒活的还是捉死的，都要见人！」探子揸手鞠躬：「圣上英明！」官臣装束威严，对探子说：「这四个死要饭的说他们是婵大人和白云大人的朋友，你替我好好照顾他们。」侍卫捶身站立，仰头大笑，宫本武藏和猿飞佐助怒发冲冠：「哼！笑？有什么好笑的？谁是死要饭的？」官臣没再理睬，举手招呼：「大家走！」

十几个侍卫整齐排列，尾随着官臣的背后扬长而去：「哈哈！四个死要饭的，没有军队成何体统？居然异想天开要去捉暗行御史？真是笑破肚皮。」香奈忍耐不住，也气愤愤骂：「你们这些家伙！狗眼看人低吗？」犬犽躺在担架，劝慰：「香！算了，别跟他们计较吧！」宫本武藏忿忿不平：「难道有一件好盔甲穿得就是人，没好盔甲穿得便不是人吗？真是可恶！若是那个红袍的唤出蛟兽，我看你们家伙就算有几百条性命，恐怕都不够抵挡。气死人

了！」猿飞佐助道：「浪人，那群家伙没个懂礼节的，别理他们！我们走！」

路边忽有三只野狗跑来，恶狠狠的凝视四人，劣嘴磨牙，狂声吠叫：「汪汪！汪汪汪！」宫本武藏怒骂：「畜牲！连你都来藐视我们吗？」猿飞佐助侧身让开：「浪人，咱们占了狗儿的地盘，先走到别的地方去吧！」

路边一个破烂乞丐走来，随便找个屋檐遮蔽处，坐在石阶歇息：「呵呵…」宫本武藏瞪一眼：「笑？有什么好笑的？」老乞丐也没辩驳，傻笑几声，从怀中掏出馒头：「四位要吃吗？」

猿飞佐助见那乞丐全身污秽，手中的馒头乌漆麻黑的沾满指印，急摇头：「不…不必了！你自己留着吃吧！」宫本武藏怪叫：「老家伙，咱们被人藐视，哪有心情吃东西？」乞丐张大嘴咬半口馒头，乐津津嚼：「你们晓得为什么那些狗儿一见你们四个，就不断狂叫吗？」宫本武藏、猿飞佐助、香奈和犬狰面面相觑，均是摇头：「为什么？」老乞丐咬半块馒头：「呵呵！俗话说：『狗咬破衣人』，若是你们四个有几件好衣服穿，那畜牲也就尊敬你们啦！」宫本武藏从钱囊掏出银子，催促：「你别啰哩八嗦，讨厌死了！天气那么冷，别坐在这边啃馒头，快回家买件好衣服穿！」老乞丐面黄饥瘦，伸手接过：「哎呀！最近天气冷，有钱正好可以买衣服，温暖身子。」

才刚讲完，忽有个掌柜手拿木棍，跑出门外驱赶：「臭花子！怎么又是你？去去去！每次挡在馆子前，防碍我做生意！」香奈看不过眼，怒骂：「掌柜先生！他坐在外面，你站在里面，他可又没碍着你，何必这般恼怒恨他？」掌柜见到客人，也不敢随便得罪，温言劝服：「小客官啊！您不知道，这个糟老头三不五十就来我门口捣乱，吓走客人，连生意都做不下去哩！」老乞丐拿着破碗和馒头，起身离开，嘴里念念有词：「呵呵！人未曾谋害你，不可无故和他相争。你的邻舍既在附近安居，你不可陷害他。你

若有行善的力量，不可推辞，当向需要帮助的人施行。不可使慈爱和诚实离开你，要系在颈项上，刻在心版上啊！」愈行愈远，走进暗巷，消失在街角旁。

掌柜见到老乞丐离开，急忙陪笑：「四位客官，那老花子有点粗俗，刚刚多有得罪，还请抱歉见谅。来来来！里面请坐！里面请坐！」香奈转个头问同伴：「怎么样？要进去吗？」

猿飞佐助伸脖子看，见餐馆有人狼吞虎嚥，忍不住摸着肚腹：「进去吧！我饿死了！」宫本武藏迟疑：「打鱼的还有伤在身，需要找个地方休息，不方便吧？」掌柜连忙解释：「四位客官请留步！咱这不仅是间餐馆，也是客栈，里头东西应有尽有，样样齐全。客人若是不信，可以亲自进来瞧瞧，绝没问题！」香奈又问：「怎么样？要进去吗？」猿飞佐助唉唉叫：「快进去吧！我饿死了！」宫本武藏道：「那好！这地方既是一间餐馆兼客栈，不如我们就在这休养几天，等打鱼的伤势痊愈，再离开如何？」犬犽打个哈欠：「我是无所谓啦！」香奈点头：「嗯！那好吧！我们先进去吃点东西。」

四人跟随那掌柜走进餐馆，就这样暂住下来，不知不觉几天过去，虽然每天躺在床上养伤什么事都不能做，但犬犽的体质本来就是身强力壮，再加上白云斋的祛瘀镇心丹，肩伤已痊愈了九成左右，断骨也续合差不多。

这天下午，犬犽躺在床上感觉很无聊，暗想：「屈指算来，我到这边也将近几天光阴了，不晓得雷昊大哥现在如何？反正闲着也没事做，待在这真是无聊，不如趁这机会到处晃晃？」打定主意，掀开被褥，把捆仙绳绑缚腰带，走出房外。

犬犽扶着栏杆走下楼梯，忽听餐馆内传来宫本武藏的喧嚷声：「岂有此理！上次遇见那个穿纱戴帽的官臣，那主儿脾气可大呢！不但没有招待我们，还将我们两个羞辱一

顿，发生这倒霉事，真叫人生气啊！」一个酒客说：「算啦算啦！反正你们两个又没受什么损伤，就该谢天谢地啦！」犬犽心中一愣：「咦！浪人和忍者在跟谁讲话呢？」猿飞佐助抱怨：「浪人！酒前辈！我以后要生个儿子，将来养得高头马大，便不会有人敢欺负他，再带他去学武功，那就更没人敢招惹他了！」

犬犽恍然醒悟：「原来是一起喝酒的朋友吗？」宫本武藏转个话题，又说：「忍者！说到高头马大，我家乡有个大巨人啊！他生得虎背熊腰，身长七八余丈，若是站在屋里，头就顶到木梁！若叫他撞见那个羞辱我们的鸟官，包准那主儿吃不完兜着走！」猿飞佐助挥挥手笑：「浪人，什么大巨人？这种鵰虫小技才不稀奇呢！我告诉你！我家乡有个巨人更高，身材数十丈长短，抬起头来，脑袋有一口钟那么大小，坐着时候头都会顶到梁柱，震得屋宇霹雳啪响呢！」宫本武藏搔头弄耳，半信半疑问：「忍者，真的假的？」猿飞佐助得意洋洋：「那当然是真的啊！」酒客插嘴：「嘿嘿！你们两个说得都不稀奇，什么大巨人？那些都只不过是小巨人，实际算不上是真正的大巨人。」

宫本武藏和猿飞佐助怪眼圆睁，愣问：「那怎么样才叫大巨人？」酒客喝一口酒，故作玄虚道：「我家乡有个大巨人，长得青面獠牙，站起身可把顶上遮得天昏地暗，若是坐着，则把地下蔽得日月无光。一张开嘴，牙齿就撞着屋梁，下巴也顶到地上。他吐雾呐气，呼吸如狂风，再把长袖一挥，就能够把你们两个吹入云端，扫到海里去哩！」宫本武藏张大嘴巴，诧异问：「酒前辈！照你话那么说，大巨人张一口嘴，牙齿就撞着屋梁，下巴顶住地板，那他的双脚要站哪里啊？」酒客歪缠嘴脸，口拙道：「扼…这个…那巨人…那巨人的脚…我…我…哎呀！你问那么多干啥啊？」

猿飞佐助沏一壶酒，哈哈大笑：「浪人，我昨天夜里撞见一只仙鹤从天外飞来，背后唤几个家丁鼓舞奏乐，仔细一看，原来是仙鹤要授赏官爵，送报喜的匾额到酒前辈家里

去哩！」宫本武藏浓眉睁眼，好奇问：「咦？忍者，你说
这是实话假话？」猿飞佐助拍胸保证：「当然是真的啊！
那个时候我看得清清楚楚，匾额上还刻着四个大字呢！」
宫本武藏诧异问：「那匾额上刻着什么大字？」猿飞佐助
哈哈一笑：「我看那匾额光辉烁闪，清清楚楚刻了四个大
字，写着：『岂有此理』！」

二人哄堂大笑，几乎把腰闪了一跌，犬戎走下楼问：
「喂！你们两个，有没有看见香呢？」宫本武藏笑得流
泪：「哈哈！打…打鱼的？哈！你起床啦？」犬戎问：
「这位是你们新结识的朋友吗？」猿飞佐助坐在旁边：
「呵呵！是啊！是啊！这位是『千杯不醉酒前辈』，他是
个侃爷，说话没几句是真的呢！」酒客厚着脸皮，歪缠嘴
脸说：「哎哟！我可是说真的，没跟你们侃呢！」

宫本武藏边说边笑：「忍者，当今四国境内，你说啥最坚
硬？」猿飞佐助回答：「我说石块最硬！」宫本武藏哈哈
一笑，摇头：「不对不对！石块遇上铁槌就碎了，怎能算
得坚硬？」猿飞佐助又答：「那我说铁槌最硬！」宫本武
藏哈哈一笑，又摇头说：「不对！铁槌遇上火就熔了，怎
能算得坚硬呢？」猿飞佐助反问：「浪人！那你说什么东
西最坚硬？」宫本武藏道：「我说酒前辈的胡须最硬！」
猿飞佐助笑问：「不对不对！酒前辈的胡须又细又软，怎
么能算得坚硬？」宫本武藏回答：「酒前辈的胡须当然坚
硬，你看！酒前辈多厚脸皮，都给它钻出皮肉了，怎么会
不坚硬呢？」

二人又是哄堂大笑，香奈忽然冲进餐馆，睁着杏眼喘气
叫：「喂！你们两…咦？犬戎！」犬戎满脸措愕，怔问：
「香，妳怎么了？」香奈语气焦急，喊道：「没时间解
释，你们三个快跟我来！」犬戎疑惑：「什么事情？」说
着，迅速尾随离开餐馆，宫本武藏和猿飞佐助急忙灌一口
酒，离座追赶：「哎哟！也等我们！」

四人跑到街上，忽见队伍从宅墙边游行经过，骑兵手持灯笼，浩浩荡荡的辘辘前进。犬犽一眼辨认：「咦！是上次那位大人？」宫本武藏和猿飞佐助咬牙切齿：「是那穿纱戴帽的鸟家伙？」

轿夫抬轿，那官臣急着赶路，与自己四人并无交集。行过路去，忽一个兵丁执恭甚礼，揖手抱拳，跑来说：「圣上大人安好！我们已经派遣人在各门把守，现在只等大人下发命令，就可以开始行动！」数十多个侍卫退让几步，又有探报赶来，跪在地上恭谕：「圣上大人无疆！弓箭和力士都准备好，探子也顺利潜入屋子，现在只等着大人发号施令。」官臣听他阿谀尊奉，得意洋洋，吩咐：「传令下去！等我过去，立即开始行动！」

街上群众见到队伍游行，全都涌前围观，犬犽和同伴仓皇想避，却被人群硬挤来，香奈跟着排拥在中间：「喂！挤什么挤？」两个侍卫驱赶民众：「滚开去！滚开去！大人赶着办事，死老百姓别碍手碍脚！」穿纱戴帽的官臣虎气昂昂，喊叫：「继续移动！走！」身后的随护擎起剑戟，一整队伍押着灯笼，锣鸣鼓响，沸鼎离开。香奈拉扯犬犽，挤出人群：「快去看看！」宫本武藏和猿飞佐助追赶：「等等我们！」

街道河畔相邻，水巷繁密，四人跑得汗流浃背，穿梭了小巷兜个半圈，忽见前方灯火通明，许多驻兵挡在路边。犬犽和香奈矮身一低，蹲下墙边伏贴着，附近奔来飞捷校报的，在官臣身前恭敬下跪：「启秉圣上！所有一切动作准备就绪，门也封锁住，现在只等大人下令捉人！」官臣仰头大笑：「我已经派人潜进屋了，那个家伙不晓得我的耳目众多，若要搜查罪犯，简直就是天罗地网！」

宫本武藏和猿飞佐助跑来，露出浓眉大眼，探头窥伺：「咦！那个鸟官在干嘛？」香奈躲在墙后不赶乱动：「嘘！小声点！」忽见队伍两边撤开，退出一条道路，官

臣琅当当走下轿子，站在宅院的门口观望：「这地方真是落破，看我取一把火，把这烧了。」

数百箭兵不敢妄动，执枪待命，黑压压的站了一堆，封锁楼房，全都布置军队。官臣胸藏韬略，点清人数道：「待会儿从宅院四方冲进，千万别让敌人逃走！」飞捷报问：「启秉大人，我们是否应该先遣人去通报风羌大人，一同联盟来缉拿暗行御史？」官臣一脸傲然，拒绝：「不必麻烦，我的军队就能搞定！」

宫本武藏和猿飞佐助诧异：「这个鸟官也是来缉拿暗行御史的？」香奈把食指贴在嘴唇：「嘘！不是叫你们两个小声点吗？安静！」才刚讲完，楼房内忽传来拳脚声音，桌掀椅翻，有人撞破木板摔到楼下。官臣浓眉一竖，忿怒问：「里面发生什么事情？」

二楼的砖墙撞出一个窟窿，两个探子冲破花窗飞出，摔落地下，受了重伤半句无言，抱着脑袋叫：「救…救命！」官臣抬起头喊：「哼！好个晦气鼠贼！貂！你已经被我的军队团团包围，别想逃跑！」

楼房上黑影一闪，有个陌生男子站在窗边，冷笑：「嘿！当真是大言不惭，若非是我在此打听万古神器的下落，你岂能找得到我？」官臣喊叫：「哼！鼠贼生性奸狠，死到临头还敢狂言？就算你能离开这地方，也未必逃得出镇上！婵大人和白云大人已经下令军队封锁各城，搜捕暗行御史，就算你有三头六臂，逃得出我的手掌，那天罗地网的搜捕能逃得了吗？还是赶紧投降，乖乖跟我回去比较好！」

貂哈哈大笑：「我刚收到了同伴的飞鸽传信，准备要走，却倒霉遇上你们这些狐群狗党来拦阻？嘿！有本事就上来，别在楼下拖拖拉拉。」官臣举手指挥：「上啊！大家一人一刀，先将他劈成十八块！」侍卫蜂拥而上，撞破了

门冲入楼房，其余的弓兵怕敌人趁隙脱逃，严守东西南北，不敢进去。

过不多久，又见许多兵丁被踹飞窗外，官臣面上失色，喊叫：「砍他！快砍他！」许多侍卫气急败坏，拿着刀枪冲进去，犬犲见有人从二楼摔下，急对同伴唤：「快！里面打得正激烈，我们快去帮忙！」香奈扯住手腕：「等等！还不是时候！」

楼房内打斗声响，有人被折断手臂，痛得怪叫。貂虽无帮手，却能打得许多人，一个飞身跃到窗边，挺胸站立着笑：「什么无用军队？看你们几百个打我一人，怎么还拿不住我？」十几个侍卫提着刀枪冲上二楼：「暗行御史！快交出万古神器！」貂答：「一班亡命之徒武艺平平，没啥用处！不如回家习功十年，再来捉我吧！」

官臣站在屋外，望空对骂：「鼠贼！你且抛下神器，与我赤手过招！」貂毫不理睬，朝窗外望了几眼，鄙视笑：「嘿！玩够了，该结束了吧？」官臣见敌人站在窗边似乎想逃，急喊：「他要跳了！他要跳了！快守住东西南北！快射弓箭！」
许多兵丁从背后的筒子抽出羽箭，射上半天，貂抖卷红袍，两条长袖旋转如风，羽箭全数掉落地下。

弓兵挺着箭枝悬在弓上，手指一松，陆续瞄准敌人的咽喉射去。破空声咻咻响，貂辨别方位，手法精妙的用袖卷开：「嘿！真是一群废物东西，还没玩够吗？」弓兵再从筒中抽出羽箭，喊声射去：「保护大人！放箭！」貂反应极快，腰身一转把几枝羽箭抄在掌心，向下抛掷：「嘿！真没乐趣！」

其余的侍卫各顾性命惊散而逃，官臣气他不过，大喊：「大家听好！四国要捉拿凶身钦犯，这个强盗屡次行凶，谁若捉住了貂，立刻赏个十两白银，若是让这贼逃走，无论老的小的，全都打个三百大板！」弓兵不敢违命，见那

暗行御史虽然势孤，又不敢冲锋陷阵。众人传齐伙伴，喝道：「捉拿钦犯！快杀掉他！」有人跟着起哄：「快呀！若是让他逃走，大家全要捱棍子啦！」几个剑兵趁隙拥上楼，貊以背迎敌，一个回旋踢向肩膀，众人摔倒，咕碌碌的滚下楼梯。

官臣见军队被打得落花流水，心中大怒，吆喝：「把他杀掉！」貊忽向外一跳，跃出花窗：「杀得掉我吗？」侍卫举刀持剑，接二连三的拥上喊：「杀啊！」貊晓得对方人数实在太多，若是硬拼只会吃亏，纵身一跳腾上屋顶：「嘿！再见了！」士兵鼓噪混乱，飞步追赶：「保护大人！」

十几枝羽箭射上天空，貊把长袍当成掩护，旋圈一卷弹飞弓箭。屋顶上箭雨如蝗，短短距离变得寸步难行，貊护住周身用长袖拨打羽箭，恼怒喊：「嘿！你们真的打算惹火我吗？」官臣推拥兵丁，指挥喊：「杀掉他！快杀掉他！」貊身手矫健，旋转长袖弹飞了许多枝羽箭，脚贴着砖瓦，横步移动：「这下你们真的惹恼我了！」忽从背后抽出一柄铜镰刀，唤叫：「鹳凤凰！出来！」

突然间飓风旋天，沙石卷入云端，一只巨鸟冲天而起，飞上九霄鸟瞰整座城镇。兵丁吓得惊呆，举目频视：「天灵兽出现啦！」官臣怒叫：「快阻止他！把神器抢来！」宫本武藏和猿飞佐助怪叫：「是巨鸟！」

那只鹳凤凰伸展翅膀扩开两边，拱环形状，尖嘴发出悦耳啼鸣，貊乐呵呵笑：「嘿！鹳凤凰，把这群废物卷上云端！」犬犽一见鹳凤凰盘旋空中，立刻把衣角扎在裤带，踏步追赶：「我去帮忙！」香奈喊：「犬犽！」宫本武藏和猿飞佐助尾随在后，喊叫：「等等我们！」

鹳凤凰羽翅一展，翱翔于碧海青天之间，旋风飞转，忽然数十根风柱激起沙石。士兵恃强前进，灯笼和轿子全被吸

起，附近楼房的屋瓦支离破碎，在半空中转来转去。官臣把双手按着乌纱帽，瞇眼睛喊：「快…快阻止他！」

顷刻间狂风大作，宫本武藏、猿飞佐助和香奈贴着墙壁，动弹不得：「啊啊啊！好大的风！」一阵飞砂刮在脸上，打得皮肉疼痛，残枝落叶吹成团片，上翻下扬，卷入云端。那座小镇排墙倒屋，大树连根拔起，气温忽变得寒气侵骨。貊拿着铜镰刀，回头笑看：「嘿！这才叫人生乐趣！」

几根风柱倏地扫来，檐瓦飞空，百姓无处走避吓得惊叫：「救命啊！」侍卫吓个魂不附体，背脊撞断了木桩梁柱，卷上天空。街坊的百姓心慌胆颤，大家都怕祸事临到，七零八落欲往后逃。有人不慎挤到摊贩，脱身不得，栽个筋斗跌在阶前：「啊哟！别挤别挤！踩死人啦！」混乱中又有长幼妇女被人推倒，踩个头破血流。向上一望，猛见头顶阴霾笼罩，黄风卷成旋柱，阁楼牌坊半被摧折，筑奉香火的古庙也遭破坏，让人看了惊心骇目。

貊身手矫健，踏着飞步趁隙脱逃，犬犽追来，喊叫：「等等！站住！」貊回转头看，惊喜：「咦！捆仙绳？」犬犽的右手一扬，捆仙绳向前劈出：「玄冥龟！阻止天灵兽！」

遥望云天相接处，一只庞大的巨龟冒出河岸，水浪倒泻，顺势往龟壳两边分流开。貊笑得开怀：「小鬼！你来得正是时候！笙捎了封信，要我带着鹌凤凰去与闇大人会合，你既来了，就让我顺便带着捆仙绳走吧！」犬犽摆出攻势：「我不会让你把捆仙绳抢夺走的！我要阻止你们！」貊道：「嘿！那么你就怀抱虚幻的希望吧！不过希望太多却也未必是件好事，人要懂得及时行乐，因为你永远不知道明天和意外哪个先来。」

鹌凤凰腾云驾雾的飞在半空，一见海灵兽出现，羽翼绒毛全数鼓起，向下俯冲。貊把铜镰刀高高举起：「疾风术！

风之裂痕！」鵃凤凰振翅一拍，忽觉狂风扑面，港口的船排顿时骇浪如山，水涡乱漩，有水灌进甲板，犬犽谨慎盘算：「那只大鸟飞在云端，就算我能用水柱乘载玄冥龟腾上天空，毕竟速度太慢，肯定无法追上牠的。若我撤退逃跑，这小镇就会陷入一团混乱，看来，只能采用旋涡水柱，打远距离战了！」打定主意，捆仙绳鞭策一抽，喊叫：「海灵兽！旋涡水柱！」

大水柱冲上十余丈高，激成急漩往天灵兽撞去。鵃凤凰的身躯和那千万斤大水无法相抗，羽翼开展，扫出一股疾风。风势把旋涡水柱偏向卷飞，撞在檐瓦，砖墙碎裂，到处横飞。犬犽心惊：「糟糕！若是继续这样打下去，小镇就毁掉了。」貊笑：「嘿！小鬼！还有什么招术？」犬犽叫：「有许多无辜百姓住在这！你快驱走天灵兽！」貊仰头哈哈笑：「你的头脑真是单调，真才叫人生乐趣！」

犬犽见这地势对自己明显不利，心想只要能打个平手，尽量拖延等候婵和白云斋赶来救援便可，但貊对百姓的生死毫无顾虑，鵃凤凰大展神威，逼得自己喘不过气。犬犽不敢松懈：「可恶！得想办法疏散人群！」

宫本武藏、猿飞佐助和香奈奔跑来，叫唤：「犬犽！」犬犽回头喊：「香！你们快想办法疏散人群！」貊一声怪笑：「风象通灵！苍穹天劫！」

天空中一根巨大的黑风柱突然涌现，转来转去，把楼房卷到高空冻云层，消失不见。宫本武藏怪眼圆睁，惊喊：「打鱼的！那柱旋风卷过来啦！该怎么办？」猿飞佐助哭叫：「浪人！我们死定啦！」香奈骂：「你们两个别鬼叫！」犬犽喊：「水象通灵！水御防空墙！」玄冥龟抬起巨脚用力一踏，河岸边涌起一波浪涛，壁立若墙，遮荫蔽地的高出几丈，竟将整座小镇笼罩底下。

且见小镇雾朦朦的被水钟罩住，什么也看不见，黑风柱从高空袭卷，被水墙阻隔在外，在半空中激起汹涌的浪涛。

貊抬头见顶上水帘遮天，咬牙切齿叫：「小鬼！玩够了吧？」举起铜镰刀，往敌人脑袋斩去：「受死吧！」犬犽一个分神，急向后退：「啊！」

风势瞬间冲开水罩，头顶的水墙被黑风柱冲破，溅下满地水迹，随即又有几栋楼房吸上高空的冻云层。穿纱戴帽的官臣来不及逃，旋空翻转，卷上天空：「救命啊！」犬犽抬头惊看：「洪流水闸！快用水墙把天空给罩住！」

那堵水墙逆流狂漩，前后激撞，立刻又把黑风柱阻隔在外。风势剧减，官臣脚底踏空，身子下沉，摔落了屋檐撞出大洞。木桩裂断，几块碎瓦掉落，他从屋脊滚下，四脚朝天的陷进牛车，狼狈骂：「哎哟！我的妈！痛死人…」

貊正斗激烈，见大水墙把小镇罩得密密实实，忍不住发怒：「可恶！你真的惹火我了！」抬起头看，一只巨鸟若隐若现从水墙外疾速飞过，往鶬凤凰扑去，吃惊：「糟糕！是赤鷔？」犬犽和香奈惊喜：「婵郡主！」那只巨鸟展开翅膀，万道霞光耀眼生辉，飞向云端。

鶬凤凰正往前飞，忽觉脚爪一紧，像被金箍套住似的，低头惊视，原来是赤鷔把嘴一啄，咬着凤爪硬往下扯。两只巨鸟纠缠不清，鶬凤凰隐遁想逃，赤鷔便飞前拦阻，两只天灵兽就这样纠缠几回，进退两难。貊被罩在水墙下看不清楚天空战况，晓得势态紧急，举起铜镰刀急砍向敌人：「可恶的婵！仗势欺人，我跟你们拼了！」犬犽精神一振，扬起捆仙绳：「快投降吧！你逃不掉了！」貊怒喝：「你少做梦！去死！」

鶬凤凰被赤鷔突袭，摧残民宅的黑风柱忽急势剧减，消散不见。婵站在城镇半里外的岸边，身旁除了大片沙土，都是荒芜田亩。虫声唧唧，柳垂树荫静荡荡的，一波潮水随风涌起，船舟在河面起伏摆动，隐约见两只天灵兽飞梭不远，穿入天空。婵穿着雪白淡装，举起鸳鸯钩叫：「风象通灵，天罡风穴！」

鸩凤凰先前施展了苍穹天劫，灵气损耗太多，这时又遭赤
鹭突袭，遍体鳞伤，无论逃向何方均无效用，到处都被阻
挡，决躲不掉。忽然天空中刮起一阵大飓风，万团锦云从
气层倒卷而下，将鸩凤凰包裹其中，密无缝隙。

天空中落叶飘散，风压全消，赤鹭的天罡风穴将鸩凤凰埋
在其内，已不知卷到何处。霎时之间云消雾散，星空千
里，周围又变得静荡荡地。梧桐陪衬在旁，指着天空惊
叫：「啊！婵郡主！那只凤凰消失了！」婵点头：「走
吧，我们可以进城去了。」

赤鹭目光如磷，巨爪扑下，栖在一栋楼房的屋脊上，民众
兴奋欢呼，军队纷纷拿着弓矢箭矛追赶：「那个暗行御史
肯定就在附近，快搜！」貊见鸩凤凰被天罡风穴卷入锦
云，像转风车似的激旋消散，气得吹须瞪眼：「可恶！又
是仗势欺寡，下次肯定宰了你们！」说着，一个飞步往南
边逃：「天煞的！管不了那么多，先去铸剑山庄和笙他们
会合！」正要逃遁，背后一个人影跳下屋檐：「貊！你罪
恶太重，天理难容！今日休想活命！」

貊大吃一惊：「是婵的随护？」风羌从箭筒抽出羽箭，放
出四枝疾箭：「纳命来！」貊东穿西梭，躲入暗巷：
「哼！这次暂时不跟你斗！」风羌紧紧尾随：「你逃不掉
的！婵大人已经驻军把这四方包围了。」貊突然转身，挥
舞铜镰刀反击：「去死！」风羌把弓擎住，举起抵挡，不
料那铜镰刀太锋锐，弓柄断成两截。两个冤家窄处相逢，
打斗激烈，貊抬起脚踢向敌人的肚腹：「天煞的！你别缠
我！否则我砍下你的脑袋！」风羌用手臂挡住：「你别想
逃！」

貊怒吼怪叫，两条胳膊举起铜镰刀，劈面砍下：「那我只
好杀了你！」风羌被逼得向后撤退，贴近墙壁闪躲：「糟
糕！得想办法夺下那柄万古神器！」貊擎着铜镰刀向前一

削，砍在砖墙：「少耍花样！」风羌脱身不得，拿着半截断弓盘算：「该怎么夺他的神器？」

忽然城墙上有士兵咆哮，循着楼梯搜下喝：「婵大人有令！快抓住暗行御史！」貊抬起头看，情知不妙：「天煞的！得快点离开镇上。」风羌见他迟疑，趁机拿弓去挡铜镰刀，貊应变奇速，向后一撤，闪避开：「嘿！你想干嘛？」

云梯搭在墙壁，附近忽涌下许多士兵，喧嚷：「快拿绳索绑住那家伙！」貊一个飞身腾上屋檐，回旋两脚，三个士兵跌下屋脊，背后又传来喧声擂动：「婵大人有令！快抓住暗行御史！别让他逃！」

风羌的弓被削断，往膝盖一折，朝上掷向貊的脚踝：「中！」貊把两个士兵踢翻屋檐，脚踝忽感觉剧烈疼痛，低头一看，原来竟被断弓刺中，一颠一拐的往南逃跑：「敢偷袭我？卑鄙的家伙！」

城镇楼房被黑风柱扫过，四处烟雾弥漫，许多雀鸟振翅飞逃，眼前忽有人影一晃，貊正打算跳下屋脊，不慎肩膀中了两掌，被打个昏头转向，跌落屋檐。风羌跟着跳下，把敌人的手臂向后一扭，压住手腕，折他关节松脱了神器：「不许动！」

貊中了两掌，无计可施却又不甘屈服，这时被制住关节，痛得抛下铜镰刀：「喝！啊…啊！」风羌抓住手腕向上一折，食指压着贴住脸鼻，再吩咐：「不许动！」貊被人制伏也无可奈何，捏紧左拳望空乱挥：「啊…放…放开！」风羌无意杀他，只想逼着投降，抬起腿在膝盖重踢一脚：「跪下！」

貊出乖漏丑，狼狈跌个四脚朝天，风羌见他逞强好胜，用手压住脑袋命令：「说！闇把其余的万古神器藏在哪里？」貊恼羞成怒，顺手从地上抓起碎裂砖石，再乱砍：

「天煞的！去死！」风羌夺走铜镰刀，后退一滚：「貊！你已经输了。」

貊一生之中打过许多战役，被对方夹头夹脑的踹倒在地，如何不恨？发一声喊，将尖石往自己的脖子割下：「有本事就从我口中套出消息！」风羌反应不及，惊喊：「糟糕！等等！」貊捂着脖颈，鲜血从手掌缝隙源源涌出：「嘿…嘿嘿…人不必活得太过严肃，反正又没人会活着离开…」咳嗽笑了两声，扑倒在地，气绝丧命。

玄冥龟在河面上荡起浪花，身躯忽往下一沉，幻化一团白雾泡沫随风消散。头顶的水罩撑受不住，仿佛倾盆大雨倒泻而下，打得屋瓦霹哩雳啦。宫本武藏、猿飞佐助、犬犽和香奈飞赶过来，呼唤：「风羌大人！」风羌回头看问：「大家都没事吧？」犬犽欢喜：「风羌大人！还好你和婵郡主及时赶来了！」

猿飞佐助在旁边唤：「浪人！你快来看看这个是谁？」宫本武藏疑惑问：「忍者，什么事？」奔跑过去，见有个男子陷在牛车，嘴里大骂：「快拉我出来！」仔细一看，原来竟是穿纱戴帽的官臣，猿飞佐助指着他笑：「你这家伙真是报应不爽！你既喜欢狗眼看人低，老天爷就叫你小狗落粪窖，足够快活一辈子啦！哈哈！」官臣气愤骂：「狗杂种！你在旁边闲看笑话，还不快点拉我起来？你可晓得我是什么官爵？」

宫本武藏和猿飞佐助见那官臣栽在肥料，蹲在地上捧腹大笑，附近有侍卫跑来问：「咦！这里发生什么事情？」宫本武藏回答：「大人！有人掉到花肥里去哩！」侍卫满脸惊诧：「咦！谁那么笨？」猿飞佐助道：「是你们的官爵大人。」侍卫吓得闭嘴，连忙驱赶：「掉到肥料里有什么好看的？走开走开！快回家！别在这凑热闹！」官臣陷在肥料堆中，气得骂：「蠢才！别放他走，逮捕他们！捉到地牢！带回去打一百个板子！」

风羌听见喧嚷声，走来问：「这里发生了什么事情？」宫本武藏指着粪便人，解释：「这家伙狗眼看人低，忍者说是老天爷叫他吃些肥料狗屎，清洁良心。」侍卫捏着鼻子，对宫本武藏和猿飞佐助吩咐：「这里好臭，你们两个先将大人拉出粪堆。」宫本武藏命令：「忍者，你去！」猿飞佐助愁眉苦脸：「为什么是我？」宫本武藏道：「叫你去就去，还问为什么？」

猿飞佐助从路边捡一根断裂的木棍，伸入肥料堆，捏着鼻子递给官臣：「浪人！这位大人全身好臭，现在该怎么办？」粪便官臣呕呕叫两声想吐，浑身颤起鸡皮疙瘩：「狗杂种！我之所以会这么臭，还不都是那个貊害得？」

猿飞佐助见官臣两脚朝天陷在粪堆，忍耐不了那臭秽，捏鼻子叫：「快出来！快出来！」官臣满脸屎尿，命令：「你们全都跟我回去衙门一趟！」宫本武藏怔了怔眼：「咦？干什么？你要我们去衙门做什么？」官臣道：「你们全部捣乱治安，招惹是非，外加破坏公物，都跟我回去衙门受审！」侍卫幸灾乐祸：「哈哈！谁叫你们要嘲笑大人？你们几个真是活该！」粪便官臣侧过头，命令：「别笑！你也一起回去！」侍卫满脸措愕，指自己问：「大人？这…这…我也要去衙门吗？」宫本武藏和猿飞佐助张嘴大笑：「哈哈！你也活该！」

粪便官臣没认出风羌是谁，振臂一挥，吩咐：「有什么事情，全部等回到衙门再说！走！全都跟着我走！」宫本武藏捏着鼻子：「大人啊！就算要跟你回衙门，也得稍微跟我们保持距离吧？因为你身上实在太臭了。」官臣身上沾满屎尿，呕气熏天，气得骂：「少啰嗦，说什么臭？难道从你肚子里拉出来，倒是香的？」猿飞佐助几欲作呕，摇头：「不对不对！浪人！那家伙这股恶臭味叫我们怎么跟他走？应该要先叫他去清洗干净。」宫本武藏点头：「是啊是啊！粪便大人，你浑身屎尿真是臭死了，不如先去洗个澡，我们再跟你走。」

官臣听这番话有道理，想是全身沾满粪臭味儿，自己也忍不住想捏鼻子：「传令下去，派人去问，谁家有澡盆借给本大人洗个澡，换套新衣裳，先赏三两白银！」侍卫捏着鼻子站在旁边，恨不得长一双翅膀飞走，这时听对方吩咐自己去寻澡盆，那是求之不得，正要离开，忽有精神抖擞的校报跑过来喊：「婵大人驾到！」官臣和侍卫听了这话，吓得行君之礼，跪倒在地：「婵…婵大人？」

过不多久，果然见婵穿越人群缓缓走来，梧桐伴随在身旁，犬犾和香奈惊喜叫：「婵郡主！梧桐妹妹！」梧桐容娇俏丽，两点梨涡映着双颊，也喊：「犬犾哥！香奈姐！」风羌执恭甚礼：「启禀婵大人！铜镰刀夺回来了，貉已经自刭身亡。」婵点头：「风羌，你起来。」

官臣和侍卫听了这话，面面相觑，吓得叫：「啊！羌…羌左使？你就是天山国的羌左使？羌大人？」风羌鞠躬回礼，揖手抱拳：「正是在下。」那侍卫举止失措，吓得闭嘴，悄悄退出人群不见踪影。官臣则是跌倒在地，磕头行礼：「风羌大人开恩！小的知罪！小的知罪！」宫本武藏、猿飞佐助和犬犾捏住鼻子，扳着脸强忍住笑，婵身边的一名衙役忽喝：「大胆！婵大人和风羌大人在此，何人不把身体清洗干净，竟然如此粪臭？」官臣吓得磕几个响头，含糊叫：「风羌大人！看在宽恕份上，饶了我罢！」宫本武藏和猿飞佐助在一旁幸灾乐祸，压低声问：「喂！老甲鱼！别扭扭捏捏了，你是想被清蒸呢？还是想被油炸？」

官臣害怕得罪了四国郡主，被刑部的武职拿绳捆缚，再用板棍打个皮开肉绽，早吓得双腿发软趴倒在地，哪里还有心情理睬二人？风羌脸色一沉，吩咐：「带他下去！板刑二十下侍候！」左右拥上几个奉命的刑职，扶他起身：「快走！免得多受刑法。」

官臣吓得面如土色，战战兢兢爬前几步，想要鞠躬：「求婵大人饶命！求风羌大人饶命啊！」奉命的刑职左右拉

扯，骂：「快走！你想多捱一百下板子吗？」官臣害怕被刑部的武职用板棍打臀部，大呼小叫：「婵大人明鉴！风羌大人明鉴啊！」宫本武藏和猿飞佐助笑得开怀：「粪便大人您别担心！咱们会叫人暗中关照，落手轻些的。」官臣吓得屁尿滚流，不敢挺撞，啼哭：「婵大人大人明察秋毫，免动刑法啊！风羌大人明察秋毫，免动刑法啊！」

两个刑部的武职左右走来，拿住这犯：「走走走！自己站起来走，你身上好臭啊！」背后传来官臣声音，三人逐渐远去，婵转过身问：「风羌，这位知县犯了什么大罪？」风羌揖手鞠躬：「启禀婵大人！那位知县捣乱治安，招惹是非，外加破坏公物。」

一个飞捷的校报赶来，恭敬下跪：「启禀婵大人！我们在那个暗行御史身上，搜到了一张纸条！」婵疑惑：「拿米给我看。」飞捷校报从貊的尸体清搜封件，恭敬递前：「婵大人请收！」婵展开信纸，见上面写着：「来铸剑山庄。」五个大字，点了点头：「风羌，即刻准备好，我们往铸剑山庄出发。」风羌点头鞠躬：「是！」

犬犽问：「婵郡主，妳有遇见雷昊大哥吗？」婵摇了摇头：「为什么这么问？」犬犽焦急解释：「糟糕！那雷昊大哥有危险了，他可能是单独一人去找闇了。」婵道：「你们别担心，雷烈的儿子不是莽撞之徒，不会随便出手的，他应该只是暂时埋伏，观察情势。」犬犽再问：「婵郡主，那您有遇见白云郡主吗？」婵道：「我也派出军队，正在打听他的消息。」犬犽解释：「白云郡主说他先离开，去找您和雷昊大哥通报消息，打算先和你们会合，再商讨策略。」

婵摇头：「我没遇见他。」犬犽担心的说：「难不成白云郡主也遇上了暗行御史？」香奈道：「犬犽，或许白云郡主走错了方向，所以没遇见婵郡主和你的雷昊大哥。」婵问：「四位打算现在如何？」犬犽道：「婵郡主，您和风羌大人也要去追闇吗？」婵回答：「我曾找人推算过历

法，再过两天，十五夜的黄昏将会黄道黑蔽，必须要赶在月蚀之象发生前拦阻闇才行。假使四象兽被他融合，等到那轮皓月复了圆，就没办法阻止了。」

犬犾点头：「既然如此，那我也跟着婵郡主和风羌大人一起去，婵郡主将玄冥龟托付给我，我绝不会辜负一番心意的！」香奈道：「犬犾！我也要跟着你去！我会阻止那些杀人凶手的阴谋，他们企图在四国境内引发战争的诡计，绝不会得逞！」梧桐也跟着喊：「婵郡主！犬犾哥！香奈姐！我也要跟大家一起去！我要救出我爹爹！」香奈劝慰：「这趟旅途，我们大家可不是去玩的，昆仑郡主也不会希望看见我们把妳卷入危险，妳留在这边等候消息，我们会替妳救出昆仑郡主！」

梧桐坚持不肯，只摇头说：「犬犾哥！香奈姐！无论富家贫家，有哪一个愿意抛亲弃眷的？我们大家在这地方奇逢相遇，为了阻止那些暗行御史的阴谋，不顾一切，牺牲任何代价。好不容易走到了这一步，在这关键时刻，你们却不准梧桐去吗？」

香奈见她誓同生死，若是自己再一昧拦阻，岂不太过冷淡？婵走来拍着二人的肩膀，微笑：「能看见各位有这番心志，实感非浅，也不枉过去那些曾为四国战争抛血洒汗，壮烈牺牲的义士了。」犬犾道：「香！既然梧桐妹妹她有这股热忱，也想要尽一份心力，替四国百姓保护这块清净地土，我们就别再阻止她了。」香奈道：「我也晓得，只是这件事情并非儿戏。」犬犾说：「别担心！我会负责保护好她的。」说着，又转过身，正气凛然的问：「浪人！忍者！你们两个也准备好了吗？」宫本武藏和猿飞佐助呆呆一愣：「打鱼的，准备好什么？」

犬犾摩拳擦掌：「如果准备好了，那我们也要赶紧上路，不能让闇的诡计得逞！」宫本武藏问：「要去哪里？」犬犾回答：「铸剑山庄！」

第十三章 移魂转身术

眼前日坠西山，隐约可见湖水被夕阳耀照。那湖岸附近有座广场，广场中央摆置了一个牢笼，牢笼的周围有几坛向上堆栈的灰瓮，数排并列。

广场上松影婆娑，殿后一尊大魔神像依山筑建，九层楼高。大魔像的两边种着桐树，气氛庄严。那尊雕刻也不知供何神像，右手拿斧、左手持锤，头顶戴着锥圆冠冕，脚下骑乘一团火云。

只见岩壁两边插满了刀剑，再加上气势雄阔的魔像陪衬，景更壮观。笙踏上坪台的石阶，缓缓走来道：「闇，你打算要使用多萝萝教你的傀儡秘术，逼昆仑说出融合四象兽的方法？」

闇跪在祭坛前，嘴里叽哩咕噜念了几句听不懂的辞语，站起身说：「这是目前唯一可行的办法了。」笙道：「月蚀之象一旦降临，万古神器就会失去灵力，这个时候就可以把灵珠取出来进行融合，这也表示，我的杀父仇人今晚就会出现？」闇道：「应该是的。」笙杏眼圆睁：「什么叫做应该是？我要一个肯定的答案。」闇转个话题，忽问：「多萝萝、貊和海棠都还没来吗？」笙道：「回答我！」闇邪眼一瞪：「我相信那个人会来的。」

那座广场的牢笼内关着犯人，昆仑的手脚被拴了铁铐，垂头丧气的坐在笼内：「叛徒！你为什么要利用万古神器，在四国境内引发灾难？」闇走到牢笼前：「别废话了昆仑郡主，我且问你！第九柄万古神器究竟藏在剑池的什么地方？」

昆仑待听对方说明来意，怒道：「果然你是为了第九柄万古神器而来？」闇点了点头：「在四国战争的年代，我曾是替白云郡主通联盟国的信报者，掌握了首要讯息，对任

何事，当然都是消息灵通。」昆仑的手脚套着铁链，发出铿铿的碰撞声：「你…你…难道今天晚上便是月蚀之象？」

闇站在铁笼前，冷笑：「哈哈！我需要能够融合八只四象兽的钥匙，昆仑郡主，我晓得你手中握着那柄钥匙，你究竟把它藏在哪里？」昆仑惊问：「你怎么会晓得第九柄万古神器和月蚀之象的传说？」闇道：「因为我神通广大。」

昆仑道：「原来四国和狩猎一族的战争已经结束那么久，这三年来你一直毫无行动，直到最近才出现，为了就是要等待月蚀之象，融合四象灵珠？」闇点了点头：「五百年前，盘王开凿了墓穴，并把六千刀剑在此殉葬，今天这座铸剑山庄，也就是过去的盘王剑池。昆仑郡主！我听说你已经在这地方，发现了第九柄万古神器，是不是也？」

昆仑冷笑：「五百年前，盘王确实有在这边开凿过墓穴，并且把六千刀剑殉葬在此，立名这地方为盘王剑池。但是许多人慕名而来，想掘宝藏，可惜最后都一无所获，空手而归，你晓得这是什么原因吗？」闇问：「什么原因？」昆仑睁大铜铃眼，怒喝：「因为这个世上，根本就没有第九柄万古神器的存在！」

闇从怀中掏出一个卷轴，将那卷轴摊在地上，展平拆开，纸上贴满着符帖：「昆仑郡主，少玩花样了，你可认得这是什么？」昆仑见那卷轴贴满符咒，顿时一惊：「这…这是狩猎一族的咒术！你怎么会有这些东西？」闇笑问：「移魂转身术，这个名字，昆仑郡主可曾听见过吗？」

昆仑听到这五个字，面容骤变，怒骂：「叛徒！原来你和狩猎一族有过密切接触？难怪你会杀害雷烈，背叛四国联盟？」闇摇头道：「昆仑郡主你别误会，我确实是背叛了四国联盟，但我并没有杀害雷烈郡主，也没有加入狩猎一族。在四国战争结束不久，貂捉了俘虏，替我从狩猎族那

边招揽了一个符咒师，这咒术是她教我的。」昆仑问：
「你打算如何？」闇道：「我要你亲自告诉我，第九柄万
古神器的藏匿地点。」昆仑断然拒绝：「那是休想！俺绝
不会告诉你的！」

闇取出一壶磁坛，把粉末倒在符纸，再从袋中掏出一撮毛
发：「昆仑郡主，这是从你头上剪下来的毛发，放心吧！
你会乖乖听我话的！」

牢笼的铁柱隔间狭窄，昆仑扑上前抓，勉强伸出半截手
臂，前拉后扯却抓不着，怒骂：「可恶！你这叛徒！休想
利用俺！」闇将那撮毛发和灵符揉成纸团，抛入瓮坛，捏
个咒诀叫：「移魂转身术！」昆仑咬紧牙关，决不吐露半
字：「你…你休想！」闇把指诀结个印，再取出一道灵符
抛入瓮坛，施加灵力又喝：「移魂转身术！催眠！」

昆仑被那咒术迷惑，抵挡不住灵符的威力，口吐白沫道：
「俺…俺…」闇捏着咒诀，吩咐：「笙！把牢门打开。」
笙掏出一串钥匙，打开牢笼又替昆仑解开铁链：「我解开
他了。」闇喝叫：「出来！」

昆仑忠诚恭顺，在怂恿下只能任其差遣走出牢笼，失魂落
魄的站着不动。闇曾在祭坛附近搜寻了好一会，见岩壁上
插着刀剑，也不知道机关密室究竟在哪，吩咐：「将四象
八宝环拿给我。」

昆仑被对方施个傀儡咒术，心魂已飞，走到大魔神后的岩
壁，抓住两柄刀剑，左右两仪逆顺推转，往外一拉，地面
一条长窄甬道隐隐而现。忽听见身后轰隆隆声响亮，那堵
墙壁缓缓下沉，突然强风往穴中吹入，甬道内涌出尘雾。

且看法场上排列着香炉，纸钱散落了满地，魔神像那狰狞
的神情非常阴森，只瞄一眼也不由让人打个寒颤。闇屏气
静息，站在石坛上吩咐：「去把宝环取出来给我。」

昆仑双眼翻白，踏着脚步走入甬道，笙手持火炬尾随在
后，见那暗道被苔藓覆盖，疑惑暗想：「咦！这座剑池底
下平平坦坦的，难道真有什么宝藏？」闇在祭坛上留神观
察：「嘿！据说盘王曾在此凿了墓穴，殉葬六千刀剑，瞧
这剑池底下有机关暗道，难不成竟然真的是盘王坟墓？」

昆仑沿着石缝走下阶梯，两边的壁池长满了藤蔓，漆黑中
隐约可见是个隧道，宽窄大约容纳三人体积。笙睁大杏
眼，异常警觉：「咦！那是什么？」仔细一看，洞窟呈半
圆形状，上窄下宽，有三石顶竖的支柱在中央，底下平铺
一块细琢圆石。笙在昆仑的背后查看，见那平铺石板置放
着一个翡翠手镯，不禁疑惑：「咦！难道那就是…」

昆仑走到圆石前蹲下，拿起手环，转身往甬道外离开。离
开了洞穴，昆仑递出四象宝环，闇将那手镯捧在掌心，见
表面布满污尘，隐约透着绿光，伸出袖袍轻轻擦拭，笑
道：「哈哈哈！传说中的四象八宝环，果然在这！」笙疑
惑：「原来这是真的存在？第九柄万古神器果然不只是一
个传说？」闇道：「等到月蚀之夜，我们就能大开眼界
了。」笙问：「昆仑该如何处置？」闇道：「现在我用傀
儡咒缚住他，若是婵和雷昊敢来捣乱，我就让他们自相残
杀。」

笙见那个四象宝环荧光碧绿，八个圆孔环绕一圈，疑问：
「你打算把放置在混天乾坤圈、铜镰刀、铁桦杀威棒和金
箔大力杵内的灵珠取出，置入这个四象宝环？」闇点了点
头：「现在月蚀之象还没发生，放置在神器内的灵珠暂时
还无法取出，待会儿等我融合了四象兽的力量，妳就能亲
眼目睹它的威力了。」笙问：「四象宝环你也拿到了，现
在可以告诉我，杀我爹的凶手究竟是谁？」闇微笑：「别
那么心急，妳马上就会知道了…」

背后忽有一排铁椎飞来，闇正全神贯注和笙说话，见那暗
器射到，来不及闪，扬起四象宝环弹开：「什么人？」铁

椎击在石台，闇的掌风贯着内劲一挥，护住周身要穴：
「嘿！想偷袭我？」笙转过头看，恍然惊讶：「哥？」

雷昊再把双手抄进暗袋，十指挟着八枚铁椎，敏捷的冲上
祭坛：「笙！快让开！」闇道：「雷昊！我们好久不
见！」

雷昊知道敌人厉害，因此出招丝毫不敢手下留情，银光闪
动，八枚铁椎掷向对方：「笙！快离开战场！」事出仓
促，闇来不及躲，踏个斜万势闪掉六枚铁椎，肩膀不慎被
两枚刺中，强忍疼痛，从旁飞掠：「嘿！你也学会利用卑
鄙手段突袭别人了吗？」雷昊道：「闇！所有恩怨，今天
在此做个了结！」闇问：「我说…雷昊，你有兄弟姐妹
吗？」雷昊咬牙切齿道：「你是明知故问？」闇冷笑：
「是了！你有的！不管你们喜欢对方与否，血缘将你二人
紧紧相连，这就叫做手足之情。」

雷昊不敢给敌人丝毫反击机会，再掷出五枚铁椎：「闇！
我对自身的命运无所畏惧，只要笙能脱离暗行御史的组
织！喝啊！纳命来吧！」可惜铁椎虽然打铸得尖锐，却摧
不坏四象宝环，又被敌人轻易弹开。闇瞬间冲到身旁：
「雷昊，事隔三年，看来你的顽固性格依旧没改。」雷昊
翻滚三圈躲避，沉稳落地：「笙！快走！」

闇矫捷的飞到身边，雷昊才刚落地却不慎被踹中，向后一
飞，跌落祭坛。当场气氛凝重，闇的一双邪眼势气逼人，
站在坪台上道：「雷昊，你独自一人跑来送死吗？」雷昊
感觉胸口沸腾，抚着肚腹，倒在祭坛下喘气：「吁吁…
吁…闇！你堕落了！」闇将四象宝环套在手腕，冷冷问：
「雷昊，你单独一人跑来杀我，当真不怕死吗？」

雷昊错失良机偷袭对方，立刻就被敌人打倒在地：「你有
本事便打死我，我绝不会让你融合万古神器的！」闇道：
「我最后再问你一次！你是不是找死？」雷昊回答：「我
一定要阻止你的阴谋。」

闇冷笑：「好！那便如你所愿。」脚踏穿云势，往对方奔去：「嘿！准备领死吧！」不料破空声中，四颗掌心雷忽然掷来，闇诧异吃惊：「咦！什么？」急把桃红征袍旋圈一转，弹飞暗器。那几枚掌心雷炸在衣袍，烫得焦红，长袖立刻卷起毛球。

闇转过头看，冷问：「笙，妳打算背叛我了吗？」笙挡在面前，双手亮出两颗掌心雷：「闇，他让我来对付！」闇笑问：「妳忍心杀了妳哥？」笙迎前走来：「我会替你摆平，即便是亲人，因为我要的只有真相而已！」闇微笑：「是吗？兄妹情仇，这个有趣。假使你替我杀了雷昊，除掉一个绊脚石，我还应该向妳道谢。」

笙摇了摇头：「你不必谢我，日后只须将真相告诉我听，别再隐瞒什么，也别将我当作无知外人。」闇听了称心满意，点头：「既使是为了我而赔上性命，妳也愿意？」笙把心一横：「闇！为了查出真相，我会不惜一切代价！」闇退到后方：「好！让我见识看看妳的实力。」

双方僵持不动，笙走到面前：「你为什么要来？」雷昊眼神坚决道：「笙！闇企图融合万古神器，毁灭四国，我必须要阻止他才行！妳快让开！」笙冷然问：「别说笑了，你单枪匹马的，来这里白白送死吗？」

雷昊突然冲向前，一手抓住妹妹的手腕：「笙！趁着还未太迟，快回头吧！」笙将对方一手撇开，怒道：「你做什么？」雷昊按着她的肩膀，扯住再唤：「笙！妳为什么要背叛我们，加入暗行御史？」

笙听了这话也没答复，只冷冷说：「哥！你若不想死在我的手中，就快离开。」雷昊见她仿佛无视自己的存在，咬牙切齿道：「妳为什么要跟这个杀了爹的凶手在一起？妳是怪我抢了如意风火轮去支持军队，间接害死了爹，是不是？所以妳一直怀恨在心吗？」笙把掌心雷向下一掷，雷

155

昊忽感觉双脚痛入骨髓，原来是那爆弹炸开，急忙向后退避：「妳…妳…」

笙的手脚均戴着火药防套，周围冒起两团浓烟，冷然道：「若是你再躲得慢一点，恐怕就遭殃了。」雷昊被那爆弹炸得疼痛，勉强站稳：「妳…妳真的要拦阻我？」闇在旁边静观热闹：「别跟他客气！快杀了他吧！」雷昊怒道：「闇！你对我妹下了什么符咒？我绝不会饶过你的！」

恐怕是因为雷昊连日赶路，变得面黄肌瘦，因此全无昔日丰神之态，只不过说起话来的威严还存着三分骨气，闇对他倒也好生敬畏，摇了摇头：「我没有对她下任何咒术，是她自愿加入暗行御史的。」雷昊额头渗汗，冷静说：「笙！你为什么要替杀父仇人收集万古神器？难道不晓得他只是在利用妳吗？」笙道：「我觉得闇没有杀爹，这中间另有隐情。」雷昊问：「这些欺哄人的借口，都是他跟妳说的？」笙摇了摇头：「这是我的直觉。」闇在远处叫：「你省点力气吧，别以为这样就能劝服她！」

雷昊喊叫：「笙！妳快醒醒！妳忘了爹是怎么死的吗？这家伙从我的手中抢走了如意风火轮，召唤魃龙杀了爹啊！」笙问：「你有亲眼看见吗？」雷昊怒道：「当时魃龙在他的手中，爹是被火焰烧死的，若不是他，还会有谁？」笙回答：「哥，对付我的时候不要谦让，因为我不会对你手下留情的！」

雷昊抄出铁椎，快如疾风的往闇奔去：「我要阻止你的阴谋！」笙速度奇诡，飞身来阻，忽把掌心雷掷向前方：「别过来！」

雷昊矮身一低，那掌心雷打在地上，爆出轰隆隆的火花。笙使出浑身解数，将爆弹炸个土石激飞，烟雾直冒。雷昊大喝一声，双手使出擒拿的手法去抓对方，笙正往怀中掏出掌心雷，忽然手腕被牢牢扣住：「放开我！」雷昊疾速向前，横起手肘撞向妹妹的肩膀：「笙！快点住手！」

笙晓得自己被那擒拿手扣住决难禁受，握着掌心雷往上一抬，用力紧捏，爆弹炸开，防爆手套冒起两团浓浓烟雾。雷昊虽然天生神力，毕竟还是血肉之躯，若被那火药炸到肯定皮开肉绽，当下也不敢硬拼逞强，连忙放松对方的手腕，侧身闪避：「笙！」笙随机应变施展个巧招，不靠一股蛮劲就挣脱了对方的擒拿手：「我不再是你妹，不要手下留情！」

雷昊向后撤避，不料忽有一条铁索打个圈儿从半空飞来，闇喊叫：「昆仑！捆住他！」雷昊瞥头一看，吃惊的急把手掌劈去，劲力到处，那铁索断成两半：「昆仑郡主！快醒一醒！」话没讲完，昆仑的双手抓着许多铁索在空中转几圈儿，又掷过来。

雷昊急要闪避，不慎竟被笙一脚踢中：「啊！」笙急忙住手，杏眼圆睁叫：「哥…哥！」雷昊勉强忍住，看准一处坪台旷地滚去，可惜昆仑见机可趁，再把手中的铁索旋转抛来，绕个五圈缠住自己的脚足。雷昊的脚踝剧痛难当：「糟糕！是陷阱！」

「嘿！捉住你了！」闇将十指结个咒印，再取一道灵符抛入瓮坛，施加灵力叫：「移魂转身术！昆仑！快杀掉他！」雷昊晓得昆仑是中了咒术，立刻抄出铁椎去斩绳索，不料背后又一根铁索转圈飞来，套上了咽喉愈拉愈紧，扯得自己脖颈难过：「笙…笙…快阻止他…」昆仑抓住铁索，用力往后拉扯：「杀…杀…」闇笑问：「怎么样？雷昊，无能为力的感觉很糟糕吧？」

笙见双方僵持不下，左右为难，正要出手，忽见祭坛附近的湖岸冒出巨大的玄冥龟，脚掌向水面一踏，波翻浪涌，涨至岸边。湖水逆上数丈高，洪流所经之处淹没了泥土，泛滥成灾。闇被水花溅上红袍，吃惊叫：「什么？」笙见势不妙，唯恐掌心雷被水浸湿，喊道：「闇！快逃到高处！」

157

一个大宝盒摆置在石台的中央，闇把双手往盒内一抄，抓出金箔大力杵和混天乾坤圈：「走！」二人跳出祭坛，踏着快步往剑池的岩壁奔去，几个健步跃上大魔神的顶端，瞬间爬了九层楼高。

闇被夜风吹得乱发松蓬，站在大魔像的锥圆冠冕上，低头俯瞰：「可恶！竟敢搞砸我的计划？」岸边涌起汹涌的波浪，几壶瓮坛被水浪冲下祭坛，左摇右荡，咕嘟嘟的冒出气泡。雷昊被那水势淹至口鼻，索性挣脱了铁索，暗想：「是婵郡主他们赶来支持了吗？」

事发仓促，忽见浪涛将坪台淹没，又往左右分流，撤下浅滩。昆仑被那水势所摄，冲倒在地，爬不起身。犬狖将捆仙绳耍个流星似的抛空挥舞，追来喊：「雷昊大哥！」雷昊狼狈爬起：「咳咳…我没事！快救昆仑郡主！」

昆仑的咒术解开，机伶伶地打个冷颤，灵智逐渐恢复。但那先前之事仍旧记忆不全，只觉身体疲倦，无法久站：「咳咳…俺…俺…发生了什么事情？」符咒的禁法被解开了，闇再也不能摄魂取魄，移转昆仑的心志。湖岸上卷起狂风，仔细观看，原来竟是鵁凤凰和赤鶯展翅飞来。

笙见鵁凤凰的双翼扩开，翱翔于夜空，惊觉：「看来貊被杀了。」闇怒道：「我绝对饶不了这些家伙！」说着，握着金箔大力杵和混天乾坤圈，向天高举叫：「四象通灵术！蟠蛟！瑞麒麟！我召唤你们！出来！」

天空中涌起蓝云，星辰下焰气冲天，一只巨大的蛟兽盘踞在大魔像周围。随即又见祭坛的坪台裂开横缝，浓烟由洞中冒出，一只土黄色的麒麟冲出地穴，全身挟带着土石，跳到魔神像前，怒啸施威。

鵁凤凰和赤鶯盘旋在半空中，一见蛟兽和麒麟兽出没，立刻拍振翅膀，掀起旋风俯冲而下。笙问：「闇，你现在是

用两只灵兽抵挡三只灵兽，势落下风，我们要不要先行撤退？」闇冷冷道：「这个妳不必担心，那三只四象兽交给我来应付，月蚀之象马上就会出现，如果我们现在撤退，就等于是前功尽弃了。妳负责掩护我的行动，别让他们爬到魔像上来。」笙抄出掌心雷：「我会阻挡他们的。」

犬犽搀扶着雷昊，喊：「香！快去帮忙昆仑郡主！他也受伤了！」香奈奔近昆仑身旁，扶持：「昆仑郡主！你怎么样？」昆仑回答：「俺…俺没事，婵和白云斋也来了吗？」婵和风羌追赶来，梧桐伴随在身旁，哭喊：「爹爹！」昆仑喉咙一腥，吐出几口淤血，溅得满身殷红：「女…女儿！」梧桐见父亲内伤呕血，忙伸出翠袖替他擦拭：「爹！爹！你怎么了？」昆仑摇了摇头：「俺没有事！桐儿！这边危险，妳快去避难。」香奈抢前搀扶：「昆仑郡主！我来帮你！」

宫本武藏和猿飞佐助仿佛撞着冤家对头，见这剑池变成了斗兽场，吓得魂飞魄散：「浪人！我们两个也去避难，你觉如何？」、「忍者！这是个好主意！快点走吧！」香奈一把揪住二人的衣领：「等等！你们两个蠢蛋想去哪里？」宫本武藏道：「五只大畜牲在缠斗，我们几个小老鼠岂敢逞强？否则枉送性命，真不值得啊！妳说对不对？」香奈破口大骂：「什么枉送性命？胡说八道！快去帮忙犬犽和婵郡主他们！」风羌衡量情势：「香姑娘！你们几位还是去避难比较妥当，待会儿四象兽恐怕会把这地方搞得天翻地覆，一团混乱。」

宫本武藏和猿飞佐助急着点头：「是啊是啊！风羌大人有经验，我们应该听他的话。」、「浪人讲得对，我也觉得风羌大人说得有理。」香奈怒瞪两眼，帮忙梧桐扶起昆仑：「哼！既然如此，就别继续发呆！快来帮我们忙！」宫本武藏和猿飞佐助侍候尊辈一般，赶紧协助把昆仑扶走：「来了来了！」

两只巨鸟冲天而起，鸼凤凰和赤鹫羽翅一展，同时飞上了九霄云端。剑池广场狂风骤起，附近的海浪全被吸上湖岸，几道水柱顺着旋风飞转，在玄冥龟的周围缭绕不停。

犬犽将捆仙绳护在胸前：「风羌大人！要不要我们两个左右包抄，把闇驱下魔像？」风羌迟疑不决，手拿铜镰刀问：「婵大人！我们该怎么进攻，会比较占优势？」婵吩咐：「风羌，按照风火水土，相生相克的原理进行攻击。玄冥龟为介中之王，可以灭火，蟠蛟让牠对付。鸼凤凰和赤鹫乃是禽中之王，能够散土，瑞麒麟则由我们两个来负责。」

风羌转过头问同伴：「婵大人和我要先把地灵兽瑞麒麟给解决掉，你一人对付蟠蛟，没问题吗？」犬犽自信满满，拍胸脯说：「放心吧！那只山灵兽就交给我来应付！」婵问：「时间不多，你们两个准备好没有？」犬犽和风羌异口同声道：「准备好了！」婵把鸳鸯钩横在胸前，吩咐：「我们上吧！」

犬犽和风羌双双抢前，各持捆仙绳和铜镰刀喊：「水象通灵术！旋涡水柱！」、「风象通灵术！风之裂痕！」大水柱冲上十余丈高，激成急漩往大魔像撞去，随后又一股狂风扑面，闇谨慎应对，将手中的金箔大力杵朝浪涛一指：「土象通灵！地脉断绝！」

祭坛前的坪台忽然崩坍，瑞麒麟掘开震脉，高大的危岩塌陷下沉，玄冥龟的旋涡水柱恰巧飞卷来，撞在断层，激起数百丈高的波浪。笙杏眼圆睁，呼喊：「闇！小心天灵兽的飓风！」闇把混天乾坤圈高高举起，又叫：「火象通灵！焰御防火墙！」蟠蛟口一张动，蓝色火焰喷向天空，那飓风迎面扑袭，两股强大势力撞在一块，火仗风威，火雹像千万爆竹同时炸开，浓烟弥漫了整片天空。

「风羌！趁现在！」婵举起鸳鸯钩呼喊，赤鹫两翼招展，像旋风似的急转冲下：「快跳上来！」风羌向上一跳，二

人骑在赤鹜的背部，两翼一振，冲向天空。犬犿抬起头看，见婵和风羌乘着灵鸟飞上高空，也跟着叫：「玄冥神龟！旋涡水柱！」

湖面上波光如涟，突然一道大水柱升高百丈，那漩圈涌起把犬犿卷向高空，水柱急滚翻飞，将他冲上十余丈高的天空：「婵郡主！风羌大人！我在背后支持你们！」婵吩咐：「风羌！你帮玄冥龟对付土兽！大洪水被瑞麒麟的土象术挡住了，没办法攻击到蟠蛟！」

「遵命！」风羌把铜镰刀高高举起，呼唤：「鵃凤凰！影舞风遁！」一阵寒流迎面扑袭，鵃凤凰振翅一扑，搏命似的俯冲而下，尖嘴啄向瑞麒麟。闇急忙叫：「蟠蛟！流星焰火球！」

蛟兽见鵃凤凰展着羽翼往瑞麒麟飞去，立刻喷出一团蓝色火焰，风羌和婵骑在赤鹜的身上，猛觉一股强大压力迎面袭来，情知不妙，鵃凤凰想逃恐怕已是不及，背后忽有旋涡急速搅动，雾起云转的卷上天空，原来是犬犿乘着水柱飞来：「玄冥龟！水御防空墙！快封锁住火焰的攻击！」

湖面涌起壁立若墙的浪涛，遮天蔽地的高出百丈，瞬间挡在鵃凤凰和蟠蛟中央。许多蓝焰火球撞击水墙，在半空中激起烟雾。闇似有警觉，面现怒容喊：「地灵兽！快把水抽掉！土象术，震裂封闭！」

瑞麒麟用利爪掘土往地穴钻去，顷刻间全身钻入地下，不见踪影。风羌在高空中鸟瞰得清楚，问：「婵大人！地灵兽遁到土中了！现在该怎么办？」婵道：「闇打算利用地震断层把水抽干！快！把土兽吸上天空！」风羌点头，叫：「风象通灵术！龙卷风暴，风卷云残！」

鵃凤凰像是一团旋风俯冲而下，穿破了水墙，羽翼的两侧卷起数十根风柱，附近的灰沙全被吸起，瑞麒麟打两三个

滚破穴翻出，直卷上天。闇立刻使用混天乾坤圈，呼喊：「蟠蛟！火柱攻击！」

一条庞大的黑影盘踞在九层楼高的大魔像，巨蛟兽牢牢卷住石雕，喷吐火柱。火焰遇风烧得更猛烈，那火所经之处，天空浮云霎时都蓝了半边，鸩凤凰略知厉害，尾翼夹着浓烟逃向高空，唯恐被蓝焰吞灭，烧成焦炭。

瑞麒麟在半空中团团飞转，鸩凤凰逃走之后，飓风忽然消失，身躯一沉，往下坠落。婵原本想把地灵兽卷上天空制伏，真是半点懈怠不得，眼前若失良机，到时候功亏一篑岂不可惜？随机应变，立刻举起鸳鸯钩喊：「风象通灵术，天罡风穴！」

忽见天空刮起一阵大飓风，万团锦云从气层倒卷而下，瑞麒麟又被吸上风穴，想要挣扎，无奈狂飙怒叫，只能在半空中转来转去。照这情势来看，赤鹜的风象通灵术强行吞噬，瑞麒麟必被天罡风穴吸进无疑。

闇看了正合心意，情急下倒不如将计就计，暗中一喜，喊道：「蟠蛟！流星焰火球！」巨蛟兽将嘴一张，冷不防的吐出数团蓝焰，月光下忽见数十颗火球从瑞麒麟身边掠过，卷向风穴。赤鹜不知是计，只顾张翅奋力一吸，那数团蓝焰火球跟着吸入腹内。顿时只见巨鸟张牙舞爪，口冒蓝烟，竟被烧得遍体伤痕。

眼前暗沉沉的一片，赤鹜双目浑浊，团团旋转向下落坠。且看那天罡风穴极具吸力，瑞麒麟原是被倒卷进去难逃脱的，这时脱了束缚也跟着掉落湖中，浪花激荡，沉下数丈深浅。

「婵郡主！风羌大人！」犬犴见赤鹜施展了天罡风穴吸收土兽，不慎也把火焰吸到肚腹，急喊：「旋涡水柱！」两道水柱升高百丈，卷向婵和风羌，二人坠在漩圈内，风羌

做个翻身鹞子，跳起来唤：「婵大人！」婵满身湿淋道：「我没事！」

风羌举起鹛弓将身护罩，立刻从背后的箭筒抽出羽箭，射向敌人：「可恶！」阚正欲全力施展，忽见疾箭迎面射来，喊道：「笙！快来帮我！」笙挥出铁椎，斩断了羽箭：「阚！说！杀我父亲的凶手究竟是谁？」阚屏声凝气道：「掩护着我！月蚀之象将要临近了，这些召唤术会耗费大量精神，我需要非常专注！」笙咬牙切齿，把心一横：「待会儿结束了，就快告诉我真相！」

赤鹭身已负伤，灵气也被震散不少，把数团蓝焰火球吸下肚腹之后，天旋地转的坠落湖中。犬犸和同伴搭乘水柱，脚下的水涡急速搅动，激成急漩把三人冲向大魔像。风羌和婵被那逆水涌上高空，仿佛腾云驾雾，阚见敌人迎面冲来，怒喊：「火象通灵！流星焰火球！」

蟠蛟阔嘴张开，数颗蓝焰火球冲向水柱。犬犸见势不妙，急喊：「玄冥龟！挡住火焰！」一堵水墙升到空际，幻化成数层波浪，将三人围个风雨不透。蓝焰火球击在水浪，变成蒸气云消烟散，阚无法攻破玄冥龟的水墙防御术，见了这情势更加愤怒：「蟠蛟！快击碎那堵水墙！流星焰火球！」

无奈蟠蛟再喷几团蓝焰，火球撞在水墙总是变成蒸气，风羌三人没受冲击，犬犸庆幸道：「真是好险！婵大人！风羌大人！还好水能灭火，否则差点儿就被大蛟怪烧成木炭了！」正想稍喘口气，却听阚叫：「瑞麒麟！趁现在，快点反击！」婵似有警觉：「咦！不对！」犬犸和风羌同声问：「咦！婵郡主！怎么了？」、「婵大人！什么事情不对劲？」婵惊道：「糟糕！是瑞麒麟！」阚变个手势，举起金箔大力杵喊：「土象通灵术！土流瀑布，沙土埋葬！」

天空忽变得遮荫蔽地，犬犾和风羌怪眼圆睁，惊讶：「什么！」抬起头看，湖岸周围的土地都在摇动，高崖地陷好似波浪起伏一般，危岩和崩石隆起了数百丈高，竟把三人和玄冥龟都围在核心中央。

那流沙瀑布从百丈高空倒泻而下，宛如一顶大棚罩在头顶，激得湖浪掀天。风羌见这情势，恍然大悟：「啊！湖底的震脉甚多，闇利用蟠蛟喷发火球，无非是想拖延时间，等待瑞麒麟沉到湖底，立刻就能使用穿山行地之术逃遁，再利用震源隔断了岩湖的通路，施展土牢术把我们三个围困？可恶！这个计谋早该想到的，真是该死！」

犬犾状看周围，急呼：「婵郡主！你们别担心！我用大洪水把土牢冲开！」婵摇头：「没用的，土能治水，一定要用天灵兽的风力，才能攻破土牢。」风羌叫：「四象通灵术！影舞风遁！」

鶖凤凰翅膀一拍，从天空中俯冲而下，企图扫出疾风攻破土牢，可惜这伎俩早被闇给识破，将混天乾坤圈高高举起，喊道：「火象通灵！焰御防火墙！」蟠蛟绕几圈盘踞在大魔像，一道蓝焰横排烧开，竟将天灵兽鶖凤凰阻隔在远处，飞不过来。

土牢内好像就快崩裂，飞洒的尘土落坠湖中，玄冥龟仰起脖看，有无数碎石陆续塌陷。犬犾、风羌和婵站在水柱上惊望，随着湖面一起摇动，湖底也似波涛起伏，仿佛就要陆沉光景似的。

眼看那座土牢大有震塌之势，若是向下平压，只怕没千万斤重也能瞬间把三人压成肉泥。婵左环右顾，举起鸳鸯钩指挥：「赤鷲！起来！」一只巨鸟冲出岩湖，贴着水面拍振翅膀，可惜灵力耗损得太多无法再跟瑞麒麟抗衡，略一挣扎，风势吹得湖水刷刷乱响。

话说岩壁周围都被土石封闭，月光射不透穿，犬犽和风羌急出一身冷汗，正想另觅出路，猛觉土石一动，万吨的沙土由头顶压下：「啊！」闇趁胜追击，使用金箔大力杵，喝道：「今日叫你们死无葬身之地！」沙流封锁，像瀑布一样的往土牢内倒泻。

危急之间，土牢周围忽然激起满空飞洒的红花绿叶，成排树根和藤萝像春笋冒出新芽，封住了土石流，四方环绕，防止沙土溃散。犬犽看得惊奇，诧异问：「咦！怎么回事？」风羌忍不住叫：「婵大人！是白尾麋鹿吗？」婵点头：「嗯！」

树根和藤萝四方延伸，竟和沙瀑土牢浑成一体，毫无半点缝隙，转眼就将沙流瀑布阻挡在外。犬犽看见一线生机，登时精神倍增：「玄冥龟！用水柱冲开土牢！」

巨龟饱吸口气，鼓着嘴一张，喷出强力的水柱冲向土壁。哗啦几声，水柱冲裂了土牢外层。且看旋涡水柱与藤萝树根的合力攻防震散了沙流瀑布，一柱大水冲破土壁。洞内透入月光，依稀能分辨出洞外局势，风羌和婵将身一纵，跃出土牢：「鹪凤凰！掩护我们！」、「风羌！利用苍穹天劫把土兽卷走！」风羌立刻叫：「风象通灵！苍穹天劫！」

鹪凤凰连声啼鸣，天空忽然涌现出一根巨大的黑风柱，转来转去，把土牢的壁层剥落，卷到云端，消失不见。闇见这情势，面上惊现愤怒：「火象通灵！蓝焰爆弹！」

蟠蛟张开口，几颗蓝色火焰化成千百团小火球，被黑风柱一卷吸上了天空。婵见势不妙：「风羌！快撤开鹪凤凰！」才刚讲完，湖中忽见一条黑影游来，蟒麟蛇激得浪涛翻滚，千百团的火焰球飞在空中，一沾到水立刻化成蓝烟蒸气，消散得无影无踪。犬犽看见蟒麟蛇，惊喊：「婵郡主！风羌大人！是那个海棠！」风羌把铜镰刀横在胸前，谨慎防备：「婵大人！请您暂时回避！海棠由我来对

165

付！」婵并未在意，使个眼色摇头：「风羌，你别担心她。」

月光从头顶射下，忽然听得轰隆声响，一块礁岩突出湖面，白尾麋鹿从礁岩破穴而出，周身梅花斑纹，一双鹿角像是海底珊瑚，碧鳞闪闪。犬犽和风羌抬起头看，见白尾麋鹿丈高数尺，一双鹿角繁花大叶，从岩洞内缓步而出，看得惊呆：「糟糕！又多了一个暗行御史！」

海棠身穿红袍，双手各握着铁桦杀威棒和落魂鞭，喊道：「婵大人！请恕海棠赶来迟了！」风羌握住铜镰刀：「海…海棠！妳还有脸回来见婵大人吗？」婵吩咐：「风羌！你镇定。」风羌后退一步：「婵…婵大人…海棠她…」婵点头示意：「你先冷静。」风羌鞠躬：「是！」

犬犽见那个海棠脸白枯蜡，连一丝血色都没有，心想：「刚才若不是这人召唤出白尾麋，恐怕婵郡主、风羌大人和我早被沙流瀑布埋葬了。为什么她要救我们呢？」闇瞪大邪眼：「海棠，妳这是什么意思？」海棠道：「闇，你为什么要收集万古神器？」

闇并未答复，撇开话题问：「妳收到了我的飞鸽传信？」海棠点头：「嗯！」闇问：「妳打算背叛我？」笙惊讶的问：「落…落魂鞭？海棠！鲧是妳杀的？」海棠道：「闇，已经够了…停止吧！」闇怒叫：「可恶！火象通灵！蓝焰爆弹！」

蟠蛟张开口，千百团蓝色火球坠下。风羌见势不妙，惊喊：「海棠！小心！」海棠把落魂鞭旋空三转：「御水术！洪流横象！」蟒麟蛇的周围忽见浪涛大涨，湍急的水流涌起一波海浪。蓝焰从天空坠落，撞得蒸气滚烫。闇使用金箔大力杵，又喊：「沙缚土流遁！瑞麒麟！把水抽掉！」

166

忽然之间湖底崩塌，水势分裂，汇成了数道宽窄的瀑布，滔滔不绝的往缺口直泻而下。澎湃的浪涛直往百丈深渊坠落，犬犽和风羌看得惊骇，低头一望，也看不清楚水柱下究竟多深。那浪涛坠下裂谷，危岩崩坍，塌陷落去。婵见瀑布之势化成无数的水帘急速落坠，惊叫：「快跳！」犬犽和风羌一个健步，跃上天灵兽的背脊，赤鹫振翅一拍，直升天半。玄冥龟则像冰山崩溃，随着急流冲下裂岩，激起千百丈高的水雾。

海棠被水花弄湿满脸，将铁桦杀威棒横在胸前，站在礁石上喊：「土御术！地动填土层！」白尾麋立在孤岩，周围的水势如同瀑布直泻，忽见横七竖八的藤蔓从岩石中破穴冒出，东缠西绕的向四方扩展。原本分涌开的裂谷愈缩愈小，数层无形沙障左右扩散开，变成一片土海。

那层沙障并非寻常泥土，藤蔓附壁在飞瀑的悬崖，竟与厚土层联结一体，将泻坠的水帘分散开。藤萝和泥土将水势瞬间掩埋，玄冥龟庞大的躯体陷在土中，露出上半身纹壳，如生根一般卡住，动弹不得。

犬犽、风羌和婵骑在赤鹫的身上，低头俯瞰，土坡地势高低起伏，已将崩塌的湖脉给填平，凝成实土。海棠和白尾麋站在礁岩上，不远处的魔神像被黄沙掩埋了半截，那招地动填土层一旦施展开，霎时之间便把百亩方圆的湖水填成了一片土海。

赤鹫耗损了不少灵力，受伤不浅，盘旋在天空不敢接近魔像。犬犽看得心怦怦跳，忽听婵喊：「风羌！趁现在！」风羌立即会意：「鸠凤凰！快使用风柱！」

土地裂开，瑞麒麟破穴而出，正准备闹个天翻地覆，抬头忽见鸠凤凰振翅扑下，立刻被一阵疾风卷上半空。閤怒叫：「蟠蛟！别让天灵兽接近麒麟！」蟠蛟的尾端横扫，魔神像的周围忽冒起一团蓝焰，海棠飞步冲近：「白尾麋！用土流壁掩护鸠凤凰！」

白尾麋听见那话，一层流沙波浪从地中伏起，随即往下陷落，蟠蛟的火焰墙被土层遮盖淹灭。闇的手中没有天灵珠，无法掌控疾风之力，正在思索破土之法，忽见月亮射出万道光芒，随即一个豆大的黑点逐渐扩开，连成弧线。

风羌、海棠和婵抬头望见月光缓缓向左移动，均是暗惊：「糟糕！是月蚀之象！」犬犽对这奇景生平未见，望着云端投射下来的月蚀呆看一会儿，听婵惊叫：「风羌！快阻止他！」风羌急把锏镰刀举起：「风象通灵术！风之裂痕！」

鴸凤凰收翅束尾，如疾箭一般俯冲而下，两爪正向敌人扑去，忽像是岩石附身似的化成雕像，两声哀鸣，坠落在地。犬犽满脸诧异的问：「风羌人人！天灵兽怎么了？怎么会变成岩石？」转过头看，瞥见瑞麒麟也跟着化成石雕，从半空落坠，激起尘土，满空飞洒。

「可恶！来不及了！」风羌弩弓悬箭，朝着敌人连射三枝羽箭，低头一看，惊见脚下的赤鷩速度锐减，也像投石一般往地下落坠。婵喊：「快走！」犬犽顾不得多想，纵身一跃，往土坡滚跳：「糟糕！四象兽都变成石像了！」风羌跟着跳下，转头一看，忽见赤鷩顺着风势往东边坠落，惊叫：「海棠！小心！」一团阴影遮蔽大地，海棠转头瞥看：「咦！」

赤鷩两翼兜风，一个劲往下直坠，尘雾飞扬，撞出几亩方圆的大洞。闇见那只天灵兽撞向海棠，冷笑：「嘿！叛徒，这样就死了吗？真是太便宜了。」才刚讲完，忽见三枝疾箭迎面射来，惊喊：「咦？可恶！笙！快掩护我！」、「我知道！」笙把长袖旋圈飞转，三枝羽箭抄在双手，一折两断，抛掷在地。

天空中的月亮为阴光所掩，颜色转淡联成一线，黄道黑蔽，玄冥龟和白尾麋鹿均化为岩石，蟠蛟也跟着盘踞成一

座石像。此刻真不得容缓，风羌、犬犽和婵滚地两圈，踩着沙土往魔像奔去：「风羌！你从左边包围闇！」、「遵命！」、「婵大人！我从右边攻击他！」、「好！」

闇拿起混天乾坤圈和金箔大力杵一看，见孔洞两颗鹅蛋大小的灵石散发满团光辉，靛蓝色和土黄色的灵珠稀薄透明，立刻默诵几句咒诀：「四象通灵术！解印！」

混天乾坤圈和金箔大力杵的圆孔本来嵌着一粒灵珠无法取出，这时却突然松落，滚转两圈，掉落在地。犬犽和同伴奔到了大魔像近处，风羌抄出武器，四枝疾箭射向顶上：「闇！你快住手！」

笙站在魔像的头顶，向下掷出掌心雷：「不准上来！」爆弹和疾箭撞在半空中，炸得浓雾漫漫，黑烟直冒。闇抛开了混天乾坤圈和金箔大力杵，把火灵珠和土灵珠往宝环的圆孔一压，便卡了住：「嘿！融合了两颗灵珠。」

婵对同伴二人吩咐：「你们两个小心！现在灵珠已经暂时失去灵力，在月蚀之象结束之前，很轻易就能把灵珠取出，千万别让闇抢走了万古神器！」风羌跃上神像：「婵大人！我用远距离攻击他们！」

笙戴着防爆手套，忽感觉一阵迎风袭来，掷出掌心雷抵挡：「闇！好了没有？」
这个时候，婵将身形隐到魔像背后，奋力一跳：「风羌！掩护我！」风羌反应机灵，五指一次挟起四枝羽箭，搭了弓射向魔像的头顶处：「遵命！」可惜箭刚离弦，笙也已经警觉，立刻抄出掌心雷做挡箭牌：「闇！他们上来了！」婵从魔像的背后跳上来：「你们两个快住手！」闇瞪大邪眼，龇牙一个冷笑：「嘿！婵郡主！好久不见！」

婵挥出鸳鸯钩，砍向肩膀：「闇！快住手！你可晓得四象兽一旦融合，会有什么严重后果？」闇闪避开：「四象兽

169

会失控吧？」婵回旋身转，一个穿云势再将右脚踢向对方的脸颊：「既然晓得，为何还打算要这么做？」

闇举起四象宝环一挡，猛觉弹力甚大，仰身向后倾斜：「真不亏是婵郡主！过了这么多年，身手依然矫健。」脚底一滑，全身飞出大魔像，忽把脚尖紧紧扣住边沿，做个倒挂金钩之势，饱吸口气又腾上来：「可惜我已经融合了两只灵兽，剩余的灵珠也将会被我融合，妳是阻止不了我的！」婵怒道：「我不会让你的阴谋得逞！」

闇向上一跳，蜻蜓点水的跃上了大魔像的左肩：「嘿！那妳也得要能阻止我才行！」婵喊道：「别逃！」闇的手脚同时沾地一翻，腾上了大魔像手中的石斧，低头下视，将数丈方圆内的土海看个清楚。

婵使劲一跃，跟着跳上了魔像的膀臂。二人站在石像最高处，两侧离地有十几层楼高，低头略看，可见底下全景。正要出手，忽觉一阵寒风扑背袭来，婵察觉有暗器掷到，立刻挥舞鸳鸯钩回防一砍，那火爆弹炸开，浓烟直冒：「雷烈的女儿！」

笙吁喘着娇气，站在远处问：「婵郡主！是妳杀了我爹？」婵满脸疑惑：「妳说什么？」笙解释：「闇跟我说过，一旦万古神器收集到，月蚀之象发生的时候，杀我爹的凶手就会出现，难道是妳？」婵疑问：「雷烈的女儿，妳在说什么？」

犬犽和风羌攀爬追上，站在魔像的头顶，急喊：「婵郡主！」、「婵大人！」笙阻挡背后去路，回头喊：「你们别过来！否则我就用掌心雷炸碎你们！婵郡主杀了我爹，我要报仇！」

风羌擎住弓箭，瞄准道：「放肆！翠云公主！雷烈郡主逝世的时候，妳也在场亲眼目睹的，妳无凭无据，岂可随便诬赖婵大人？」笙连哭带喊叫：「闇！你不是要把真相告

诉我吗？你说！究竟是谁杀了我爹？」闇摇了摇头：
「笙，真可惜啊！杀妳爹的人并不是婵郡主。」笙咬牙切
齿道：「这么多年来，难道你所说的，全都只是一个谎
言？」闇冷笑：「妳忘了吗？我可还没有收集到所有的万
古神器呢！」

犬犽站在远处，高声唤：「婵大人！」婵站在魔像的最高
处，全身被风吹得衣裙摆荡：「你们两个别过来！」风羌
的羽箭悬在弓弦，蓄势待发：「闇！快点住手！你无知的
行动，将会毁掉整个四国的！你晓得吗？」闇低头俯瞰：
「无知的行动会毁掉整个四国？怎么样才叫不无知呢？人
都是无知的，只是各人所不知的不同，难道你不这样觉得
吗？」

笙从袋中掏出一颗葫芦大小的铁球，厉声再问：「闇！我
再问你最后一次！真相究竟是怎么回事？」闇站在边缘，
身旁的冷风飕飕吹过：「笙，从这高处跌下去，不死也半
条命，妳真的打算要用轰天雷炸掉石像，跟我们两个同归
于尽吗？」

笙把铁球高高举起，怒叫：「我只要知道真相！说！究竟
是谁杀了我爹？」闇道：「亲手杀死你爹的凶手…早就已
经死了…」笙听了万念俱灰：「什么？」防爆手套突然松
开，轰天雷向下一沉，万道红光将魔像的手臂瞬间炸成碎
石，失去支撑，雪崩溶化似的往下坠落。

「啊！婵大人！」、「婵郡主！」犬犽和风羌站在远处观
看，猝不及防，见那轰天雷火星飞溅，笼罩着一层灰雾向
下掉坠，火焰熊熊耀闪。魔像又高又大，右手握着石斧突
然断裂，千丈沙尘陷落在土海。犬犽和风羌步履轻矫的踪
身跃下，跳到了魔像底部。

那尊大石像的脚下骑乘火云，岩壁两边插满了刀剑。二人
左观右顾却不见婵的踪影，抬头见天空的光线幽暗，几乎
都被月蚀之象给遮蔽。放眼望去，几千柄刀剑被崩石撞

断，风羌见大块岩石坠下，跌成粉碎，惊叫：「婵大人！婵大人您在哪里？」轰隆声响，石像到处都是灰烟，忽见两个黑影隐隐而现，犬犽喜出望外的叫：「是婵郡主！」风羌追赶过去：「婵大人！」

土坡近处飘起无限风沙，海棠全身血迹，遍体伤痕的扶着婵，缓缓走来：「风…风羌…婵大人受了重伤…」、「海棠！妳没死？」风羌大吃一惊，冲向前扶稳二人：「先坐着休息！」

尘土弥漫，分不出东西南北，这场爆炸震得众人头昏目眩，婵立足不稳，跪倒在地：「风…风羌…闇…闇的尸体…和四象宝环呢？」扬尘百丈，坍落的魔神像震塌了一个大坑，风羌左环右顾：「启禀大人！我立刻去搜！」才刚讲完，忽然一个黑影飞快奔近，五指紧扣，捏住自己的咽喉不放：「啊！扼…扼…」闇血流满面，披头散发道：「你…你们是阻止不了我的！」

风羌的咽喉被人掐住，非常痛苦，犬犽见同伴受缚，惊喊：「风羌大人！」海棠松开婵的手臂，抄出铁桦杀威棒和落魂鞭，奔去：「闇！快放开他！」闇急忙撒了手掌，抛开风羌：「哼！叛徒！」

海棠奋尽生平之力，举起铁桦杀威棒击向敌人：「跟我同归于尽吧！」闇毫不抵挡，硬是受下这招，那铁棒打在肚腹痛彻心肺，一手勾住了对方的脖子，向外抛飞：「嘿！海棠，这么多年来，原来妳是早有计划了？」

海棠一时失手，倒翻筋斗，重重的摔在地下：「啊！」犬犽舍命冲来：「闇！放开他们！」闇瞪大邪眼，擒拿住手腕：「哼！鷓虫小技！」犬犽抽起捆仙绳，转三圈卷住敌人的手腕：「风羌大人！我抓住…」闇暗中蓄力，不待对方讲完，突然招中套招用力一扯，把对方硬扯过来，回旋飞踢，使一个风卷残花之势把犬犽踹出几丈：「我决心改变一切，你是无法拦阻我的！」

海棠倒卧在地，拼命将身翻转爬起，忽觉半空中一股暖风迎面扑袭，抬头惊看，闇一拳击在自己的胸腔，招数狠辣，似乎能把骨头都打粉碎。顿时只见胸前血如涌泉，海棠痛彻心肺，低声唤：「风…风羌…保护婵大人…」

风羌气得爬起身喊：「闇！放开她！」闇揪住桃红征袍，冷然问：「海棠，妳这是什么意思？妳既然有心叛离，就应该早有受死准备。我不是曾对妳说过了吗？如果妳背叛我，妳将会失去一切妳所期望的。」海棠樱口颤动，微笑：「我…我已经没有什么东西可以失去了…」

尘霾之中，隐约听到熟悉的声音相遥呼应，喊道：「昆仑郡主！他们在那边！」犬犽满脸土灰，喊道：「是雷昊大哥！」昆仑、雷昊和梧桐踏步赶来，背后跟随许多追兵，火炬将周围通明照亮：「他们在那边了！」

闇稍微一怔，瞥见左边又有宫本武藏、猿飞佐助和香奈奔来救援，背后也尾随许多追兵，心里晓得众人打算分两路包抄，把自己围在核心中央，立刻双手一探，扯下海棠的落魂鞭和铁桦杀威棒：「哼！我们后会有期了！」

风羌晓得时机转瞬消逝，既刻爬起身，弩弓射箭：「闇！纳命来！」可惜速度稍慢，闇纵身一跳，避开疾箭：「嘿！羌左使！若是你们还想要见到这几颗四象灵珠，等到日蚀之期，带着其余的万古神器到彩云峡来，我会在山顶最高处等候你们！记住！千万不准差派军队埋伏！否则就永远别想再见到这几颗四象灵珠了！」风羌惊叫：「闇！等等！」

追兵均是平庸之辈，即使赶来也无法支持，闇事败想逃，忽从怀中摸出两颗药丸弹在地上，爆出烟雾：「记住！是日蚀之象那天，千万不准派遣伏兵！否则后果自行负责！我们后会有期！」

眼前迷雾冲天，混乱中有侍卫被挤得跌手撞脚，无奈月亮阴暗，闇仿佛生了翅膀似的，转眼不知去向。海棠的胸口鲜血直流，簌簌抖颤，显然疼痛难当：「婵…婵大人…」婵被尘土呛着口鼻，跪倒在地，咳嗽：「快…快帮她止血！」

昆仑和雷昊飞赶来问：「大家的伤势怎么样？」风羌心乱如麻，同伴的话全没听进耳朵，扑到海棠身前：「海棠！我立刻帮妳止血！」海棠的脸上堆着笑容，摇头不语：「风…风羌…」

一道通光天井射穿云端，月光透下，宫本武藏、猿飞佐助、梧桐和香奈分别跑来，扶起犬犽和婵，众人抬头一看，月色光芒渐露，显出一轮半圆白影。那豆大黑点恢复了圆，原本黑蔽的黄道又变得波光云影，月色辉映。

土坡附近，四象兽的石像忽然剥落，碎沙迸裂，化成一团蒙蒙的烟雾往四方飘开。犬犽和同伴见四象兽陆续震散，化成亩许方圆的土团，消失不见，心里均晓得：「月蚀之象结束了。」

月光展露，昆仑和雷昊把情势看个清楚：「是海棠？」婵蹒跚走来：「风羌，海棠的情况如何？」风羌摇头：「胸骨全碎裂了。」婵看一眼：「海棠，这么做…真的值得吗？」

海棠苍白的脸颊上隐约透着皱纹，微笑：「婵大人难道您忘记了？海棠与您也有相同目标，曾经差点儿国破家亡的您，不是应该很能体会那种痛苦吗？」婵哽咽的问：「这样做真的好吗？独自背负着莫须有的罪名而死，那样的妳，会幸福吗？」

海棠见她真情流露，显然极为关心自己，也没多应，嫣然一笑：「婵大人，自从灵兽出现在四国境内的那一天起，海棠就已经注定要卷入这场纷争之中。为了四国联盟的和

平，为了承担一切所有污名，为了实践对婵大人的忠诚，而承担别人的憎恨，即使这样，海棠还是能含笑死去。」风羌满心疑团，急问：「婵大人！海…海棠她为何这么说？」婵沉默不语，海棠咳出血痰：「风…风羌，白尾麋鹿是婵大人亲自送给我的，我并没有盗窃万古神器。」风羌诧异：「什么？妳…妳没有窃走铁桦杀威棒？」

海棠微微一笑：「嗯…」犬犽突然走来，呼唤：「海棠大人！」海棠咳嗽：「小伙子，上…上次曾经问过你的问题，你想出答案了吗？」犬犽点头：「嗯！」

海棠望着天空，又问：「在野火战乱的年代中挣扎生存，无论走到哪里都是一团黑暗，奸盗者将抢来的妇女剥了衣裙，任其辱受奸淫荼毒，恶霸劫夺良人的产业，烧杀掳掠。就算云端上有阳光，但云底下的会是什么呢？」犬犽眼神坚决，说道：「有多大的阳光，就有多大的阴影，但是当我把双眼注视在阳光的时候，阴影就会落在背后，所以即使云底下是漆黑一团，但在天空上，仍旧还是阳光普照。」

海棠听了这话，心中温暖，转头再看联绵不绝的沙滩和土丘，伸手指着说：「四…四国境内，百姓可以坐在树荫下乘凉，是因为很久很久以前，有…有人在此种下了树…咳咳…在…在我出生的时候，这块土地不是一片荒芜。我离开时，希望这个地方也不是一片荒芜。不管遇见多少恐惧，都不要轻易退缩，就像生长在四国境内的花草树木，在你我离世的时候，仍会继续延续下去…」犬犽毅然点头：「海棠大人，我答应妳！」

海棠的脸庞白里透青，没有一丝血色，喃喃呓语道：「人为妇人所生，日子短少又饱受患难。树若是被砍断了，仍可发芽，嫩枝长生不息；虽然其根在地里衰老，死在土中，吸收了水气还能发芽，长起新枝就像新栽的大树一样。但人死亡而灭没；他的气息却在何处呢？海水绝尽，

江河涸干，人也是如此，躺下了便不再睁开双眼，等到天灭没了，仍没苏醒，也无法从睡梦中唤醒…」

风羌见她娇体瘦弱，桃红征袍被沙土弄得肮脏，立刻将身上大衣脱下，套在同伴的胸前遮蔽：「海…海棠…」海棠沉默半晌，对望众人几眼，微笑：「婵大人…风羌…海…海棠似乎突然有点想在这个世上…多…多活久一点了…」说着，樱口微张，闭上双眼。不晓得为何，脑海中突然涌上一些片段的记忆，海棠的脸颊滑下两行泪痕，有个画面呈现眼前：

风羌一个健步飞赶来，曲膝下跪：「启禀婵大人！他果然已经叛变四国联盟了！」婵转过身问：「战争才刚结束，四国联盟的军力都耗损很严重，他曾是白云斋的心腹，若是再让他窃走其余的万古神器，四国肯定会陷入一团混乱。」海棠站在旁边问：「婵大人，这件事情发生得太突然了，为什么他要叛变四国？」婵摇了摇头：「我也还不晓得，须把来龙去脉查个清楚才行。」风羌揖手抱拳，恭敬道：「婵大人！不如让我去除灭他吧？」

婵沉默不语，心里似乎在想什么事情，海棠则说：「你杀不了他的。」风羌一愣：「什么？」婵将好话收起，抬出正事分析：「海棠说得对，他曾经受过严谨训练，可以算得上是四国境内第一等的人才，要杀他没那么容易。」海棠揖手抱拳道：「婵大人，海棠有个请求。」婵吩咐：「妳说吧！」海棠下跪在地：「请让海棠去吧！」

婵还在疑惑，海棠又磕个响头：「婵大人爱民如子，是辨识明理的郡主，这个海棠也懂，因此才斗胆请求。既然荣华富贵和名望权势不是摆在首居要位，就应该要以担当大业为重任，岂不是吗？」婵思索半晌，吩咐：「风羌，你先退下。」风羌茫然不知所措，踌躇道：「婵大人！我…」婵把话遣开：「我有些私事想询问海棠。」

风羌怕海棠有什么不妥之策，想要劝阻，可惜郡主已经明言吩咐自己退下，无可奈何，撤出悬楼殿不再言语。婵走入梳妆室，套换一件体面的衣袍，扮装起来，威严比较往昔更胜不同：「若一国自相纷争，就遗为荒场；若一家自相纷争，必要倾垮。海棠！这道理我也懂，妳企盼能凭真心诚意平息造反势力，但他可不是一般的庸俗之辈，妳却甘愿落得自己一身担饥受冻的，只为了平息内乱，难道这样做值得吗？」海棠答复：「婵大人，这几年来，边疆的狩猎族攻打我们四国联盟，逢人便杀便辱，害得百姓受累不浅。如今好不容易狩猎族的战争结束了，四国距离和平的日子终于不再遥远，如果他叛变一事，意味着另外一场战争的开始，那海棠绝不会容许有人再次利用四象兽的力量，扩展势力。」

婵闷闷不悦，又问：「海棠，这个世态有多少人情冷暖，妳自己心里应该也很清楚吧？如果大家都知道妳是背负罪孽才活着，大家会开心吗？」海棠沉默半晌：「婵大人，这样的海棠，您是怎么样看待的呢？」婵摇了摇头：「这要付出多少代价，妳可明白？」海棠心意已决，咬紧牙道：「为了持守天山悬楼殿与四国的和平，海棠会不惜任何代价，甚至是牺牲掉自己的性命！」

婵见她始终如一，听这话说得情词恳切，多可怜了属下一片诚心，从宝柜掏出铁桦杀威棒，叹口气说：「这只白尾麋鹿，是天山国的镇殿之宝，妳带牠走，地灵兽的力量能够保护妳的。」海棠伸手接过，存着知恩图报之心，下跪道：「婵大人一生恩惠，海棠绝不忘记！」婵吩咐：「那个叛徒智勇兼备，唯独趁着他现在势力薄弱，这个计谋才能奏效，若是等他势力扩张，要再混入可就不容易了，妳早点动身吧！自己小心保重。」海棠缄口默言，把铁桦杀威棒挂在背后，推开花窗，一个健步跳跃出去：「婵大人珍重！」

天山悬楼殿外尘灰起处，忽刮起一阵大风，殿内安静，走廊传来婵的叫声，喊道：「来人啊！」风羌快步飞赶，推门进房：「婵大人！发生什么事情？」

侍卫的队伍人数极多，陆续涌进殿堂：「殿内有动静！保护婵大人！」婵回头望众人一眼，脸上不快乐说：「立刻召告翠云国、蓬莱国和郁树国，海棠盗窃了地灵兽白尾麋，叛离天山。从今天起，她不再是天山悬楼殿的棠右使，遇者斩杀！」讲完，转身先向外走，飘然出门，头也不回的往大殿离去。

事出突然，风羌心里感觉冰冰凉凉，站在原地呆着不动：「什…什么…海棠她…」众人听了命令不敢违抗，背后有许多侍卫涌入殿堂：「婵大人有令！把悬楼殿看守住，海棠那个叛徒应该还没跑远，快搜出她的行踪！」几个守卫又持枪赶来喊：「保护婵大人！大家快捉住叛逆者！」风羌跪倒在地，垂头叹气：「怎…怎么会这样？」

回忆到此，众人站在海棠的遗体面前，遂无一语。婵凝目观看，叹口气说：「这事只有海棠与我自己知道，她希望能潜入暗行御史，彻底打听清楚他们的行踪和企图，才能一举消灭。她是一个牺牲品，这也是她生存的意义。海棠为了渗入组织，不惜背负着盗窃万古神器的罪名，成为四国联盟的敌人，目的就是为了能接近闇。她选择了套上叛徒的污名，背负真相，消失在黑暗之中。」

风羌听完这话，终于再忍不住，全身惊得犹如掉落冰窖似的跪倒在地：「婵大人…原来…原来这才是真相？」婵点头：「嗯！」宫本武藏、猿飞佐助和香奈发呆望着冰冷的躯体，低头叹息：「妳不应该这么鲁莽行动的…」

犬犽想起初次见面，海棠曾对自己说过：「人都只是依赖自己的感官而活，确信眼睛所看见的才是事实，但我们所能见的究竟有多宽广呢？人都只是被局限在自己的思想当中，你们不这样认为吗？」忆想到此，摇了摇头：「她选

择了背负着叛徒的污名，只是为了能接近闇？这种荒谬的想法，我不能接受！」

梧桐脸色凄然，哽咽道：「犬犽哥…勇敢有许多种，海棠姐姐为了潜入暗行御史，放弃了自己的理想和梦想，或许…或许这就是她勇敢的地方吧…」雷昊听了不以为然，说道：「在残酷的考验中生存着，为了保护自己所爱的，就必须要有所牺牲。」昆仑点头：「翠云少主，自私之心人之皆有，要说甘心情愿把最珍贵的东西掏出来奉献，天下只怕少有人能做到，毕竟那可是全然不同的抉择。」

婵忽开口道：「翠云少主，我要跟你明说一件事情。」雷昊点头：「婵郡主请讲。」婵道：「你妹妹已经死了…」雷昊沉默半晌，脸色显得格外感伤：「是吗？」

婵怫然不乐，望着天空说：「唉！人一生虚度的光阴，就如影子，谁知道什么能与他有益处呢？谁能告诉他末后的日子，在日光下有甚么新事呢？智慧人和愚昧人同样无人惦记，因为日后都被遗忘，可叹智慧人死亡与愚昧人无异。人在日光之下的劳碌，在他一切的劳苦上获得了什么呢？」

风羌的心中一腔冤恨无处发泄，捏紧拳头，忽站起身：「婵大人！」婵侧过脸问：「什么事？」风羌强压悲伤道：「请容许风羌暂时保管铜镰刀，一旦消灭了闇，风羌会立刻将天灵兽归还！」婵道：「风羌，海棠已经受了够多折磨，如果你打算现在放弃，我会允许你的。这场战役是闇和四国之间的事，你并没有必要牵扯进来。」风羌咬牙切齿道：「婵大人！四国的事就是风羌的事！如果风羌能放弃，那海棠的牺牲又算是什么？风羌不是曾向婵大人承诺过了吗？即使战争结束，风羌都会将这条性命奉献给婵大人，直到离世为止！」

婵听他字句提起，此般疼痛就像一刀割下身上的肉块似地，半句话也应答不出。梧桐在旁听了，柔肠一转，终于

再忍不住涕泣：「唔…唔…爹…」昆仑把女儿搂在怀中：「桐儿乖，别哭！」

土坡远方卷来一团尘雾，风沙刮起，将众人衣袖吹得柔活，宫本武藏和猿飞佐助抬起头看，见天上黄沙飘零，疑想：「咦！哪来得怪风？」犬犽的额上肿一块淤青，抚着脸问：「雷昊大哥，我们现在该怎么办？」

雷昊含着泪眼回避开，一声不响的转身就走：「人生在世，必经患难如同星火飞腾，人在磨难之中成长，岂是毫无挫折的吗？闇已经融合了两只四象兽，又抢走铁桦杀威棒和落魂鞭。走吧！就算哭哭啼啼也无法改变事实，我们还有更重要的事情需要解决！」当下心里清楚明白人死不得复生，尽管鼻酸，也只能把悲伤难过全往肚里吞。

犬犽没料得雷昊竟如此果断，追上前唤：「雷昊大哥！等等我！」香奈扯住肩膀，摇了摇头：「犬犽，让他去吧！」犬犽满腹疑团：「咦？」香奈淡淡说：「我相信他也需要一段时间平缓情绪的，我们还是先留在此，待会儿再跟上。」

犬犽远远看着雷昊孤伶伶的背影往远方走，转头再望背后的海棠一眼，心中一股感慨，无法描述：「嗯…妳讲得对…」香奈叹一口气：「我见恶人得享平安，就心怀不平。他们死的时候感觉不到疼痛，他们不像别人受苦，也不像别人受难。我思索怎能明白这事，实难接受，看哪！这就叫恶人！」犬犽道：「香…人活在尊贵之中而不醒悟，就如死亡的畜类。见人发财家室荣增的时候，妳别惧怕，因为他死的时候甚么也带不走。他的荣耀不能随着离开，他活着时虽然自夸有福，末后仍必回归到历代的祖宗那边，永不见光。」

香奈似乎没听进耳，黯然沮丧道：「犬犽…智慧人和愚昧人一样，永远无人惦记，因为末后都被遗忘；可叹智慧人

180

死亡与愚昧人无异。我之所以厌恶生命，因为在日光之下所行之事，我觉得都是烦恼，都是虚空！都是捕风！」

犬犺见她满脸愁容，点了点头不再答话。宫本武藏和猿飞佐助发呆半响，开口道：「忍者，真是触了霉头，看这大风吹来吹去，待会儿恐怕会有沙尘暴来袭哩！」、「浪人，这里又不是沙漠，哪里来的沙尘暴啊？」、「不是沙漠怎么会那么多沙？」、「浪人，这地方是彩云峡附近的湖岸啊！」、「少啰嗦！我偏偏要说这里是沙漠！」

且看白尾麋和瑞麒麟所施展的土象术把湖岸的水源全都抽干，这时风大，吹得尘土遮天蔽日，众人都不敢开口，唯恐风沙飘到嘴里。梧桐用长袖捂着脸颊，唤一声：「爹！」昆仑伸手去抚女儿的秀发：「乖桐儿！俺还有重要事要跟婵商议，明天一早，俺吩咐人先带妳回聚鹤塔，好不好？」梧桐听他一句没有丝毫打动，猛摇头：「爹！女儿不要离开您！」

婵见他二人父女情深，不知该说什么安慰才好，静静的站在一边。昆仑曾经误中咒术，极耗心神，气咽胸中，咳嗽：「婵…咳咳…我有件事情想拜托妳…」婵问：「你想要我派人照顾你的女儿，单身赴会去找闇？」昆仑回答：「婵！俺向来以忠义自居，曾经为了抵抗狩猎一族，带兵打仗几年。如今却稍有失误，一个失意被闇套出了万古神器的秘密。现在他已经融合了两只四象兽，在这节骨眼上，俺岂能坐视不理呢？」婵点了点头：「我明白你的意思。」

昆仑叹口气：「俺与郁树国的百姓同忧共死，只盼妳能派人照顾桐儿，免受战争的折磨，这样就算俺牺牲了，那也是死而无憾！」婵问：「昆仑！若是你牺牲了，难道要你女儿一个人，叫她独自难过下半世吗？」昆仑道：「婵，俺的生平从未恳求过人，如今四国被闇闹成这个模样，不知道坏了天下多少百姓的指望。今天小事相烦，恳求妳替俺达成这项心愿。」

婵听了心里难过，摇头叹气：「唉！」昆仑道：「婵，妳和俺同样身为四国之首，应该也能体谅解天下于倒悬，拯救苍生于水火的重责大任吧？」婵点了点头：「鱼我所欲也，熊掌亦我所欲也，二者不可得兼，舍鱼而取熊掌者也。生亦我所欲也，义亦我所欲也，二者不可得兼，舍生而取义者也。」

梧桐心中难过，凑上前搂住父亲的肩膀，失声泣涕：「爹！不要！桐儿不要再离开您！」昆仑搂着女儿：「桐儿！妳听俺说，人有悲欢合离，月有阴晴圆缺，天下无不散的宴席，爹爹总不可能一世待在妳身边，妳要开始学习自主，否则将来如何能够度过余生？」梧桐喊：「爹…爹…」昆仑安慰：「别哭，来！爹对妳有信心，桐儿既使无依无靠，依然能独立自主！」梧桐啜泣：「爹…爹…女儿会很坚强…」

婵撇开话题：「好了！现在时候不早，大家都该赶紧起程，我会调兵分派去追查闇的行踪。」昆仑屈指盘算：「俺晓得自古以来，日蚀和月蚀往往仅隔数日之差，目前闇只融合了两只四象兽，但他又从海棠的手中夺走了落魂鞭和铁桦杀威棒。剩余两柄神器，他肯定会等日蚀之象出现，再度融合！」婵道：「我们会阻止他的。」

风羌恭敬道：「启禀婵大人！闇离开前曾对风羌说过，叫我们在日蚀之象那天，将其余的万古神器带到彩云峡最高处，不可埋伏驻兵，他会在那等候。」婵道：「这是个陷阱，他果然是想要利用日蚀之象，融合剩余的万古神器。」昆仑怒道：「岂有此理！俺先到镇上打听消息，若是搜到闇的藏匿地点，再跟大家联络。」婵思索：「昆仑，现在重要的事是先找到白云斋，我们需要他的如意风火轮合力抵抗闇，才有胜算。」昆仑道：「那大家就先这么说定！俺去镇上打听白云老儿的消息，四天之后，在平瑶镇会面！」

风羌道：「婵大人，现在四国境内有重兵驻守，其余的暗行御史全都解决了，我看闇孤身一人未必能成什么气候，不如趁着日蚀之象还未出现，分调兵马把他揪出来，铲除掉？」婵摇了摇头：「这样不妥，闇也晓得自己的情势是敌众他寡，不会轻易让我们发现行踪的。况且他手中掌握了四只四象兽，就算我们差派千兵万马去搜他，也是毫无益处，没有四象兽的力量协助，那些军队只是螳臂挡车，白白牺牲掉千万人的性命罢了！」

昆仑不敢迟留，告辞：「那好吧！婵！就麻烦妳差派人替我安顿桐儿，护送她找个安身之处，俺要去找白云老儿，四天后在平瑶镇会面！大家小心保重！」婵叮咛：「现在闇的手上拥有四只灵兽，你若不慎遇见他，千万别莽撞行事，当心枉送性命。」昆仑毅然点头：「你们大家也小心保重！」说着，转身离开，踏步而去。

梧桐的心中挂念，喊：「爹爹！」昆仑奔出几丈外，高声又喊：「放心吧！桐儿，俺很快就会回来！记住！千万要照顾好自己！」

梧桐怔怔的呆站，凝望父亲背影寂然远去，犬犽走来，搭住肩膀安慰：「梧桐妹妹妳放心，昆仑郡主不在的这段时间，我们会保护妳的！」梧桐叹一口气：「爹爹…」婵吩咐：「风羌，传令下去！我们必须在各城镇驻点，加足军备，严守警戒，一旦有任何消息，立刻回报。」风羌揖手鞠躬：「遵命！」

宫本武藏和猿飞佐助在旁闲看野景，歪缠议论道：「忍者，你晓得平瑶镇在哪里吗？」、「浪人，不就是我们上次去的那座梨花村吗？」、「上次真是晦气，不巧遇见那个闇，太过轻敌被他打得落花流水，现在那地方应该已经被妖兽遗为废墟了吧？」、「那该怎么办好？浪人，我们要逃走吗？但这消息若是传到江湖上，两个武行者临阵脱逃，岂不笑掉大牙？」、「胡说八道！逃命乃是人的本能，有什么好笑话的？人家若是真要杀你，你呆呆站着让

183

他杀吗？」、「浪人，这当然不是！天下无爱吃亏之人，我们若遇上应付不了的事，当然要想办法逃走！」、「就是说嘛！虽然我们两个武功卓越，毕竟没怎么闯过外面世界，心思单纯，这江湖上的恩恩怨怨数算不清，当然可得谨慎严防小人的暗算。忍者，你说是不是呢？」、「浪人，小人暗算得要严防，但是…如果逃不掉呢？」、「笨蛋！就算逃不掉，你有一张嘴巴，不会张口求饶吗？」

香奈见他二人叽哩咕噜不晓得讲什么，走过来骂：「喂！现在四国的情势很危险了，大家忙着要揪出闇，你们两个还在瞎说什么？」宫本武藏压低声问：「忍者，为什么女人话那么多呢？」猿飞佐助回答：「不然为什么叫三八呢？」香奈杏眼圆睁，扯住二人的肩膀：「你们两个蠢蛋，在讲我什么坏话？」宫本武藏和猿飞佐助吓得半痴，见她举起拳头似乎可以摧岩碎石，仓惶怪叫：「饶命！」

婵派人在附近挖了简陋的土坟，埋葬海棠，风羌望着土丘良久无语，犬犽和梧桐站在旁边倒也字句不提，夜空中刮起寒风，沙尘飘荡，婵凝眸不语，在坟前从没说过半句话。

两行泪痕从风羌的脸颊滑落，他伸袖擦拭，站起道：「婵大人，事不宜迟，我们得赶紧上路，调派追兵去搜寻闇！」婵点了点头：「众位准备好了吗？」犬犽道：「婵郡主，我有件事情相求！」婵答应：「请说。」犬犽问：「能否请您借我一辆马车？」婵道：「你想回家乡一趟？」犬犽点了点头：「在日蚀之象的前夕，我希望能回去芦苇海岸一趟。」婵二话不说，对侍卫吩咐：「来人！准备干粮和马车！」

第十四章 芦苇海岸

过不多久，侍卫驾一辆马车驶来，停在土坟旁边。犬犷见马鞍两边绑着布袋，里头装一些干粮和衣服，回头道谢：「婵郡主！我会在日蚀之象发生之前赶回来的！」婵点头：「祝你好运！」犬犷跨上银鬃白马，抽住鞭，呼喝：「你们大家小心保重！我们几天后见！」

「等等！」香奈拉开车门，跃入车厢：「我也跟你一起去！」犬犷怪眼圆睁：「香，妳也要来吗？」香奈闷哼一声：「不行吗？」犬犷微笑：「当然可以！」香奈招手唤：「梧桐妹妹！快过来！」梧桐踏前两步，委决不定：「香奈姐！我…」

香奈探向车厢外，伸手去拉对方的衣袖：「妳爹不是叫妳跟我们走吗？别磨时间，走吧！」风羌在旁观看，惊呼：「等等！香姑娘！昆仑大人吩咐我们将她…」婵摇了摇头：「风羌。」风羌立即会意，退后回避：「是！婵大人！」

「也等等我们！」宫本武藏和猿飞佐助陆续拥上，将梧桐和香奈推入车厢：「等等！忍者和我也要一起去！」黑暗中分辨不出谁是谁，那车厢塞得水泄不通，犬犷见了又是惊诧：「哎哟！怎么大家全跟来了？」宫本武藏将门关上：「打鱼的，废话别那么多，快点走吧！」

香奈和梧桐挤在车厢，难以动弹：「喂！你们两个莽夫！挤上来干嘛？快点下车！」宫本武藏怪叫：「香姑娘，妳这话什么意思？我们大家不是朋友吗？」香奈骂道：「谁跟你是朋友？快点下车！」宫本武藏气愤愤道：「这马车又不是妳一个人的，应该由打鱼的来决定，这才对啊！」猿飞佐助喝彩鼓掌：「浪人！说得好！」

「你这人真是无理！」香奈见他死赖脸皮，伸手推开对方一把：「你们两个坐旁边一点，别靠近我们两个！」宫本武藏怪叫：「干嘛推我？想被忍者暗杀吗？」猿飞佐助抱怨：「浪人，干什么牵扯到我？你想害我无辜捱揍，是吗？」宫本武藏骂：「少啰嗦！刚才我不过是句顽话儿，你那么认真干嘛？」猿飞佐助抱怨：「做人应该要说正经话，你那样办事颠倒，岂不是要害我无辜捱揍？」宫本武藏气得跺脚：「忍者！你说这话什么意思？我不过是担心她不让我上车，所以语气才夸大了点，难道真会起歹念害你不成？你这浑人满口胡说八道，看老大怎么教训你！」猿飞佐助怪叫：「哎哟！」

香奈捏着拳头敲他二人的脑袋，怒骂：「好了啦！看你们两个面貌魁梧，块头生这么大，应该去前面当马夫，躲在车厢里算什么男子汉大丈夫？」宫本武藏和猿飞佐助抚着脑袋：「女侠饶命！」车厢内乱嘈嘈的，一时也分辨不清谁的声音，犬犽回过头问：「喂！现在是怎么样？」宫本武藏喊：「打鱼的，快点起程！」

「嗯！」犬犽骑上鞯鞍，急把两只腿往马肚一夹，鞭梢往马背抽去：「婵郡主！风羌大人！你们二位保重！我们四天后见！」

婵和风羌听见一阵鞭声喝打，那辆马车疾速行驶，朝着远方扬长离开。沿途道路颠簸，也不晓得究竟过了多久，天色逐渐明亮。香奈揭开了布帘，窗外一阵飕飕的微风吹来，五人不知不觉奔驰数十里路，耳边听得车轮滚动声，途中有两排梨花树沿着道路纵列，香奈看着那遍地梨花被阳光映照得晶莹如玉，脑海中豁然想起一事：

「香！答应我一件事！」犬犽见宫本武藏和猿飞佐助重伤倒地，把手揣入腰袋去掏捆仙绳。当时的香奈问：「犬犽！你打算怎么做？」犬犽回答：「妳负责替我带他们两个走，这边让我来应付，我会掩护你们三个逃走的。」香

奈剔一眼：「别说笑了！我怎么可能抛下你不顾？」犬犽说：「妳若不走，我们四个都要死在这边！」

闇感慨万千，冷笑：「小子！你和你的伙伴倒是血性好汉，只可惜虎落平阳被犬欺，愈是好人善人，愈受苦痛，不如早点死了比较好吧？」犬犽说：「闇！你到底有什么阴谋？为什么千方百计要抢夺神器，殃及百姓？」闇倨傲之态，冷冷一笑：「天生万物养人，人无一德报天，贪官污吏杀！外邦异族杀！出卖兄弟杀！我只杀贪官，不杀顺民，逆我者死，顺我者活，你们要死还是要活？」犬犽套句话问：「听你口气，似乎很憎恨人？」闇哈哈的笑几声，把手拍个响亮：「既然如此，你觉得我最恨四国里的谁呢？」犬犽谨慎防备道：「真是可惜！我没本事测透人心，可不晓得你心里恨谁？」

闇描述：「三年前，曾经有个人被按立为光明御史，他负责在四国境内通联，报知战争情势。那人建立了四国联盟的首批联合军，后来党政暗斗，那人被嫁了祸，不仅被冤枉，甚至还搞得家破人亡，连身边的好友都被残杀。你说这等是非不分的朝政，该灭不该？」犬犽诧异问：「你说什么？」闇冷笑：「什么捍卫疆土？什么体恤水火？怀忠抱节的人，最后往往落得亡于自家百姓，为什么要尽心侍民，肺腑生死呢？」想到这边，脑海画面变成一团模糊，香奈回过了神，摇醒同伴唤：「梧桐妹妹！梧桐妹妹！」

梧桐嘤咛一声，苏醒问：「嗯…香奈姐，怎么了？」香奈道：「我有一件事情需要问妳。」梧桐睁大俏眼：「什么？」香奈问：「昆仑郡主是妳爹，妳对婵郡主、白云斋郡主、风羌大人和三年前的那场战争，多少应该了解一点吧？」梧桐点头：「知道啊！不过当时我只有十岁。」香奈问：「那闇这个人呢？妳对他了解多少？」梧桐思索半晌，回忆：「当时梧桐还小，印象有点模糊了，但我晓得他有两个好朋友，分别叫幽大哥和明镜姐姐。」香奈思索：「幽和明镜？」梧桐左思右想，回顾三年前的四国战争，脑海浮现一个记忆：

梧桐跑在前方，一路奔跳，口里琅琅唱道：「城门城门鸡蛋糕，三十六把刀，骑白马，带把刀，走出城门滑一跤！」

保镖把沉重的行囊托在骡背上，走在后方唤：「小梧桐！我们要走了，妳快把馒头吃完，太阳要下山了，准备回殿堂去找妳爹爹！」梧桐满心欢喜叫：「小梧桐想去翠云国玩！」保镖回答：「呵呵！翠云国那么遥远，如果小梧桐在荒山旷野迷失了方向，该怎么办？」梧桐绕着圈子蹦蹦跳跳，开心的叫：「翠云国不远！翠云国不远！小梧桐要去翠云国玩了！」

道路旁边人潮拥挤，一男一女正观看动静，忽抄出刀械：「上！」保镖回头惊看：「什么！」两个刺客亮出兵器，女刺客挥舞着吹雪扇：「要捉活口！」保镖侧身避开，躲过敌袭：「来者何人？」男刺客抄出碎骨刃，冷笑：「嘿！功夫不错！有没有兴趣成为我身体的一部份？」保镖怒道：「你胡说什么？」忽觉脑后风生，女刺客手中的吹雪扇扫到，保镖闪避不及：「哎哟！」肩膀中招，血流不止。

男刺客长得相貌奇丑，全身疮疤，硬是将梧桐的手腕扯住：「嘿嘿！小妹妹！」梧桐摔个四脚朝天：「哇啊！」男刺客张开血口，乐津津笑：「小妹妹！妳想变成我的一部份吗？我可以把妳的肉和骨头吃得一乾二净！」女刺客瞄看一眼：「饿鬼！别动那小女孩，要吃肉的话，这保镖送给你吃。」男刺客吆喝：「艳尸！我肚子饿死啦！」

保镖急喊：「小公主！」女刺客挥舞吹雪扇，保镖的背脊贴着墙壁无处可避，手臂竟给割出血痕，忍住疼痛避开：「可…可恶！」男刺客嘻嘻哈哈笑得乐不可支，不料双腿瘫痪，全身忽向前倾，跟跟跄跄的滚倒在地。

「咦！什么？」女刺客回头惊看，企图搜出敌人的位置，一个飞身，腾上屋檐：「糟糕！是光明御史！快点撤退！」一个青年从袋中抄出铁椎，待得女刺客发现却为时已晚，大腿中镖，哎哟一声，跌下屋檐。

「光明御史？」男刺客正想将碎骨刃抵住梧桐的颈项当人质，却见闇飞快冲到面前，双掌一抓扣住自己的手腕，旋圈扭转，摔倒在地：「躺下！」闇的双脚踩在男刺客的肩骨关节，用力一折：「幽！我拿住了这个男的，还有一个！」女刺客连忙将吹雪扇掷向二人，跳上屋檐：「可恶！」

名叫幽的青年一个健步追上屋顶，回旋侧踢：「别想逃跑！」女刺客跌下翘檐，摔倒在地：「哟！」幽向下飞扑，压住背脊：「好毒辣的招式！你们潜入郁树国有什么企图？快说！」两名刺客皆受了伤，情知抵敌不过，各自咬破舌尖，一口鲜血喷向敌人：「艳尸！快用血遁！」、「我知道！」闇惊呼：「幽！小心！快远离他们！」

寒风凄惨，一片血雨炼化出的妖术当头罩下，连残魂难都逃脱。幽见势不妙，迅速掷出火爆弹：「可恶！」爆弹把血雾炸得溅散，街坊百姓阴错阳差的被那血雾溅到身体，口吐白沫：「啊！」闇冷不防伸手一扯，把梧桐搂抱怀中，滚远避开：「幽！你怎么样？」

幽使用真气潜闭来防御，索性只是头脑微昏，并未重伤，否则若将那团血雾吸入肚腹，免不得七孔流血：「我没事！」血雾和火焰爆弹的霹雳声天惊地动，两个刺客真气耗损，见巷就钻，男刺客厉声喝骂：「可恶！下次肯定吃了你们！」

几个无辜百姓被火焰弹和炼血术炸得肚破肠流，附近居民见有人打架，纷纷围观。到处喧声鼎沸，大伙儿见无辜游人躺卧在血泊中，胸口被火焰炸个漆黑早就气绝，吓得喊：「杀人啊！杀人啊！」梧桐吓得手足无措，哇哇大

189

哭：「啊！啊！」保镖抚着伤肩，奔跑来唤：「小…小公主！」梧桐吓得猛推开闇，依偎在保镖的怀中哭泣：「唔…唔…」

幽站稳身子，走近两步：「咦！是梧桐小公主？总镖头？」保镖全身血迹斑斑，急忙下跪：「幽…幽大人！」幽伸手来扶，关切问：「总镖头！伤势怎么样？」保镖摇了摇头，强忍住痛：「不…不碍事…皮肉伤而已…」闇走去查看百姓尸体：「是炼血术，阴阳奇门遁法。」幽问：「果然是猎命师？」闇仔细审视：「看来应该是的，不会错！」幽追问：「总镖头，这里发生了什么事情？是不是有人要来侵犯郁树国？」保镖心中过意不去，解释：「梧桐小公主在殿里待着闷，想出来透气，昆仑郡主不允许，我偷偷带她来镇上玩，没想到竟然遇上刺客。好险幽大人您及时赶到，否则小公主的性命恐怕不保。」幽安慰：「先别说这些，我们回宫殿去，有什么事情再向昆仑大人解释，相信大人他会宽谅的。」

闇见无辜的百姓死状凄惨，胸肺皆被自己的火药炸烂，心稍过意不去：「可恶…那两个狩猎者…」背后忽一个清秀女子走来，睁眼惊看，稍退几步：「啊…啊…血…」闇回头唤：「明镜姑娘！」急上前扶，随后又有侍卫赶来支援：「啊！总镖头受伤了！快去帮忙！」、「保护小公主！有刺客侵入郁树国，快将这事报告昆仑大人！」

想到这边，梧桐如梦惊醒，心里吓得寒胆发颤，香奈愣一愣问：「怎么样？想起什么没有？」梧桐披衣遮头，哇哇叫：「香奈姐！有坏人想杀我！我…我好害怕…」猿飞佐助揭了布帘，安慰：「别害怕！别害怕！外面有阳光，马车内很明亮，一点都不可怕！」宫本武藏拍他脑袋：「蠢蛋！你这样做哪里有用？」猿飞佐助抚着额头：「浪人，你又打我脑袋？」香奈把眼一瞪，食指迭在嘴唇前：「嘘！吵死了！你们两个闭上嘴巴！」宫本武藏和猿飞佐助安静无声：「哦…」

梧桐冷静半晌，才继续说：「三年前，幽大哥曾是我爹的镇国护使，也是当时四国联盟首批联合军的其中一员，后来不幸在战争中丧命了，明镜姐姐则是他们俩的好朋友，但是后来，也相继在战争中去世了…」香奈问：「妳晓得他们两个发生了什么事情吗？」梧桐摇头：「当时我的年纪还小，不太清楚，但我听说闇在战争之后性格大变，将白云大人身边一名重要的护使杀掉了，还抢夺了万古神器。」香奈点了点头：「嗯…」

马车穿越道路，奔驰许久，忽见前方无数的刀剑散落满地，血迹还残留在泥土中，犬狄急忙煞车：「咦！」众人下车观看，香奈惊忧：「这地方发生了什么事情？怎么会有许多刀剑散落在此？」侧头一望，见有盔甲散布满地，梧桐吓得胆颤心惊：「好…好多武器…」犬狄弯腰察看，见刀剑遍布在地，唯独却不见任何尸体，心想：「来迟了一步，这些军队被杀得一败涂地，是闇做得吗？」宫本武藏怪叫：「你们快过来看！」猿飞佐助惊问：「浪人，怎么样？有什么发现吗？」

同伴跑来，见地上堆满破裂的瓷坛，还有纸符和药粉散落在地，心中均疑惑：「这怎么回事？」香奈把手一招，吩咐：「走吧！」犬狄问：「香！妳不想把事情调查清楚吗？」香奈解释：「你不是还要回去芦苇海岸一趟吗？与其在这拖延时间，倒不如赶紧把事情办完，还比较实际。」宫本武藏害怕遇见暗行御史：「打鱼的，凭我们几个人的力量，根本打不赢那个闇。此地不谊久留，还是赶紧离开，免得撞上面了，你那召唤大乌龟的绳子给他抢走，那可不妙！」猿飞佐助也说：「是啊是啊！浪人他说很对，不听老人言，吃亏在眼前，咱们还是赶紧离开吧！」宫本武藏脸色一沉，拍同伴的脑袋：「哪尼？你骂我是老人？」猿飞佐助怪叫：「哎哟！浪人，别打头！我是比喻！比喻！」

犬狄心想这话不错，一条马鞭握在手中，跃上马鞍：「走吧！趁着天黑以前，我们多赶一些路！」马车继续飞驰，

疾轮风转，霎时将满地的盔甲拒出四五丈外。沿途石路颠簸，五人催马快驰，穿越了棕树林和溪流，沿路无尽逆拂的飞沙，吹得犬犽灰头土脸。

路旁有野花绿草映着灿烂阳光，鸡鸣犬吠，几户贫穷农家种菜耕田，遥山远处的池塘偶尔可听见小孩嬉戏声。马车在中途停歇四次，直到夕阳下山，五人傍晚才抵达芦苇海岸附近的一处农村。

此时接近夜深，漆黑一团又伸手不见五指，宫本武藏和猿飞佐助随处在旷野铺地打盹，梧桐合眼蒙眬，迷迷糊糊也打瞌睡。夜里照下一轮明月，明光透彻，犬犽照着雷昊教导自己的法门反复练习拳经，费心尽力，好不容易大有进步。

香奈抱膝坐着，观望北方看不尽的遥山翠迭，站起身问：「犬犽，你还不睡吗？」犬犽全神贯注：「香！我在思索一件事情。」香奈问：「什么？」犬犽道：「雷昊大哥曾经对我说过：反者道之动，弱者道之用。将欲歙之，必固张之；将欲弱之，必固强之；将欲废之，必固兴之；将欲取之，必固与之。」香奈问：「那什么意思？」犬犽解释：「凡自高的必降为卑，凡自卑的必升为高，在后的要在前，在前的要在后。大道先施神技，出口授传精诀，看似平淡无味，在人视来毫不起眼，词句听来阂不入耳，使用起来却是受益无穷。拳法精髓亦是如此，此招数看似平凡无奇，简略单调，其中却隐藏着无限变化。」

香奈满脸疑团：「啊？」犬犽解释：「香，我回去芦苇海岸，是想确认一件事情…」香奈问：「什么事？」犬犽道：「我现在心很烦乱，雷昊大哥曾对我说过，若是我有什么不快乐的事，就多花点时间看山看海，或许某天，会对生命和这世界有不一样的见解与领悟。因此我想回去芦苇海岸，确认雷昊大哥说得是否正确。」

香奈转个话题，扯开又问：「先不谈那个，对了！我有件事想问你。」犬犽道：「咦！什么事？」香奈说：「我一直在思索那个闇曾讲过的话。」犬犽问：「他说了什么？」香奈描述：「还记得我们在平瑶镇遇见他的时候，他曾说过…在过去的战争中，曾有个人被按立为镇国御史，负责在四国境内通联，报知战争情势吗？」犬犽点头：「嗯！他建立了四国联盟的首批联合军，后来不幸被人嫁祸，被冤枉叛罪，身边的好友也死了。」

香奈道：「或许是因为四象兽的牵连，害我也失去亲人，所以才会一直思索这件事情。」犬犽沉默半晌：「香，妳恨那些暗行御史吗？」香奈咬牙切齿：「恨？简直恨极了！他们杀掉了翠云岭的百姓，那些无辜的人死得冤枉，当中包括我的亲人，怎么可能不恨他们？」犬犽叹一口气：「香…恨会挑启争端；爱能遮掩一切过错。人生下来，多少都犯过几件恶端，就算恨透他们，这能让妳改变什么吗？」

香奈呆呆而坐，想不出这几句诀言究竟有啥含义，拂袖走开：「你别对我讲大道理，我听不懂的！」犬犽道：「香！我这言语不是冲撞妳说的，妳万别误会，只不过雷昊大哥曾经告诫过我：『明哲之人嘴中有智慧，无知之人背上受刑杖。谨守诲训是在生命的道上，违弃责备的就是失迷了路，因为心中有智慧的必受命令，口里愚妄的则会倾败』。」香奈杏眼圆睁：「哼！左一句雷昊大哥、右一句雷昊大哥，犬犽你别忘记了，害死翠云岭百姓的，也包括你的雷昊大哥在内。」犬犽点头：「嗯，香！虽从嘴巴容易说出口，要做起来却很困难，但是…我总觉得…四国境内会有许多纷争，都是暴力特强，误把报仇当作勇敢。恨会挑启争端；爱能遮掩一切过错，能克服心中怒气，宽恕别人过错的，才是真正勇德。因为当我们无端受到伤害时，总是会想着报仇。若能攻克己身，消除怨恨饶恕他人，那这份情操，肯定是难能可贵的！」香奈紧咬嘴唇，推他膀臂道：「胡扯！你根本什么都不明白！」犬犽唤：

「香！等等！」香奈甚感愤怒，一时情绪激动：「这事情不是发生在你身上，所以你才能说得那么轻松！」

犬犽看她模样，晓得对方还在气头上，恐怕三言两语也解释不开，半点鼻息也不敢乱透：「嗯…妳说得对，妳的遭遇是我所不曾经历过的…」香奈强把一口怒气咽下肚腹，掉头就走：「晚安！」犬犽一言不发，心里感叹：「香受了丧亲之痛，连日来一肚子闷气无处发泄，这几句只是情急话儿，所以才变成疑古疑怪的脾气，若是我可怜她身世，万万不能再挖胆伤肝，负了她的心情。」

香奈随便找一处旷地捱身坐下，恨不得赶紧闭眼睡觉，把一股懊悔都抛置脑后。无奈心里愈想愈难过，一把辛酸泪忍不住流下来，心中想着那话：「恨他们又能改变什么呢？」全身抖颤，迷迷糊糊的竟不知觉地闭目睡去。折腾一个晚上，五人收拾了行囊，隔天驾驶马车往西南行去。沿途可见奇山怪岩，几丛芦苇在池畔附近，放眼眺望，到处都是汪洋大海。梧桐揭开布帘，欢喜叫：「香奈姐！你们快看！」

香奈靠近车窗看，见沿岸有船一字排开，停靠岸边。那些渔船行云流水，舵夫撑着篙竿靠拢岸边，抛锚结缆。宫本武藏和猿飞佐助好奇心起，将身挤过来看：「哎哟！那海边好漂亮啊！」、「浪人！不如咱们两个就在这边定居吧？」香奈把二人揪胸夹领，推扯旁边：「走开！这边挤死人了！」

五人来到海岸线，跳下车厢，岸边的芦苇草簌簌摇动，原来是有风吹过。香奈见芦影摇曳，阳光下飘来一阵微风，全身打个寒颤。犬犽转过身，指向海岸小屋：「我家就在那边！」梧桐欢喜道：「犬犽哥！这边的风景好漂亮啊！」犬犽微笑：「若是梧桐妹妹喜欢，以后可以经常来玩！」

眼看万里方圆有数万座岛屿，珊瑚被阳光映照得耀眼缤纷，宫本武藏把一只手臂搭膊在同伴的肩膀上，笑呵呵问：「打鱼的！你真有福气，一辈子住在这种人间天堂，感觉如何呢？」猿飞佐助的手臂伸来，搭膊在另一边的肩膀：「打鱼的！等解决那个闇之后，浪人和我也想搬来和你一起住，可不可以？」犬犽哈哈笑：「如果你们喜欢，当然随时欢迎！」转过了头，正要唤：「香…」忽见香奈独自走到远处礁岩促膝坐下，那光景显得孤独，令人感慨。

香奈黯然失落，孤伶伶的坐着发呆，看着同伴返回家乡，脑海里不自觉想起翠云岭的亲人，免不得又想落泪。犬犽悄悄走来，站在背后，却不晓得该安慰什么才好，仰起头眺望蔚蓝的天空，说道：「香…在我还小的时候，我总是喜欢在芦苇海岸附近的沙滩玩耍，享受微风和晨光沐浴。在这块土地上，我逆向海浪冲下浅滩玩水，那是一生之中最快乐的事情…」香奈心中的伤感不必明言，转过了头，用翠袖擦拭眼眶：「那你怎么不去跟他们一起玩？」

嬉闹声从不远处传来，举目眺望，宫本武藏和猿飞佐助站在沙滩海岸，放开嗓门对着天空叫：「哇哈哈哈！我会成为四国第一的武行者！」、「我和浪人一样！也会成为天下第一的武行者！哇哈哈哈！」梧桐腼腆一笑，也跟着叫：「哇哈哈哈！我是四国第一的梧桐小公主！」

香奈被逗得破涕微笑，抿嘴弄唇，忍不住噗嗤一笑：「那两个笨蛋…」犬犽借机转过话题，对她宽慰安抚：「香！每当我望着芦苇海岸的海洋，尽管心中有什么忧虑烦恼，也像这些海浪一样，推向大海，漂流远方，所有心中的难过和不愉快，都消失得无影无踪了。」香奈屏气凝神，不解思索问：「犬犽，你从小住在这个海岸线，无忧无虑，难道心里也会有烦恼吗？」犬犽苦笑：「香，我和妳一样，都是住在这世上的人啊！每天所闻所见，虽然未必尽是肮脏污秽，但是路途走得远了，多少也会有忧虑烦恼，不是这样的吗？」香奈微微点头：「嗯！人既生在世上，

要没有烦恼，总是不可能的。」犬犽用手拨打海水，微笑：「哈哈！不过…妳快看这海水，是多么清澄透彻？瞧！既使有再多忧虑和烦恼，这片海洋就像是洁净的活泉，永不枯竭。正因为有这海水冲刷了泥沙，好像洗洁了忧郁一样，才能把所有不愉快的事，通通带往辽阔无际的大海去呢！」

「嗯！」香奈双眼含泪，点头应了一句，犬犽轻拍她的肩膀，再三鼓励：「香，妳面貌美极了，笑个样子给我看？」香奈揩拭泪痕，勉强堆个笑脸：「犬犽，你在逗我玩吗？」犬犽说：「香！妳若有什么问题就尽管跟我说，闷在心里亦非畅事，不如这样罢！从今儿开始，我来当妳的丫鬟，妳若向东走，我就跟着往东去，妳转西行，我也跟在后面，就算要随意使我唤我，也都毫无怨言！妳瞧这样如何？」香奈被逗得破涕转笑：「你想化妆，打扮个小狗模样吗？」犬犽怪眼圆睁：「哎哟！妳太抬举我了，我的名字有个犬字，但可不是小狗啊！」香奈听他油嘴滑舌，又好气又好笑：「你说话没个正经，讲两三句就来胡闹，我与你非亲非故，可讨不起这么一个忠心耿耿的小狗。」

二人笑逐颜开，正打起精神，忽又听旁边有声音喊：「啊哈！忍者！你快来看看这是什么？」宫本武藏的手中拿着一张藤网，跑到浅滩捕鱼捉虾：「嘿！忍者！咱们今晚可以吃海鲜大餐了！」猿飞佐助跑到水边，也从海岸附近的小屋搜出钓线：「浪人！咱们来捉海龙！」梧桐蹲在浅岸边喝彩叫好，活泼俏皮的拍打海水：「两位大叔！你们等等我啊！」猿飞佐助哈哈笑：「小公主！这海里好多鱼虾啊！妳快过来，一起帮忙浪人和我捉鱼！」宫本武藏揭开藤网，在水里捞来捞去：「忍者！你别心急，当心动作太急躁，吓走鱼虾…」

猿飞佐助急着想捉鱼，脚下一个琅当，跌在水中：「哎哟！痛死人哩！」梧桐看得有趣，兴高采烈的忍不住大笑：「忍者大叔全身湿淋淋，可变成落汤鸡啦！」嘻嘻哈

哈卷起翠袖，一拨一拍，用水泼洒：「忍者大叔湿淋淋！浪人大叔湿淋淋！」猿飞佐助全身湿透，狼狈站起：「哎哟！小公主，我这件夜行衣是干净的，妳别乱泼啊！」

宫本武藏童心大起，抛下手中的网藤，一个飞扑将同伴压入水中：「哈哈！忍者小贼想往哪里逃去？」猿飞佐助口鼻灌水，咕嘟嘟叫：「哟！浪人！我的夜行衣…我的…咕嘟嘟嘟！」梧桐乐得哈哈笑，拍打水面：「浪人大叔！快泼他脸！」二人拨水拍水，合力洒向猿飞佐助，弄得全身湿漉漉：「浪人！泼完水就想逃跑吗？站住！快回来！」脚下鞋裤均是湿透，跑起步来啪叮啪叮的拖响，模样滑稽。

众人嘻哈哈笑，芦苇丛在阳光照映下更显缤纷，正玩高兴，忽然一阵海浪打上浅滩，犬犽念头微闪：「咦？」香奈唤：「犬犽？」犬犽踏步追向礁岩岸边，观望海浪：「反者道之动，弱者道之用。将欲歙之，必固张之；将欲弱之，必固强之；将欲废之，必固兴之；将欲取之，必固与之！」香奈见他全神贯注，沉默不语想：「犬犽怎么了呢？」

犬犽呆呆的站在礁岩上默想，仰头观天，思索：「天下万物皆生于有，有生于无，大海之所以能够容纳涤淘万水，汇聚百川溪流，乃是因为它处于低下，充满辽阔胸襟，因此海洋便有『百川之王』的称号。」思索半晌，转念又想：「反者道之动，弱者道之用，凡自高的必降为卑，凡自卑的必升为高，在后的要在前，在前的要在后。若我收敛心思，尝试不以自己眼光来看待事物，是否就能分明一切呢？正因为不竞不争，自谦为下，天下便没有能与竞争之的。如果我能弃绝一切私意，卑谦虚己，返归到事物源头，是否就能悟到这招『平淡无奇』的精要所在呢？如此说来，雷昊大哥的那招『平淡无奇』和『百川汇海』的道理相较起来，倒是有异曲同工之妙了…」

香奈在旁听得专注，问：「犬犽，什么事情呢？你想到什么了吗？」犬犽仿佛有所领悟，兴奋拍手：「啊哈！我终于明白了！」香奈疑惑不解：「你明白了什么吗？」犬犽口里喃喃念道：「反者道之动，弱者道之用，在前的要在后，在后的要在前。若是我们能收敛心思，不以自己眼光看待事物，不竞不争，自谦为下，天下便没有能与竞争之的。这就是『平淡无奇』的精要所在了？啊哈！」香奈发呆半晌，愣愣的摇头：「我完全听不明白这些话，你能不能够再解释一遍？」犬犽全神贯注，若有所思低了头说：「怪不得…怪不得…雷昊大哥教我的那套平淡无奇，表面看来似拙实巧，原因果然就在此！」香奈盯着他发呆，心想：「什么平淡无奇？什么似拙实巧？」

犬犽快心荡意，把捆仙绳扛在肩膀甩一甩，左踱右踱：「百川汇海…大道先施神技，出口授传精诀，看似平淡无奇，在人视来毫不起眼，词句听来阂耳不入，使用起来却是受益无穷。拳法精髓也是如此，雷昊大哥教我的那套招数看来平凡无奇，简略单调，其中却隐藏无限变化，原来道理就在这边。」低头发呆，脑海闪过许多招式，殊不晓得自己已经悟出了一套极为厉害的武技奥义。香奈却听得懵懵茫茫：「百川汇海？」

宫本武藏、猿飞佐助和梧桐在芦苇海岸奔跑嬉闹，玩得乐不可支，全身均被水泼得乱七八糟。过了晌午，众人在礁岩击石取火，剥虾去壳，用短刀将鱼虾割去腑脏，串烧竹枝烤熟了吃。那清鱼香脂四溢，肉质鲜美，虾壳软中带硬，嚼起来清脆爽口。五人围个小圈坐在沙滩上，香奈吃到一半，忽压低声问：「梧桐妹妹，香奈姐有件事情想麻烦妳，可不可以？」梧桐一时兴奋，笑问：「什么事情？」香奈脸腮通红：「再过几天就是日蚀之象，犬犽大老远赶回老家来，主要是想再多怀念这地方一会儿，过两三天，咱们去彩云峡和婵郡主会合之后，也不晓得还有没有机会再回到这地方。趁着明天一大清早，想请妳帮我个忙，好不好？」梧桐笑娇娇的问：「帮什么忙？」

香奈用手指轻轻戳了对方的额头，故意吊个胃口：「嘻嘻！明天妳就知道了！」梧桐说一句闲言俏语，吐舌取闹道：「香奈姐若不现在告诉我，那就不帮忙喽…」香奈一时心急，脸色羞红：「哎哟！梧桐妹妹…我…我只是想要盛装打扮…给犬狃一个特别惊喜…」梧桐噗嗤一笑：「真的吗？那太有趣了！我肯定要帮香奈姐这个大忙！」香奈急得又羞又愧，迭个食指贴在嘴唇：「嘘！别让他们三个听见了！」梧桐急忙捂嘴：「噢！」

宫本武藏剥掉虾壳，抛入口中嚼啊嚼，满脸疑问：「小公主，帮什么忙啊？」香奈脸腮通红，猛摇头：「不…不干你们两个的事，坐远一点！别偷听我们讲话！」犬狃和猿飞佐助斜瞄一眼，安静闭嘴，心里均想：「好险！还好没有随便多问，真是倒霉的家伙…」宫本武藏无辜被骂，脸色一沉：「莫名其妙，居然怪我偷听？明明是妳们两个讲话太大声！」

过一会儿，猿飞佐助伸懒腰打个呵欠，自把伊贺秘刀掼在旁边，衣袖遮盖了面貌，安稳躺下：「浪人！我吃得真是饱啊！」宫本武藏打嗝儿：「是啊！吃得真饱！吃饱之后就想睡觉了！」猿飞佐助笑：「哎呀呀！平白几条鱼虾经过一番料理，竟变得如此美味？浪人！在这海边生活爽快，当真是吃得香、睡得沉，海鲜两三口，人生有何求？」

「既然如此，那大家就早点睡吧！明天一早起来，还有许多事要做呢！」犬狃把一只胳膊垫做枕头，躺在海滩，伸脚畅睡。这天傍晚，夜明风清，或许是因为连日来劳累奔波，五人晚上睡得特别沉酣。隔天一大清早，梧桐起床，见海滩上有人练功，掂脚呼唤：「犬狃哥！」犬狃豁然诧异：「咦！是梧桐妹妹？」身法翩翩的使出一招「百川汇海」，拳势飞去，地上两行贝壳硬生破裂。

他把手中的捆仙绳旋圈三转，岩石竟给劈成两半。梧桐看了这番景象，惊讶的跑上前道：「犬狃哥！你的武艺好厉

害，竟连岩石都能斩断！」犬犽喘气吁吁：「梧桐妹妹，怎么今天起那么早？」梧桐问：「清晨六更我睡不着觉，闲暇无事就出来走走，顺便看海。犬犽哥怎么会那么早起练功？」犬犽道：「昨天在观察那海浪的时候，突然想起了雷昊大哥曾对我说过的一些话。我必须要殷懃练功，武艺才会有长进。」梧桐情意谆谆的笑：「若有机会，可要麻烦犬犽哥，带我去芦苇海岸的附近走走玩玩。」

犬犽想起一事：「对了！昨天晚上吃饭的时候，香和梧桐妹妹讲了什么？为什么要鬼鬼祟祟的？」梧桐故作神秘：「啊！那个啊…」犬犽好奇问：「哪个啊？」梧桐故意吊个胃口，嘻嘻笑：「其实我起个大早也是有原因的，香奈姐需要我帮忙，她说有样东西想给你看，所以我起床帮她，刚刚才准备好。」犬犽疑惑问：「有东西想给我看？」梧桐点头：「是啊！香奈姐姐说，等我们离开芦苇海岸，去到彩云峡和婵郡主他们会面后，恐怕再没机会回到这了，所以她想给你惊喜。」

香奈急得又羞又愧，站在门坎边轻唤：「梧桐妹妹！」犬犽惊慌回神：「咦！是香吗？」香奈的脸颊衬着两片红晕，半遮半掩的往门坎内逃：「还…还是算了…」、「啊！香奈！妳要去哪里？」

梧桐急忙追上，扯住罗袖：「犬犽哥！还不快过来帮忙？香奈姐是特地打扮这样，给你看呢！」犬犽满腹疑惑：「嗯…啊？」香奈以发结辫，头顶衬一条绣花方帕，腰下套着一件露水裙的织绣盛装，被梧桐拉拉扯扯，婀娜娉婷的走出门外：「我…我…」

梧桐活泼牵着手，娇娇的笑：「犬犽哥，你瞧香奈姐今天打扮如何？」犬犽审细巡视，一颗心七上八下怦怦乱跳：「啊…香…香？妳…妳早啊！」香奈又羞又愧，粉头低垂：「哎哟！梧桐妹妹，我愈这样穿愈感觉不自在，还是回屋子换下了好吧！」梧桐扯住手腕，拦阻：「香奈姐！这衣裙衬上香奈姐简直就是红粉色艳，花柳争研。犬犽哥

神貌清秀，身又俊智又高，你俩要搭配一起，那才是天下佳偶成双成对，连天仙鸳鸯都羡慕呢！」犬犽怪眼圆睁：「梧桐妹妹…妳…妳在讲什么啊？」香奈见他心魂神荡的模样，娇蓉半掩，怯羞羞的打个招呼：「犬犽！你…你今天怎么那么早起床？」犬犽左观右顾，懊恼道：「糟糕！妳们两个起那么早，我都还没想好该准备什么食物呢！」

宫本武藏垫石铺枕，置了席叶在海滩就寝，这时被三人声音吵醒，打个呵欠抬起头看：「什么声音那么吵啊？咦？忍者！」猿飞佐助茫然睁眼，忽见香奈纤貌之态，全身打扮得娇妆梳整，当下看得神魂荡漾，疑似痴掉了问：「浪人，是…是仙女下凡吗？」梧桐唤：「忍者大叔！浪人大叔！你们快看！香奈姐打扮得好不好看？」

香奈穿得碧月羞花，一身盛装甚觉不好意思，宫本武藏附耳密语，向同伴问：「忍者，香姑娘她今天怎么了？」猿飞佐助诧异问：「浪人，什么香姑娘？我没看见香姑娘啊！她人在这里吗？」宫本武藏拍他脑袋：「蠢蛋！你眼睛瞎了吗？」猿飞佐助瞇着双眼，稍微清醒：「啊！这不是麻雀变凤凰吗？我还以为仙女下凡，怎么恶婆娘也能当公主？」

香奈原本打扮整齐，穿得漂漂亮亮想来讨喜犬犽，反而被这两人弄个扫兴，气得跳脚喊：「什么？你们两个说谁是恶婆娘？」宫本武藏立刻指向同伴：「是他！是他！」猿飞佐助不慎失言，吓得捂嘴：「啊！不是我！」香奈闻言大怒：「可恶！你们两个成天只会惹人生气！」宫本武藏压低声咕哝：「忍者，她的妆扮变是变了，怎么脾气还是没改？」猿飞佐助点头：「俗话说江山易改，本性难移嘛…」宫本武藏急忙捂嘴：「忍者！你想找死吗？」

「可恶！欠揍的家伙！看我怎么训教你们？」香奈呕一股不平之气，扎起翠袖，要把二人的脑袋敲个叮咚响，宫本武藏和猿飞佐助吓得魂不附体：「饶命！」正想起身逃跑，不慎脚下一个跟跄，狼狈跌倒。

香奈抬起脚踹向二人的臀部，踢得他们哇哇怪叫：「可恶！满口里放屁胡说，两个浑人同个胎子打出来的，我最讨厌你们这种粗俗的乳臭野汉，像你们这么喜欢捱揍的，难得难寻，走遍天涯也未必能遇见半个，今天真是难得遇见，看我怎么教训你们？喝啊！站住！」宫本武藏和猿飞佐助同声喊：「哇啊啊！」

犬狺和梧桐视若无睹，赶紧离开，心想恐怕那两人是在梦里还没醒来，抽身遁走：「他们两个又挨揍了…」不稍几时，夕阳由西边落坠，转眼又一个黄昏降临。梧桐把桌上安排了许多丰盛菜肴，宫本武藏和猿飞佐助早饿得饥肠辘辘，毫不客气，一屁股往长凳坐下，狼吞虎咽的吃了起来。犬狺抱几壶好茶好酒，斟来酌往，和同伴畅饮一番：「干杯！」宫本武藏和猿飞佐助喝到醉醺醺，趴在桌上打瞌睡：「忍者…你醉了没？」、「浪人…我没醉…你醉了没？」、「我…我醉了…吁吁吁吁…」

香奈想起自己早上出乖露丑，没有胃口吃饭，推开了门，叹一口气独自往海滩走去。眼下受了好大挫折，心里愈是一股气愤，用翠袖擦拭泪痕，安慰自己：「哼！哭什么哭？有什么好哭的？」忽听得背后沙沙声响，香奈侧头一看，惊问：「是谁？」一个娇柔姑娘回答：「香奈姐…是我…」听音辨位，原来对方竟是梧桐，香奈心中一惊，急转身背向她：「糟糕！若叫梧桐妹妹瞧见我这红眼模样，岂不让人笑话死了？」咳了咳嗽，清净喉咙问：「梧…梧桐妹妹，今天夜晚气候寒凉，妳怎么突然跑出来吹风？」

梧桐不好私问，心中怦怦的跳：「香奈姐，我有点闷，想过来和妳一起吹海风，可不可以呢？」香奈沉默不语，梧桐见她收了戒心，怯怯又问一句：「大家…大家都在屋子里热闹着，妳自己一人…跑来海滩这边，不感觉孤单吗？」香奈道：「屋子里太闷太热，都是那三个臭家伙的酒味，我不想跟大家挤着，想独自静一静。」梧桐柔声轻唤：「香奈姐，妳是不是有什么心事？」香奈忸忸怩怩：

「我…我的胸口闷郁不畅，想出来海滩走走散心，怎么会有什么心事？」梧桐又问：「香奈姐，妳喜欢犬犽哥对不对？」香奈红了脸儿：「我…我…」

梧桐早把这事看破九分，心里更加明白，微笑：「香奈姐但说无妨，若是能帮得上忙，我一定尽力帮着香奈姐。」香奈卷起长辫耳饰，扶着香腮，立刻将目光转移开，羞得不敢睨看对方：「我和犬犽不过是好朋友、他那乳臭小子，我…我怎么可能会喜欢他？」梧桐笑问：「香奈姐，妳猜梧桐心里，有什么事情不快乐呢？」香奈怕自己答错了话，一手掩着酥胸，暗想：「梧桐妹妹也喜欢犬犽吗？为什么她要这样问我？」凝思半晌，开口道：「梧桐妹妹妳别担心，我对犬犽情同兄妹，就像和妳一样，大家还是往常的好性儿，可没什么非分之想。」

梧桐从地上捡起小石子，饱吸口气，将手一挥，掷入海浪：「香奈姐！我当妳是自己亲姐姐一般，这事只有妳知我知，过了这会儿，就没别的人会知道了。」香奈摸不透对方的心里在想什么：「梧桐妹妹…妳怎么了？」梧桐哽咽道：「等这些事情一结束后，我就要和爹爹回去聚鹤塔，不能再跟大家在一起了，所以我不快乐。」

香奈脸色微愣，一对长辫耳饰被风吹荡：「妳是在担心这个？」梧桐低着头，喃喃说：「唉！我只怕自己和爹爹走了之后，这一生再没遇见一个知心如意的朋友，就像香奈姐和犬犽哥这样。」香奈安慰：「梧桐妹妹，即使妳和昆仑郡主回去聚鹤塔隐居，犬犽和我，还是随时可以去探望妳的，不是吗？」梧桐勉强堆起笑容：「嗯…」梧桐疑惑问：「等所有事情结束之后，妳会留下来，再和犬犽哥一起去闯荡四国吗？」香奈的脸蛋一羞：「和犬犽吗？为什么我谁不跟，偏偏要跟着他？」梧桐急忙改口：「我的意思，是跟大家一起…」香奈笑问：「梧桐妹妹，妳该不会是以为我喜欢犬犽那个乳臭小子吧？」梧桐慌慌张张，搵着袖帕连摇头：「不是…我不是这个意思…」香奈哈哈大笑：「称不得心意，这是哪世里的冤家？我怎么可能会喜

欢上像犬犸这样一个…这样一个…打鱼的乳臭小儿？」梧桐倒把情况看呆了，疑惑问：「妳真不喜欢他？」

一阵浪涛迎风打来，芦苇海滩寂无人声，二人低头不语，方隔半晌，梧桐才继续又问：「香奈姐，人非草木，情感这事岂能漠然？但是…难道…难道这风波全是我自己多想了吗？」香奈疑问：「梧桐妹妹！妳今天是怎么搞的，怎么好像牵肠挂肚似的？」梧桐扭扭怩怩：「我…我…唉！没什么罢！事到临来，全都愈弄愈胡涂了…」

香奈张开双臂拥抱海风，微笑：「既然不晓得，那就别想太多吧！」梧桐的心中一时疑惑，打起精神又问：「香奈姐，那妳心里又在想什么呢？」香奈见她情急模样，笑着脸贴在肩膀说：「梧桐妹妹，妳可是第一个问我这些话的人呢！」梧桐半点拒抗的意念都没有，摇头：「我只是想了解香奈姐在想什么…」香奈挽着手，拉她闲谈：「别人要跟我哄上几句，都没法儿，要我多费精神去尊奉人家满意，更是难上加难。梧桐妹妹这样温柔，香奈姐当然很喜欢，只是我心里有许多痛苦，是别人没办法体会的，我也没打算要其它人来替我分担。」

梧桐见她的雪白肌肤显得娇柔，平添又多了几分姿色，心里暗叹：「唉！香奈姐天生丽质，就只是嫣得一笑，固然也笼络住了犬犸哥的心。」香奈见她心中烦闷，关切问：「梧桐妹妹妳还好吗？」梧桐立即回神，两颊绯红，急摇头：「嗯！没…没什么…」香奈思索半晌，微笑：「人生的旅途坎坷不平，绝对不可能一帆风顺的。过去的我在卖艺时，总认为自己射飞镖的技术超越常人，可以仗义救人，所以不免时常得意，总是打从心底赏识自己，骄傲之心也不知不觉也遂然而生。虽然我曾经赏识过自己，出门在外靠着卖艺渡个糊口，这些平顺的日子也只是我一直以为，直到失去了亲爱的人，才忽然领悟到生命有多脆弱。」

梧桐见同伴讲到伤心之处眼眶泛红，倒吓一跳，掏出袖帕替她揩拭眼泪。香奈的心中一股莫名感触，沉思半晌，才继续说：「在生命的历程中，有太多的遭遇无法依靠自己掌握，每个人总有一些遗憾的事想要挽回，但是无论你如何尝试弥补、尝试改变，甚至尝试遗忘，这些重担似乎更加难以承受。我只是不明白，若是生命那么渺小、那么脆弱，为什么却还能让一个人伤心难过大半辈子呢？既然它那么渺小又脆弱，不是应该没有多大的价值才对吗？」

梧桐见她半含半吐，似乎有意隐瞒，心中便动了疑问：「香奈姐，其实妳心里很担心的…对吧？只是妳不愿意表露出来。」香奈叹一口气：「梧桐妹妹，再过几天就是日蚀之象了，到时候要去找婵郡主和风羌大人合力对付闇，也不晓得那一战之后会是如何？其实我很害怕…我已经失去了许多亲友，我害怕会再失去梧桐妹妹妳，害怕会再失去犬犸，更害怕会再失去大家…」梧桐安慰：「香奈姐！或许生死别离这个担子是沉重的，我们暂时还没法领会，但我总相信生命是有它存在的价值与意义，就好比是暖煦的太阳，虽然它日出山头日落山脚，总是按定时序，却提供了光线，耀照明光。又好比清澈流水，顺着山势的高低循环着，滋润大地，生养不息。妳瞧！这些在人的眼中，尽看似毫不起眼的事物，尚且有它存在的价值，更何况是我们呢？倘若世上一切事物，都没有它存留的价值，那么它们便没有生存的意义了，不是吗？」香奈笑着道谢：「梧桐妹妹！妳真是个好人。」梧桐心存好感，也说：「香奈姐…妳真是坚强…」香奈吩咐：「对了！梧桐妹妹，虽然咱心里清楚明白，今天我告诉你的这番话，万万不可在别人面前提起，明白吗？尤其是在犬犸面前。」梧桐见她焦虑模样，忍不住噗嗤一笑：「怎么？香奈姐怕我跟犬犸哥告状，诉说妳的心底话吗？」香奈脸上潮红：「梧桐妹妹！我与妳说正经话儿，你别闹我顽笑好吗？」梧桐笑啐一句：「好好好！香奈姐妳别气，我明白！」香奈笑着责她：「妳不来晦我几句，心里就不舒服。」讲完，弯下腰从海滩上抓起泥土，抹在梧桐两颊。

梧桐愣了愣，秽面污着脸问：「啊！香奈姐？」香奈抿着嘴唇笑：「谁叫妳要跟我说顽话儿？」梧桐笑：「好姐姐！咱俩来比划，且看是香奈姐的泥巴纤玉手了得？还是梧桐的泥巴纤玉手厉害？」香奈见她表情滑稽，忍不住也噗嗤一笑，二人嘻嘻哈哈，兜着圈儿追逐起来。

风景转到另一端，月光下看得分明，海岸小屋的不远处隐约有个人影闪动，犬犽闭口无言，屏着气息站在屋檐下。旁边的栅栏不知几许宽阔，犬犽见香奈和梧桐又笑又闹，自己孤伶伶的一人站在墙边，无言可答。

突然一阵海风吹来，将芦苇丛弄得咻咻声响，犬犽的心中有点割舍不下，情牵缠绵，用长袖揩拭了脸颊的泪痕，微笑：「香…梧桐妹妹…谢谢妳们…」当下决毅要行，把捆仙绳绑缚在腰带，踏出脚步，消失在寂静漆黑的暗夜之中…

隔天清晨，香奈梳洗完毕，穿了衣裙走进屋子和大家一起吃早饭，闲聊半晌，却久久不见犬犽进来。梧桐东张西望，疑惑问：「咦！香奈姐，犬犽哥去了哪里？妳有看见他吗？」猿飞佐助也跟着起疑：「是啊！浪人，打鱼的去了哪里？怎么那么久还不见他进来吃饭？」宫本武藏只顾吃饭，嚼得双颊饱满，摇头：「不晓得哩！」

香奈许久未见同伴倒也意出望外，猜疑想：「犬犽那家伙究竟在搞什么？就算有事牵缠，也应该向大家道声早安再去办事，日晒三竿还不打声招呼，真是不知礼数。」梧桐站起身问：「香奈姐，要不要我去叫犬犽哥起床？」香奈摇头：「梧桐妹妹妳坐着吃饭吧！反正我已经吃饱了，闲着也是闲着，不如让我去罢！」说着，慢慢起身，往寝室的方向走去。

猿飞佐助见她仓促离开，又继续开始闲吃闲聊，喝口茶笑问：「浪人！你看香姑娘最近是不是有什么异样？」宫本武藏只顾挟菜，摇头：「没有啊！我见香姑娘人好好的，

哪有什么异样？」猿飞佐助故作老练，拍着肩膀笑：「哎呀！浪人！这个你就不懂啦！」宫本武藏满脸疑惑：「咦？不懂什么？这话怎么说呢？」

猿飞佐助呵呵笑：「浪人！带刀打仗的事情你或许比我厉害，但是女人的事，我可比你清楚。我见香姑娘整天不僦不睬的，饮食又不节，十顿饭只吃五顿，你倒猜猜这什么原因？」宫本武藏回答：「香姑娘东行西走，一路从彩云峡赶路来这，中途受了许多劳碌，又淘虚了身子，这短暂几月当然难以调试，那也没有什么好奇怪的。」猿飞佐助故作玄虚道：「浪人！这个你又不明白啦…」宫本武藏好奇问：「忍者，你别假装神秘，有话儿快吐，倒来说说看是什么原因？」猿飞佐助叹一口气：「哎呀！世间万般愁苦事，无非生死与别离…我见香姑娘一连几天闷闷郁郁，若不是思念翠云岭的乡亲，便是为情所困啊！」宫本武藏定睛一亮，笑呵呵道：「香姑娘思念亲戚那也是人之常情，合当理事。至于为情所困嘛…我说你这个忍者的脑袋胡思乱想，人家香姑娘脾气凶恶，就算遇见什么俊俏小生，也把人家给吓跑了，哪里有什么男人敢喜欢她？」

梧桐坐在旁边静静听，见二人喧喧嚷嚷，脑海中突然记忆起昨夜晚上，香奈和自己在海滩说过的话：「梧桐妹妹，再过几天就是日蚀之象了，到时候要去找婵郡主和风羌大人合力对付闇，也不晓得那一战之后会是如何？其实我很害怕…我已经失去了许多亲友，我害怕会再失去梧桐妹妹妳，害怕会再失去犬犽，更害怕会再失去大家…虽然咱心里清楚明白，今天我告诉你的这番话，万万不可在别人面前提起，明白吗？尤其是在犬犽面前。」念及此处，忍不住拿起筷子，把碗碟叮叮咚咚的敲个响亮：「浪人大叔！忍者大叔！大凡行走江湖闯荡的，做人要实实在在，你们两个别乱说香奈姐姐的坏话啊！否则我要去跟她告状！」

宫本武藏和猿飞佐助见梧桐大发雷霆，有如细针刺下肚腹，吓得安静闭嘴，满面惭愧。屋内满团死寂，过得半晌，忽见香奈泪眼汪汪，心慌意乱的扯着裙儿跑进门坎

叫：「梧桐妹妹！」梧桐见她满面焦急，诧异问：「香奈姐！妳怎么了？」香奈急叫：「犬⋯犬犸他不见了！」

众人听见这话，均是惊呆，挣先拥上前问：「香姑娘！发生什么事？打鱼的怎么会不见了呢？」、「浪人，他乘船去外海捕鱼了吗？」香奈急得脸色苍白，含泪从怀中掏出一封手信，双腿酥软的跪倒在地：「我⋯我刚刚进去房间找犬犸，见他的捆仙绳不见了，只搜出这封信件！」宫本武藏恨不得立刻扯开：「借我看看！」伸手接递清搜封件，急把信纸抽出一展，惊叫：「是打鱼的写得手信！」

众人合拢围观，见纸上理明词畅，写道：

香！和闇对决的这场战役，恐怕危险有误，劳烦你们四位在此等候，我去彩云峡找婵郡主和风羌大人会合，待得事情结束，旬日相会之期再续温寒，祝你们各自平安，莫牵珍重。

香奈半晌不语，软酥酥的坐倒在地，嘴里直唤：「犬⋯犬犸⋯」宫本武藏浓眉横竖：「那个笨蛋，不愿意把我们四个牵扯进来，想自己单身赴会去对抗闇吗？」猿飞佐助惊道：「浪人，那他不是有危险了吗？」梧桐上前安慰，从旁搀扶着香奈：「香奈姐！」

宫本武藏将手信拆开看毕，折成简子再塞回纸袋：「忍者！打鱼的应该把马车驶走了，你觉得我们用跑的，能追上他吗？」猿飞佐助摇头：「我不晓得！」宫本武藏追问：「香姑娘！打鱼的临走之前，除了这封信件，还有没有留下其它什么东西？」香奈心思散乱，只是摇头：「犬⋯犬犸那个笨蛋⋯」

猿飞佐助见她脸色惨淡，盘算：「浪人！打鱼的昨晚离开，多半还走不远。咱们若是有马可骑，多半还能追得上他⋯」宫本武藏连忙挥手，对三个同伴吩咐：「大家仔细听着！这项行动由我来负责发令，大家一起去追打鱼的，

你们只管依照旨令办理！明白没有？」猿飞佐助不敢草率，压低声问：「浪人！这样好吗？」宫本武藏横一眼：「哪尼？忍者，你竟敢不信任老大的话？若再继续耽搁，到时候恐怕就追不上了！」猿飞佐助料难推阻，只好点头：「浪人！那我们没有马车，该怎么办？」宫本武藏回答：「先离开芦苇海岸，再做决定！」

香奈心中纳闷，听了那话茫然不语，宫本武藏拍一拍胸脯，安慰：「香姑娘妳不要担心！我所使的二刀流千人斩乃是真功夫，忍者的隐身术也很厉害，若是投掷烟雾弹遁逃，保证没人能抓得住他。咱们两个帮妳去找打鱼的，若是沿途有人胆敢拦阻，肯定被我们打得落花流水。你们两位小姑娘由我和忍者来保护，绝不会出事！」

猿飞佐助急忙纠正：「浪人！我的秘技是暗杀，不是抛烟雾弹逃跑…」宫本武藏浓眉横竖：「少啰嗦！哪个还不都一样？我不是说了，现在开始，所有行动由我负责发令吗？你别插嘴，只管依照旨令办事就好！明白没有？」猿飞佐助显不耐烦：「好啦好啦！浪人，咱们若要离开必须趁早，倘若延迟，恐误正事。」宫本武藏点头：「好！我们走吧！」

香奈眼眶泛红，咬着嘴唇骂：「犬犽你这个大笨蛋！大笨蛋…」梧桐安慰：「香奈姐！妳不要担心，犬犽哥武功那么厉害，不会有事的，况且他昨天晚上才离开，肯定跑不远的。」香奈低头无语，又不知同伴生死存亡如何，忍不住堕下几点泪水，连声暗叹：「唉！但愿那个笨蛋平安无事才好…」

第十五章 彩云峡之役

犬犽去心已决，骑上鞽鞍，把两只腿往马肚一夹，驾着马车飞窜离开。

奔驰许久，天色逐渐转亮，他离开了芦苇海岸数十里路，心中一直想着香奈的那句话：「梧桐妹妹，再过几天就是日蚀之象了，到时候要去找婵郡主和风羌大人合力对付闇，也不晓得那一战之后会是如何？其实我很害怕…我已经失去了许多亲友，我害怕会再失去梧桐妹妹妳，害怕会再失去犬犽，更害怕会再失去大家…」念及此处，咬紧牙根道：「香！妳放心吧！不会再有失去的人，我会尽全力守护你们的！」

那辆马车奔走草原，快速冲下山坡，沿途颠簸，也不晓得究竟过了多久，终于抵达一处驻兵营帐。

这天彤云密布，寒风吹来好不寒冷，犬犽驾驶马车来到驻营，见前方到处都是散落满地的刀枪，唯独不见士兵尸体，惊忧：「糟糕！这地方发生什么事情？怎么会有许多刀剑散落在此？」瞥头一望，见天山国的旗帜斜插在地，思索：「原来这些都是婵郡主的士兵吗？怎么被杀得一败涂地？是闇吗？」

犬犽只图赶路，抽鞭策马继续动身，正要启程，忽听得有马蹄声迅速追近。背后一匹银鬃俊马长啸三声，后腿一个打直，整只马匹像人一样立了起来。

犬犽的坐骑惊吓一跳，正想拉扯缰绳转身查看，忽听背后有声音喊：「咦！犬犽？」犬犽回头惊望：「月祭！是你？」月祭也不畏惧，笑问：「你去哪里？」犬犽见他神态自若，丝毫不把自己放在眼里：「我要去彩云峡找婵郡主，你来这里做什么？寻宝吗？」月祭见对方的腰带悬挂

着捆仙绳，笑问：「我还记得，你那柄万古神器，是上次在岛屿找到得吧？」

犬犽双眉一竖，不太高兴道：「我还有急事在身，不方便跟你多聊，就这样吧！我们后会有期！」月祭骑马冲来，只装聋作听不见似的，阻挡马车：「等等！」犬犽愣问：「什么事情？」月祭冷笑：「上次在岛屿的时候，你们几个一起围攻我，未免胜之不武。这次正好我俩来单独比划，倘若你胜了，我便任由你走！若是我胜了，你就得乖乖把捆仙绳留下，如何？」犬犽摇头：「你在说什么？我没时间与你胡缠，我需要去找婵郡主和风羌大人，再见！」

月祭冷讽一句：「什么婵郡主和风羌大人？我还道你有点男子气概，原来只是没个担当的懦弱鼠辈？这番作为，日后我肯定替你张扬出去，连你祖宗十七八代都给发扬光大了！哈哈！」犬犽咬紧牙根道：「你别使言语来激我，我不会轻易上这当的！」月祭道：「怎么？还是想用捆仙绳出手教训我，仗着万古神器占尽便宜吗？」

犬犽举起马鞭疾抽，两匹银鬃俊马被主人拼命催赶，拽起八蹄，车速如风的冲了出去：「喝啊！马儿！快跑！」月祭追赶在后：「想逃？」犬犽驶着马车飞驰，旁边一道黑影疾窜来，月祭踩着马鞍，奋力往车顶上一跳：「嘿！」顺势落下，正打算出掌攻击敌人，不料犬犽的双腿挟住马鞍，猛力鞭扯，那辆马车疾如飞鸟似的冲下山坡。

月祭扑翻跌在车顶，头上树丛生风，竟被绿叶扫得脸颊疼痛：「可…可恶！」犬犽回头见对方从车顶跃下，急忙松开缰绳，徒手相抗：「月祭！快住手！」二人四掌相撞，五脏六腑倒转一般，喘不过气。月祭的手臂震得肿痛，怒骂：「可…可恶！你这家伙！」犬犽头昏脑胀，跌在车椅爬不起来：「快住手！马车会翻的！」月祭只做没听见：「把万古神器交出来，我就饶你性命！」犬犽见马车无人

211

掌控，像断线风筝到处乱闯：「月祭！你再不住手，我们两个都要摔下马车！」

两匹快马不顾山路颠簸，八只铁蹄如雷震似的拼命加速，此番情势非常危急，月祭抄出铁折扇挥去：「嘿！交出捆仙绳！」犬犸手慌脚乱，抽出捆仙绳防御：「别闹了！快住手！」月祭的铁折扇攻前后防，幻变无穷：「谁跟你闹？我是讲真的！」犬犸一个不慎，那铁扇从手臂划过三痕：「哎哟！你若再逞强，我们两个都会坠下马车！」月祭防中带攻，挥舞铁扇击向胸口：「交出万古神器！」犬犸感觉一股劲风迎面袭来，向后一退，疾速滑开：「我不想跟你打，快住手！」月祭冷笑：「你若知趣，就应该乖乖把万古神器交给我！」

犬犸东窜西躲，试图闪避敌人攻击，可惜马车的面积并不宽阔，二人在车顶近身搏斗，只稍差时许就可能摔下车顶。索性自从犬犸领悟了百川汇海的招式之后，武艺大有展进，否则若换作常人，早被月祭的铁折扇刺出几个透明窟窿。

两匹野马无人掌控，缰绳乱荡，犬犸的右脚踏在车顶边缘，躲开攻击：「月祭！暗行御史打算利用四象兽摧毁四国，你若是为了天下苍生着想，就快停手！」月祭仍不死心，挥舞铁折扇砍去：「那柄捆仙绳是在岛屿上找到的，我也有一份。你既有本事抢走，如今撞着了我，还想往哪逃？」犬犸一个翻身，滚避道：「你若继续胡缠，我们两个全都会死在这里！」

月祭曾在古庙被对方击败，后来想起时常愤怒，气不过就要讨命索债：「把捆仙绳交给我！」犬犸又叫：「你若再不住手，我们真的全要丧命于此！」月祭冷笑：「既然如此！你最好先让我宰个痛快！」举起铁折扇往头顶下压，犬犸急忙举起捆仙绳抵挡，捆个四五圈，绑缚住敌人的手腕叫：「你真是不可理喻！」月祭不顾危险，举起铁折扇击向敌人：「胡说八道！」

犬犽被逼得使出浑身解数，嗤嗤几声，右臂又给铁扇割开两条血痕。月祭幸灾乐祸的笑：「纳命来吧！再躲再闪还不是只能讨饶？快交出捆仙绳，我就饶你性命！」犬犽心想：「若是他想谋我性命，该怎么办？」月祭恶言威胁：「喂！你再不交出万古神器，我就一招先捏碎你的手脚骨头！」

「咦！」犬犽听了不胜骇异，忽见山坡有块凸岩，马车前轮撞上石块，车身剧烈摇晃，二人结成一团，抛飞远处。狂沙乱卷，整辆马车从半空中飞起，仿佛千万斤重的大石旋转两圈，余势未衰，滑行数尺之后缓缓停住。

犬犽遭那劲力弹开，如落叶翻风似的颠下车顶，撞上树干，跌倒在地：「扽…扽…痛死了…」脑袋天旋地转，险些儿连性命都丢失了，索性没受内伤，忍着疼痛，抚胸爬起：「月祭！」

月祭血流满面，跃上马车，一脚踹断车厢的门：「可恶！」犬犽见他满脸血污，劝道：「月祭！你快罢手吧！」月祭愤怒的骂：「你这家伙！这次真的惹恼我了！」犬犽晓得若再发呆不走，恐怕白白赔上一条性命，撕下半截衣袖裹住伤口，往山坡下逃跑：「糟糕！该怎么样摆脱他好？」

眼看两匹马儿摔倒在地，受了重伤爬不起身，远方忽有个黑影迅速接近，审细一看，竟是月祭先前的座骑脱缰冲来，心喜：「正好！」月祭也察觉敌人想逃：「别走！」一声暴喝，握着铁折扇向前疾斩：「可恶！你逃不掉的！」

迎面一匹银鬃俊马如闪电驰来，犬犽的脚尖在地上轻轻点步，翻滚两圈，右手撑着地面跃上座骑：「再见了！」月祭从旁偷袭，伸手来扯缰绳：「别逃！」犬犽急把捆仙绳

往马背一抽，顺势冲撞：「别拦着我！」月祭倔强的扯着缰绳：「嘿！抓到你了！」

银鬃俊马受了惊吓，抽个落空飞也似地逃跑，激起一团尘雾，犬犽急促马绳，呼唤：「快放手！你会被马蹄踩扁的！」月祭的双手紧抓着缰绳不肯放开，沿途拖行，左甩右甩叫：「可恶！我肯定要宰了你！」

犬犽催马急驰，那匹银鬃座骑一路飞赶，月祭被沿路拖行，紧抓缰绳不肯放松，用力一拉，忽扯住敌人的衣角：「你这家伙！难道非要我斩了你双手，才肯学乖？」犬犽吓得怪眼圆睁，奋起神威，照准脑袋一脚踹去：「快放开我！」月祭的脑袋被踩，仓惶叫：「啊！」双手一松，颠翻半圈摔个鼻青脸肿，眼前一黑，晕了过去，霎时之间被座骑拒出四五丈外。

犬犽一路驰马逃亡，距离敌人愈来愈远，终于再看不见。银鬃白马四蹄飞赶，踏得地面窿窿震响，尘飞雾扬，瞬间走个迹影全无。索性犬犽反应机灵，使个退敌之策，费尽九牛二虎之力才将敌人打发，否则月祭穷追不舍，顽强搅局也只会弄得祸到临身。

眼下赶着要去彩云峡与婵和风羌会合，离开了翠云国的范围。沿途石路颠簸，快马穿越棕树竹林，一路飞沙逆拂，把犬犽吹得灰头土脸：「不晓得婵郡主和风羌大人到了没有？」左观右望，没什么风景可看，除了荒山野丛，偶尔有琼花瑶草衬着阳光，还有一个寻常农夫驶着牛车迎面接近，满脸皱纹，露出污黑的牙齿对自己微笑，拉着牛车经过身畔离开。

犬犽为了返乡一趟，转眼三天经过，连日不见雷昊、婵和风羌，任凭心中有千思万计，也猜不透同伴计划了什么战略对付闇，想到这边，右手遂一鞭抽打捆仙绳，银鬃俊马吃痛长嘶，精神更是倍加骁勇，飞也似的加速。

奔驰片刻，远方有许多用麻绳和布搭盖的帐篷，两个驻兵来回巡逻，一见犬犽接近，立刻赶来盘查：「站住！」犬犽扯住缰绳，跳下马鞍：「咦！怎么会有那么多帐篷？你们是天山国的军队吗？」其中一人识得犬犽，恭敬下跪：「原来是风羌大人的朋友！」犬犽笑问：「你们两个认识我？」驻兵乃是差来公办的，节级依允，点头：「婵大人和风羌大人已经在帐篷恭候多时，小侠请随我们来吧！」

犬犽尾随着两个哨兵走向营帐，穿越烽火台，有人打鼓舞噪的吹响着号角，仰头一看，隐约可见远方彩云峡的岩壁上刻着两幅巨匾，字迹雄劲，写着：「天地」和「山海」四个大字，心想：「这地方相距彩云峡尚有一段路程，婵郡主为什么把士兵驻守在这呢？啊！是了！闇曾说过不许遣派伏兵在山上，若是被他发现，恐怕糟糕。婵郡主和风羌大人驻兵在此，为了是不要被察觉行踪？」

两个哨兵公然巡逻，引领犬犽经过营地，走入一座帐篷静候等待。婵和风羌均换了一件体面衣袍，盛装打扮，背后有护卫恭敬跟随。犬犽见到二人，满脸堆笑：「婵郡主！风羌大人！」风羌也忍不住欢喜问：「犬犽兄！别来无恙？」犬犽点头：「一切都还顺利。」婵问：「咦！你那些朋友呢？」犬犽解释：「我不想他们卷入纷争，所以叫他们待在芦苇海岸等我。」婵扮装威仪，点头：「嗯！」犬犽转念又问：「对了！雷昊大哥到了吗？」风羌道：「明天就是日蚀之象，翠云少主、昆仑大人和白云斋大人应该很快也会抵达此地。」

犬犽想起一事，转话题问：「对了，婵郡主、风羌大人，我在路上遇到一件奇怪的事，许多刀剑和盔甲散落满地，但尸体全都不见了，那是怎么回事？」风羌道：「几天以来，军队有许多人莫名失踪，这件怪事我们也正在调查。」婵毅然转身，对帐篷外的守卫吩咐：「来人！快差人写一封帖子传达出去，今天晚上多派遣几个哨兵驻守营帐，明天就是日蚀之象了，我相信在那之前，闇一定会有

所行动！」风羌问：「婵大人，现在该怎么做好，您打算要驻兵成什么队形？」

婵走到帐篷门口，抬头眺望不远处的彩云峡，喃喃呓语：「险形者，我先居之，必居高阳以待敌；若敌先居之，引而去之，勿从也。」犬犽好奇问：「风羌大人，婵郡主这话是什么意思？」风羌解释：「婵大人说，如果敌人占了山岭优势，我们就应该引兵撤离，不宜与他正面交战。」婵道：「风羌！吩咐下去！立刻分作西南北三路镇守，西路分作九队，北和南各自分作四队。大家齐心协力，埋伏驻守，这次的情势非比寻常，千万不可有半点疏失。」

才刚讲完，忽有个校报狼狈奔来，焦急喊：「婵大人！婵大人！」那人奔得不远，受伤太重，先在帐篷前倒地气绝，旁边有个侍卫惊逃：「哎呀！殭尸来袭啦！殭尸来袭啦！」犬犽诧异：「咦！殭尸？」周围士兵不想被生死之忧牵缠，吓得退避，也怪叫：「哎哟！有人死了！究竟发生了什么事情？」、「婵大人！派去传话的人死了！我们该怎么办好？」风羌怒道：「快救性命！快探他还有没有鼻息？」

正乱之际，又有一个校报跟着跑来，捱肩擦背的挤进人群：「婵…婵大人！」风羌见那哨兵受了重伤，全身血红，忙扯住旁人问：「营帐外发生什么事情？谁把他打成这样的？快说！」

众人并肩飞赶，待得奔近，见那人脸色惨白，眼神恐惧，稍喘两下便昏倒在地。犬犽惊问：「他死了吗？」风羌把食指搭在士兵的手腕，摇头：「没有！他还活着。」昏倒的士兵突然眼珠翻白，骨骼僵硬的扑向前喊：「杀…杀！」犬犽怪眼圆睁：「啊！这是什么？」风羌一手推开同伴，挽个顺势大平翻滚开：「保护婵大人！」说着，健步上前，双手扯住士兵的肩膀：「躺下！」侍卫愈加愤怒，哀嚎几声，阔口张开想去咬人，风羌扣住对方的手腕往背后一折，压倒在地：「快来制伏住他！」

四个哨兵赶来帮忙，飞扑向前把那侍卫压倒，累得汗淋气喘，低声哑气道：「啊…啊…殭尸好大气力！」侍卫被压倒在地，口吐白沫的喊：「杀…杀！」许多援兵相随赶来，手执刀械围绕着他，用绳索绑缚：「捆住他！动作快！」

犬犽见那殭尸力大无穷，惊讶问：「婵郡主！这些人都是传达号令的哨兵吗？怎么会突然变成了丧尸？」婵谨慎观察，冷静说：「找绳索把他捆住，大家小心，先别踏出营地外！」风羌陪衬在旁，焦急问：「婵大人！这怎么可能？」有哨兵仓惶道：「是殭尸！殭尸杀人！」风羌斥责：「岂有此理！光天化日之下，哪里来什么殭尸？」哨兵解释：「启…启禀婵大人…这些校报的本来要往营地外去捎信，通知其它驻兵，没想到中途却撞见殭尸，那些殭尸全都是失踪的同伴啊！他们像发狂一样攻击我们，见人就砍！」风羌大怒：「简直岂有此理！这世上哪来的殭尸，什么人装神弄鬼？」婵解开尸体衣甲：「风羌，你们过来看！这人的筋骨皆被刀剑砍断，可见是有人所为。」哨兵恐惧：「婵大人！真的是殭尸啊！是那些失踪的士兵，我…我发誓绝对没有看错！」

帐篷外有哨兵见了尸体惨状，仰天嚎哭：「救命！婵大人！我不想死啊！」众人纷纷抛弃刀械，搂作一团，风羌见了大怒，冲至面前，把部属扯到一边喝骂：「你们别哭哭啼啼，这里没有什么殭尸！谁敢再发出声，军令如山！一发都砍了脑袋！听见没有？」婵望着尸体，心里盘算：「看这些人伤势惨重，还能撑着气力跑回来，想必不是出于偶然吧？有人企图想展示什么吗？这究竟是怎么回事？」风羌道：「婵大人！这凶手大费周章，编造出殭尸的谣言欺骗众人，装神弄鬼，这根本就是在玩弄我们！实在太可恶了！」

婵思索：「风羌，依我来看，这件事情多半和闇脱不了关系。」风羌疑问：「他是怎么办到的？」婵道：「你忘记

了吗？三年前的那场战争…这种傀儡战术曾经在狩猎一族出现过。」风羌恍然大悟：「是移魂转身术？」婵吩咐：「风羌，检查他身上有没有什么符咒之类？」风羌仔细搜查尸体，果见士兵的大腿插着一柄铁椎，铁椎上绑着灵符，惊讶道：「婵大人！这？」

「没错！那些并不是什么殭尸，只是被咒术所控制的活人罢了！」远处有个人影走来，额头上有道疤痕，原来竟是雷昊，揖手鞠躬道：「参见婵大人和羌左使！」风羌回头看：「咦！是翠云少主？」犬犷也惊喜喊：「雷昊大哥！」雷昊道：「婵大人，半刻迟缓不得，我们必须起程往彩云峡去。」风羌问：「翠云少主，日蚀之象要等明天才会出现，为什么我们得现在起程？」雷昊摇头：「不能再等到明天清晨，必须要立即采取行动，若是拖延愈久，闇就会利用傀儡制造出更多的傀儡，一旦傀儡用缚咒的铁椎刺伤了人，移魂转身术就会附上身，并且控制他们。」风羌恍然大悟：「原来如此，他正在利用这些傀儡，制造一个自己的军队？」

犬犷疑惑不解：「既然如此，他怎么不在开始就造一队傀儡军团呢？这样岂不是轻轻松松，就能与四国军队抗衡了吗？」雷昊解释：「这个咒术的厉害之处，是它能够使用傀儡控制傀儡，在短时间内，创造出极为强大的傀儡兵团。缺点则是效果无法维持太久，毕竟施术者需要吃饭睡觉，一旦歇息片刻，那咒术就会被迫解除，因此闇直等到这一刻才施展出来。」婵补充道：「若是施展这咒术，也没有办法使用万古神器召唤出四象兽了，因为施术者必须躲在极为隐密之处，才能确保自己不被发现。」

风羌咬牙切齿道：「可恶！真是邪门歪道，闇居然从狩猎一族学到了那么恐怖的咒术？」犬犷问：「雷昊大哥，怎么样会被这种咒术控制呢？为什么刚才那个士兵来帐篷找婵郡主的时候，原本还脑袋清醒，一转眼就变得疯疯癫癫？」雷昊解释：「被这咒术控制有两种办法，第一种是用灵符下咒，只要把受术者的毛发抛入瓷坛，用傀儡术结

印，就会被施术者控制。这种方法比较难解，必须打破瓷坛，让施术者受到干扰才行。」

犬犽追问：「那第二种呢？」雷昊回答：「若是不慎被傀儡使用缚咒的武器刺伤，那咒术的灵力也会缠身。但是这种解术方法比较容易，只需把缚有灵符的武器拔出伤口，就会清醒没事了。」

犬犽看着地上尸体，怯退三步：「原来这咒术是能传播的？啊！那…那这个死人会不会突然苏醒，来咬我们？」雷昊拍肩膀道：「放心吧！尸体是没有用处的，唯独活人才有办法变成傀儡。」犬犽担忧的说：「那么多傀儡都被闇控制了，陆续把他们身上的武器拔出来要拔到什么时候，才能弄醒所有的人？」雷昊回答：「别担心！只要能找到闇，这些人的咒术就会解除。」婵道：「无论如何，我们还是得快点搜出闇，那些傀儡感觉不到疼痛，他们会不断攻击，受了伤直到血流干，若是不快找出闇的藏匿地点，这些失踪的士兵，恐怕全都会自相残杀而死。」

风羌捏紧拳头，怒叫：「可恶！真不晓得他是从哪里学到这些邪术的？」雷昊解释：「被闇招揽加入暗行御史的，其中一个女孩，曾经是狩猎族的傀儡师。」婵点了点头：「难怪！」雷昊道：「我们必须一起行动，否则若有人不慎被咒术控制，就无法解开了。」风羌有无穷的怨气难以咽下，说道：「走吧！要解开移魂转身需要趁早，若是等傀儡人数增多，那可麻烦！」犬犽问：「婵郡主，我们需要带援兵去山上吗？」

婵思索半晌，摇头：「这么做恐怕不妥。」雷昊分析：「犬犽小兄弟，婵大人讲得对，援兵若是不慎被埋伏捉住，只会沦为傀儡，间接增加闇的势力。我们四个单独去就足够了，况且人数少，行踪比较不易被察觉。」犬犽怪眼圆睁叫：「什么！就我们四人？」婵问：「你害怕吗？」犬犽吱吱唔唔：「才…才不会呢！」

雷昊拍了拍肩膀：「别担心！你手上有捆仙绳，一只玄冥龟就足够对付所有的傀儡，不必害怕。」犬犽点头：「嗯！」风羌又问：「对了！婵大人！昆仑大人和白云大人还没有来，我们该怎么办？」婵吩咐：「风羌，闇正在快速扩展傀儡军团的势力，没空再拖延了，我们改变计划！传令下去！吩咐驻兵在此镇守，切勿轻举进攻。若是有傀儡攻击营地，不可随意杀生，设置陷阱埋伏，把捉来的傀儡用绳索绑缚，一旦等我们找到了闇，那些人的咒术就能解除。」

风羌鞠躬：「遵命！」婵对雷昊和犬犽说：「那麻烦请二位准备好，等风羌一传达完哨令，我们就立刻动身，前往彩云峡出发！」雷昊和犬犽异口同声道：「是！」四人走出帐篷，营地内外喧声吵闹，婵对一个哨兵招呼：「快备武器！」

守营哨卫不敢抗命，从宝柜拿了鸳鸯钩和铜镰刀，婵将罗绣征袍披上肩膀，对驻卫吩咐：「守紧营地！切记，若是情非得已，千万不可随意杀生，那些傀儡只是暂时被催眠，还有救醒的办法。」卫兵揖手鞠躬：「遵命！」

风羌的脚上套着火云靴，把金鵰弓和箭筒背负在肩膀，雷昊则是在腰带挂个月牙钢刀，岗哨守卫前来迎接，推开围栏道：「婵大人和三位大人小心珍重！」婵点了点头：「守好营地，千万不可让闇的傀儡攻入营区！」讲完，一个飞风窜出围栏：「我们走！」

风羌、雷昊和犬犽前后并列，身手敏捷的向前跃去，速度如掣电一般穿越树林，瞬间落在遥处不见踪影。犬犽和同伴飞风奔跑，举目眺望，前方彩云峡的高山岩壁险峻，山下是飞瀑急流，忽然北风大作，沙尘夹杂着漫天黄土吹得四人难以目视。风羌甚为谨慎，握紧着鵰弓不敢大意，四人沿着山路向上奔跑，赶路半天，却不见任何人影。

雷昊心中盘算：「闇用移魂转身控制傀儡，肯定是藏在隐秘之处，究竟会躲在哪？」犬犽紧紧尾随同伴，轻轻巧巧的跃上崖石：「咦！怎么还不见傀儡出现？那个闇究竟在打什么主意？」婵吩咐：「大家谨慎！虽然那些傀儡都被移魂转身术所控制，但他们也不会轻易行动，敌人在暗我们在明，周围的一石一草都不能大意！」

风羌从背筒中抽出羽箭，手持金鵰弓的谨慎速走：「婵大人，请允许风羌到前方先锋探路！」婵晓得属下想当诱饵，点头应允：「嗯！」风羌把铜镰刀交给雷昊：「翠云少主！若我不慎失手，这柄万古神器麻烦你好好保管！」雷昊伸手接递：「放心吧！你不会有事的。」风羌双足轻快，一个飞身跃上岩石：「保重！」

犬犽、雷昊和婵垫后掩护，彩云峡的山峰地势悬殊，顶上是坦荡荡的高原，底下则是端急水流，左右两边还有危石耸立的岩壁，环峰阻云，围绕着白茫茫的雾气。

双方一前一后跑得疾快，速度不相上下，仅相差三丈距离。奔行片刻，忽见前方断阻隔开，除了一条铁锁桥再无处可走。风羌踏着铁锁桥穿越了峭壁，回头招手：「三位！这边安全，可以过来了…」尚未讲完，忽见五个男子跳出草丛，手持铁斧砍向锁链：「杀！」犬犽回头惊看：「雷昊大哥！小心！」

一个男子的手腕绑缚灵符，抓紧铁斧，口吐白沫喊：「杀！杀！」雷昊反应敏捷，伸手一抓捏住敌人的脖颈，压在地上：「小心！我们中了埋伏！」可惜动作稍慢，铁锁桥被柴斧砍断，竟坍塌坠落，犬犽惊得目瞪口呆：「我们没办法渡过桥了！」

那铁锁桥压垮岩壁，挟带着碎石滚下山谷，坠在急流瞬间不见踪影。犬犽、雷昊和婵仔细一看，前方道路被危崖截断，山谷下烟云渺茫，全是雾气：「糟糕！现在该怎么办？」婵无暇思索：「先往后撤退！」

三人背贴着背，把四面八方的情势尽看眼里，正感担忧，雷昊见左边有株巨树丈高几尺，急喊：「沿着树干向上攀爬！快！」婵跃上树干，对危崖另一端喊：「风羌！一个时辰后，在山顶高原处会合！」说着，脚踏穿云势，踩着大树又窜高两丈，雷昊和犬犽追随在后，回头惊叫：「哎哟！婵郡主！雷昊大哥！那些傀儡追上山了！」、「犬犽小兄弟！快爬上树！」犬犽狼狈爬树，情急之下也忘记要抽出捆仙绳召唤玄冥龟，低头稍看，许多侍卫追赶来，对自己叫：「杀！杀！」

「婵大人！我掩护你们！快走！」雷昊双掌推出，一股暖流之气疾风扑面，侍卫被打下树，滚落悬崖：「啊！」傀儡士兵口吐白沫的叫：「杀！杀！」

雷昊架刀防御，用刀背回旋一砍，那侍卫被斩得肚腹疼痛，险些跌倒，索性受了咒术之后身体硬朗，不至为那疼痛所疲惫，受这一招还能勉强把持住，又跳上树干：「杀！」雷昊又惊又怒，转身就逃：「犬犽小兄弟！」犬犽急伸手去抓：「雷昊大哥！」

雷昊一个飞身被提上树，士兵撞在树干，跌个四脚朝天。婵移动寸步，又向岩壁高处跳去：「快跟上！」犬犽拉住雷昊的手腕，用力向上一提：「婵大人！这些都是中了移魂转身术的傀儡吗？」婵回答：「别理他们！擒贼擒王，先找出闇！」

三人沿着树干跳上岩壁，顺着狭窄的山道逃到树林，举目眺望，彩云峡底下有河流过，云雾缭绕，朦胧一团。雷昊转过头望，惊问：「可恶！没路可走了吗？」婵思索：「闇既有本事控制那么多傀儡，肯定会躲在一处隐密之地，是洞窟吗？还是树洞中？他肯定距离峰顶不远，否则一旦日蚀之象出现，可不容易在第一时间察觉天候异变。」

正在思想，几百只连环箭顺势射来，犬犽惊呼：「婵郡主、雷昊大哥！小心！」说着，把捆仙绳旋圈二十转，羽箭弹飞左右，掉落在地。雷昊回头惊看：「可恶！这些傀儡穷追不舍，有完没完？」受了咒缚的侍卫激烈鼓躁，挺枪冲来：「杀啊！」雷昊晓得迫在眉捷，掷出火爆弹：「别停下来！快走！」犬犽用捆仙绳卷开羽箭攻击：「雷昊大哥我掩护你！」

傀儡士兵分列三排，从四方朝三人挥刀来砍：「杀！杀啊！」犬犽伸出手抓，一拉一拗，硬将士兵拐倒在地：「你们这些家伙！真是阴魂不散！」傀儡士兵双脚翻天，混乱中又有人冲出草丛喊：「杀！」婵招手呼唤：「这边危险！快往右走！」犬犽狼狈奔逃：「啊！好多傀儡！」

雷昊向右闪避，飞出一脚踢开侍卫，那傀儡向后跌倒，连排混乱的摔翻在地。破空之中咻咻几声，飞箭如流星擎电射来，箭柄燃烧着火焰乱般落下。索性乱箭一枝也没射到，尽数插在树木岩石，雷昊气愤之极，抄出火爆弹叫：「婵大人！犬犽小兄弟！你们快退后！」

婵处变不惊，拦住手腕叫：「先等等！」雷昊道：「婵大人！这些人都被下了咒术，若是不慎被他们伤到，我们就会全军覆没！」婵点头：「但你若杀他们，这些人全都会死，就算咒术解除，再也没办法救回一命。」雷昊咬牙切齿，把火爆弹收回腰袋：「可恶！得想办法引开他们！」

「哎哟！快放开我！」犬犽被一个傀儡揪住，压倒在地，敌人阔口张开，企图咬他：「杀！杀！」雷昊见同伴遭伏，右脚移位回旋一踢：「快起来！走！」傀儡士兵跌个四脚朝天，犬犽灰头土脸的爬起身，拍一拍尘土：「哎哟！痛死我了！这些家伙是野蛮人吗？」

婵见傀儡士兵人数太多，有心拖延道：「翠云少主，炸树把他们挡住！」雷昊反应极快，抄出数十枚火爆弹掷向树根：「小心！树要倒了！」婵唤：「快趴下！」尘埃蔽

目，大树被火爆弹炸得轰隆隆响，犬犷连滚带爬的向后逃窜：「雷昊大哥！婵郡主！你们在哪？」婵捂着嘴：「咳咳…」雷昊目不能张，耳朵嗡嗡声响：「你说什么？」三人的脸上乌漆麻黑，树林乌烟瘴气，大树被火爆弹炸得向左倾斜，滚倒在地。

「杀！杀！」傀儡士兵攻势凌厉，混乱中有人拿刀挥霍乱斩，将树干砍出几道痕迹，那群傀儡士兵如生铁铸成似的，被大树压住脚踝，也不觉疼痛：「杀啊！杀！」后面又一堆傀儡拥挤来，大喊：「杀！杀啊！」

雷昊推测了端倪，料猜敌人数路同样，抓一把火爆弹再次炸树，傀儡士兵挤挤拥拥，举起单刀砍向树干：「杀啊！杀啊！」后方挤满人潮，登时之间许多同伴被卡个动弹不得，纷纷仰后跌倒。犬犷喜叫：「雷昊大哥！有路可退了！」婵吩咐：「我们快走！」雷昊道：「你们先退，这里由我掩护！」

近处正闹个天昏地暗，忽见山上一支疾箭飞下来射倒傀儡，雷昊转头惊看：「咦！是羌左使！」犬犷惊喜：「啊！不必在山顶会合，风羌大人已经找到我们了！」婵吩咐：「快爬上去！」

眼前再无别的选择，三人饱吸口气，揪着树藤爬上悬崖。风羌弩弓搭箭，瞄准山下：「婵大人！二位！快上来，我掩护你们背后！」几个傀儡士兵立足不稳，滚下山坡，背后又有同伴涌上支持：「杀！杀！杀啊！」雷昊扯住犬犷往上攀爬，一边喊：「快走！」

傀儡向山上抛投刀枪，猛摇藤蔓喊叫：「杀！杀啊！」婵挥舞着鸳鸯钩，将暗器尽数挡开：「快向上爬！」犬犷单手抓着树藤悬吊半空，不料体重过量，突然嘶声裂开，全身猛向下沉，急速落坠：「啊！」雷昊惊呼：「糟糕！」婵一个飞身跃下悬崖，举起鸳鸯钩喊：「赤鷥！出来！」

天空传来一阵雷响，忽起狂风，赤鹫展开翅膀飞舞鸣叫，疾速向岩壁俯冲飞来。犬犽坠在半空毫无着力之处，正要坠谷，谁晓得脚下突然冲出一只巨鸟，低头稍看，原来竟是婵召唤了天灵兽出手援救：「好险！」婵向雷昊吩咐：「快跳上赤鹫！」

二人松开虬藤跃上巨鸟，天空吹来一阵寒风，低头稍看，见到彩云峡底下尽是峻峭绝谷和端急河流，顶上一片蔚蓝天空，形成强烈对比。风羌站在悬崖观看三人，见那情势惊骇，几乎感觉连心肝都不接着五脏，喊道：「婵大人！」婵转头瞄一眼：「风羌！快跳上来！」风羌看见不远处有一块凸岩，踏步向外跳出：「喝啊！」不料背后一支疾箭射来，刺在肩膀：「啊！」犬犽惊喊：「风羌大人！」雷昊一把拉住手腕，将他提上赤鹫：「羌左使！你伤势怎么样？」风羌忍着疼痛，摇头：「不碍事，只是一点皮肉伤罢了！」犬犽惊呼：「啊！婵郡主！那些傀儡爬上悬崖了！」婵喊：「赤鹫！飞！」

天灵兽赤鹫向上飞开，相距悬崖愈来愈远，周围环绕着成群白鸟，云彩浮空，仿佛置身一处霄灵仙境。赤鹫的翅膀向两边扩展，冲上高空，激起一阵天旋地转的飓风。许多傀儡士兵攀在峭壁，乱成一团，扯断藤萝。有人伸手乱抓，侥幸抓到悬崖树枝，可惜细枝吃力不住，纷纷坠落，跌下谷底摔个粉碎。

犬犽和雷昊站在赤鹫的背脊上呆看半晌，忽听背后有声音喊：「杀！」婵惊叫：「小心！」雷昊矮身一低，侧身滑开：「羌左使！」风羌双眼翻白，抄出羽箭冲来：「杀！」

犬犽见对方的肩膀插着一枝捆缚灵符的羽箭，惊喊：「雷昊大哥！糟了！」雷昊叫：「是移魂转身术！」婵道：「你们引他注意，我负责拔箭！」风羌受了咒术之后变得没啥尊卑，弩起鵰弓，连续抽出数十枝羽箭射向敌人：「杀！杀！杀啊！」

雷昊偏身避开，那羽箭掠身飞过，射向天空。婵抢占优势，双脚踏在赤鹭的羽背上，健步奔出：「风羌！」风羌转头一看，忽见对方伸手来扯自己的肩膀，啪一声羽箭折断两截。雷昊扑来压住大腿，踹向膝盖：「躺下！」风羌双眼紧闭，昏迷过去，犬犽探近看：「雷昊大哥！他怎么样？」风羌双眸闭着，兀自未醒，婵探出手指替他把脉，索性脉像感觉起来强弱明显，跳动规律：「别担心！风羌只是昏迷，暂且无碍！」犬犽指着山峰下叫：「咦！婵郡主、雷昊大哥！那是什么？」

二人看着半山，忽见彩云峡的峭壁云雾朦胧，「天地」的巨岩匾刻上有个桃红黑点透在雾里，细看清楚，原来竟是人影。婵立刻叫：「赤鹭！快飞过去！」雷昊恍悟：「是闇！」

山峰的峭壁被雾遮蔽，赤鹭翅膀一拍，掀起旋风冲向岩壁，顷刻之间云消雾散，「天地」两个字迹突然变得清晰可见。闇把十指结个咒印，身旁数百壶瓷坛一字排开，脚下踩着「天」字顶端的「一」，仿佛一块天然屏障悬在彩云峡半空，冷笑：「嘿！终于发现我了吗？」

雷昊抄出二十枚火爆弹，一个飞身跳到赤鹭的头颈，挡在同伴身前叫：「大家先退后！这边让我来应付！」闇见势不妙，踏着天字巨石跳飞开，跃上峭壁：「嘿！」雷昊挟起爆弹掷向峭壁，火爆弹在半空中排列一线，数百壶瓷坛陆续被炸得碎散裂爆。

闇身手敏捷的向前奔逃，耳边风声飕飕，背后的瓷坛碎块摔坠悬崖。天空中尘土弥漫，几团飞沙迎头扑面塞着口鼻，犬犽和雷昊被呛得昏头脑胀：「咳咳…」婵舞起翠袖撇开烟雾，捂着嘴叫：「赤鹭！快追！」

赤鹭啼鸣三声，翅膀一振冲天而起，拱着身躯飞向山岭。闇沿路奔逃，回头见背后的巨鸟穷追不舍，抓着藤萝荡下

226

山坡，一个飞身又跳上悬崖：「嘿！我就在等这一刻！」说着，手腕套着四象宝环，举高喊道：「土火通灵术！麒麟蛟！出来！」

突然天空中满团蓝云，一条身长十几丈的蛟兽从地层破穴而出，那精怪獠牙外露，嘴一张动，喷出十余丈的蓝色火焰。犬犽惊叫：「婵郡主！」婵急喊：「大家坐稳了！」犬犽的双手紧抓着天灵兽赤鸶的羽翼，雷昊抱住风羌，单手将身夹紧鸟背。婵叫：「赤鸶！飞高！」

赤鸶收拢双翼，一个旋转从彩云峡穿梭而上，周围白茫茫的尽被云层遮蔽。他们不敢随意接近敌人，被大气云团包围什么都看不见。麒麟蛟盘踞在彩云峡的半边悬崖，尾端横扫之处都被蓝火所吞噬。火势将附近耀照得如同蓝天，烈焰壮观，成群飞鸟振翅飞逃，彩云峡的顶峰烟冲云霄，顷刻之间就被烧得无法熄灭。

犬犽和同伴抓住赤鸶飞在天空徘徊，穿梭厚密云层，几个天旋地转早就头昏眼花，突然底下一条蓝焰火柱夹杂着沙尘冲开了云团，迎面袭卷。赤鸶豁然惊觉，振翼侧飞想要避开，蓝焰火柱从旁掠过，吓得犬犽和同伴跌个四脚朝天。雷昊抱着风羌，单手抓紧赤鸶的羽毛不肯放松，一个不慎，竟被风势抛出天空：「啊！」婵急喊：「旋风柱！」

赤鸶展开两翼搧风之力，雷昊和风羌被卷上天，俯瞰山下云雾迷茫，头顶却是晴霄万里。二人腾在半空，可见万团云彩漂浮周围，远近的山脉、岛屿、溪流和海洋尽是奇观。

闇一个飞身，跃上麒麟蛟的背脊：「土石焰火术！」岩壁忽碎裂如粉，激起千百丈高的尘扬，土石挟带着蓝火如雨坠落，婵晓得自己若是使出风象术，那堆土团混着火焰，势必把赤鸶的身躯烫个焦黑。犬犽无暇思索，一个飞身跳

出巨鸟赤鷩的羽背，抽出捆仙绳喊：「雷昊大哥！风羌大人！我来救你们！」

三人荡在半空中，大气压力将衣袖吹个柔活，雷昊紧抓着风羌的手腕不放：「犬犽小兄弟！小心那些蓝焰土石流！」犬犽急喊：「玄冥龟！出来！」侧耳听得峡谷轰轰声响，一只巨龟遮蔽了半边天，悬崖底下的河流忽冒起三道水柱，旋转搅动，从谷底急旋而上。

水柱升到天空，数团蓝焰击在水柱，变成蒸气云消烟散。犬犽坠落在水柱顶端，抽出捆仙绳向前一劈，卷住雷昊的手臂喊：「雷昊大哥！我抓住你了！」雷昊右手扯住绳索，转两圈捆在风羌的腰上：「犬犽小兄弟！保护羌左使！」犬犽惊呼：「雷昊大哥，你要去哪？」雷昊脱离二人，疾向下坠，忽从腰带扯出铜镰刀，喊道：「把他带去安全的地方！」

背后寒气侵骨，云团中突然冲出一只巨鸟，鶼凤凰翅膀一振，从蔚蓝的高空俯冲而下。只见牠连续穿梭三层云团，一个向下滑翔，收住双翼向上攀升。

鶼凤凰借着两翼兜风之力平稳停住，说时迟那时快，雷昊一个翻滚，重重地摔在巨鸟背上。那疼痛看来似难禁受，索性没掉落绝谷深渊，总算命大。犬犽还以为同伴摔下彩云峡谷必死无疑，见他反应机灵的唤出鶼凤凰，惊喜：「好险！」闇喊道：「可恶！用土焰流沙阻断水墙！」

麒麟蛟长哮两声，彩云峡的岩壁都在松动，危岩崩塌，形成千百丈高的火焰石墙，掀上天空。婵举起鸳鸯钩，喊道：「风象通灵术，旋风柱！」赤鷩翅膀一展，十根风柱团团飞转，将方圆几亩的树木全数吸起。树木撞在土焰墙，轰声大震的全都爆裂，化成灰烟，落坠天际。

雷昊平稳站立，踩着鶼凤凰的背脊飞上天空，见犬犽和风羌毫发无伤的坠在水柱内，总算松口气：「需得用鶼凤凰

的风象术压制瑞麒麟的土象术，但是闇已经融合了蟠蛟和瑞麒麟，该用什么方法才能阻止他？」婵相遥观望，呼唤：「在天空中毫无着力之处，若是摔下山谷，可就麻烦！快飞到彩云峡的峰顶，再想办法攻击敌人！」雷昊点头：「了解！」

鷞凤凰两翼兜风，飞向犬犽，雷昊伸出手喊：「快上来！我们先离开这边！」犬犽一手握住对方，扛着风羌跳上巨鸟的羽背，三人乘着天灵兽鷞凤凰腾云驾雾，飞往山顶。凝望崖下森林，树小如芥，抬头看时，视线已被厚密的云层遮蔽，霎时忽又云消雾散，青红绿紫的琼花瑶草别有洞天，鷞凤凰立刻就抵达了彩云峡顶的宽广草原。

犬犽扛着风羌，从鷞凤凰的背上跃下，雷昊抬头一看，婵也踩着赤鸞平稳降落，众人在彩云峡的高原静观片刻，忽见麒麟蛟沿着山坡爬过来，将前半身躯盘踞在高原上。

闇孤伶伶的站在巨兽头顶，几阵清风吹过，冷笑：「天离地有多远，居然在这遇见你们？」雷昊义气凛然道：「闇！闹够了！快停止吧！」闇淡淡一笑：「治国君主若要受百姓爱戴，非得把私人恩怨摆在一边，则国运才得安定。怎么？雷昊，你打算要替你妹妹报仇？还是饶过我呢？」

雷昊咬牙切齿，想起父亲和妹妹惨死皆与对方有关，把心一横：「我要阻止你的阴谋！」闇问：「你晓得我的阴谋是什么吗？」雷昊道：「你企图融合四象兽，摧毁四国，我绝对饶你不过！」闇笑：「雷昊，现在你和我一样了，你和我的亲友都死了，在这世上无依无靠，再没有人能与你骨肉相照，如果你要杀我只是为个报仇心切，我也不会责怪你的。」雷昊怒道：「我…我不会杀你，但我绝对会阻止你！」闇笑问：「噢？你怎么心地柔软起来？」婵走上前说：「恨能挑启争端；爱却遮掩一切过错，闇！让大家平安归去吧！四象兽的力量并不能解决一切问题，即使

你融合了所有的万古神器、毁灭四国，幽和明镜也不会复活的。」

闇愣然一怔，但想自己丧失亲人，忍不住又是一腔冤恨：「你们这些假冒伪善之徒！没资格再对我说教！」犬犽劝道：「你快停止吧！否则四国会毁灭的！」闇冷冷问：「小伙子，你晓得我收集四象兽，是为了什么吗？」犬犽摇头：「不清楚，但我想听你亲自解释。」

闇思索半晌，描述：「传说在很久以前，四国遭受了空前浩大的灾难，冰洋极海的积雪被烈焰融化，形成无数川流。万亩方圆的地域被汪洋淹没，岛屿陆沉，天倾地陷的空前巨灾一触即发。那时，有四位仙人遵照天象经纬的指示，仗着仁厚胆识之心走遍天下，在极地荒凉的隐僻之所发现了天地相辅、山海相循的奥秘。他们发现靠着吸收天地山海的日月精华，经过火风水土的酝酿所淬炼出的幻化灵珠，能使天下生活安定，扭转人类荣枯兴衰的契机。因此四位仙人展开了收集灵珠的旅程，将它们铸造成神器，试图使用这股力量来解救天下苍生。千百年来，八柄万古神器代代相传，四仙人为天下树立万世典范，以彩云峡为地界的中心点，创立了天山国、蓬莱国、郁树国和翠云国。后来，四仙人择地隐修，万古神器和四象灵珠召唤术之传承的重责大任落到了后裔身上，讽刺的是…后世之人逆势而行，四国的秩序很快就被万古神器所取代，凡是四象兽所经之处，都变成了人间炼狱。此类后事因果循环，谁都无法再置身事外…」

犬犽点了点头：「这故事我曾听说过。」闇继续说：「在过去的战争时代，权势的斗争和联绵不断的战火，造成了无数生灵的死伤，唯有人类死亡，生灵万物才能维持平衡，否则人类的战争，只会带来更多死亡，这就是为什么我要融合四象兽的原因。」

婵摇头叹气：「闇！看来你所受的伤害，远远超乎我的想象。」闇冷笑：「这块土地上死了太多的人，活在乱世之

中不是杀人就是被杀，这些经历使我成长，失去的痛苦，那对谁来说都是一样的。婵郡主，您和我应该都能感同身受的，不是吗？」婵道：「你说得不错，惟一伴随战争遗留下来的，只有死亡和恐惧的力量。」闇冷笑：「婵郡主，这证明了我们只是无法互相理解的庸者，如此而已。做人要懂得识趣，当年我执行任务的时候，曾在四国境内遇见过不少井底之蛙，原先都是疏财仗义想出头的。只是末后光景十分可怜，结局都是家破人亡，最后落得遗臭万年，被人唾弃。这也是您所渴望实践的梦想吗？」

雷昊道：「闇！生命之中总有许多不幸时候，融合四象兽，未必能换来真正和平！」闇淡淡说：「无论你怎么说吧！雷昊！不管如何，所有的四象兽融合之前，人类自己所引发的战争绝对不会停止，一旦四象兽融合了，就拥有杀死千万条性命的力量，那个时候，再也不必有人需要体会到失去亲友的痛苦，因为大家都死了。」犬犽愤恨道：「这世界绝不是那样的！如果和平是建立在这种毁灭之上，那真是一点人性都没有！」闇冷笑：「人心害怕自己渺小无力，从古至今，那些想要改写战争和历史的人，全都身败名裂了，小伙子你也和我一样，有兴趣想当那个遗臭万年的改革者吗？」犬犽怒道：「你这个毫不尊重生命的家伙，我不会让任何一个人死去，我要阻止你！」

闇问：「小伙子，你了解人性吗？真正的痛苦，你是没法体会的，我曾答应过幽，我会将四国带往真正的和平！」婵道：「人所行的一切，在自己眼中都看为公正，闇，你快罢手吧！现在回头还来得及！」闇回答：「婵郡主，自古以来，天下强国之所以会绝灭，全因为郡主不称民心所至，百姓被逼得落草为贼，逢州掠杀逢城掠夺，你们大家觉得是不是呢？当战争发生时，当有人为了权势而陷害你时，当你至亲至爱的人被杀之时，唯一剩下的，只有无从发泄的怨恨。无论你权势多大，无论你财富多少，都无法改变过去。在这场腥风血雨的战争中，是不可能会有一个完美的天下，唯有彻底解决战争的根源--人类，这个世界才能维持真正的平衡。」

雷昊道：「闇！你为了实践崇高理想，使用这种毫无人性的手段，你以为拥有了四象兽，拥有了万古神器，就能带来和平吗？你错了！所谓的和平，是人与人之间互相信赖，互相尊重的力量！」

闇的心中一腔冤恨无处发泄，瞪大眼叫：「什么信赖和尊重？嘿！我现在什么人都可以杀！人只有认清缺点，才能自救！雷昊！我多么羡慕看见你有许多伙伴可以一起并肩作战？但是如今看见你因为失去妹妹和父亲而痛苦，我心里就觉得开心，一艘小船沉到海里，没人理它，但是一艘大船沉到海里，把附近的船只都给卷入大海中，我要颠覆翠云岭、颠覆天山悬楼殿、颠覆蓬莱岛、颠覆聚鹤塔和整个四国！这灾难是你们自己造成的！纳命来吧！」说着，高举起手腕叫：「麒麟蛟！火焰土石流！」

婵急叫：「快！我需要海灵兽的协助！」犬犸回应：「婵郡主！我来帮妳！」雷昊伸手去扶风羌：「羌左使让我照顾！」犬犸点头：「好！」婵吩咐：「用洪水攻击蟠蛟的蓝焰，我会帮你应付瑞麒麟的土象术！」犬犸大叫：「水象通灵！旋涡水柱！」

彩云峡高原的湖面冲起九道水柱，卷向天空，那漩圈急滚飞转的涌向麒麟蛟。闇忽叫：「土牢石缚术！沙土埋葬！」地壳震动，地脉好似波浪起伏，激起了百丈高的泥沙，旋涡水柱击在岩石，满空飞洒。

婵反应极快，喊道：「赤鹭！用旋风柱卷开土墙！」一阵旋风过处，赤鹭把碎裂的岩块卷飞数丈，沙土和风柱团团旋转，尘雾弥漫，再分不出东南西北。闇的挡土墙被水柱和风柱搅乱，怒叫：「该死！」犬犸恃勇轻进，又喊：「玄冥龟！放水淹他！」

玄冥龟的水势波涛怒涌，迎面涌去，麒麟蛟的土墙被旋风柱镇压住，火焰术又无法抵挡水势，闇往腰带一抓，抄出落魂鞭叫：「巨蟒！出来！」

洪流横象的大水声势骇人，忽从左右边支流开，浪涛伏起，一条巨大的蟒蛇窜出水面，挺起数十丈长的身躯，婵惊叫：「糟糕！是海灵兽蟒麟蛇！」雷昊见势不妙，一手扛着风羌，召唤鸾凤凰叫：「你们快上来！」婵向左奔逃，一个飞身跃上鸟背：「我们没有土象兽瑞麒麟和白尾麋鹿，要挡住牠的洪水可有点困难！」闇趁机进击，喊道：「巨蟒！快用洪水冲开他们！」

水流从高原向四方扩散，冲到悬崖边直往下坠。山边正巧有许多侍卫拉着藤萝攀爬上岩石，忽见大水迎头冲下，一堆儿跟着踉跄落水，被滔滔河水冲下悬崖。那些侍卫无处逃脱，随着遍地洪流奔涌，有人不防岩石淹在水下，情急竟一头撞上，血流满面。

侍卫随着波涛大水冲落峡谷，山下的树林中有群飞鸟受了惊吓，扑翅高飞，逃避远去。水势愈涨愈高，堤溃了崖边危岩，湍激的水流把彩云峡高原淹成一片汪洋大海，草树尽没，到处都填成了水乡贫地。

山崖上危岩崩溃，无涯无际的黄水坠下深渊，数万生灵荡在水中，情景凄凉。犬犽和婵及时逃到鸾凤凰的背上，低头观看，见高原遍地变成汪洋大海，也不晓得多少无辜性命丧生，雷昊观察情势，盘算：「若是再拖下去，等到日蚀之象出现可就不妙！必须近身攻击，尽早制伏他才行！」把心一横，飞身跳下鸟背：「犬犽小兄弟！替我照顾好羌左使！」犬犽惊呼：「雷昊大哥！」

婵跟着跳下鸾凤凰，呼唤：「想办法接近闇！我掩护你！」雷昊纵身扑下，跳在玄冥龟的背壳上，见许多树木随着洪流远远冲走，一时没空多想，抄出火爆弹，向前飞

奔：「闇！跟我对决！」闇有心拖延，也不召唤四象兽攻击对方，冷笑：「嘿！来吧！」

犬犽正在担心同伴安危，忽听左边的山峰遥传声音来喊：「这些洪水便是你们搞得鬼吗？这番误国殃民的作为，大水若是冲到村庄，真不晓得有多少无辜之人要淹死？」犬犽见那人面貌熟悉，惊叫：「咦！月祭？」月祭冷笑：「可恶！犬犽！我追你好久，终于在这地方找到你了！先前你踹我一脚，我还没算账呢！快把万古神器交出来，我就饶你性命！」犬犽怒骂：「月祭！你这贼盗恁般胡涂！四国有危险了，你还只顾着寻宝吗？」

闇见彩云峡的高原又冒出一人，心生警戒：「嘿！原来还有同伴吗？」月祭在危岩远处喊：「你别误会！冤有头债有主，有事情找他们不要找我，我只是来看热闹的！」闇哈哈一笑：「那好！你归我麾下对抗他们。我们两个一起打拼，日后无论是黄金白银，还是彩帛犒物，可也少不了你的一份。」月祭谨慎的观察对方，摇了摇头：「我不需要什么金银犒物，我只是来凑热闹而已。」

雷昊站在龟壳上喊：「闇！把四象宝环脱掉，跟我单独对决！」闇毫无响应，忽见远处有大浮木漂来，两个陌生男子站在浮板上，喊叫：「打鱼的！」犬犽回头惊看：「啊！是你们？」宫本武藏叫骂：「打鱼的！你竟敢抛下我们不顾？待会解决暗行御史，绝不饶你！」猿飞佐助抽出伊贺秘刀，喊道：「浪人！让我们来大显身手吧！」香奈和梧桐也站在浮木上，大喊：「犬犽！」、「犬犽哥！」犬犽见同伴纷纷赶来，又惊喜又难过：「香！梧桐妹妹！」

猿飞佐助道：「浪人！那个暗行御史好生搅豁！我的手又开始痒啦！咱们一起解决掉他！」宫本武藏抽出佩刀：「哪里来的贼人，敢跟忍者与我作对？」猿飞佐助笑：「浪人！四国到处山高水低，待得这次打发了这个冤家，我想回到东瀛岛，图个闲云野鹤！」宫本武藏吩咐：「忍

者！你别松懈，终于要出全力啦！咱们搞得它轰轰烈烈，就做这一次罢！」猿飞佐助毅然点头：「好！」

雷昊趁隙踩了浮木，飞跳过来：「闇！你的对手是我！」闇也跟着跳上浮木：「嘿！来吧！」雷昊一脚踩断木板，那浮板左摇右晃，闇滚向旁边，双腿蹲个马步稳定住重心，不晓得敌人此招乃是声东击西，一招将自己诱定不动，突然扑上来攻击：「闇！我们的恩怨，今天在此做个了结！」

闇笑道：「嘿！这样打才有趣！」雷昊挥拳攻击：「来吧！」闇倒翻筋斗，敏捷躲避：「雷昊！不错！三年过去，你的武功总算有点长进！」当下在半空中无从借力，险被那冲劲弹飞，立刻伸手去扯对方的衣襟，脚尖在水面轻轻一点，跳回浮板。

雷昊试图将敌人打落水中，可惜闇总是尽数避过招式，再想掷出火爆弹，闇的右脚已经回旋踢来。雷昊向后一仰，狼狈避开，闇冷笑：「嘿！中招了吧？」雷昊的手臂关节瞬间被折，痛叫一声：「啊！」情急应变，迅速抬起大腿想反踢对方的腰腹，试图来个危中取胜。

原本闇可以把他的手骨折断，重伤敌人，只是如此一来不免被踹中肚腹，那倒成了两败俱伤。眼前自己被三个敌人围攻，当然自护重要，情急之下举手一挡，不料雷昊的熊臂力大异常，虎口被震得又酸又麻，再无思索余地，飞起一脚踏断浮木，踢在对方的身上。

雷昊被断裂的木条击中，扑地摔倒，婵疾速赶来，一手扯住自己的衣袖，提起身喊：「快抓住我！」雷昊平衡身子跃回浮板，否则那无崖瀑布仿佛世界尽头，水流顺势向彩云峡谷坠下，若是摔到水中，恐怕就给急流冲落绝壁。

犬犽晓得闇这人心狠毒辣，若不赶紧解决，可是后患无穷：「玄冥龟！快使用水牢术困住他！」话才讲完，水面

突然涌起无数根撑天水柱，声势惊骇，卷向敌人。闇见水柱冲向自己，急把四象宝环挡在胸口：「土御盾术！沙漏流球！」

一颗沙状鼓成的大球笼罩住全身，水柱打在流沙表面，化成千万水珠溅散开。闇喊道：「蟒麟蛇！先击倒玄冥龟！」

巨蛇好似饿鹰见食，玄冥龟离身十多尺忽见蟒麟蛇游来，两只巨兽撞入水涡，团团旋转。玄冥龟负痛想逃，左挣右扎的冒出水面，骇浪仿佛倾盆降雨，巨龟的甲壳被缠住也逃脱不开，大蟒蛇性起发威，从头到尾愈缠愈紧，一时之间竟无法挣脱。

婵站在浮板上喊：「闇！凡事若自相纷争，势必只有两败俱伤的结果！你快停止吧！」闇勃然大怒：「婵郡主，你们攻击我之后，就想趁机开脱吗？哼！想都别想！」说着，一个飞身跳向后，站在浮木的边缘，喊道：「土火通灵术！火焰沙流！」

婵对同伴招呼：「快逃！」雷昊晓得敌人身手矫健，就算召唤天灵兽鵺凤凰也未必能抵挡得住麒麟蛟的攻击，惊诧之际，一个不留神忽见天空有蓝色火焰混着沙团坠下，惊叫：「婵大人！小心！」

轰隆声响，蓝焰和沙团击在浮木，将断木烧焦。浮木吃水过重，翻颠覆没，雷昊被冲出十里之外，不见踪影。犬犽惊喊：「雷昊大哥！」宫本武藏和猿飞佐助抄出兵器，跃上浮木：「刀疤大侠！」、「浪人！我们快去救他！」

闇冷笑：「嘿！这就是阻饶我的下场！」犬犽抄起捆仙绳，跳向浮木：「闇！」婵惊叫：「别去！你单独一人打不过他！」犬犽不顾危险，下盘虚浮假意卖个破绽：「闇！捆仙绳在我这！我才是你的敌人！」闇不晓得敌人卖啥葫芦，转守为攻：「嘿！拿来！」犬犽叫：「婵郡

主！我需要天灵兽的掩护！」婵一个飞身跳上赤鹭，喊叫：「风象通灵术！旋风柱！」

赤鹭拍振翅膀，一个冲天飞上气层，疾风旋起，水面的浮木全都向上吸入旋涡气流。闇瞪大眼叫：「趁现在！土炎通灵术！流沙焰火球！」麒麟蛟阔口一张，蓝色火焰和沙流瀑布卷上天空。婵暗惊：「糟糕！」犬犸忽喊：「水象通灵术！旋涡水柱！」

一道巨大的水柱激成急漩，乘载着千百斤重的玄冥龟和蟒麟蛇卷上天空，赤鹭的旋风柱吸起水涡，风水合一，旋成了巨浪龙卷风。不料麒麟蛟的流沙焰火球同时吸来，蟒麟蛇缠绕住玄冥龟的甲壳，流沙焰火球击在大蟒蛇的身躯，部分面积被蓝焰烧伤，巨蛇往下跌落，坠在水中激起波浪，接连几个起伏，平风静浪。

闇先前不知道自己被诱入了危境，只觉那巨浪龙旋风的威力极强，一见蟒麟蛇被漩涡水柱冲上高空，这才晓得中计，咬牙切齿，一个飞身冲向犬犸：「可恶！敢来阻扰我的计划？」香奈和梧桐在浮木远处惊喊：「犬犸！」、「犬犸哥！小心！」

忽然有个黑影从头顶落下，昆仑挡在犬犸面前，喊道：「闇！接俺一招！」闇惊诧：「什么？」连忙低身躲避，不料却被对方的鹰爪手扯开长袖，登时血迹斑斑：「嘿！原来是昆仑郡主？」

昆仑没伤到敌人的要害，冲上前厮拼：「瞧你还不死？」梧桐惊喊：「爹爹！」昆仑叫：「桐儿！这里危险，别过来！」闇冷笑：「省点力气吧！待得日蚀之象出现，你们马上就要大祸临头了！」昆仑回答：「哼！无知小儿！你一伙暗行御史灾殃祸疾，人人得诛！俺要在此解决掉你！」闇道：「昆仑郡主，我只不过是在替天行道，希望苍生太平！」

昆仑怒道：「一派胡言！」闇回答：「昆仑郡主！只要有人，就有纷争，自古以来，四国境内的战争接连不断，就算有权势的也无法创造和平。嘿！俗话说：牺牲小我，完成大我，若想要成就太平统业，三分靠机灵，七分靠本事，这些牺牲和作为都是为人民所做的，难道这点道理您都不懂吗？」昆仑听了大怒：「所以就应该牺牲无辜的百姓？这些人就都该死？」

闇为了等候日蚀之象，愈要拖延时辰，向后退避：「哼！天下哪里有人百姓不做，去做强盗的道理？我是为了和平，有些蠢人却是非不分，反来诬陷，说我是邪门歪道。无论如何，凡事以眼见为凭证，等我融合了四象兽，一切都能清楚明白！」昆仑道：「闇！人若在场上比武，非按照规矩而行，就无法获得冠冕。你以为自己的这番作为，能够让俺心悦诚服？」犬犷在旁喊道：「昆仑郡主！我来帮你！」闇冷道：「臭小子不怕被我宰吗？」

这个时候，画面转到另一端，不晓得究竟过了多久，风羌迷糊苏醒，睁眼看见自己躺卧在鵃凤凰的羽翼上，爬起身只感觉头痛欲裂，唇焦舌干：「咦…我到了哪里？」正念之间，忽听底下传来声音喊：「闇！只要我们活着，就有机会改变天下，创造和平，但绝对不是用这种毁灭的方法！」闇道：「臭小子，你上次破坏了梨花墓园，我一直还在想该送你什么好呢！」

风羌心中一惊，双手支撑着站立起身：「糟糕！婵大人和翠云少主！」闇的左臂受伤，桃红征袍被大水溅个湿透：「这世界上什么都靠力量，四象兽是力量，万古神器也是力量，恨也好、仇也罢！都只会像雪愈堆愈高。为了要阻止这种恶性循环，唯有根除战争、根除仇恨和根除悲伤的源头，只有人类！」

犬犷说：「你怎么能随意替别人决定生死？你不觉得自己这样太残酷了吗？」闇道：「小子，你晓得战争是什么吗？」犬犷道：「你企图融合四象兽，就是在引发另一场

的战争！」闇描述：「三年前，许多孤儿因为战乱逃亡而走失，拿着父母生前遗留给自己的干粮，若吃下肚腹就等于是被迫忘记自己的爹娘是谁，不饱腹又会饿死，如果是你，你会怎么做呢？吃掉干粮还是不吃？」

犬犽似乎念起自己父母，闇见他沉默不语，厉声又问：「怎么样？我在问你话，为何不回答呢？骗子！其实你不是真心在乎这些百姓的性命吧？」昆仑在旁劝道：「小伙子！清醒一点！别被他的话语给迷惑了！」

犬犽吞吐一句，哽咽道：「闇…我能体会你所说的，但是创造和平，不一定要使用这种方法！」闇摇头：「过于奢望，是不会有好结局的，毕竟人只有认清缺点，才能自救。因此…我决心改变一切！」

天空忽有一枝疾箭如流星掣电射来，闇惊向左移：「可恶！」速度稍慢，那疾箭刺入肩膀，痛得他跪倒在地：「羌…羌左使，连你也打算要阻止我？」昆仑喊：「小伙子！趁现在！快！」犬犽将捆仙绳旋圈五转：「知道了！」

闇的肩膀流血，脚踝一紧，低头又见原来是被捆仙绳给缠住：「可恶！」风羌在鹣凤凰的羽翼上喊：「我射中了！趁现在快解决他！」闇想扯掉捆仙绳，不料这一急非同小可，浮板左晃右荡，立刻将敌人和自己摇得天旋地转，难稳重心。

昆仑冲过来叫：「闇！俺今天就在此了结你的性命！」闇抄出铁椎，向前疾刺：「可恶！去死！」昆仑的左眼受伤，满脸是血，痛得倒在地上：「啊！」梧桐在远处看见，哭喊：「爹爹！」香奈扯住她的手腕：「太危险了！不能过去！」梧桐挣扎：「爹爹！」

这下变故来得突然，犬犽连忙抽开捆仙绳，扑去喊：「昆仑郡主！」昆仑勉强睁一只眼：「快…快阻止闇！」犬犽

晓得此刻若再不攻击，待得日蚀之象出现，所有同伴便将性命葬送给敌人：「闇！你快停手！」闇冷笑：「嘿！你还不死心吗？」昆仑被铁椎刺中眼睛，血流不止，根本无法再战：「可…可恶！俺真是太不谨慎了！」

烈日当空，一条黑影从天空飞坠下来，落在浮木。风羌站稳住，举起鵰弓叫：「昆仑大人的眼睛受伤，你快助他包扎伤口，这边我来应付！」犬犽点头：「好！」昆仑道：「俺没事！快解决闇，若是日蚀之象出现，就太迟了！」

闇见自己被三个敌人围攻，一个飞身跳出浮，跃上麒麟蛟的背脊：「你们是无法阻止我的！」昆仑叫：「他想逃！快追！」婵乘着赤鸞俯冲而下：「天罡风穴！赤鸞！把闇吸上天空！」

天空忽旋起大飓风，万团锦云从气层倒卷下来，吸得水流旋涡打转。犬犽望空一看，忽见太阳缓缓向左移动，惊叫：「婵大人！」婵转头见背后的日光颜色转淡，半圆形的日轮射出万丈精芒，一圈圆影为月魄所掩，急喊：「糟糕！是日蚀之象！」

第十六章 彼岸的海洋

昆仑纵身一跳，跃上麒麟蛟：「快阻止他！」风羌抄出三枝羽箭：「昆仑大人！让我来！」日蚀之象降临，赤鹜和鸰凤凰忽像是岩石附身，收翅束尾的化成雕像，向下俯冲。玄冥龟和蟒麟蛇也跟着化成石像，周围冒出无数气泡，沉入水中。

婵惊见两只天灵兽的速度锐减，像投石一般往下疾坠，急忙跳下赤鹜的羽背：「风羌！」风羌正准备朝闇连射三枝羽箭，抬头惊看：「咦！婵大人！」顾不得多想，踏着浮木追去喊：「婵大人！快拉住我！」

赤鹜两翼兜风，一个劲往下直坠，婵坠在半空伸手去抓同伴的手腕：「拉住了！」风羌扯住对方，二人搂作一团，在半空中连转五圈，跌落浮板。

天空中的太阳为月魄遮蔽，颜色淡转联成一线，黄道黑蔽，玄冥龟、蟒麟蛇、赤鹜、鸰凤凰和麒麟蛟均变为岩石沉入水中。眼看四象兽化成石像，原本淹没彩云峡高原的湖水便浅下数丈，水势沿着瀑布坠落悬崖，逐渐涸干。

此刻真不得容缓，犬犽奔向敌人：「昆仑郡主！我从左边攻击他！」昆仑顾不得眼睛受伤：「那好！俺从右边！」闇的右手一扬，扯下桃红征袍，远远抛开：「来吧！」说着，举起落魂鞭和铁桦杀威棒，见细孔有两颗鹅蛋大小的灵石散发出满团光辉，紫色和绿色灵珠透明稀薄，立刻默诵几句咒诀喊：「四象通灵术！水灵珠！土灵珠！解印！」

落魂鞭和铁桦杀威棒这两柄万古神器的圆孔原本各嵌着一粒灵珠，无法取出，这时忽然松落，掉在地下。犬犽和昆仑奔到敌人面前，左右扑去想抢灵珠：「闇！快住手！」闇旋转两圈，将铁蒺藜抛洒在地：「哼！太迟了！」昆仑

见铁蒺藜洒落在地，无论如何也没办法近身搏命，立刻滚避开：「小心铁蒺藜！」犬犽纵身一跃，落在左边：「糟糕！昆仑郡主，我们来不及了！」

闇抛开了落魂鞭和铁桦杀威棒，将水灵珠和土灵珠往宝环的圆孔用力一压，牢牢卡住：「嘿！终于融合了四颗！」昆仑双掌齐发，攻向敌人：「闇！纳命来！接俺一招！」闇向右避开：「嘿！」宫本武藏和猿飞佐助捱肩搭背，扶着雷昊站在远处喊：「打鱼的！小心！」犬犽怪眼一睁：「啊！」

「臭小子，现在该你了！」闇迎面冲来，将手劈向敌人的肩膀：「交出捆仙绳！」犬犽抓着捆仙绳，狼狈回防叫：「昆仑郡主！我需要帮助！」闇又是一掌，劈向胸口：「拿来！」

梧桐和香奈见同伴正与敌人斗得激烈，自己却毫无插手余地，在远处焦急喊：「犬犽！」、「犬犽哥！」月祭在旁观战，笑道：「哈！万古神器要被人抢走了吗？」香奈骂：「喂！犬犽有难，你快去帮他啊！」月祭冷道：「妳少啰嗦！我可不帮任何一边。」

闇打算夺下敌人的万古神器，犬犽紧抓着捆仙绳不肯松手：「快放手！」闇牢牢扯住捆仙绳喊：「拿来！」昆仑喊道：「小伙子撑着点！俺来救你！」闇无法闪躲又不慎中招，肩膀被敌人的劲掌打得疼痛倒退，险些跌倒：「可恶！」

索性闇这人体格硬朗，在四国的卫侍之中可是一流高手，如今受这劲力攻击，勉强还能缓住急势。他把右手往地一撑，稳定下盘，单手扯住捆仙绳道：「哼！我决心要改变一切！没人可以阻止我！」犬犽暗叫糟糕，试图摆脱敌人的纠缠，只是对方牢牢抓着捆仙绳，下盘有如泰山似的屹立不动，根本无法甩脱：「昆仑郡主！」

昆仑卯足了全力踢向敌人的肚腹，闇依样划葫芦的踢出脚，硬是挡个落空：「昆仑郡主，还有什么招式？」不料忽觉脑后生风，立时暗惊：「糟糕！还有两个家伙！」待要躲避，却是不及，风羌和婵兜个圈绕到背后偷袭：「风羌！射他的手腕！」

风羌抄起五枝穿云箭，张弓搭弦：「中！」闇急忙松开捆仙绳，腰转半圈，五枝羽箭被他尽数一收，揣入怀中：「嘿！想趁隙偷袭？」手中握着箭枝，一簇羽箭往返来的路掷去：「送还给你！」婵距离三尺近处，大吃一惊：「咦！」

风羌料不到敌人武艺高强，居然能拦截羽箭，一个飞身挡在前方：「婵大人小心！」婵亲眼目睹忠诚部属挡住乱箭，脸色大变，纵身扑上：「风羌！」风羌的胸膛被数枝穿云箭射中，身上箭如猬毛，倒在地上：「婵…婵大人…」

婵的脑海浮出一个画面，忽想起海棠逝世的情景，当时风羌的心中一腔冤恨无处发泄，捏紧拳头，对自己说：「婵大人！」婵问：「什么事？」风羌强压悲伤：「请容许风羌暂时保管铜镰刀，一旦消灭了闇，风羌会立刻将天灵兽归还！」婵道：「风羌，海棠已经受了够多折磨，如果你打算现在放弃，我会允许你的。这场战役是闇和四国之间的事，你并没有必要牵扯进来。」风羌咬牙切齿道：「婵大人！四国的事，就是风羌的事！如果风羌能放弃，那海棠的牺牲又算是什么？风羌不是曾向婵大人承诺过了吗？即使战争结束，风羌都会将这条性命奉献给婵大人，直到离世为止！」

想到这边，一股愤怒涌上胸口，婵把悲伤难过全往肚里吞，奔到犬犽和昆仑身边，并肩作战道：「昆仑！我们采用三方攻势，我走中锋，你们各掩护着我左右！」闇冷笑：「哼！这就是跟我作对的下场！」犬犽见风羌中箭，嘶吼：「风羌大人！」昆仑吩咐：「小伙子！冷静点！」

婵向前跃一大步，刷刷两招，抽出鸳鸯钩刺向敌人：
「走！」阍不敢轻近，举起四象宝环防御周身，显是害怕
了三人围攻，昆仑看得分明，喊道：「小伙子！攻他右
边！」阍冷笑：「嘿！三个打我一个？」

月祭闲看野景，见犬犸、婵和昆仑三个围攻敌人，阍却丝
毫不落下风，暗诧：「好险没趁机偷袭那个家伙，否则肯
定给打得落花流水，不如先等这三人除掉劲敌，我再动手
偷神器。」阍闪避攻击，婵忌讳他武艺高强，谨慎道：
「昆仑！封锁左边！」

昆仑挥舞拳势：「阍！还有什么招数，全都使出来吧！」
阍不敢刻意接近，举起四象宝环防御：「得想办法夺下捆
仙绳和鸳鸯钩。」犬犸看准来路，挥舞着捆仙绳：「婵郡
主、昆仑郡主！我锁住他右边了！」阍势走轻灵，向旁滑
开：「可恶！」婵趁胜追击，鸳鸯钩转个半圈，自半空劈
落：「攻他下盘！」

阍无论如何终躲不掉，肩膀给尖钩削出一痕：「哼！终于
要开始认真了吗？」犬犸飞扑来喊：「你逃不掉了！」阍
见这机巧难逢，心想：「先拿下捆仙绳！」反应机灵，一
拳打在敌人的手臂。犬犸向后跌个四脚朝天，阍见他的肚
腹露出空隙，抬起脚往下一踏：「拿来！」

犬犸忍住疼痛，抓着敌人的脚踝喊：「婵郡主！」阍受人
挟持，回头惊见婵追赶到：「糟糕！」正想低头闪避，却
被昆仑捏住喉咙，压倒在地：「俺制伏他了！」

眼看那招数殊无规范，却一气喝成，昆仑晓得若是自己出
手太轻，免不得让敌人逃脱，立刻把劲掌照向咽喉捏住：
「阍！受死吧！」阍不慎中招，化个拳势挡开攻击，反掐
住敌人的脖颈：「嘿！」昆仑看得惊讶，急忙压住对方的
手臂：「糟糕！」阍见他中计，双拳化掌劈向肩膀，昆仑

痛叫：「啊！」闇又踢在对方的肚腹一脚，腰转半圈，飞身脱逃。

婵和犬犽关切问：「你没事吧？」、「昆仑郡主！你怎么样？」昆仑摇了摇头，表情显得疼痛：「俺没事！」闇冷笑：「嘿！差点儿就误中了你们的陷阱。」婵吩咐：「你们两个向后退，与我保持距离。」犬犽惊道：「婵郡主，妳一人攻击他，实在太危险了！」婵道：「同样的计策他不会再次上当，现在时间不多了，再不诱计他，就没办法抢到四象宝环了！」

闇先前误触陷阱，被昆仑的手掌捏住脖颈，几乎掐得喘不过气，冷静思索：「可恶，没办法接近那个臭小子。」这个时候，忽见雷昊引领宫本武藏和猿飞佐助追来，喊道：「围攻他！」闇回头惊看：「什么？」犬犽喜出望外叫：「雷昊大哥！」猿飞佐助得意洋洋的说：「刀疤大侠溺在水中，全靠浪人和我把他救起。」宫本武藏骂：「待会儿再聊，先对付这个家伙！」闇冷静沉思：「对方人数太多，不宜拼命！」雷昊手持铜镰刀追赶：「拦他右边！」

雷昊挥出铜镰刀：「别想逃！」闇早看清楚敌人的虚招，右腿转变回旋之势向上一踢，雷昊竟被攻个出奇不意，仰身摔倒：「啊！」犬犽惊喊：「雷昊大哥！」婵和昆仑迅速追上：「拿住他！」

闇捷如猿猴的避开二人，飞踢两脚，宫本武藏和猿飞佐助倒霉中招，均是摔得鼻青脸肿。梧桐站在远处，指着天空惊喊：「啊！香奈姐妳看！」

众人定睛细看，天空暗黑一线逐渐展开，日轮射出强烈的光芒。雷昊和昆仑暗惊：「糟糕！日蚀之象结束了！」闇把双手抄进袋，掷出铁椎：「可恶！」

八枚铁椎飞来，雷昊和犬犽并肩冲上，挥舞着铜镰刀和捆仙绳抵挡：「大家小心！」铁椎叮叮当当的弹飞数丈，插在泥土，陷得三寸余深，显然手劲甚强。

只见天空的日轮光芒展露，豆大黑点恢复了圆，原本黑蔽的黄道又变得碧空天晴。玄冥龟、蟒麟蛇、赤鹫、鸮凤凰和麒麟蛟的石像忽然迸裂，化成满团烟雾，卷起风沙，飘向四方。

犬犽和同伴见四象兽化成土团，滚入烟雾消失不见，雷昊正气凛然道：「阇！停止吧！你的计划失败了！」阇喘气呼吁，冷笑：「嘿…是吗？真是可惜，起码我已经融合了四只。」婵恍悟一怔，高声叫：「糟糕！大家快撤！」阇忽然抬起手臂，高举四象宝环叫：「四象通灵术！白尾麟蛟蛇！出来！」

天空中旋起蓝色云团，一只巨兽啸声震荡，破穴爬出。白尾麟蛟蛇通体碧鳞，蓝色的火焰环绕周身，连声厉吼，吐出飞沙和烈焰。牠的蛇身冒着烟雾，白尾向后一甩，沙土飞散，罩住视线。

宫本武藏和猿飞佐助吓得转身就逃：「啊！浪人！好大一只精怪！」、「蠢蛋！别扯我的盔甲！」昆仑、雷昊和犬犽逃得稍慢，被蓝火围困，走脱不得：「雷昊大哥！现在该怎么办？」蓝火如狂浪涌到，所经之处烧成火海。那火势唯恐沾到一点也会变成焦炭，浓烟夹杂着呛鼻之气，视线难济，让犬犽和同伴进退两难。

婵逃到火圈外，一见势态不妙，抄起鸳鸯钩喊：「赤鹫！快救人！」天空忽起狂风，赤鹫振翅一振俯冲而下，昆仑抬头望见巨鸟两翼横展，急喊：「大家快跳上去！」雷昊和犬犽跟着同伴跳上赤鹫的羽背，婵高举起鸳鸯钩，叫：「飞上天空！」

赤鷩两翼兜风，眨眼之间梭出火圈，犬犽见宫本武藏和猿飞佐助渺小如蚁，狼狈的在底下逃窜，手指着叫：「啊！他们在那！」雷昊踩着羽翼站稳，把铜镰刀掷给同伴：「昆仑大人！万古神器！」昆仑立刻接递，举起铜镰刀喊：「鸒凤凰！风象通灵术！影舞风遁！」

空中的飓风天旋地转，鸒凤凰也跟着俯冲而下，翅膀向两边扩展，掀起一柱旋风扫过了彩云峡的高原，瞬间把宫本武藏和猿飞佐助卷上高空。二人的衣裤被风吹得柔活，在半空中哇哇怪叫：「啊！浪人！救命！」、「忍者！我还不想死啊！」

鸒凤凰收拢双翼，从二人脚下滑翔过，宫本武藏和猿飞佐助跌坐在羽背，牢牢抓着不敢乱动，双脚夹紧喊：「啊！浪人！我好害怕！」、「少啰嗦！忍者！我也很怕啊！」

巨鸟一个侧转速度增快，视线被云雾遮蔽，一团白茫茫的尽看不见。鸒凤凰穿梭了数团云层，借着两翼兜风之力平衡身躯，闇见敌人逃脱，咬牙切齿叫：「水土通灵术！骇浪流沙河！」

六根沙柱粗约半亩，突然冒出地面，团团旋转的激成急漩，流沙齐往中心汇流。那沙柱冲到半空，忽往下坠落，溅起了流沙瀑布和澎湃的沙浪，势绝汹涌。

香奈和梧桐毫无藏身处可躲，眼睁睁看着那惊天动地的流沙海浪迎面涌到，二人的心脏怦怦悸跳，忽听天空传来声喊：「快抓住我！」抬头一看，赤鷩收拢双翼向下滑翔，犬犽把捆仙绳劈空一甩：「香！」香奈反应机灵，急搂住梧桐的腰身，扯着捆仙绳飞上高空：「啊！」犬犽叫：「婵郡主还在底下！」昆仑立时会意：「鸒凤凰！快去救人！」

鸒凤凰跟着收住双翼，像疾箭脱弦一般冲下地面，离地三尺忽又冲霄而起，蝉向上一跳，使个翻身鹞子跃上了鸒凤

凰的羽背：「快走！」两只天灵兽仗着风力搧动翅翼，前
追后逐，冲向碧霄万里的蓝天，疾飞而去。

流沙河从彩云峡的高原扩散开，一片青葱树林全都摧断，
海沙交映，转眼变成了土河奇景。那沙河仿佛万脉洪流，
淹没遍地，许多岩石抵挡不住，裂成碎块，被冲得不知去
向。

闇一个飞身，跳到白尾麟蛟蛇的头顶，脚下的流沙河涨岸
齐高，从巨兽的身旁分流开，涛翻浪涌的自空飞坠，坠落
峡谷。犬犽和同伴感觉遍身的周围云雾朦胧，两只天灵兽
滑翔在半空中，天上碧晴万里，地下的流沙河波翻浪滚。
梧桐见有团黑影，指着赤鷩的鹰爪，惊问：「咦！香奈
姐！那是什么？」

香奈抓着捆仙绳荡在半空，侧转头看：「可恶！是那个江
洋大盗！」月祭双手搂抱着凤爪，不敢放松：「糟糕！被
察觉了！」香奈喊：「犬犽！快叫大鹏鸟把江洋大盗踢落
流沙河！」犬犽不忍心落井下石，陆续先拉起香奈和梧
桐，伸手唤：「月祭！快抓住我！」月祭毫不领情，抓着
凤爪不肯放松：「嘿！我才不会轻易欠你一个人情呢！」

另外一端，猿飞佐助问：「浪人！下面那只怪物好厉害，
该怎么办？」宫本武藏骂道：「蠢蛋？你问我我问谁？」
猿飞佐助无辜捱骂：「噢！」宫本武藏站上鵪凤凰的羽背
上，喊道：「喂！打鱼的！底下那只怪物好厉害，我们该
怎么办？」犬犽在远处没听清楚：「啊？你们说什么？」
宫本武藏放开嗓门，又叫：「我说下面那只怪物好厉害
啊！」

「看来目前为止，只能先用远距离攻击了。」婵站在二人
的身边，对远处同伴吩咐：「昆仑！准备使用疾速风旋
斩，我们用双旋风对付土象术！」昆仑点头示意，对着鵪
凤凰高喊：「俺晓得了！风象通灵术！疾速风旋斩！」

鵊凤凰两翼扇风，身躯蒙上一层彩云，众人忽觉得寒气侵骨，流沙河一遇风力立刻吹散。闇见流沙河被风势驱逐，立刻改变攻势：「白尾麟蛟蛇！火柱攻击！」巨兽沿着流沙河爬行，鼓胀咽喉，喷出十丈长的蓝焰火柱。宫本武藏和猿飞佐助见那蓝焰穿梭云端飞来，吓得怪眼圆睁：「救命啊！」婵打算受牠一招用弱处攻击，搏命叫：「赤鹫！趁现在！从旁绕过，对闇使用疾速风旋斩，全力进击！」

赤鹫展开翅膀，两边的羽翼翔空滑行，晃眼从蓝焰火球的旁边飞掠过，朝着闇俯冲而去。牠的凤爪被月祭扯住不放，身躯负重坠得更快，翅膀扫出一柱旋风。闇站在白尾麟蛟蛇的头顶，惊喊：「土象通灵术！沙土防御！」

巨兽怪啸连声，裂震土石冲出流沙河，四面包围，竟将闇护罩住。可惜那流沙罩虽然坚固，在千钧一发施展还是被旋风斩强行穿透。结缚的沙网震破，土块沿着缝隙龟裂，索性闇被沙罩裹住全身，没受到伤害。

犬犽回头惊看：「婵郡主！」一团火焰在天空炸开，云彩都映成了靛蓝色，鵊凤凰的羽毛上下翻扬，化为满天团絮。昆仑惊喊：「糟糕！俺太大意！」雷昊急唤：「犬犽小兄弟！快召唤灵龟！」犬犽立即反应，抽出捆仙绳叫：「玄冥龟！漩涡水柱！」周围忽涌起一团黄雾，浪沙翻滚，巨大的乌龟矗立在流沙河中央。玄冥龟连头带尾搅动流沙，旋出许多圈水涡漩柱，卷向天空。

宫本武藏、猿飞佐助、婵和鵊凤凰坠在漩圈内，水柱急滚翻飞，冲上十余丈高。闇念个灵诀喊：「快用蓝焰烧掉他们！」犬犽集中精神，也叫：「水象通灵！水御术！」

白尾麟蛟蛇拱起身躯，喷出蓝色火焰，玄冥龟扫出巨尾，海浪迎头压到，蓝焰尽数扑灭，消失不见。闇再变个灵诀，又喊：「土象通灵术！流沙阵！」海浪忽被流沙急速搅动，激成大急漩往中心汇流。海浪变得黄土浑浊，玄冥

龟感觉脚下有种胶滞之力，陷在流沙动弹不得，白尾麟蛟蛇用流沙困住了巨龟，猛张开口，牢牢的咬住龟壳不放。

犬犽见玄冥龟不能移动，惊慌叫：「昆仑郡主！」昆仑喊道：「鹧凤凰！快去支援！」鹧凤凰受了蓝焰攻击，灵气大为损耗，脱落的羽毛冒出大片烟雾。昆仑见牠躺在漩柱飞不起来，又急又怒：「可恶！鹧凤凰已经不听俺的使唤了！」宫本武藏、猿飞佐助和婵身受多伤，索性并未致命，勉强爬起：「赤…赤鹭…天罡风穴！」

忽见天空刮起一阵大飓风，万团锦云从气层倒卷而下，迎头罩住了白尾麟蛟蛇，閻见巨兽就要被风穴掩埋，急喊：「火象通灵术！流星焰火球！」白尾麟蛟蛇阔嘴一张，冷不防的吐出数团蓝焰，喷向风穴。犬犽和同伴惊见蓝焰飞来，均想：「糟糕！」

要知道天罡风穴极具吸力，猎物被倒卷进去绝难逃脱，但是赤鹭若把这团蓝焰吸入腹内，则会负伤惨重，瞬间耗尽灵力。正寻计策，忽见厚层云的彼端出现一点红光比火还亮，火焰迎面飞来，撞在蓝焰，化成一团灰烟。

那团蓝焰被红火球截住，在空中相撞全都散灭。昆仑立即醒悟：「是魖龙的赤焰火球！」雷昊惊喜叫：「白云大人终于到了！」閻见彩云峡的谷底窜上一只巨龙，冷笑：「嘿！不到最后，终于不会出现的吗？」

魖龙露出獠牙，嘴一张动，冒出十余丈的火焰，山林遍处被烈焰烧成火海，大半林木变成了焦炭。呛鼻的浓烟令人窒息，宫本武藏、猿飞佐助、婵和鹧凤凰被漩圈水涡喷在高空，仿佛腾云驾雾。昆仑反应机灵，急唤：「鹧凤凰！快送他们走！」

鹧凤凰勉强爬起，一个滑翔把宫本武藏、猿飞佐助和婵载往远处避难。雷昊抄出火爆弹，问：「准备好没有？」犬犽精神一振，点头道：「嗯！」昆仑吩咐：「先把桐儿他

们送走，快！」当下虽然并未以主人的身份使唤，赤鷥却好似明白众人心意，振翅一拍，往安全的地方飞去，借着两翼兜风之力，平稳降落。

月祭双手一松，跌倒在地：「哎哟！」香奈纵身跳下，抄出铁锥抵在脖子：「别乱动！」梧桐爬下赤鷥的羽背：「香奈姐！」犬犽吩咐：「香！梧桐妹妹要麻烦妳照顾了！」香奈点头：「这我知道！不必你说！」雷昊催促：「没时间了！快走！」昆仑伸手抚着赤鷥的羽翼，拍三下喊：「飞上天吧！」

赤鷥一个疾劲冲上天空，穿梭云团，前方视线全被白云遮蔽。犬犽往底下看，鸺凤凰从彩云峡的悬崖滑翔而过，企图攻击白尾麟蛟蛇的头部。犬犽又见玄冥龟被流沙河缠住，喊叫：「水象通灵术！洪流水遁！」

玄冥龟张开阔嘴，惊涛骇浪一涌出口，白尾麟蛟蛇还没来得及反应，被那激流水势冲出了数十丈远。赤鷥看准白尾麟蛟蛇的咽喉，振开翅膀飞冲下，闇见天上阳光耀眼，急喊：「快用火攻！」

白尾麟蛟蛇正要吐出蓝焰攻击天灵兽赤鷥，迎面忽一条庞大的红影猛肆爪牙，扑向自己。

魃龙来势甚疾，露出利齿咬住白尾麟蛟蛇。两只巨兽缠住双方，魃龙紧咬着猎物不肯松口，忽感觉视线被树影遮蔽，原来竟是许多绿茸茸的藤萝草木像春笋冒出新芽，蔓延四方伸展开，缠在头部和身躯。

魃龙被茂林密树捆缚的动弹不得，几处藤萝又牵制住身躯，昆仑和雷昊见敌人借助草木之灵，利用白尾麋鹿的土象术制伏魃龙，心中均诧：「糟糕！是白尾麋鹿的土御攻击！」闇再喊：「土象通灵术！土流瀑布，沙土埋葬！」头顶忽变得遮荫蔽地，周围的土地都在摇动，流沙好似波浪起伏，把魃龙罩在中央。

那流沙瀑布从百丈的高空倒泻而下，宛如一顶大棚罩在顶上，彩云峡的高原沙浪掀天。犬犸和雷昊均喊：「白云郡主！」、「白云大人！」昆仑急叫：「风象通灵术！影舞风遁！」

鸬凤凰收缚双翼，挣着最后一口气力冲天飞起，速度疾降，往流沙瀑布俯冲而下，羽翼扫出十道旋风柱，横排卷去。流沙瀑布和藤萝草木被飓风连根拔起，吸上天空，残枝和断木团团旋转，像尘土似的消散云端。

鸬凤凰的灵力耗尽，啼鸣几声，忽在半空中震散开，化成几亩方圆的白烟浓雾，吹成团片，满天飞扬。魌龙挣脱了藤萝的纠缠，甩尾过处，比豆粒还大的火焰沾到白尾麟蛟蛇的身躯，被烧之处斗大水泡烫个通红。巨兽的鳞甲被火焰烧到剥落，阇急喊：「焰御防火墙！挡住魌龙之火！」

白尾麟蛟蛇露出锐牙，一道蓝色火焰横排烧开，竟把红焰阻隔在外。雷昊对同伴叫：「趁现在！快！」犬犸点了点头：「水象通灵术！百川汇海！」

玄冥龟一声厉啸，彩云峡底下的急流忽激起漩圈，涌上高原。那巨浪震耳欲聋，骇浪卷向敌人，彩云峡的四壁承受不住巨力震撼，天摇地晃，几乎崩塌。万重的崩浪逆流而上，海水高涌，峭壁下深潭的水全往高空汇流。犬犸见时机成熟，喊叫：「冲开那只巨兽！」

海啸滚滚涌来，阇睁大眼叫：「水象通灵术！洪流水遁！」白尾麟蛟蛇张开阔口，吐出滔天骇浪，那水势震撼山岳。众人眼前一花，忽见大水迎头压到，雷昊惊呼：「糟糕！」犬犸喊：「大力锤头功！」

玄冥龟抬起脚掌猛向地下一踏，海啸逆流涌了回去，白尾麟蛟蛇没防备洪水翻涌来，竟遭波浪冲到远方，霎时拒出

半里之外。闇的脚下颠簸不平，一个不慎跌倒在地，怀中滚出两壶瓷坛：「不！」

犬犽见那瓷坛掉在巨兽背上，忽想起白云斋曾对香奈和自己说过的话，当时香奈急追问：「那你说他有弱点，他的弱点是什么？」白云斋回答：「两壶磁坛。」香奈脸色一愣：「磁坛？」白云斋点了点头：「对，两壶磁坛，你们只要有办法抢到磁坛，多半就能制伏住他。」想到这边，犬犽凝神大喊：「玄冥龟！快用漩涡水柱攻击那两壶磁坛！」

波涛怒啸，一条高涌百丈的水柱往磁坛卷去，闇也不顾危险，追赶着磁坛叫：「幽！明镜！」水面上波涛澎湃，闇被水柱冲落巨兽，暗流涌急，挤住胸膛难以喘气。混乱之中也看不见水底多深，赤鷩见闇溺在水中翻滚，两翼兜风俯冲而下，翘高尾翼，扫起一柱旋风攻击白尾麟蛟蛇。虺龙接着吐出红焰，火仗风势，彩云峡的高原霎时红了半边天。

风火水三股强大势力融合在一起，白尾麟蛟蛇的身躯被烧得滚烫，浓烟弥漫，焦灼之痕清晰可见。犬犽、雷昊和昆仑见那巨兽被风火水的四象召唤术击中，决无幸免。

云层厚密，一时之间雷鸣电闪，忽有大雨淋盆落下。犬犽将捆仙绳收缚在腰带，海浪涌起一团白雾，玄冥龟随风飘消。彩云峡高原的狂浪浅下几尺，往四方流散开，草原上遍地狼藉，残枝落叶和湿泥土散满了全地。

一片火海全被大雨浇灭，阴霾增多，雨势持续下个不停。白尾麟蛟蛇散成了烟雾消失不见，雷昊拖着沉重的脚步走到面前，喃喃说道：「一切终于都结束了…」闇苏醒来，仿佛一只乌鸦伤着翼翅，躺在地上动弹不得，雨水打在脸颊，全身感觉非常难过：「我…我…」

犬犷见敌人躺在一块平坦的岩石上，缓缓走来，使力撑起闇的手臂。昆仑和雷昊惊唤：「小伙子！」、「犬犷小兄弟！」

犬犷见闇的右肩血流不止，急用手按住伤口，从长袖撕下半截破布，绑缚道：「他受伤了！先救人命要紧！」闇的脸色憔悴不堪，疑惑问：「你为什么要救我？」犬犷毫无犹豫道：「你受了伤，我不会见死不救的！」

闇紧紧搂着两壶磁坛，仰天凄笑：「救一个曾经要杀掉你的人？」犬犷道：「天下千千万万的人，你我能力有限，若是总要向伤害过自己的每个人报仇，那我现在已经不知道死过多少次了。」闇慢慢坐稳，喘口气道：「你以为这样就能改变人心？从古至今，想要改革的人，全都身败名裂了，你也和我一样，有兴趣想当那个遗臭万年的改革者吗？」犬犷道：「我听婵郡主他们说过，你曾经是四国的镇国御史，是什么改变了你？我希望先听听你的故事。」闇描述：「几年前，有个郡主雇用了光明御史去抵抗狩猎族，在战争之后却又派人刺杀了他最心爱的人，并且昭告天下，说那人企图叛变，夺取万古神器。于是他脱离了四国联盟，建立起暗行御史这个组织。」

犬犷和同伴沉默不语，闇冷笑又说：「这个世上充满了假冒伪善的好人，我既不能伤害他们，只有脱离他们，因此我决心改变一切。」众人听了不可思议，昆仑质问：「你快死了，企图把过错全都嫁祸给白云老儿？」

雨水打在脸颊上，闇的语气略带沧桑道：「嘿…我就晓得你们不会相信，因此压根儿没打算说出来过。」昆仑怒骂：「一派胡言！若是白云老儿企图嫁祸给你，你又不是哑巴，怎么不开口替自己辩屈伸冤呢？」闇反问：「如果我事先告知了你，你会相信吗？」昆仑回答：「你当俺是傻瓜？」闇道：「昆仑郡主，你也晓得我们这个组织是秘密进行的，为了维持和平，暗里干了许多不干净的事，泄露机密绝不被允许。白云郡主嫁祸给我，是因为害怕我的

254

势力扩张，为了防止我有什么异常举动，因此事先毁谤了我，好让众人将我隔离。哪有人想要无故挑起争端呢？白云郡主害怕我的势力变大，会威胁到四国安危，因此放出谣言，毁谤我为了夺取神器，企图控制四国。我被四国的人藐视，所有百姓都认为我是战争的挑起者，没人愿意再相信我，原本是雇用来杀敌的，最后却遭到彻底监视，嘿！真是讽刺！」

听到这边，犬犽的脑海突然浮现一个记忆，当初暗行御史在彩云峡追逐自己，准备抢夺捆仙绳之时，索性雷昊和婵及时赶到救援，逼得海棠、笙和多萝萝撒手撤退，鯑曾对自己说过：「小子！今天算你走了好运，我没时间和你纠缠。」犬犽回答：「你别想轻易离开，快把昆仑郡主的落魂鞭归还我们！」鯑问：「你可知道闇大人为什么要收集万古神器吗？」犬犽说：「你们抢夺万古神器，不就是为了要引发战争？」鯑反问：「你认为只要万古神器留在婵、昆仑和白云斋的手中，四国就会永远和平了吗？」

犬犽从没想过这个问题，一时之间无法回答，吱吱唔唔道：「他…他们既是一国之尊，就能治理国家，带给天下百姓和平的生活。」鯑冷笑：「人类的历史，本来就是战争的历史，从古到今一直都是如此。只要有人的地方，就有纷争，没有谁比谁清高，也没有谁比谁卑贱这种标准。所谓的规范，都是人自己制定出来的。一个人的死和一百个人死，最大的差别，就在于当你一个至亲至爱的人逝世时，你会为他哀悼悲伤，但是一百个不认识的人死去时，那对于你来说只是一个数字，这就是一和一百的最大差别。」犬犽无从辩驳：「我不晓得你为什么告诉我这些，但我绝对不能让你抢走神器！」鯑摇了摇头：「唉！小子，你犯了人生之中最大的错误了。」犬犽满脸茫然：「什么？」鯑说：「我们后会有期！」犬犽想再追问：「等等！」

回忆到此，犬犽恍然大悟，终于明白鯑的话中有什么含义：「最大的错误…难道竟是白云郡主？」雷昊又追问：

「凭你的武功就能呼风唤雨，难道不能一刀杀掉白云大人？」闇冷笑：「杀掉他？我可没打算杀掉他，我要毁掉蓬莱国、毁掉翠云国、毁掉天山国、毁掉郁树国，让大家也体验看看失去亲爱之人的痛苦。况且他是郡主，身为臣子的我，不能杀王。」

昆仑道：「战争已经结束三年多，如果白云老儿要攻占四国，不是早就应该有所行动？」闇道：「四国各自拥有四象兽，表面的和平，让许多人活在安逸的假象之中。我曾替白云郡主卖命，他希望留住我，只是因为这样才能巩固势力，当我离开蓬莱国，又杀掉了他身边一个镇国护使，他想再快速占领一个国家，岂是那么容易的事吗？若是阴谋败露，岂不是另外一场无尽战争的开端？」

昆仑道：「无论如何，大势已去，闇！你放弃吧！日蚀之象已经结束，融合四象兽摧毁四国的计划也已经行不通了。」闇冷笑：「嘿！我没打算真的摧毁四国，只是想让大家体验这种感觉。当你活在和平的假象中，遇见问题丧失了解决能力，只会让你变得难以接受事实罢了！」

犬犽道：「你曾经历了失去的痛苦，所以也要别人来体会这种感觉？」闇道：「如果杀一人可以救一百人，杀一千人可以救一万人的性命，那就是暗行御史存在的动力！」雷昊问：「就为了要大家体验你的痛苦，所以杀了我爹？」闇摇了摇头：「雷昊，你认为你很了解你父亲的事？事实上你一无所知。」雷昊脸色微愣：「什么？」

闇道：「害死你父亲的，是白云郡主，并不是我。」雷昊惊讶：「什么？」闇笑：「你心里可能会想，如果这件事情是真的，我怎么不早点把真相告诉你妹，对吗？」雷昊沉默半晌：「你把这件事情告诉过筀了？」闇道：「这个秘密只有鲧一人晓得，可是我叫他替我守住了秘密，因为一旦你妹妹知道真相，她肯定会脱离暗行御史，而白云郡主也会立刻被人追杀了吧？嘿！我还不打算杀掉白云郡

主，但我要他亲自体验我的痛苦，可惜至今为止，我还没想到任何办法，因为他没有亲信之人可以让我伤害。」

「你说这话是真的？」一个女的满面泪痕，纤腰袅娜的走了过来，厉声问：「闇！回答我！」众人回转头看，雷昊惊呼：「笙！妳没死？」笙视若无睹，目不转睛的盯着敌人：「说！真的是白云斋杀了我爹？」

雷昊见她脸颊的左边有大片烧伤，惊喊：「笙！妳…妳的脸…」笙淡然摇头：「江湖上本来就是刀枪剑雨，受点伤也没什么大惊小怪的。」雷昊见妹妹左脸那道疤痕隆起，心生感触，晓得被火纹身的滋味可不好受：「笙！妳…妳何苦如此？」

闇道：「原来妳还活着？」笙冷冷问：「你恨不得我死，不是这样的吗？还是你指望我忍辱偷生，才有机会向你报仇？」闇摇头道：「杀掉妳爹的，是白云郡主所差派来的人没错。不过我没骗妳，妳的杀父仇人确实已经死了，他也曾是白云郡主的镇国护使，可是最后却被我给杀掉了。」雷昊脸色一愣，惊问：「难道是魄狼御史？」

闇点了点头：「你还记得魄狼这人？不错！魄狼和我曾被编入联盟军的主要战力。三年以前，当时战争快结束时，白云郡主是怎么跟你们说的呢？我企图叛变，首先杀了自己的盟友魄狼，然后从他身上夺走了混天乾坤圈，是不是也？」雷昊道：「魄狼和你同样身为蓬莱国第一流的镇国御史，事发之后，我们也曾搜寻过他，但是都寻不见。」

闇淡然道：「魄狼曾是白云郡主安插在我身边，负责监视我的，但你们找不到他，因为他的尸体已经被我用火焚烧了，不过这些你们没必要知道，那是他和我之间的私人恩怨。」笙把心一横：「闇！无论是魄狼还是你，我都要报仇！解决你之后，我会再去找白云斋算账！」

闇见她言笑不苟，举止毫无半分轻率之态，笑着问：「忍着眼泪，抹杀掉所有亲情，妳真能做到吗？」笙冷道：「你把真相隐瞒了这么多年，对你来说，我的性命算得上是什么呢？一个融合四象兽的器皿？还是你复仇计划的一颗棋子？为了达到目的，我的忍耐是必要的！」讲完，一脚踢开闇的手臂，将那两壶瓷坛用力踩碎：「闇！暗行御史到此为止，全都该结束了吧！」

闇的两壶瓷坛被人踩碎，心如刀割，愤恨的叫：「笙！」笙冷道：「争多竞少，现在一个受了重伤的你，还能有多大能耐？」雷昊正要拦阻妹妹，忽听见犬犽喊：「大家小心！」抬起头看，魃龙迅速接近，张口吐出炙热的火焰。

雷昊急扯住笙：「小心！」昆仑唤：「快找地方掩护！俺去引开牠！」雷昊喊道：「犬犽小兄弟！快走！」犬犽扶住闇，踏着快步奔跑：「我们不能抛下他不管！」、「犬犽！」、「犬犽哥！」香奈和梧桐在远处叫，宫本武藏和猿飞佐助也跟着喊：「打鱼的！」

「咦！白云斋他打算做什么？」婵站在远处看不清楚，举起鸳鸯钩喊：「赤鸴！快去救人！」赤鸴将羽翼一张，彩云落在背后，旋风飞转的往雷昊疾驰去。魃龙见巨鸟冲来，吐出红焰，赤鸴恃强前进，险给火团烧伤，飞转避开。

雷昊扯着笙跳上赤鸴的羽翼，昆仑也追来，一个飞身骑在巨鸟的脖颈：「快走！」雷昊惊呼：「糟糕！昆仑郡主！还有犬犽小兄弟！」昆仑唤：「来不及了！别去送死！」雷昊正要跳下羽背，忽见魃龙扑来，婵急喊：「赤鸴！快逃！」

赤鸴冲天而起，凌空急转，翱翔于天空之中，同时也把沙石卷入高空，团团飞转。魃龙见敌人疾速如风，吐出火焰，顷刻把天空耀照的一派通红。雷昊惊看背后烈焰壮观，急喊：「大家小心！」

赤鷲感觉底下焰气冲天，低头紧盯，火光爆散成许多火焰球，烧在翅膀的两侧。天灵兽哀叫一声，拼着两翼受伤加速冲下，天旋地转的也分不出东西南北，往下坠落，撞出方圆三里的大坑洞。雷昊、笙和昆仑被赤鷲几个旋转抛飞开，头昏眼花的跌在沙堆，遍体伤痕，爬不起身：
「呃…」昆仑勉强爬起，前方黄澄澄的沙土联绵不绝，哪有躲藏之处？

一阵寒风卷着大雨，满地的泥泞甚是难行，魃龙盘踞在地，俯瞰整片高原。雷昊抄出火爆弹，挡在笙和昆仑的身前：「可恶…白云郡主躲在哪里？」宫本武藏、猿飞佐助、香奈和梧桐追赶来，抄出武器准备迎战：「刀疤大侠！大家怎么样？」、「浪人！等等我啊！」、「爹爹！」

昆仑的双手被火烧伤，跪倒在地：「可恶！白云老儿究竟在想什么，竟用魃龙之火攻击大家？」婵惊问：「发生什么事？为什么魃龙会攻击我们？」昆仑怒骂：「婵！白云老儿打算向我们发动战争！」婵诧异道：「什么？」梧桐指着天灵兽赤鷲，惊喊：「你们快看！」

众人回头一望，赤鷲奄奄一息的瘫在地上，啼鸣两声，身躯化为尘土，烟消云散。婵冷静道：「牠的灵力已经消耗尽了。」昆仑怒骂：「白云老儿究竟在想什么？」雷昊谨慎戒备：「白云大人！你在哪里？何不现身？」

雷电闪烁，一个男子从远方缓缓走来，手中握着如意风火轮道：「真不愧是闇，即使是死，也要让人留下震惊印象。」笙抄出掌心雷：「杀人凶手！是你杀了我爹？」白云斋摇了摇头：「妳爹的事情，我很遗憾。」笙怒骂：「胡扯！」白云斋道：「妳爹和闇一样，他们都只是尽力在追求一个没可能实践的理想，但是闇太过热衷于自己的信仰，一旦发现真相，梦想破灭，就会变得无所适从。」

众人疑惑：「什么？」白云斋问：「没有斗争的和平，真的会来临吗？你爹曾是第一个提议废除四象兽的人，但他不懂得认清事实，在这世界上，弱小的注定都要被除灭，若想存活，就必须变得更强。四国经历了狩猎族之战，那时动乱不断，唯独统一，世界才能安享和平，你爹迂腐的理想，只会连累我们蓬莱国、天山和郁树国一起沦陷成亡国奴罢了。所以必须除掉这个不切实际的理想。」

昆仑怒问：「白云老儿，你疯了吗？原来雷烈是被你所杀的？」白云斋回答：「四国几千年来的历史，由老祖宗流传下来可是不灭的产业，怎么能轻易葬送在雷烈迂腐的理想上？」婵问：「什么是迂腐？什么是实际？为了要统一四国，而利用四象兽发动战争除灭一切阻扰的人，才叫实际？才叫理想吗？」白云斋脸色一沉：「婵，你们天山悬楼也算是大国，若没办法认清事实，那可是胡涂之人所为的事。」笙喊道：「我要杀掉你！」雷昊惊叫：「笙！不要鲁莽！」婵叫道：「快阻止他们！」昆仑也喊：「婵！妳想办法引开魃龙注意，白云老儿由俺对付！」

白云斋举起如意风火轮：「火象通灵术！焰赤炼狱！」魃龙拱起背脊，霎时红光眩眼，一团天火坠落下，火雹像千万爆竹炸开，婵被逼得后退躲避：「昆仑！快夺下如意风火轮！」

笙正想掷出掌心雷，火星坠下恰巧点燃，双手瞬间烧成两团烈火，雷昊惊唤：「笙！」手忙脚乱的飞身扑去，二人跌倒在地，笙的手掌热辣辣的，跌倒在地：「啊！」昆仑撇头惊看：「快扑灭火！」

白云斋身形一闪，飘到面前：「究竟谁所贡献的是功劳？谁所贡献的才是罪过？今天我们就一次把这些事端考究清楚！」昆仑暗叫：「糟糕！」白云斋的如意风火轮焰气灼灼，昆仑忽觉右肩痛入骨髓：「啊！」梧桐惊叫：「爹！」香奈一把拉住：「别过去！危险！」婵喊：「别过来！」

魅龙喷吐一团火焰，爆炸声震耳欲聋，宫本武藏急唤：「忍者！你快去帮婵郡主对付巨兽！我负责在这保护两个小姑娘！」猿飞佐助脸色为难的说：「啊？我去？」

白云斋奔向笙和雷昊，高举起如意风火轮劈下：「做事若不懂得深谋远虑，百姓也不会想投靠这国，那只是统率一座孤城罢了！」雷昊紧搂妹妹，用背遮护：「小心！」笙凝目相视，微笑：「哥！对不起了…」雷昊疑惑不解：「咦！什么？」

笙忽把手肘向上一拐，雷昊不晓得这是虚招，胸膛痛辣辣的中了一掌，仰身摔倒：「笙！」笙举起轰天雷，叫道：「白云斋！跟我同归于尽吧！」白云斋跃在半空，手中的如意风火轮劈向轰天雷，惊觉：「糟糕！这火药弹若是爆开，会把我炸个粉碎，看来她想自杀！」急把锋刃一偏，砍向敌人的肩膀，笙的肩膀受伤，轰天雷脱手掉落：「啊！」昆仑向前飞扑，双手捧住：「俺接住了！」

白云斋握着如意风火轮，锋刃卡在敌人的肩膀拔不出，笙扯住他的手腕，咬牙切齿喊：「白云斋！替我爹偿命！哥！趁现在快解决他！」雷昊向前逼近，手掌当头劈下：「喝啊！」不料白云斋忽然松开如意风火轮，画个半圈反手一挡，疾指戳向敌人右臂的天池穴，又攻击腹下的冲门穴：「你们也该认清现实了吧？」雷昊被攻得出奇不意，待要闪避却已太迟，右边胸口剧烈疼痛，右腿一软，跪倒在地：「啊！」

「哥！」笙忍痛扑上，双手做爪疾取敌人的肩膀：「白云斋！纳命来！」
白云斋回旋一脚，迅速从敌人的肩膀抽出神器：「哼！四国的叛徒！妳别妄想与我同归于尽，我是不会死的！」如意风火轮从笙的肩膀硬生拔出：「啊！」雷昊嘶喊：「笙！」昆仑忍痛爬起：「你们两个撑着！俺来救援！」

彩云峡的岩石忽向四方坍倒，滚着无数大石坠到谷底，仿佛就要陆沉光景似的。婵对同伴喊：「昆仑！那颗轰天雷！快！」

魖龙张开嘴，数十根獠牙冒着红焰，昆仑举起轰天雷叫：「接住！」抛空一掷，火爆弹往巨兽抛去，轰声响亮，半亩方圆炸出一片红雨，魖龙怒叫两声，白云斋冷道：「你们别浪费气力了，那种威力的火药是伤害不了山灵兽的。」

滂沱骤雨淋得山坡泥泞，笙走不上两步，全身无力的跪倒在地：「白…白云斋…你要为你所做的付出代价！」白云斋道：「如果轻易就能放弃仇恨，人的感情就太没价值了，妳恨我吗？杀父仇人就在眼前，你想报仇吗？」笙咬牙切齿道：「你害死我爹，我要报仇！」白云斋摇了摇头：「我的目标其实和你们大家都是一致的，当初不得已牺牲雷烈，是为了要阻止他实践不切实际的理想，若是四国放弃了四象兽，国家肯定沦陷于异族手中。因此我所做的若有冒犯之处，请恕失礼，牺牲小我是为了要完成大业。」

「白云郡主！你企图掩饰了事实，却沬灭不了事实的真相。」闇一拐拐的缓缓走来，冷笑：「你不过是个虚伪的和平主义者，伪善的平和，牺牲我们这些为国捐躯的。」白云斋道：「原来你还没死？」闇摇头：「是我命不该绝，若是要死，在三年前狩猎族的那场战争中，我早就被您所派来的魄狼御史刺杀身亡了！」白云斋问：「你那两位契友的骨坛呢？被这些人破坏了，是不是？你不打算向这些人报仇？」闇感伤道：「你没资格提起这两个名字！」

众人站在面前，白云斋仍不为所动，忽见一个黑影走出来：「白云郡主，你别再试图解释什么，你的大势已去，我们不会再信任你了！」香奈和梧桐惊喜：「犬犽！你没死？太好了！」、「犬犽哥！你有没有受伤？」犬犽摇

头：「我没事，你们别担心。」目光一转，继续又问：
「白云郡主，那时候在抵达镇上的途中，企图攻击我们的
黑衣人，应该是您吧？」

宫本武藏、猿飞佐助、梧桐和香奈惊讶：「什么？」白云
斋沉默半晌，说道：「小朋友，你在说什么？是闇怂恿你
这么说的吗？闇可是四国联盟的头号大敌，你甘愿沦为他
的走狗？」犬犽回答：「白云郡主，当时你假装指引我们
去镇上避难，又处心积虑的扮装成贼盗，穿着黑衣黑裤想
杀灭口，为了就是要从我身上抢夺捆仙绳？」猿飞佐助忽
想起一事，大叫：「啊！浪人！对了！他是独臂！」

众人回顾起当时战况，猿飞佐助抛掷出甲贺万力锁去卷对
方，黑衣人偏身回避，右臂长袖竟被扯断半截，黑夜中看
不清楚情况如何，男子是个独臂人却毋庸置疑。

香奈气得大喊：「可恶！原来是你想杀我们？」白云斋视
而不见，极力保持风度道：「小朋友，闇手腕上的那个四
象宝环，融合灵珠之后已经受了诅咒，你把它拿来给我，
我把事情缘由仔细解释给你听。」香奈叫：「犬犽！绝
对不能给他！」犬犽点头：「香！我知道。」白云斋问：
「没有战争的和平，真的会来临吗？」

犬犽俯瞰彩云峡，再望着蔚蓝天空：「有多大的阳光就有
多大的阴影，但是当我把双眼注视在阳光的时候，阴影就
会落在背后，即使云底下漆黑一团，但在天空上，仍旧还
是阳光普照，所以我相信会有和平的到来！」

白云斋微笑道：「年轻志高，这个世界很辽阔，没想到我
们居然有着相同理念？可惜我力量不足，有理想却没力
量，只会徒劳无功罢了！因此我才必须要差派刺客杀掉雷
烈，阻止他那迂腐的理念影响百姓。」笙嘶喊：「杀人凶
手！你害死了我爹，我死都不会放过你的！」

白云斋视若无睹，继续说：「小兄弟，你替我杀掉闇，交出四象宝环和捆仙绳，我可以教你如何善用这股力量，去实践你和百姓都所渴望的真实和平。」犬犽摇头：「白云郡主…没有力量的理想，虽显得无助，但没有理想的力量，那只是单纯的毁灭。四国所需要建造的和平，要依靠的不是毁灭的力量，而是诚与信，才有办法创造出真正的盛世太平！」

宫本武藏骂道：「骗子！虚伪的骗子！你别想再欺骗打鱼的，他可没那么笨！」猿飞佐助拍手鼓掌：「浪人！骂得好啊！」白云斋视而不见：「小朋友，依靠我自己一人，力量不足，和你有同样的理念却没有足够的力量去实践它。你只要把万古神器交给我，这世界的仇恨和战争就能结束。怎么样，你愿意吗？」雷昊高声劝阻：「犬犽小兄弟！绝不能给他！」犬犽道：「白云郡主，什么四象兽？什么万古神器？我根本都听不进去！你也该适可而止了吧？」

「我原本还以为我们可以互相理解的？真是遗憾。」白云斋脸色一沉，举起如意风火轮叫：「火象通灵！炽焰火湖！」魟龙吐出红焰，火海吞噬了半边山崖，婵和昆仑指挥众人撤退：「快走！」、「婵！妳掩护大家，魟龙由俺来应付！」

半空闪出一个黑影，月祭手持铁扇，挡在面前：「那只怪兽让我对付吧！」香奈骂：「月祭！你还想对我们打什么歪主意？」月祭冷笑：「别担心，我是来帮你们的。」香奈半信半疑：「怎么可能？」月祭解释：「这种时候我再不合作，那大家都玩完了吧？」说着，垫脚换个双人字步，冲向魟龙：「我从左边引开他！」昆仑点头：「好！俺从右边！」

另外一端，犬犽使个翻身鹞子，躲避攻击：「白云郡主！你快住手！」白云斋抄起如意风火轮：「火焰冲！」犬犽喊：「水柱漩涡！」火势丝毫不能与水抗衡，卷入漩涡之

后化成烟雾，白云斋向后倒退，犬犽甩出捆仙绳旋圈四转，把如意风火轮牢牢绑缚住：「玄冥龟！保护大家！」

巨龟又高又大，俯视脚底来处，昆仑和月祭掩护着同伴逃跑：「大家快躲到海灵兽底下！」宫本武藏和猿飞佐助吓得屁尿滚流：「怪龙来啦！大家快逃！」

魑龙喷出红焰，近处化为焰气火湖，婵躲到玄冥龟的脚下喊：「大家快过来这！」犬犽和敌人正斗激烈，捆仙绳缚住如意风火轮，白云斋无法解开：「哼！小朋友！闇的性命比你自己的还要重要吗？他手上沾有许多无辜之人的血，你不趁现在杀掉他，就是与四国的百姓为敌！」犬犽叫：「我不会再受你的迷惑！」白云斋问：「那你的朋友怎么办呢？被魑龙的火焰烧到，就会瞬间死亡，你应该也很清楚吧？你若现在投降，我立刻撤开魑龙的攻击，如何？」犬犽喊道：「我不会听信你的！」

白云斋拼着精神应战，如意风火轮的灵力触动体内真气，由头顶百会穴贯穿脚下涌泉穴，通过任督二脉，打通经络：「太可惜了，那别怪我手下不留情！」说着，紧紧握住金箍环，火珠的灵能尽数汇聚在掌心，瞬间将左手烧成一团红火，犬犽诧异叫：「咦！那是什么？」

白云斋挥出如意风火轮道：「真是遗憾！」犬犽低身闪避，可惜肩膀还是被削中受伤：「啊！」白云斋趁胜追击，犬犽急叫：「玄…玄冥龟！」巨龟见主人受缚，正想喷水援救，不慎却被魑龙的火团击中龟壳，哀叫两声，瘫倒在地。

宫本武藏、猿飞佐助、雷昊和其余的同伴原本仗着巨龟掩护，忽见顶上庞大的躯壳像雪崩坍塌似的，吓得逃窜：「大家小心！」白云斋摇头叹息：「我们原本可以互相理解的，真是替你感到惋惜！」

265

犬犸被困在火海中，脑海中忽闪过雷昊说的一段话：「小兄弟！对战要抱着不会失败的信心，只有从不战斗的人才没失败过，一个人若不能置成败于身外而挺身一试，那不是因为他太惧怕命运，就是他已经自暴自弃了！」

追忆到此，忽又想起雷昊曾教导自己的口诀：「反者道之动，弱者道之用。将欲歙之，必固张之；将欲弱之，必固强之；将欲废之，必固兴之；将欲取之，必固与之。飞禽野兽一见到风平雨静，便知道有劫难要临到，懂得逃生保命，免得给狂风吹入云端，又或者给怪浪淹没底下。但敌人却自夸识得武功招数，竟然没避开，眼见这招数平庸无奇，却反倒自恃聪明，将身子凑来给刀剑砍，你说奇怪不奇怪呢？」念及此处，大喊：「百川汇海！」说着，捆仙绳向上一抽，白云斋稍迟疑竟没避开，左腕被套住：「什么？」

犬犸把铁绳用力一扯，听两声怪叫，白云斋的如意风火轮掉落地面，手臂鲜血淋淋的，转身就逃：「可恶！」白云斋的左手被捆仙绳扯断，魃龙像发疯一般失去控制，吐出火团，烧起火海。

婵看了急叫：「大家快找地方躲避！」月祭和昆仑一觉不对劲，作鸟兽散，衣裤均被火焰烧得冒烟：「快走！」香奈也唤：「犬犸！」犬犸见魃龙失去控制，急唤：「玄冥龟！快把土中的水抽出来灭火！」

巨龟两声怒啸，土地震动，一道冲天水柱破穴而出，魃龙所盘踞的地方忽向下坍陷。众人不晓得发生啥事，望见魃龙厉声怒吼，落坠坑洞。婵急喊：「快！使用水攻！」宫本武藏和猿飞佐助同声叫：「打鱼的！用水攻击！」犬犸喊道：「水象通灵术！擎天水柱！」

玄冥龟摆动巨尾，排荡如山的海浪将沙土搅成满坨泥浆，魃龙向下沦陷，溺在坑洞中。犬犸精神一振，再叫：「淹

没牠！」水柱冲天坠落，坑洞的岩石抵挡不住，裂成碎块，虺龙整个身躯忽往下沉，化成烟雾，随风飘散。

坑洞的近处危岩坠落，地层下的沙质液化，土壤竟形成乳白色的沙湖，虺龙才会因此淹灭。白云斋的两只手臂皆断，忍着痛说：「你…你…」犬犽道：「苦战而败，远胜于轻易成功，假使我输给你了，那也是虽败犹荣。但我不会失败的，因为我不会轻易放弃！」

白云斋被揭穿后，懒得再扮好人，问：「怎么样？你不想要如意风火轮吗？有了这个，你可以成为这世界的神！」香奈在远处喊：「犬犽！别相信他！」犬犽眼神坚定的说：「发怒的日子积财无益，唯独公义能救人脱离死亡。在公义的道上有生命，其路之中并无死亡。婵郡主曾把这柄捆仙绳托付给我，因此我的任务是要阻止你，为此我可以赌上生命的代价！」白云斋问：「四国将来会变如何？你以为这样就能找到和平？」犬犽回答：「只要还活着就有希望，我不会轻易放弃的！」

白云斋退后两步，坑洞的危岩忽崩落：「咦？」犬犽喊道：「白云郡主！」白云斋滚落坑洞，迅速下沉，犬犽滑下斜坡想拉对方，不料也是陷在泥浆：「快抓我的手！」白云斋吃惊想游却动弹不得，陷在泥浆喊：「救我！」

雷昊和昆仑飞赶来，同心协力的扯回同伴：「你撑着点！」可惜白云斋来不及救，沉下泥浆不见踪影，犬犽差点儿呜呼哀哉，沾满泥水，爬上坑洞：「吁吁！雷昊大哥！」雷昊急把犬犽拉上来：「别担心！你没事了！」

昆仑和雷昊扶着犬犽走上斜坡，看见阇奄奄一息的躺卧在地：「快帮他包扎伤口！」阇冷笑：「嘿！不必了…一切都太迟了…」

众人漠然无语，犬犽道：「不会太迟的！只要愿意改过自新，谁都可以再有一次机会！」阇道：「嘿…原来…不是

所有事情，都能靠努力达成的…」犬犽说：「先别讲话！我替你包扎伤口！」

闇笑道：「嘿…要管人家的闲事比管自己简单多了，无论好人坏人，没有一个能真正了解另外一人，但许多时候…我们却希望自己介入，不惜用任何代价强迫别人接受自己理念。」

犬犽心里疑惑，暗想：「闇到底想说什么？」闇愁然不乐的说：「嘿…或许是因为不曾遇过什么重大的挫折吧？一旦失败，就不晓得该如何面对？许多最糟的事，都是由自以为最好的出发点开始，有些人口口声声说为了人民、为了百姓，想利用四象兽维持那虚伪的和平。但是战争牺牲了太多无辜之人的性命，当中包括自己所亲所爱的，当这些事发生在身上的时候，你会怎么抉择呢？我只是希望大家也能体会一下。」

昆仑道：「闇！私人恩怨，俺可以不跟你计较，但你滥用了四象兽，造成四国军队死伤惨重，必须伏法。临死前还有什么遗言？」闇冷笑：「昆仑郡主…戏弄灵魂…真是一件可耻的事，当你正以为自己为了四国和平而牺牲，眼睁睁看着至亲至爱之人死去时，伴随而来的，只有无可发泄的痛苦。以前的我，完全没有为了自己的梦想而努力活过，仅仅做为白云郡主的棋子而牺牲，真是太可悲了…」

昆仑听了沉默无语，北方倏起一阵大风，尘埃蔽天，闇抬头观看蔚蓝的天空，心中无限伤感：「在远古时代，四位仙人收集灵珠，将它们铸造成神器，使用这股力量解救苍生，并且化灾难为祥和，为天下百姓树立了万世典范。因此…当我们还年轻，都曾有过远大的抱负，总认为守护万古神器和四象兽是为了维持和平，能效法四仙人创造一个更强盛的国度。但是…当你拥有了这些力量，会发觉自己其实并不如想象中的那么伟大…玩弄灵魂…真是一件可耻的事…」咳嗽几声，呼吸逐渐变缓：「终于…终于…是时候该离开了…」

寒风吹来，彩云峡更显得荒凉，梧桐衣衫单薄，打个寒颤。香奈见同伴娇体瘦弱，身上欠缺一件大衣，把毛衣脱下套在她的肩膀，忽听猿飞佐助和宫本武藏喊：「哎哟！浪人！我看她好像伤很严重！」、「刀疤大侠！你的妹妹！」

雷昊想起妹妹受了重伤，急追去：「笙！」笙的肩膀被如意风火轮砍伤，血流渗出：「哥…」雷昊喊：「绷带！我要绷带！笙妳忍着点！我帮妳包扎止血！」笙的背脊冰凉，问：「哥…我有一件事情想问你…」雷昊焦急欲哭：「妳说！」笙微笑：「你还记得闇曾说过的话吗？不管我们喜欢对方与否，血缘将我们二人紧紧相连，因为这就是手足之情…」

雷昊见妹妹呕血成疾，忍痛搂抱，哽咽道：「笙！正因为血缘，我们彼此命运相连，所以我从未因妳加入暗行御史而恨过妳！」笙咳嗽：「哥…虽不愿承认，但我希望你在我的身边…咳咳…如果我有什么心愿，那就是希望我们永远在一起…」雷昊涕不能仰，搂住妹妹：「好！笙！我们永远在一起…」

犬�和其余同伴见二人兄妹情深，不知该说什么安慰才好，只能安静的站在旁边。笙心中难过，流下一滴眼泪：「哥…如果你意志消沉，什么事都会完成不了的！我在彩云峡留下了梦想的碎片，当作我曾活过的确据。哥！你就是那梦想的碎片，替我活下去，你要努力活着，创造出祥和的翠云国…」

雷昊听妹妹语气真挚，反而哭得更加难过，将双手环抱她的头颈，哀哀痛哭：「笙！」笙的心中免不得有些懊悔，见景触情，眼前忽然浮现一个画面：

「问个问题可以吗？」鲧转过头问，笙疑惑：「什么？」

269

鯎问：「妳是怎么看闇大人的？」笙冷然道：「为什么要问这个？我会替闇摆平敌人的，即便对方是亲人也是一样。」鯎张嘴一笑，沉思又问：「流着眼泪抹杀掉一切感情，妳真的能做得到吗？」笙道：「即使白云斋、昆仑和婵都是郡主，在四国境内占有一席之位，拥护者也有上千万人，但我不会投靠他们的。为了达到目的，忍耐是必要的，这就是我笙的原则。」鯎问：「那雷昊呢？」笙缄口不言，反问：「你到底想说什么？」鯎道：「无论任何人还是任何事，如果眼前所经历的是你生命中的最后一遭，心中难免有些凄凉。」

回忆到此，眼眶泛红，笙的呼吸逐渐停止：「鯎…你真是多管闲事…」

众人看这情景，心中千言万语，一时却也说不清楚。香奈走来背后，雷昊紧紧搂着妹妹，心中一酸，两行的泪水从脸庞滑落，再顾不得背后有人站着，用袖子擦拭眼泪，问：「战斗中有半点犹豫就会死亡，妳准备好要杀我了吗？」梧桐惊喊阻止：「香奈姐！不要啊！」犬犽也怕同伴为了报仇做出傻事，仓惶叫：「香！快住手！」

香奈忽扯下发簪，从袋中抄出飞镖往秀发斩落。犬犽和其余同伴看得诧异，见香奈素发垂肩，毅然道：「这撮头发，就当作是我们两个之间的恩怨，从今以后一刀两断吧！」雷昊似乎有意寻死，咈然不乐问：「这就是妳的明确答案？」

香奈沉默半晌，轻轻的将手搭在对方的肩膀：「就像你妹妹所说的，如果意志消沉，什么事情都完成不了。翠云少主！她相信你可以复兴翠云国，建立一个和平的国度，千万别让你妹妹失望了！」

雷昊强忍悲痛，香奈用飞镖把秀发斩断两截，一阵微风把那断发吹往远方，消逝在清风飘泊的天际之中：「犬犽，我们走吧！」犬犽问：「香，妳打算放弃报仇了吗？」

香奈把旧日恩怨搁过一边，眺望天空，如卸重担的说：
「犬犽…我好像忽然明白了！人生在世，总有太多事情无法掌握，每个人这辈子无论多长多短，记忆总有许多遗憾想要挽回，但无论你费尽多少心力想去弥补，那些事却时常搅扰，悔念起来，似乎更加令人难以承受。我想…人的生命就好比是个难解的谜，一个渺小的拣择，足以影响后半身历程。或许我曾遭遇过许多磨难，为了报仇，也浪费了大半前途。虽然有些事实已经发生，无可改变，但是无论开心或难过，日后的路程还是得继续走。趁着人生还没抵达尽头之前，总算不上是绝望，我还是有机会，可以选择痛苦度过，或在日后活得更加洒脱。」

犬犽见她放弃报仇，点了点头：「香！妳说不错！当一个人得罪你的时候，你有权力选择复仇，或者是你要宽恕，以德报怨，什么杀敌灭门？什么报仇血恨？其实明天如何，我们还不知道。我们的生命是什么呢？我们的生命就像是一片云雾，出现少时就不见了，你说是不是呢？与其追念往昔不断懊悔，倒不如立下心志，从现在就开始改变，追寻生命的价值与意义，用笑容来面对一切吧！」

香奈擦拭泪水，笑逐颜开道：「犬犽，就像你曾对我所说的，天下的人千千万万，你我能力有限，若是总要向伤害过自己的人报仇，那我们现在已经不知道死过多少次了。我不明白生命究竟有什么价值与意义，或许眼前的痛还很沉重，我暂且无法领会，但无论环境的变化如何，总能有办法适应的…」

眼前看不尽的遥山迭翠，用肤体感觉，隐约能感受一阵微风飘来，掠过之处，山下草丛荡起绿油油的波浪，仿佛置身在宽广辽阔的碧绿海洋。众人伫站良久，突然风止云开，天上现出一线曙光从云层透射下。半空中飘荡着细雨，落在了青绿色草地，替彩云峡的风景增添一缕相思之情。

昆仑叹一口气：「俗话说：『生死有命，富贵在天』，人生自古谁无死呢？或许真的只有不把怨恨惦记在心，放下遗憾，人生才会好过许多。」婵说：「昆仑，死亡是每个人必经之路，老祖宗流传下来的训言真是不错：『世上万般愁苦事，无非生离与死别』。在这世上，人生无常，再亲密亲爱的人，总有一天也会离开。」

昆仑道：「婵，可是需要承受这苦楚的，却是那些爱他与在乎他的人，岂不甚怪吗？这个世界上生生死死，人来到这地方，究竟是生为何乐？死为何苦？打铁铸剑的技巧俺是学会了，生死这道理俺却还未渗透。」婵回答：「我们打自母腹出胎，对这世上的经历尚且不能完全明了，又怎么能明白死亡是为何所苦？凡事别想太多，钻研不出，反倒只是在自寻烦恼。」昆仑道：「俺觉得…人若缺乏盼望，就只能活在恐惧之中，看来…没人能靠自己力量挽救什么，原来人心真是害怕自己渺小无助啊！难怪白云老儿企图掌握四象宝环，那似乎也不难理解。」

婵思索半晌，说道：「不过我想…人在世上的成就，不光在乎他的作为，更重要是本身的品格，无论拥有多少力量，或许只有伦理道德，才能决定四象兽和万古神器究竟是四国百姓的福祉，还是万灵浩劫的根源。」犬犽走过来唤：「婵郡主！昆仑郡主！」

婵和昆仑看这小伙子身上破衣旧裤，神情倒是带有三分志气，料是施展长才，恐怕将来会闯出大事业也未可知。犬犽看着闇的尸体，思索：「有些人看来很坏，好像天生下来就是这样，我也常这样想，可是我现在比较明白了，似乎不能用这方法衡量一人。」婵点头：「嗯！愿闻其详。」

犬犽解释：「从闇那边，我学习到了很多，这看法好像很怪，闇利用四象兽和万古神器伤害了许多无辜的人。他有千百种的罪名，可是我现在明白了！许多时候，犯错其实

才是成长的重要过程，因为人一定要经历过错，才会成长，否则一旦面对挫折，就会不知道该如何应对了。」

梧桐指着悬崖，呼喊：「啊！大家！快看那边！」香奈豁惊：「糟糕！把他给遗忘了！」月祭奔到悬崖：「我们后会有期了！」香奈喊：「浪人！忍者！你们两个家伙！快帮忙捉贼！别让那兔崽子逃跑！」月祭疾如飞鸟的跳下山，抓着树藤悬在半空：「真是可惜！想捉天下第一的赏金猎人吗？真是愚蠢透顶！」还未讲完，像灵猴一溜烟窜下山。

一阵寒风吹来，宫本武藏和猿飞佐助不曾开口，安安静静的只顾发呆，似乎没听见香奈叫唤自己，举目眺望远山浮云，蔚蓝的天空一望无际：「忍者…这地方真大，我忽然觉得自己很渺小…」、「浪人…看来要称霸四国，当上武林至尊，还有一段很长的距离啊！」

犬犽走来唤：「喂！你们两个！」宫本武藏和猿飞佐助同时转头，听他继续说：「这地方很大，但我晓得有个地方更是辽阔，那叫海洋！不如你们跟我一起去吧？」宫本武藏和猿飞佐助叫：「打鱼的，你要去航海冒险？」犬犽过惯了流离颠沛的生活：「走吧！要不要一起去？」

宫本武藏扎巾卷袖：「当然好！」猿飞佐助笑道：「浪人！就算无法称霸四国，起码咱们还能当个海贼！」宫本武藏吐槽道：「什么海贼？忍者你的志气真小！既然要过个轰轰烈烈的人生，就要有更大理想，咱们要称霸海洋，当海霸王！」猿飞佐助举手高叫：「咱们要称霸海洋，当个海霸王！海霸王万岁！」

天空落下淅沥沥的细雨，乌云散退，一道彩虹从高空横跃，消失在彩云峡远处的彼端。雷昊抱着笙的遗体走向昆仑和婵，鞠躬致敬：「二位大人，虽然如意风火轮乃是翠云国的镇国之宝，但我决定要抛弃了，末后的日子，就劳烦二位替我将它尘封，埋在彩云峡这吧！」婵疑惑问：

「翠云少主，你是明理之人，晓得万古神器对于翠云国的重要性，却要轻易将它给舍弃？」雷昊强忍悲伤，说道：「失去一个朋友，就是丧失一部分的生命，更何况我所失去的还是至爱的亲人？」

昆仑可怜他一片诚心，说：「好！翠云少主，俺替婵答应你了！」雷昊转过身，向犬犽鞠躬致意：「这些日子来，谢谢你了。」犬犽手足无措，忙回鞠躬：「雷昊大哥…」

雷昊抬头望着天空：「犬犽小兄弟，这人情世态不知有多少冷暖，许多广有家财贪得富贵的，便不把人看在眼里。但是我相信冥冥中自有天佑，若是有心治国平天下，就应该要以天下百姓为心。什么荣华富贵，名望权力，不应该摆在首居要位。若想为国为民为天下，就要以担当大业为重任，以粮济助世为目标。要知道若是一国自相纷争，就遗为荒场；若是一家自相纷争，必要倾垮。因此，将来若是你拥有了权势，千万切记，你的责任也必须紧紧跟随。」犬犽毅然点头：「我知道了！」

雷昊哽咽几口气，抱着笙的躯体往山下走，犬犽见他背影凄凉，心中一酸，忽想起对方和自己初次相识的场景：

「你的梦想是什么？」

犬犽想了想，举目眺望芦苇海岸，见那天地两极相隔遥远，不知几千万里的岛屿在海的哪端？眼前除了汪洋，什么也不能看见：「如果能称霸海上是最好啦！我一直梦想有天能渡船去远洋，看尽世界风光！」

当时的雷昊笑问自己：「你想当个海霸王？」犬犽伸展懒腰，打个呵欠：「我除了一艘破竹筏，还有几张破鱼网，什么海霸王？能勉强当个海贼王就不错了！」雷昊微笑：「好！那我们就一言为定！」

念起昔日旧忆，脑海画面变成一团模糊，犬犽想是同伴丧失妹妹，受尽极大的痛苦因此心中感伤，站在远处高喊：「雷昊大哥！打起精神！我坚信你能传承你家人的遗愿，你会成为翠云国最贤明的郡主！千万记得！永不放弃！」

雷昊回首一望，点了点头，抱着笙缓缓走下山。凉爽的微风迎面吹到，梧桐从旁走来，轻唤：「犬犽哥…你…你会感觉到感伤吗？」

犬犽举目观天：「梧桐妹妹，每个人总有全然孤单的时候，但是生命之中总有些事能使我快乐，许多人都是决心要怎么快乐就怎么快乐的。快乐求之于内心，我不怕享受美善事物，而且我也相信！当我对人有多少贡献，这个世界也会回报我多少快乐，所以我希望自己所经历的，不仅是过去，也能用笑容面对将来！」

「嗯…」梧桐听了安慰许多，羞羞涩涩的望着对方笑。突然一阵凉风悠悠吹来，从脸颊拂过，犬犽饱吸口新鲜空气，用肤体感受暖煦的阳光，心中蕴育出一股喜悦。

天空隐隐有片薄雾，横越彩云峡的彼端，呈现一座朦胧雾桥。宫本武藏和猿飞佐助迫不及待，放声问：「打鱼的！准备好启程去航海了吗？」犬犽打起精神，微笑：「好！」

山海封神榜 前传

传说在很久以前，有两个大神争夺天地，世界遭受了空前浩大的灾难。冰洋极海的积雪被烈焰融化，形成无数川流，万亩方圆的地域被汪洋淹没，岛屿陆沉，天倾地陷的巨灾一触即发。

四位仙人遵照天象经纬的指示，仗着仁厚胆识之心走遍天下，在极地荒凉的隐僻之处发现了天地相辅、山海相循的奥秘。靠着天地山海所吸收的日月精华，经过火风水土的酝酿所淬炼出的幻化灵珠，能使天下安定，扭转人类荣枯兴衰的契机。因此四位仙人展开了收集灵珠的旅程，将灵珠铸成神器，使用这股力量来解救苍生。

千百年来，八柄神器代代相传，四仙人为天下树立了万世范典，以彩云峡为地界的中心点，先后创立了天山国、蓬莱国、郁树国和翠云国。

后来四仙人择地隐修，万古神器与四象通灵召唤术之传承的重责大任落到了后裔身上，在战乱的年代，光明御史被赐予了平定乱世的力量，并且为四国揭开了序幕之战。

Tales of Terra Ocean

Long before the distant past, Earth was an organic whole without form and void. A divine goddess named Pan Gu separated Earth from Heaven to form Terrestrial continents. Once every sixty six thousand six hundred and sixty six year, a disastrous scourge would be brought upon this land. Floods, drought, famines, earthquakes and disease epidemics spread throughout Earth.

Four Sages walked across the continents and discovered the myth of contrary forces, which were interconnected and interdependent in the dynamic natural cycle. Relying on absorbing the spirits of sun, moon, fire, water, wind and earth, an animating force was formed within beads which could summon the catastrophic destruction brought upon land but also able to preserve the existence of mankind.

Weapons were forged with spiritual beads, passed down through generations and were dubbed
Eternal Summoning Weapons of the Ancient.

As the plot progresses throughout this book, readers will be able to browse inside an ordinary youngster's extraordinary journey, retroactively entering the chronological time warp of paranormal summoning monsters, and witnessing a new era of fantasy stories.

This book guarantees an unprecedented scale in the classical Chinese literature.

A literature of fantasy moniker **Tales Of Terra Ocean**

蘆葦草 / Kenneth Lu

作者：芦苇草

编辑：陆威廷

电子邮件：rikuwatashi@hotmail.com

购书网址：http://blog.udn.com/rikuwatashi/article

封面设计：草米菓创意工作室

地址：新北市新店区三民路159巷9号4楼

电话：02－29101237

网址：https://www.facebook.com/scm.2012

版次：2014年02月

ISBN：978－149－54-5948－1

版权所有、翻版必究

28947192R00168

Made in the USA
Charleston, SC
26 April 2014